Hobbit Presse
Klett-Cotta

TAD WILLIAMS
DEBORAH BEALE

# DIE GEHEIMNISSE DER TINKERFARM

Aus dem Englischen übersetzt
von Hans-Ulrich Möhring

KLETT-COTTA

Hobbit Presse
www.klett-cotta.de/hobbitpresse
Die Originalausgabe erscheint unter dem Titel
»The Secrets of the Ordinary Farm«

Printed in Germany
Schutzumschlag: HildenDesign, München, www.hildendesign.de
Umschlagillustration: © Kerem Begit
Gesetzt von Dörlemann Satz, Lemförde
Gedruckt und gebunden von CPI – Clausen & Bosse, Leck
ISBN 978-3-608-93822-7

*Für Miss Isabel Lapidus*
Ein Stern am Kritikerhimmel

*Und für Matt Bialer und Lenora Lapidus*
Zum abendlichen Vorlesen

# INHALT

# VORSPIEL

Beeil dich! Mach schneller mit deiner Magie!« Simos Walkwell klang unwirsch, aber das war nichts Neues: Er mochte Colin nicht besonders und machte ihm das auch fast jeden Tag klar. »Die Kinder werden in wenigen Stunden hier sein, und Gideon will, dass alles bereit ist.«

Colin Needle schnitt eine Grimasse, sagte aber nichts, sondern beugte sich nur tiefer über seinen Laptop. Über den fernen Hügeln donnerte es. Das Wetter war heiß, schwül und drückend. Die Kinder dies, die Kinder das, es hing ihm schon zu den Ohren raus. Außer Colin und seiner Mutter schienen alle auf der Tinkerfarm – oder der Ordinary Farm, wie sie auch genannt wurde – Lucinda und Tyler Jenkins für ganz wunderbare Geschöpfe zu halten, dabei waren die beiden im

Grunde die reinsten Pestbeulen. In nur wenigen Wochen hatten die Jenkins-Gören im letzten Sommer Colins schlau eingefädelte Pläne zur finanziellen Sanierung der Farm zunichte gemacht, und jetzt kamen sie schon wieder über die Sommerferien. Lucinda und Tyler, Tyler und Lucinda – er hatte es satt, ihre Namen zu hören, hatte es satt, dass alle auf der Farm ein solches Getue um ihren zweiten Besuch machten.

Wieder grollte der Himmel. Ein einzelner dicker Regentropfen fiel auf Colins Bildschirm. Das Wetter, das schon den ganzen Frühling über ungewöhnlich regnerisch gewesen war, schien sich nicht ändern zu wollen, die Tage waren genauso heiß wie immer um diese Jahreszeit, aber außerdem feucht, bewölkt und manchmal sogar gewitterig. Colin Needle war noch nie in einem tropischen Land gewesen, doch er stellte sich vor, dass das Wetter dort ungefähr so war wie in diesem Teil Kaliforniens in letzter Zeit.

Der hünenhafte Wikinger Ragnar war mit dem Einbau des hochmodernen neuen Tors im Lehmziegelstall fertig, und jetzt wischte er sich mit seinem breiten Unterarm den Schweiß oder Regen von der Stirn und kam angestapft. »Warum bist du noch nicht fertig, Needle?«, herrschte er ihn an. »Die ganze Schwerarbeit haben wir schon erledigt! Sieh zu, dass du deinen Zauber gewirkt kriegst, damit wir endlich was Kaltes trinken gehen können.«

»Das ist keine Magie und das ist kein Zauber«, sagte Colin zähneknirschend. »Ich versuche, die neuen Sicherheitstore und -zäune an ein Computernetzwerk anzuschließen, damit wir alles mit Fernsteuerung regeln können. Das habe ich euch schon mehrfach erklärt.«

»Du hast mir erzählt, dass dein flacher Kasten mit unsichtbaren Blitzen wirkt, die durch die Luft fliegen«, sagte Ragnar. »Ist das etwa keine Magie?«

Colin verzog das Gesicht. Niemand sonst auf der ganzen Farm verstand irgendetwas von Elektrotechnik oder Computern, von drahtlosen Netzwerken ganz zu schweigen; die meisten Farmbewohner stammten aus einem anderen Jahrhundert, als solche Erfindungen noch völlig undenkbar waren. Selbst seine Mutter, die sich genug Wissen angeeignet hatte, um das Internet zu nutzen und ihre Versuchs- und Haushaltslisten auf dem Computer zu führen, konnte Colin auf diesem Gebiet lange nicht das Wasser reichen. Eines schönen Tages würde Gideon nicht mehr sein, und Colin Needle würde das Sagen haben. Dann hatten sich Lucinda und Tyler Jenkins streng nach seinen Anordnungen zu richten – wenn er sie überhaupt noch auf der Farm duldete.

Sogar Colins Mutter, so furchteinflößend sie auch sein konnte, würde sich seinem Willen beugen müssen.

Vom hinteren Ende des Stalls ertönte ein tiefes, heiseres Knurren, und Colin zuckte vor Schreck zusammen. Ragnar lachte und schlug sich auf den Schenkel; er machte ebenso wie Walkwell keinen Hehl daraus, dass er Colin nicht leiden konnte. »Mach dir nicht gleich in die Hose, Jungchen! Das sind bloß die Mantis, die ihren Käfig leid sind. Sie wollen raus und mit dir spielen!«

»Sehr witzig«, sagte Colin, aber dennoch zitterte er. »Das sind die reinsten Bestien.«

»Und wer ist schuld, dass Gideon an nichts anderes mehr denkt als an Abwehrmaßnahmen?« Walkwell deutete auf das neu eingebaute elektrische Schiebetor. »Wer hat Gideons Feinde hier auf unseren Grund und Boden geholt?«

»Lass mich gefälligst in Frieden, ja? Tausendmal habe ich mich schon entschuldigt! Wie oft soll ich das noch tun?«

Tatsächlich war Gideons Sicherheitsmanie neuerdings in Colins Augen das Klügste, was der Alte sich seit Jahren hatte einfallen lassen, aber deswegen wollte er sich durchaus nicht länger in der Nähe dieser eingesperrten Monster aufhalten als unbedingt nötig. Da lag so etwas in ihren rötlichen Augen, etwas Kaltes, Wissendes … »Ihr habt doch gesagt, dass der Käfig sicher ist, oder?«, fragte er Ragnar und Walkwell. »Ja? Dann geht aus dem Weg und lasst mich was ausprobieren.« Colin klickte auf seinem Bildschirm auf »Open«. Ein paar Meter entfernt sprang der Motor an, dann begann das schwere Metalltor des Stalls auf seinen kleinen Rädern rasselnd zur Seite zu gleiten. Ein bisschen war es doch wie Magie, dachte Colin Needle stolz. Die Mantis hörten das Rasseln und fingen an, im Stall zu grollen und zu bellen. Colin war überaus dankbar, dass die wilden Biester hinter schweren Stahlgittern eingesperrt waren: Ihre langen gelben Zähne, krallenbewehrten Finger und eigentümlich intelligenten, aber gefühllosen Augen hatten ihm in letzter Zeit öfter Albträume bereitet.

Ein kurzer Regenschauer besprengte den Staub und rieselte warm auf Colins Nacken. Er öffnete und schloss die Tore noch ein paarmal, um sicherzugehen, dass er alles richtig eingestellt hatte, dann beendete er das Programm, während Ragnar und Walkwell die letzten Aufräumarbeiten machten.

Als Simos Walkwell ihn herbeipfiff, platzte ihm fast der Kragen: Er war doch kein Hund, nach dem man einfach pfeifen konnte! »Needle«, sagte Walkwell, »nimm mal das Ende von diesem Metallseil und halte es, damit ich es aufrollen kann.« Walkwell schien selbst in der schlimmsten Bullenhitze nicht zu schwitzen, aber er nahm seinen Hut ab und fuhr sich mit den Fingern durch die Haare, während er das kunststoffummantelte Kabel in der anderen Hand betrachtete. Er hatte seine Hörner schon mehrere Tage nicht mehr abgeschmirgelt, und sie sahen aus wie winzige Baumstümpfe, die knapp über seinen Schläfen wuchsen.

»Das ist kein Metallseil«, sagte Colin. »Das ist ein Kabel. Das Wort ist *Kabel.*«

Der alte Grieche lachte rauh und trocken. »Du weißt, was ich meine. Jetzt mach dich nützlich. Halt das Metallseil und den Mund gleich mit. Beides wäre hilfreich.«

Colin schluckte eine patzige Erwiderung hinunter. *Du wirst schon sehen*, dachte er. *Eines Tages werde ich auf dieser Farm das Kommando haben, ganz gleich, was du und diese eingebildeten Jenkins-Gören denken. Und wenn das passiert, wird alles anders werden. Ganz anders.*

Das Sommergewitter war gerade auf die andere Talseite gezogen, doch seine letzten feuchten Spuren im Staub waren schon fast wieder weggetrocknet. Jetzt, da der Donner langsam verklang, waren die Geräusche besser zu hören, die hinter dem neuen Tor aus dem Stall drangen: das rastlose, grummelnde Geräusch großer, hungriger Tiere, die darauf warten, herausgelassen zu werden.

1

# WIE DIE BERLINER MAUER

»Wie schön, dass du uns selber abholen kommst, Onkel Gideon!« Die vierzehnjährige Lucinda Jenkins drehte sich zu ihrem jüngeren Bruder um. »Ist das nicht toll? Wir sind wieder da!«

Nicht einmal Tyler versuchte sich hypercool zu geben. »Absolut«, sagte er und grinste. »Absolut toll ist das.« Richtig niedlich, wie aufgeregt seine Schwester war, wo sie doch sonst sogar *Planetoid*, das beste Videospiel aller Zeiten, »megalangweilig« fand. Aber auch Tyler freute sich und konnte selbst dem ungewöhnlich feuchten Wetter etwas abgewinnen.

Ihr Großonkel Gideon schien sich ebenfalls zu freuen, dass sie da waren, und wirkte ganz anders als letzten Sommer, als er sich teilweise aufgeführt hatte, als bereute er es, sie auf seine Supersonderspezialfarm eingeladen zu haben. Gideon Goldring sah auch gesünder aus als im Jahr zuvor – er hatte heute sogar auf seine normale Alltagskluft, bestehend aus Schlafanzug und Bademantel, verzichtet. Seine weißen Haare waren natürlich wie immer ungekämmt, aber frisch gewaschen, und seine Haut war gebräunt, als hätte er sich länger draußen in der Sonne aufgehalten.

»Es ist auch schön, euch zwei wieder hier zu haben!«, sagte Gideon lachend. »Kommt, beeilt euch, Kinder! Wir haben eine lange Fahrt vor uns, und alle warten schon auf euch.«

Simos Walkwell trat heran, Gideons Verwalter und Mann für alles – wenigstens sah er mit Hut und Stiefeln wie ein normaler Mann aus, obwohl Tyler und seine Schwester wussten, dass der Eindruck täuschte. Gefühlsausbrüche waren nicht seine Art, aber er nickte und lächelte sogar fast ein wenig, dann warf er die beiden großen Koffer hinten auf die Ladefläche, als ob sie nicht schwerer als Sofakissen wären, und sprang wieder auf den Kutschbock. Lucinda krabbelte auf die Ladefläche des Wagens, Tyler hinterher.

Lucinda war so aufgeregt, dass sie nicht still sein konnte. »Wow, ist das klasse, hier zu sein! Wie geht's allen – und wie geht's den Tieren? Ooh, wie geht's dem kleinen Drachenkind? In deinem letzten Brief stand, es wäre inzwischen richtig groß geworden!« Onkel Gideons letzter Brief lag schon Monate zurück. Seitdem trieb Lucinda ihren Bruder fast zum Wahnsinn. »Geht's ihr gut, der Kleinen?«

Gideon lachte stillvergnügt. »Ja, Lucinda, ja, allen Tieren geht es gut. Den Menschen auch.«

Walkwell hatte sich inzwischen die Zügel gegriffen und schnalzte mit der Zunge. Culpepper, das Zugpferd, schnaubte und wendete dann mit dem Wagen im großen Bogen auf der Hauptstraße. Ein paar Leute auf dem Bürgersteig gegenüber blickten auf, und ein oder zwei winkten. In Standard Valley herrschte das übliche gemütliche Samstagstreiben.

Gideon senkte die Stimme. »Ihr habt doch zu Hause niemandem was erzählt, oder? Über die Farm?«

»Nein, Onkel Gideon!«, riefen beide Kinder gleichzeitig, und Tyler fügte hinzu: »Wo denkst du hin! Das haben wir doch versprochen.«

»Allerdings.« Gideon lehnte sich wieder auf dem Bock zurück. »Und das ist auch das oberste Gebot hier. Eigentlich ist es fast das einzige Gebot.«

*Na, nicht ganz*, dachte Tyler belustigt. *Du hast noch ein paar andere. Nicht zu viele Fragen nach den Tieren stellen. Keine Fragen nach der Verwerfungsspalte stellen, aus der die Tiere kommen. Nicht danach fragen, was mit deiner Frau Grace passiert ist. Und ganz gewiss nicht danach fragen, warum du eine Hexe als Haushälterin hast!* Natürlich behielt Tyler all diese Dinge für sich. Er hatte im vorigen Jahr einen überwältigenden, großartigen und unglaublich gefährlichen Sommer auf der Tinkerfarm verbracht, und wenn er während dieser Zeit etwas gelernt hatte, dann, dass man gut daran tat, sich über einen Anfall von guter Laune bei Gideon Goldring zu freuen und im übrigen den Mund zu halten.

Und ihr Großonkel war tatsächlich gutgelaunt, es schien, als hätte er die Kinder fast ebenso sehr vermisst, wie sie die Farm vermisst hatten. Tyler hatte das Schuljahr über nicht ganz so fanatisch die Sekunden bis zu ihrer Rückkehr gezählt wie seine Schwester, sich aber nicht minder darauf gefreut. Ein wenig gefürchtet hatte er sich allerdings auch. So viele Geheimnisse, so viele verrückte, gefährliche Geheimnisse!

*Und jetzt geht es wieder los*, dachte er. Volle zehn Wochen. Da konnte alles passieren!

»Endlich. Wir sind wieder da.« Lucinda blickte die Straße ins Tal hinunter. »Ich hab's kaum erwarten können.«

»Sieht es noch so aus wie voriges Jahr?«, fragte Gideon. »Wie du es in Erinnerung hast?«

»Noch schöner. Wann kann ich die Drachen sehen?« Tyler wusste, dass sie darauf brannte, sich mit den Drachen zu unterhalten, nachdem sie ganz am Ende des letzten Sommers entdeckt hatte, dass sie das konnte – sie hatte während der ganzen Zugfahrt von kaum etwas anderem gesprochen. »Kann ich jetzt gleich mal bei ihnen reinschauen, Onkel Gideon? Bevor wir zum Haus fahren? Der Reptilienstall ist doch gleich dort drüben!«

Walkwell knurrte missbilligend, aber Gideons gute Laune hielt an. »Na, von mir aus, aber nur kurz – wenn du versprichst, nichts anzustellen!«

»Ganz bestimmt, ganz bestimmt! Vielen Dank, Onkel Gideon!«

Der alte Mann schmunzelte. »Aber sagt Mrs. Needle nichts davon. Sie mag es nicht, wenn ich mich nicht an die Regeln halte.«

»Sie mag gar nichts, wo irgendwie Leben drin ist«, murmelte Tyler vor sich hin, aber er wusste, dass es Lucinda in diesem Moment nicht einmal gestört hätte, wenn Patience Needle auf einem Besen angeflogen wäre.

Sie überquerten eine Holzbrücke über den Kumish Creek und fuhren dann an dem neuen und beeindruckend hohen Drahtzaun entlang, der sich um das Anwesen zog. Tyler fielen gleich die Schilder ins Auge, auf denen »VORSICHT! ELEKTROZAUN!« stand.

»Ist der wirklich elektrisch?«, fragte er.

»Der Schlag, den man kriegt, ist nicht tödlich«, erwiderte Gideon. »Gerade stark genug, dass unerwünschte Besucher nicht drüberklettern. Und wenn sie es auf anderem Wege versuchen, tja«, er deutete auf ein kleines kuppelförmiges Gerät auf einem Zaunpfosten, »dann haben wir dafür Kameras. Sie funktionieren auch bei Nacht.« Er gluckste vergnügt. »Simos hat jetzt viel weniger Arbeit damit, die Farm zu bewachen, stimmt's, Simos?«

»Ich habe nicht darum gebeten.« Walkwell klang nicht begeistert. »Meine Ohren und meine Nase sind immer noch besser als jeder Guckkasten.«

»Ja, aber nicht einmal du kannst auf einen Blick sehen, was im ganzen Tal los ist.« Die Knurrigkeit des Verwalters amüsierte Gideon. »Das wird dir helfen, Simos. Du wirst auch nicht jünger.«

»Das hat schon Perikles zu mir gesagt.« Simos Walkwell richtete den Blick wieder auf die neben dem Zaun verlaufende Straße. Sie näherten sich einem großen Tor, das ebenfalls neu zu sein schien.

»Er hat Perikles überhaupt nicht gekannt«, flüsterte Gideon gut hörbar. »Er übertreibt maßlos.«

Da Tyler den Typen auch nicht kannte, konnte er nur mit den Achseln zucken. »Und das ist das neue Tor?«

»Eines der neuen Tore, ja.«

»Aber *warum?*« Lucinda klang beunruhigt, und Tyler konnte ihr das nicht ganz verdenken. Die Hügel und das Tal hatten sich nicht im Geringsten verändert, aber der Anblick dieses drei Meter hohen Tors aus Stahl und der schweren Holzbalken war vollkommen ungewohnt. Tyler fand, es sah aus wie der Eingang zu einer Festung … oder einem Gefängnis.

»Das hatte ich euch schon in meinem Brief zu Weihnachten geschrieben«, sagte Gideon. »Dass ihr erst jetzt wieder zu Besuch kommen könnt, weil wir ein paar Veränderungen vornehmen müssen. Nun, das ist eine davon. Wir haben auf der ganzen Farm neue Zäune und Tore, ja, wir haben ein komplettes neues Sicherheitssystem!«

»Irgendwie gruselig«, sagte Lucinda. »Es sieht aus wie … wie …«

»Ostberlin«, sagte Tyler, der im Geschichtsunterricht gerade den Kalten Krieg durchgenommen hatte.

Gideon schüttelte nachdrücklich den Kopf, und seine gute Laune verflog. »Erzähl keinen Unsinn! Die Berliner Mauer hat die Leute eingesperrt. Ich schütze mich vor Leuten, die sich hier einschleichen und meine Geheimnisse stehlen wollen. Das ist überhaupt nicht zu vergleichen!« Er sah die Kinder grimmig an. »Oder habt ihr schon vergessen, was vorigen Sommer passiert ist?«

Tyler hielt es für ratsam, nicht weiter über das Tor zu sprechen. »Nein, Onkel Gideon.«

»Natürlich nicht, Onkel Gideon«, sagte Lucinda. »Wir verstehen schon.«

Tyler besah sich den Zaun, der sich in beiden Richtungen so weit erstreckte, wie er schauen konnte. »Der … ähm … sieht sehr sicher aus.«

Gideon lachte rauh. »Das will ich hoffen! Hast du eine Vorstellung, was es kostet, viertausend Hektar Land einzuzäunen und Kameras zu montieren? Dafür ist fast das ganze Geld draufgegangen, mit dem Ed Stillman Simos bestechen wollte. Und das war ein ziemlicher Batzen!«

Bloß dass es in Wirklichkeit gar kein Bestechungsgeld war, wie Tyler wusste. Der Milliardär Stillman hatte so getan, als wollte er Colin Needle mit dem Geld ein Drachenei abkaufen. Tyler und Lucinda hatten geholfen, diesen Anschlag auf die Tinkerfarm zu vereiteln und vor ihrem Großonkel geheim zu halten.

Gideon stieg vom Wagen und drückte auf einem Tastenfeld

neben dem Zaun ein paar Zahlen. Das Schloss klickte auf und das schwere Tor rollte zur Seite. Nachdem sie hindurchgefahren waren, glitt es von alleine wieder zu.

»Um sicherzugehen, dass niemand es aus Versehen offen lässt«, erläuterte er. »Großartige Neuerung – und es gibt andere, die ihr noch nicht gesehen habt. Wir sind jetzt wirklich gut gerüstet. Stillmans Bande soll nur kommen und versuchen, sich heimlich hier einzuschleichen!«

Selbst Lucinda war mittlerweile verstummt. Als sie sich auf den Weg zum Reptilienstall machten, fiel der lange Schatten des Tores vor ihnen auf die Straße.

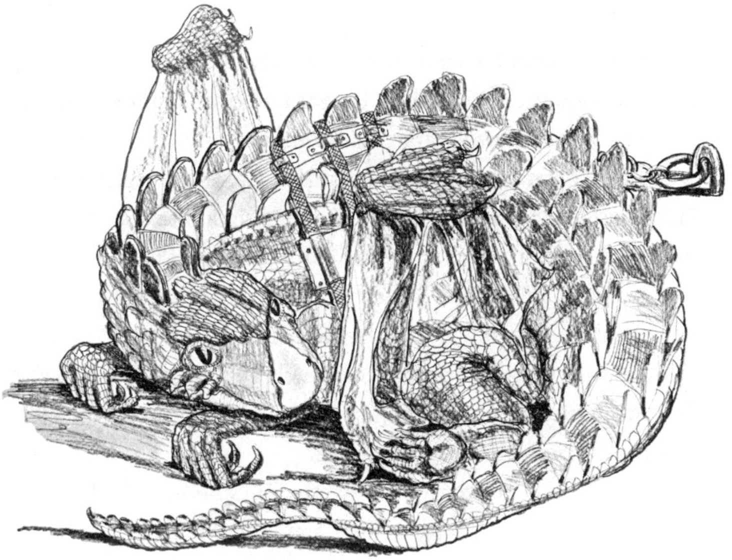

2

## EIN FEURIGER ROTZBOLLEN

Als sie vor dem Reptilienstall anhielten, meinte Lucinda auf einmal, jemanden ihren Namen rufen zu hören. Walkwell musste es auch gehört haben, denn er blickte in Richtung des Farmhauses. Eine seltsame Gestalt kam auf sie zu, hoch aufgerichtet, gefolgt von einer Staubwolke.

»Oh, Mist«, sagte Tyler. »Der.«

Es war Colin Needle, der auf einem altmodischen schwarzen Fahrrad querfeldein holperte und dabei tüchtig durchgeschüttelt wurde.

Tyler lachte. »He, geile Kiste, Needle! Gehört das Rad deiner Mama?«

»Ich freu mich auch, dich zu sehen, Jenkins«, sagte Colin mit einem schlecht gespielten verkniffenen Lächeln, als er neben ihnen anhielt. »Hi, Lucinda«, fügte er hinzu. »Schön, dass du wieder da bist.« Das hingegen hörte sich ehrlich an.

Lucinda fand, dass Colin seit dem letzten Sommer länger und dünner geworden war. Er trug zudem ein altes, schlecht sitzendes Jackett und dazu passende Bügelfaltenhosen. Mit seinen vom Fahrtwind verwuschelten Haaren sah er aus wie eine Vogelscheuche auf Rädern. »Hi, Colin«, sagte sie. »Steht dir gut, der Anzug.« Das stimmte nicht ganz, aber Lucinda wollte den Sommer diesmal freundlich beginnen – eigentlich, dachte sie, war Colin gar nicht so übel. Tyler schnaubte, aber Colin und Lucinda ignorierten ihn.

»Danke.« Colin drehte sich hastig zu Gideon um, als wäre es ihm mit einem Mal peinlich, Lucinda in die Augen zu schauen. »Meine Mutter hat euch herfahren sehen, und sie sagt, ich soll dich daran erinnern, dass Sarah den ganzen Tag gearbeitet hat, damit wir ein warmes Abendessen bekommen, aber lange wird es nicht warm bleiben.«

»Patience hat uns gesehen? Da muss sie mit meinem Fernglas Ausschau gehalten haben.« Gideon wandte sich Tyler und Lucinda zu. »Was wohl bedeutet, dass wir uns lieber beeilen.« Er hörte sich an wie ein kleiner Junge, der mit Hochgenuss ein Verbot übertritt. »Bevor die Geduldige«, denn das hieß Patience, »noch die Geduld verliert.«

Über diesen Witz konnte Lucinda beim besten Willen nicht lachen, aber aus Höflichkeit rang sie sich ein Kichern ab. »Komm mit, Colin«, sagte sie. »Ich will nur mal kurz zu den Drachen reinschauen. Komm schon! Ich beeil mich auch.«

Colin, der dabei war, vom Rad zu steigen, hielt in der Bewegung inne. »Ähem … nein, danke. Geh du nur. Ich warte hier.«

»Sei doch nicht doof! Du kannst mir erzählen, was du seit letztem Sommer so getrieben hast.« Lucinda hätte ihn beinahe am Arm gefasst, hielt sich dann aber lieber zurück. Sie wollte dieses Jahr netter zu dem linkischen Jungen sein, aber sie wollte nicht, dass er auf dumme Gedanken kam. »Komm!«

Colin schloss sich sehr widerstrebend der kleinen Gruppe um Simos Walkwell an, der die schwere Tür aufschob.

Im Innern des kolossalen Stalls war es mindestens so heiß wie außen, aber zusätzlich hing der scharfe Geruch wilder Tiere in der Luft. Lucinda überwand ihren Ekel – schließlich hatte sie seit Monaten sehnsüchtig auf diesen Augenblick gewartet.

Meseret, die Drachenmutter, lag ausgestreckt und mit angelegten Flügeln in ihrem Gehege, groß wie ein Bus, schön und schrecklich. Lucinda konnte sich bei ihrem Anblick ein aufgeregtes Quietschen nicht verkneifen. Meseret war wie ein Wesen aus einem Märchenbuch, überall dicke, lederige Schuppen und knochige Höcker, ein Wesen, das es in der echten Welt eigentlich nicht hätte geben dürfen – aber es gab sie. Die Augen mit den geschlitzten Pupillen beobachteten sie alle und verrieten nichts.

*Kannst du mich hören, Meseret?* Lucinda versuchte, mit ihren Gedanken zu sprechen. *Kannst du dich an mich erinnern? Wir sind zusammen geflogen!* Ein neutraler Beobachter hätte in jener Sommernacht wohl eher den Eindruck bekommen, dass Lucinda hilflos an Meserets zerrissenen Fesseln baumelte. *Kannst du dich an mich erinnern? Ich bin Lucinda!* Sie hatte sich vorher eingeschärft, beim ersten Mal nicht zu viel zu erwarten, aber Meserets wuchtiges, gleichgültiges Schweigen kränkte sie doch. *Erinnerst du dich? Ich habe geholfen, dein Ei zu retten!*

»Mann, guck mal! Da ist auch das Kleine!«, rief Tyler, und Lucinda wandte sich widerwillig von der großen Drachin ab.

»In deinem Weihnachtsbrief hast du geschrieben, du hättest sie Desta genannt«, sagte sie zu Gideon.

Ihr Großonkel nickte. »Das ist äthiopisch und heißt

›Freude‹. Meine Frau Grace hatte einmal einen jungen Hund, der so hieß und an dem sie sehr hing.«

Desta sah durchaus nicht wie ein junger Hund oder überhaupt wie ein Tierjunges aus, zumindest nicht im Vergleich zu dem winzigen Ding, das vorigen Sommer in der Farmhausküche geschlüpft war. Die junge Drachin war inzwischen so groß wie ein Pony. Sie war in fast jeder Hinsicht das kleinere, schlankere Abbild ihrer Mutter, doch ihre Grundfarbe war nicht deren stumpfes Graugrün, sondern ein sandiges Braun, dazu ziegelrote Rosetten und ein Grat hellolivgrüner Stacheln auf dem Rücken. Destas Schuppen, manche so groß wie Lucindas Hand, andere so klein wie der Nagel ihres kleinen Fingers, glänzten und funkelten, wenn die Muskeln unter der Haut spielten.

Auch die junge Drachin beobachtete Lucinda und Tyler, vor allem aber sah sie aus, als wollte sie gern wieder einschlafen. »Cool«, flüsterte Tyler.

»Ist irgendwas mit ihr?«, fragte Lucinda und blickte auf die Riemen um Destas Mitte. Eine Kette verband das Gurtwerk mit einem großen Ring, der dicht neben dem Strohhaufen, auf dem sie schlief, in den Betonboden des Käfigs eingelassen war. »Was ist das für ein Ding, das sie da umgeschnallt hat?«

»Ein Geschirr«, sagte Gideon. »Das ist im Moment nötig. Sie wird bald fliegen lernen, weißt du. Ich will nicht, dass sie plötzlich über das Anwesen hinausfliegt.«

»Das muss ihr doch lästig sein.«

»Vermenschliche die Tiere nicht«, sagte ihr Großonkel. »Das ist immer ein Fehler.« Auf einmal knurrte Meseret, und obwohl die Drachenmutter ein gutes Stück von ihr entfernt war, spürte Lucinda das langsame, tiefe Grollen in ihren Füßen.

»Warum machst sie das?«, fragte sie. »Ist alles in Ordnung mit ihr?«

»Vollkommen in Ordnung«, sagte Gideon. »Sie hat wahrscheinlich nur Hunger.«

Meseret hob ihren mächtigen Kopf und drehte ihn mit geblähten Nüstern hin und her, als witterte sie etwas.

»Gideon«, sagte Colin, »vielleicht sollten wir lieber … vielleicht wäre es besser …« Es war für Lucinda nicht zu überhören, dass der ältere Junge ausgesprochen ängstlich klang. »Ich werde mal …«

Dann war auf einmal ein lautes Geräusch zu hören, das Lucinda erschreckte, ein feuchtes Ploppen, das wie ein unter Wasser abgefeuerter Startschuss klang. Colin Needle machte einen Satz und kreischte vor Schreck und Schmerz. »Auuuu! Au, Hilfe, ist das heiß! Ich *verbrenne!*«

Lucinda wirbelte herum und sah Colin wie verrückt herumspringen und um sich schlagen. Etwas Zähes und Klebriges lief an seinem Jackett hinunter – etwas, das *qualmte.* Im nächsten Moment ging Colins Jackett in Flammen auf.

Zum Glück war Walkwell nur wenige Meter entfernt. Der drahtige alte Grieche bewegte sich derart schnell, dass Lucinda nicht einmal dazu kam, vor Schreck aufzuschreien, als er Colin bereits das brennende Jackett vom Leib riss und es wegschleuderte. Er stieß den wimmernden Jungen zu Boden und wälzte ihn hin und her, bis er sicher war, dass dieser nirgends mehr brannte. Als die Flammen gelöscht waren, hielt er Colin noch eine Weile am Boden fest. Der schwarzhaarige Junge zitterte heftig und atmete schwer.

»Hat er was abbekommen?«, fragte Lucinda. »Colin, alles okay?«

»Es ist nicht so schlimm«, sagte Walkwell. »Seine Mutter wird ihm etwas für die Brandwunden geben.« Er klang nicht allzu besorgt.

Während Walkwell und Gideon dem kreidebleichen Jungen aus dem Stall halfen, schob sich Tyler an Lucindas Seite und sagte leise: »Wie's aussieht, vergessen Drachen nicht so schnell, was? Destas Mama weiß noch genau, wer ihr Ei gestohlen hat.«

»Sei nicht so gemein, Tyler.« Dann begriff sie, was er damit gemeint hatte. »Moment mal, du meinst Meseret? War sie das? Was hat sie gemacht?«

»Ich vermute, Colin ist ihr vom vorigen Sommer noch gut in Erinnerung. Sie hat ihn aus sechs, sieben Meter Entfernung *angespuckt*. Ein Riesenflatsch.« Er rieb sich den Mund, um sein Grinsen zu verbergen. »Ein feuriger Rotzbollen.« In der Ferne donnerte es leise. Das Gewitter schien abzuziehen.

Lucinda fand das gar nicht witzig. Ihr war sogar ein bisschen unbehaglich zumute: Sie hatte doch bloß freundlich sein wollen! »Der arme Colin. Er wollte den Drachen nicht zu nahe kommen, aber ich habe ihn überredet.«

»Dem ist doch gar nichts passiert, Luce. Und verdient hat er's auf jeden Fall. Zumindest, wenn es nach Mama Drache geht!«

So hatte Lucinda den Sommer ganz gewiss nicht beginnen wollen.

# 3

# ZUM BERG ZION

Durch ihren Abstecher zum Reptilienstall näherten sie sich der Farm nun von der anderen Seite. Tyler fand es spannend, diese Route zu fahren und zwischen den Nebengebäuden und Ställen hindurch auf die Farm zuzukommen, statt sie erst aus der Ferne von oben zu sehen. Von der Hügelstraße aus wirkten die Gebäude im Tal wie eine Flotte kunterbunt gestrichener hölzerner Raumschiffe, rot, gelb, braun und weiß, nun aber erhoben sie sich vor ihnen wie die Bauten einer gewaltigen Spielzeugstadt mit Sägezahndächern und Türmen, erbaut von betrunkenen Weihnachtswichteln mitten in einem gottverlassenen kalifornischen Tal.

»Schau mal, Luce!«

Seine Schwester blickte auf. »Oha«, sagte sie. »Wir sind

wirklich wieder da.« In der Zwischenzeit hatte sie sich um Colin gekümmert, der mit roten Augen und zusammengebissenen Zähnen neben ihnen auf der Ladefläche kauerte. Tyler glaubte nicht, dass der Typ so schlimm verbrannt war, wie er tat, denn nur ein paar kleine Stellen auf seiner Jacke hatten tatsächlich Feuer gefangen.

Lucinda warf Tyler einen warnenden Blick zu, während das Pferd den Wagen an dem alten Getreidesilo vorbeizog. Der hohe, graue Holzbau sah wie ein Spukhaus aus einem Horrorfilm aus, in Wirklichkeit aber war er leer und barg das größte Geheimnis der Farm: die Verwerfungsspalte, ein Durchgang zu anderen Zeiten und Räumen, den Octavio Tinker einst entdeckt hatte. Tyler wusste nicht, was Lucinda ihm mit ihrem Blick sagen wollte, und es war ihm auch egal: Sie hatte ihre Drachen und er hatte die Verwerfungsspalte. Soweit Tyler wusste, war er der einzige Mensch auf der Welt, der sie ohne Hilfe eines Instruments in beide Richtungen unbeschadet passieren konnte. Bildete sich seine Schwester wirklich ein, er würde sich den ganzen Sommer von der Spalte fernhalten?

Eine Menschentraube drängte zur Begrüßung zur Tür des Farmhauses hinaus auf die überdachte Veranda, und die beiden blickten in viele lächelnde, bekannte Gesichter. Noch bevor der Wagen zum Stehen gekommen war, kamen die Farmbewohner auf sie zugeeilt.

»Da seid ihr ja! Das ist aber schön, sehr schön!«, rief Sarah, die Köchin, und wischte sich die Hände an der Schürze ab; ihre roten Backen waren noch röter als sonst. Tyler ließ sich von ihr bereitwillig umarmen, obwohl ihn die kleine, aber kräftige Frau fast zerquetschte. Als nächste kam seine Schwester an die Reihe und wurde gedrückt, bis ihr fast die Luft wegblieb. Sarah war der gute Geist des Hauses und sorgte dafür, dass es auf der alten Farm heimelig und gemütlich zuging.

Pema, eine schweigsame junge Frau aus dem Tibet vergangener Zeiten, und Azinza aus Afrika, hochgewachsen, dunkel und stolz, schlossen die Geschwister als nächste in die Arme.

»Ihr habt uns gefehlt«, sagte Azinza. »Es war hier richtig langweilig, nachdem ihr weg wart.«

»Aber heute war es wohl nicht so langweilig«, bemerkte Sarah mit einem Seitenblick auf Colin, der von Gideon ins Haus gebracht wurde. »Was ist mit ihm?«

Doch bevor Lucinda antworten konnte, fielen die anderen Bewohner der Farm über sie und ihren Bruder her. Der Wikinger Ragnar, ein bärtiger blonder Großvater mit der Statur eines Profiringers, grinste wie ein Honigkuchenpferd und überraschte Tyler mit einer Umarmung, die so fest war, dass sie ihm fast die Rippen brach. Kiwa, Jeg und Hoka, die mongolischen Hirten, die von den Jenkins-Kindern »die drei Amigos« genannt wurden, warteten lächelnd mit selbstgebastelten Geschenken für Lucinda und Tyler, Armbänder, die aus langen Haaren geflochten waren.

»Pferdehaar?«, fragte Lucinda.

»Nicht Pferd«, sagte Kiwa, der Älteste. »Einhorn. Von Schweif, Mähne. Bleibt hängen an Zaun und Sträucher.«

»Wow«, sagte Tyler. Mit Jegs Hilfe band er sich seines ums Handgelenk. Die geflochtenen Haare waren erstaunlich dick und schwer und glänzten wie Platindraht.

»Ist ja irre«, sagte Lucinda, während sie ihr Armband bewunderte. »Vielen Dank!«

Die Letzte, die vortrat, war Oola, das Mädchen, das Tyler aus der Eiszeit mitgebracht hatte, blitzsauber und in einem normalen Kleid, aber mit langen braunen Ringellocken, die aussahen, als wären sie mit neuzeitlichen Bürsttechniken nicht ganz zu bezähmen. Oola nahm Tylers Hand und drückte sie sich feierlich an die Stirn. Tyler lächelte sie an, wusste aber nicht recht, was diese Geste bedeuten sollte. »Es ist schön, dich zu sehen«, sagte sie und blinzelte ihn durch ihre langen Wimpern scheu an. Da schien ihr etwas einzufallen, was sie vergessen hatte, und sie eilte in die Küche zurück. Tyler blieb stehen und wusste nicht so recht, was er davon halten sollte.

Selbstverständlich gab es zur Feier ihrer Rückkehr ein großes Festessen. Tyler fand es nur anständig, die Arbeit zu ehren, die sich die Köchinnen gemacht hatten, und sich den ganzen Abend voll und ganz dem Essen zu widmen. Der Tisch, an den er sich setzte, war gedeckt mit Brathühnchen, schön saftig unter der knusprigen Haut, Enchiladas mit selbstgebackenen Maistortillas, mehreren Salaten und großen Schüsseln voll gegrillter Artischocken und grüner Sommerbohnen. Sarah hatte außerdem eine Spezialität aus ihrer alten Heimat gekocht, Sauerbraten mit Rotkohl und Backobst. Tyler war zuerst etwas misstrauisch, doch nach einer kleinen Kostprobe tat er sich eine große Portion auf. Irgendwie schien er auf der Ordinary Farm stets noch hungriger zu sein als zu Hause.

Am späteren Abend tischte Sarah Bier für die Erwachsenen und einen Krug mit Erdbeerlimonade für alle anderen auf und ließ sich dann breit und gemütlich zwischen Tyler und Lucinda nieder. »Ihr zwei seid vielleicht gewachsen!« Die Herrin der Küche nahm Lucinda genauer in Augenschein. »Richtig groß schon! Bald bist du eine Frau, doch, wirklich!« Lucinda wurde rot. »Und du, Tyler. Du bist auch richtig groß geworden!«

Tyler lachte. »Ach, das dauert noch ein Weilchen, bis ich Ragnar eingeholt habe.«

Sarah nickte. »Ja, der arme Ragnar, er hat so viel Arbeit mit Gideons vielen Zäunen und Toren.« Sie zuckte die Achseln.

»Was hältst du von dem ganzen Kram?«, fragte Tyler die Köchin. »Von den neuen Zäunen und den ganzen Sicherheitsmaßnahmen?«

»Ach, was weiß ich denn schon.« Sarah war dieses Thema sichtlich unangenehm. »Wenn Gideon sagt, wir brauchen sie, dann brauchen wir sie. Er ist so besorgt um unsere Sicherheit. Und er trauert immer noch um seine Frau.«

»Der Ärmste«, sagte Lucinda. Gideons Frau Grace war vor Jahrzehnten verschwunden, aber das Rätsel ihres Verschwindens war nie aufgelöst worden. »Sie muss ihm schrecklich fehlen.«

»Aber du hast ihm geholfen, Tyler.« Pema, die kleine Tibeterin, war leise herangetreten. Sie wurde rot, als alle sie anschauten, sprach aber tapfer weiter. »Weil du letzten Sommer das Halsband seiner Frau gefunden hast, meine ich. Er hat es immer um. Immer am Hals. Wenn er traurig ist, berührt er es und …« Sie strich über ein unsichtbares Etwas an ihrem Hals. »So. Dann ist er nicht mehr so traurig.« Sie zeigte auf ihn. »Schau«, sagte sie. »Er macht es gerade.«

Tyler sah zu Gideon hinüber. Er strich in der Tat über die Goldkette des Medaillons um seinen Hals, aber das war es nicht, was Tylers Aufmerksamkeit erregte. Sein Großonkel unterhielt sich mit Mrs. Needle, die Tyler nun das erste Mal seit ihrer Ankunft erblickte. Die Hexe – die sie für ihn immer bleiben würde – war wie üblich korrekt und zeitlos gekleidet. Sie trug einen langen schwarzen Rock und eine bis zum schlanken Hals zugeknöpfte weiße Bluse. Sie schien Tylers Blick zu fühlen, denn plötzlich hob sie den Kopf, und einen Moment lang war er sich sicher, in ihren Augen einen eiskalten Hass zu erkennen. Doch der Ausdruck verschwand wie ein Nebelschleier, und sie lächelte ihn beinahe natürlich an.

»Willkommen auf der Farm!«, rief sie.

Tyler zog sich der Magen zusammen und er wandte sich ab. Lucinda sah ihn warnend an.

»Und wie geht's unserer Mrs. Needle so?«, fragte er.

Sarah vergewisserte sich, dass die Engländerin nicht hinschaute, bevor sie eine finstere Miene aufsetzte. »Sie ist, was sie ist.« Wie fast alle auf der Tinkerfarm war auch Sarah eine Exilantin aus der Vergangenheit, eine Frau aus dem Mittelalter, die eine sehr entschiedene Meinung zu Hexen hatte. »Aber Gideon hört auf sie, und er vertraut ihr. Ärgert sie bitte nicht.«

»Warum sollten wir sie ärgern?«

Sarah schüttelte den Kopf. »Nehmt euch einfach in acht, Kinder, bitte! Sie mag euch nicht, und es ist nicht gut, sie zum Feind zu haben.«

•◆•

Es war dunkle Nacht. Fledermäuse schwirrten durch den Garten auf der Jagd nach Nachtfaltern und Mücken. Auf der Farm herrschte ein ländlicher Tagesrhythmus: Wer nicht mit Abräumen und Spülen beschäftigt war, verzog sich langsam Richtung Bett. Gideon hatte sich schon eine halbe Stunde zuvor verabschiedet. Caesar, der alte Schwarze, der sich im Haus allgemein nützlich machte und darauf bestand, Gideon Goldring persönlich zu bedienen, fing plötzlich an, ein Lied zu singen.

*Oh, let me fly, now, let me fly!*
*Let me fly into Mount Zion,*
*Lord, Lord.*

Die Sehnsucht nach jenem Berg Zion, die dabei in seiner brüchigen alten Stimme schwang, verstand Tyler nicht so recht, und doch passte das Lied zur allgemeinen Stimmung – vielleicht war es auch die Art, wie Caesar es sang. Selbst Simos Walkwell tappte im Takt mit dem Huf. Oola begann, sich hin und her zu wiegen und ihre dicken braunen Haare zu zwirbeln.

*I just want to get up in the Promised Land …*

Eine harte Hand legte sich auf Tylers Schulter, und er zuckte zusammen.

»Guten Abend, Kinder«, sagte Patience Needle. »Wie nett, dass ihr wieder da seid. Es wird jetzt Zeit, dass ich euch eure Zimmer zeige.«

»Wie geht es Colin?«, fragte Lucinda. »Ist er schlimm verbrannt?«

Die Miene der Frau veränderte sich nicht. »Er ist schon fast wiederhergestellt. Verbrennungen zu heilen ist für mich nichts Besonderes. Kommt jetzt mit.«

Tyler bemühte sich um einen freundlichen Ton. »Schon okay, Mrs. Needle. Den Weg zu unseren Zimmern kennen wir noch.«

Mrs. Needle lächelte schwach. Umrahmt von ihren schwarzen Haaren schimmerte ihr blasses Gesicht wie der Mond. »Aber ihr habt in diesem Jahr andere Zimmer. Jetzt kommt mit, Kinder, es wird spät. Sagt allen gute Nacht.«

Das Haupthaus auf der Ordinary Farm war ein Labyrinth mit Holzfußböden, verblichenen alten Teppichen, flackernden Glühbirnen in leeren Fluren und zahllosen verschlossenen Türen, und trotzdem merkten sie, dass Mrs. Needle sie in der Tat nicht dorthin führte, wo sie im Jahr zuvor geschlafen hatten. Mit einer batteriebetriebenen Sturmlaterne in der Hand glitt sie wie eine Erscheinung vor ihnen her und blieb schließlich in einem Korridor stehen, den Tyler nicht wiedererkannte.

»Da wären wir, Kinder.«

»Ist das hier nicht in Ihrem Teil des Hauses?«, fragte Lucinda.

»Ja, Lucinda«, sagte die Haushälterin streng. »Mein Arbeitszimmer ist ganz in der Nähe – mein Büro, würdet ihr wohl sagen. Deshalb weiß ich, dass ihr euch hier wohlfühlen werdet. Schlaft gut.«

»Warum können wir nicht wieder unsere alten Zimmer haben?«, fragte Tyler.

»Weil es so beschlossen wurde«, antwortete sie und klang bereits ein wenig unfreundlicher. »So kann ich euch besser im Auge – Pardon, ich meine, hier kann ich mich besser um euch kümmern.«

Die angewiesenen Zimmer lagen nebeneinander und schienen beide auf einen Hof hinauszublicken. Es war zu dunkel, um Genaueres zu erkennen, nur dass sie in einem der oberen Stockwerke waren, hatte Tyler mitbekommen. Mrs. Needle knipste erst im einen, dann im anderen Zimmer die Deckenbeleuchtung an, und sie sahen, dass beide Zimmer mit dunkler Holztäfelung und Blümchentapeten aus lang vergangenen Zeiten ausgestattet waren. Das einzig Moderne waren die Koffer der Kinder, die offensichtlich schon vorher hochgebracht worden waren. »Jetzt macht euch bettfertig«, sagte die Engländerin. »Es ist spät.«

•◆•

Tyler putzte sich die Zähne und begab sich in sein Zimmer. Er war von dem Zimmerwechsel nicht begeistert – es war ihm beim ersten Mal schwer genug gefallen, sich in den Irrgängen des Farmhauses zurechtzufinden –, aber er war zu müde und zu satt, um sich darüber den Kopf zu zerbrechen. Er überlegte sich gerade, ob er zu Lucinda hinübergehen sollte, um noch ein bisschen über diesen ereignisreichen Tag zu plaudern, als das Schloss seiner Tür klickte. Bis er aufgesprungen und hingerannt war, hörte er schon Lucinda verblüfft und empört an ihre Tür hämmern. Tyler rüttelte am Knauf, doch er ließ sich nicht drehen – die Tür blieb zu.

Die Hexe hatte sie eingesperrt.

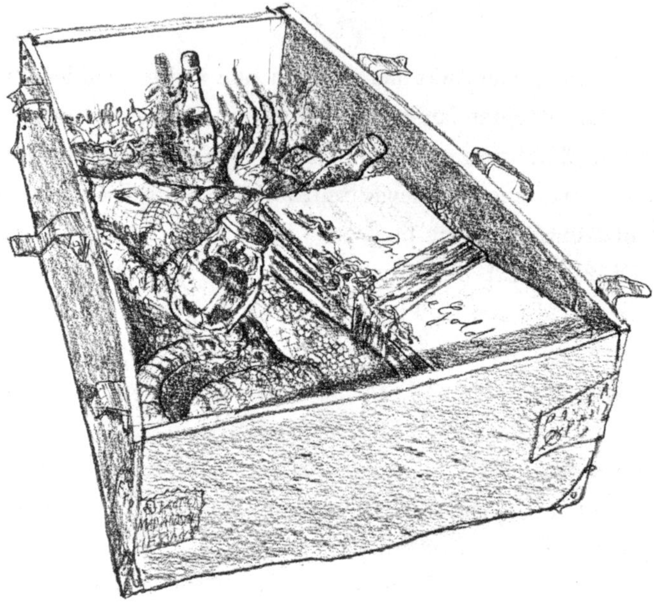

4

# GETROCKNETE EIDECHSE

Wütend, aber hundemüde setzte sich Lucinda auf ihr Bett und beschloss, zu ignorieren, dass ihr Bruder nebenan vor Zorn auf Tür und Wände einschlug.

Na schön, dann waren sie eben eingesperrt. Ihr gefiel es ja auch nicht, aber heute Abend konnten sie nichts mehr dagegen unternehmen, also warum konnte ihr Bruder sie dann nicht einfach in Ruhe schlafen lassen?

Endlich wurde es still in Tylers Zimmer. Lucinda holte ein Buch aus ihrem Koffer, einen alten Roman aus Mamas Bestand und begann, in ihr Kissen gekuschelt zu lesen. Das Buch hieß *The Singing Tree* und handelte von einer ungarischen Familie während des Ersten Weltkriegs. Die Handlung war spannend, und sie war müde genug, um einfach darin zu versinken.

Umso mehr erschrak sie, als es plötzlich an ihr Fenster klopfte: Mit einem lauten Schrei ließ sie das Buch fallen.

Es kam noch schlimmer. Tyler hing kopfüber vor ihrem Fenster wie eine große Fledermaus und grinste sie an.

»Du Idiot!«, rief sie, als sie aufsprang, um das uralte Fenster hochzuschieben, damit er hereinklettern konnte. Sie blickte nach unten. »Wir sind im zweiten Stock oder so. Du hättest dir den Hals brechen können!«

»Du klingst schon wie Mama«, sagte er. »Die ganze Außenwand ist doch total mit Efeu zugewachsen, da klettert es sich kinderleicht.« Mit völlig zerzausten Haaren und ungeheuer zufriedener Miene ließ er sich auf dem Fußboden nieder. »Mich sperrt niemand ein.«

Lucinda war kurz davor, seinen unverantwortlichen Leichtsinn zu bewundern. »Du spinnst ja«, sagte sie. »Wie willst du wieder zurückkommen?«

Tyler ließ sich auf den Rücken zurücksinken und streckte sich. »Es war wirklich irre. Der Mond ist richtig groß heute Nacht, schön hell zum Klettern. Und dieses Haus! Ich hatte ganz vergessen, *wie* groß es ist. Es zieht sich endlos hin, unglaublich riesig!« Plötzlich wurden seine Augen schmal. »Was ist das?«

Lucinda seufzte. Tyler war wie ein junger Hund, der schnüffelt, scharrt, buddelt, kaut und ständig mit irgendwas zugange ist. »Was ist *was?*«

»Das.« Er deutete an die Decke über ihrer Kommode. »Das Viereck da oben. Sieht aus wie eine Bodenklappe oder so was.«

»Und wenn schon, das kannst du doch morgen erkunden, du großer Entdecker und Superchecker. Ich bin müde.«

»Nein, echt.« Er sprang auf und zog zwei Kommodenschubladen auf. »Hilf mir mal, damit das Ding nicht umkippt.«

»Tyler, nicht!« Aber es war natürlich zwecklos, er war schon dabei, die Kommode zu besteigen, die bedrohlich schwankte und unter seinem Gewicht knarrte und quietschte. Obwohl sie sich am liebsten die Ohren zugehalten hätte, sprang Lucinda auf und konnte die wackelige Kommode gerade noch festhalten. Oben stehend untersuchte Tyler das rechteckige Feld in der Decke und drückte mehrmals dagegen. Es gab etwas nach.

»Ich hab's gewusst!«

»Was hast du gewusst? Ist das ein Heizschacht da oben?« Wider Willen war Lucinda doch ein bisschen neugierig geworden. Tyler stemmte die Holzplatte hoch und schob sie zur Seite. Dahinter kam ein dunkler Hohlraum zum Vorschein. »Uuh«, sagte sie. »Da sind bestimmt überall Spinnen.«

»Gib mir mal deine Taschenlampe, Luce.«

»Wo hast du deine?«

»Ist mir beim Klettern runtergefallen.«

Lucinda seufzte abermals. »Tolle Leistung.« Sie fand die alberne rosa Taschenlampe, die Mama ihr geschenkt hatte, und reichte sie Tyler. Er klemmte sie sich zwischen die Zähne, dann stemmte er sich hoch, bis er mit dem Oberkörper auf dem Rand der Luke lag und nur noch die Beine herunterbaumelten. »Was siehst du?«, fragte sie. »Lass ja keine Spinnen runterkrabbeln, sonst kann ich hier drin nicht mehr schlafen.«

Seine Stimme klang dumpf. »Typisch. Wir sind auf einer Farm mit Drachen so groß wie Düsenflieger, und du stellst dich an wegen ganz normaler Hausspinnen.«

»Spinnen sind gruseliger als Drachen. Was ist da oben?«

»Hauptsächlich Heizungsrohre oder so … und Isolierzeug. Alte leere Kisten.« Er klang enttäuscht, während er mit irgendwelchen Sachen rumpelte.

»Mach nicht so einen Lärm!«, zischte sie in den trocken und gammlig riechenden Raum hinauf.

Tylers Gesicht erschien in der Öffnung. »Es ist ein großer Raum, Luce. Eine Dachkammer.« Er verschwand wieder und setzte seine Erkundungstour fort. Nach einer Weile rief er: »He, hinter dem Heizungsrohr da ist ein Haufen Kram verstaut.«

Dann verstummte er. Lucinda lauschte mit klopfendem Herzen. Ihr Bruder war auf einmal erstaunlich still – zu still. »Tyler?«, rief sie.

»Ich hab eine Kiste gefunden, die echt cool aussieht, Luce. Sie ist aus Holz, und sie hat überall ... so Aufkleber drauf.«

»Was für Aufkleber?«

»Du weißt schon, wie wenn sie von irgendwo weither geschickt worden wäre. Stell dich mal unters Loch und nimm sie mir ab.«

Obwohl sie sich fürchterlich vor Spinnweben ekelte, stieg Lucinda auf einen Stuhl und streckte die Hände aus, kniff aber vorsichtshalber die Augen zu, falls etwas sie ansprang. Die Kiste, die Tyler ihr reichte, war kleiner und leichter, als sie erwartet hatte, etwa so groß wie ein Tagesrucksack und aus dickem hellem Holz mit rostigen Metallecken, an denen sie sich beinahe gekratzt hätte. Tyler sprang herunter.

»Was ist das für ein Ding?« Die Namen auf den Aufklebern wirkten alle sehr exotisch. Der Absender schien ein gewisser Koto zu sein. Lucinda hatte diesen Namen noch nie zuvor gehört. »He, schau mal!« Tyler deutete auf einen Aufkleber. »Die Kiste kommt aus Madagaskar.« Er zog sein Messer aus der Hosentasche. »Da hilft nur die Schweizer Armee.« Er stach auf die dünnen Metallbänder ein, die die Kiste verschlossen hielten.

»Schneid dich nicht!«, sagte Lucinda, aber Tyler beachtete sie gar nicht. Nach kurzer Zeit gelang es ihm, den Deckel der

Kiste aufzuhebeln. Heraus quoll ein Geruch, wie Lucinda ihn noch nie erlebt hatte, muffig und dumpf und süßlich faul, so widerlich, dass sie sämtliche Einwände gegen diese Aktion bestätigt fand.

»Iih, wie eklig!« Sie schnappte nach Luft. »Was ist *das?* Fass es nicht an, Tyler!«

*Das* war völlig verschrumpelt und besaß kleine Beinchen, die an einem langen, vertrockneten Körper hingen. Tyler hielt das verschrumpelte Ding in die Höhe. »Irre. Es ist eine Eidechse!«

»Igitt! Sieht eher aus wie Eidechsen-Dörrfleisch.«

Tyler wedelte ihr damit vor dem Gesicht herum wie ein Vierjähriger.

»*Hör auf!*«

Zum Glück war die Eidechse schon so lange tot und vertrocknet, dass sie fast gar nicht mehr stank, aber anfassen wollte Lucinda sie dennoch nicht. Sie sah zu, wie Tyler die Mumie weglegte und das zusammengeknüllte Papier zu durchwühlen begann. »Der Rest sieht wie ein Haufen alter Pflanzen aus«, sagte er und hielt eine Knolle hoch, an deren Wurzeln noch winzige Krümel trockener Erde hingen. »Und Samen in Gläsern – auf dem klebt ein Zettel: ›Unbekannte Sarracenia‹.« Während Tyler eifrig weiterkramte, kam ihr plötzlich ein Bild ins Gedächtnis: Als ganz kleiner Junge hatte Tyler immer die frisch geöffnete Müslischachtel nach einem Überraschungsspielzeug durchwühlt und ihre Mutter damit zur Verzweiflung gebracht. *Schütt es doch um Himmels willen in eine Schüssel! Nimm deine schmutzigen Hände da raus!*

Tyler warf Lucinda etwas zu, einen Stapel Briefe mit einem alten Gummiband außen herum, das allerdings riss, als sie die Briefe auffangen wollte. Sie verteilten sich über den ganzen Boden.

»Tolpatsch«, sagte er nur, was sie umso wütender machte. Sie hob einen Brief auf und las verblüfft, was darauf stand.

»*An Frau Doktor Grace Goldring*«, las sie vor. »Sag mal, wusstest du, dass Gideons Frau einen Doktortitel hatte?«

Tyler schüttelte den Kopf. »Hier sind größtenteils Samen drin«, sagte er enttäuscht. »Noch irgendein pulveriges Zeug von Pilzen und zwei Käfer in Reagenzgläsern.«

»Sie war also Biologin«, sagte Lucinda beeindruckt. »Eine Naturwissenschaftlerin.«

Urplötzlich hielt Tyler inne, die Hände tief im Papier vergraben, und im ersten Augenblick dachte Lucinda, die giftige Spinne, vor der sie sich die ganze Zeit schon fürchtete, hätte ihn gebissen. Da hörte sie es auch: Im Schloss ihrer Zimmertür wurde ein Schlüssel gedreht.

Lucinda sah Tyler an, der ihren Blick mit entsetzten Augen erwiderte. »Kleinen Moment!«, schrie Lucinda. »Nicht reinkommen!«

Tyler stopfte alles, was er herausgeholt hatte, in die Holzkiste zurück. Lucinda raffte hektisch die Briefe zusammen, wobei sie in ihrer Hast mehrere fallen ließ, doch es war zu spät: Die Tür flog auf.

Mrs. Needle stand im Eingang, schmal wie ein erhobener Finger. Ihre Augen weiteten sich, als sie die Kiste und ihren Inhalt auf dem Fußboden sah, doch ansonsten blieb ihr Gesicht ungerührt und maskenhaft. »Das hätte ich mir denken können. Der erste Tag, und schon macht ihr zwei Scherereien.« Über die Schulter rief sie: »Colin!«

Ihr Sohn kam herein. Der Junge, der gerade eine schmerzhafte Drachenschleimverbrennung erlitten hatte, sah tatsächlich so unversehrt aus, wie seine Mutter behauptet hatte. Als er ins Zimmer trat, warf er Lucinda einen Blick zu, von dem sie hätte schwören können, dass er Verlegenheit ausdrückte.

»Sie haben uns eingesperrt!«, sagte Tyler vorwurfsvoll.

»Und du bist nicht nur ausgebrochen, du musst überdies eine hochgefährliche Kletterpartie unternommen haben, um hierherzugelangen«, versetzte Mrs. Needle bissig. »Aus dem Fenster zu steigen! Ist dir klar, wie leichtsinnig das ist?« Sie blickte auf die Kiste. »Und was ist das?« Dann sah sie die Öffnung in der Decke. »Unverbesserlich. Erst wenige Stunden wieder im Haus, und gleich brichst du irgendwo ein und stöberst in Sachen herum, die dir nicht gehören.« Sie schüttelte den Kopf. »Colin, sammele das alles ein und bring es auf mein Zimmer.«

Colin hatte sich bereits an die Arbeit gemacht und fragte: »Die Eidechse auch?« Er klang nicht sonderlich begeistert.

»Ja, natürlich die Eidechse auch. Weiß der Himmel, was das für eine wichtige wissenschaftliche Probe ist.« Mrs. Needle seufzte. »Was euch angeht, bin ich sicher, dass Gideon morgen früh ein Wörtchen mit euch zu reden hat. Tyler, zurück auf dein Zimmer!«

»Sie sind nicht meine Mama«, sagte er leise, aber ausnahmsweise verzichtete er darauf, sich direkt zu widersetzen. Colin geleitete ihn in sein Zimmer hinüber.

*Toll*, dachte Lucinda, als Mrs. Needle die Tür hinter ihr abschloss. Unglücklich warf sie sich aufs Bett. Am liebsten hätte sie mit den Füßen gestampft wie ein zorniges Kleinkind. *Schon haben wir wieder Ärger am Hals.*

# 5

# NICHT EINGELADEN

Colin war das ganze Jahr über sehr darauf bedacht gewesen, sich von den Drachen fernzuhalten. Zu Recht, wie der Vorfall mit Meseret bewies, obwohl ihm diese Erkenntnis keine Genugtuung verschaffte, dafür hatte es zu weh getan. Damit hatten sich seine Befürchtungen bestätigt: Drachen konnten sich in der Tat erinnern. Die Biester hatten zu viel Freiheit, das war das Problem. Meseret sollte einen Maulkorb bekommen wie ein bissiger Hund, und Alamu, ihr Gefährte, sollte nicht unbeaufsichtigt auf dem weiten Gelände herumfliegen dürfen. All das zeigte einmal mehr, warum jemand mit Durchblick – jemand wie er – hier das Kommando haben sollte.

Als er beim Frühstück diesen und anderen grämlichen

Gedanken nachhing, erschien seine Mutter in der Küchentür. »Colin, geh zu Lucinda Jenkins ins Zimmer und vergewissere dich, dass sich in dem Dachboden darüber nichts mehr befindet. Diese Kinder würden mir das bestimmt nicht verraten. Wenn du noch etwas finden solltest, dann bringst du es mir. *Sofort!*«

Colin nickte und ging ohne Widerrede. Schließlich kannte er seine Mutter lange genug, um zu wissen, dass er mit Widerspruch bei ihr noch nie etwas ausgerichtet hatte und wohl auch nie etwas ausrichten würde.

Kein Jenkins in Lucindas Zimmer – er war erleichtert. Nachdem eine wacklige Kletterpartie über die Kommode in die Dachnische zu keinen weiteren Entdeckungen geführt hatte, begab er sich ins Arbeitszimmer seiner Mutter, um ihr Mitteilung zu machen. Sie wirkte nicht überrascht. Sie war schon dabei, sorgfältig die Transportkiste auszupacken und den Inhalt in sauberen Reihen auf ihrem großen Tisch auszubreiten: Gläser, Reagenzröhren und zerknüllte ausländische Zeitungen. Dazu machte sie sich auf einem Block Notizen.

»In Ordnung, mein Schatz. Lauf jetzt und hilf den anderen. Ich bin sicher, Gideon findet eine Aufgabe für dich. Ich werde hier bis Mittag beschäftigt sein, aber dann sehen wir uns.«

»Ich dachte, ich könnte dir vielleicht bei der Arbeit helfen, die Sachen hier sichten und so …«

»Nein, nein, Colin, vielen Dank, aber dabei wärst du nur im Weg.« Sie blickte nicht einmal auf.

Auf dem Weg nach unten trat er wütend gegen das Treppengeländer, was ihm prompt einen schmerzenden Fuß einbrachte. Warum musste er immer mit allem Pech haben, sobald Tyler und Lucinda Jenkins auftauchten?

Strahlende Morgensonne schien durch die offene Haustür und vertiefte die Schatten in der restlichen Eingangsdiele. Ein Hauch warmer Luft wehte herein und ließ die im Licht schwebenden Stäubchen wirbeln.

Gideon war auf und trug seine Ausgehsachen, was bedeutete, dass er sich eine Hose über seinen Schlafanzug gezogen hatte. Seine weißen Haare sahen aus, als hätte er auch über sie gerade eine Hose gezogen: Sie standen in die Höhe wie dünne Grasbüschel. Der Herr der Ordinary Farm legte zudem mal wieder genau jenes selbstzufriedene Gehabe an den Tag, das Colin nicht leiden konnte: spielte den »großen Mann« und tat so, als ob alles, was er sagte und tat, von Historikern mitgeschrieben würde. In Wirklichkeit, dachte Colin, glich der Alte der Filmversion des Zauberers von Oz, einem aufgeblasenen Großschwätzer.

Doch als Gideon plötzlich seinen finsteren Blick auf Colin richtete, glich er eher Oz, dem Großen und Schrecklichen. »Was muss ich da über dich und deine Mutter hören? Ihr habt Tyler und Lucinda in ihren Zimmern eingesperrt?«

Colin musste erst einmal schlucken vor Schreck. »Mutter wollte verhindern, dass ihnen was passiert, wegen der ganzen Veränderungen hier und überhaupt. Vor allem Tyler.« Er hielt Gideons scharfem Blick nicht stand. »Es war nicht meine Idee.«

»Ich finde, du und deine Mutter, ihr vergesst manchmal, wem diese Farm gehört«, sagte der alte Mann streng. »Du kannst ihr ausrichten, dass hier *niemand* mehr eingesperrt wird. Und was die Veränderungen angeht, werden wir unverzüglich eine kleine Besichtigungstour unternehmen.«

Colin runzelte die Stirn. Der Gedanke war ihm zuwider, Zeit mit Tyler Jenkins zu verbringen, der noch unausstehlicher war als vorigen Sommer, sofern so etwas überhaupt möglich war. Lucinda war gar nicht so übel, ja auf das Wiedersehen mit ihr hatte er sich fast gefreut, aber er wollte auf keinen Fall den Sommer über den Babysitter für die beiden spielen. »Ich sollte doch eigentlich in der Bibliothek arbeiten, Gideon …«

»In der Bibliothek?« Tyler Jenkins war gerade auf der Treppe erschienen. »Wieso das?«

»Er macht ein paar Sachen für mich.« Gideons Hand schob sich nach oben, als ob sie einen eigenen Willen hätte, und tastete nach dem Medaillon, das er unter seiner Schlafanzugjacke trug, dem Medaillon seiner Frau, das er von Tyler bekommen hatte. Colin wusste, dass er deswegen von dem Alten in die Bibliothek beordert worden war. »Und da wir gerade drüber sprechen, Master Needle, ich habe bis jetzt noch keine Ergebnisse gesehen, trotz der vielen Zeit, die du dort verbringst, statt deine normale Arbeit zu machen.« Der alte Mann musterte ihn streng. »Mir geht langsam die Geduld aus, mein Lieber.«

»Das ist ungerecht!« Colin fühlte, wie seine Wangen zu glühen begannen und schluckte den Rest der zornigen Erwiderung hinunter. »Ich gebe mir alle Mühe, Gideon. Die Bücher sind alle durcheinander …«

»Was macht Colin in der Bibliothek?« Tyler ließ nicht locker.

»Das geht dich gar nichts an!«, sagte Colin. »Du bist erst einen Tag hier und …!«

»Jetzt hört gefälligst mit diesem albernen Gezanke auf.« Gideon klang vergnügt, wie immer, wenn andere Leute sich stritten. »Colin stellt für mich nur ein paar Nachforschungen an. Davon erfährst du später mehr. Aber erst einmal sollt ihr eine Führung bekommen.«

»Können wir die Einhörner sehen?«, fragte Lucinda. »Und Meseret und Desta noch mal?«

Gideon lachte. »Vielleicht, wenn noch Zeit ist. Kommt mit! Ich will euch zeigen, was wir seit letztem Sommer verändert haben. Wir haben jetzt eine neue, verbesserte Ordinary Farm, könnte man sagen.«

»Aber Gideon, was ist mit meiner Arbeit?«, fragte Colin.

Der Hausherr warf ihm einen nicht besonders freundlichen Blick zu. »Da kannst du dich ruhig dranmachen. Ich habe dich nicht eingeladen, mitzukommen.«

Er ging mit den beiden anderen hinaus, und Colin Needle blieb allein in der Diele zurück, knallrot im Gesicht, als ob ihn jemand geohrfeigt hätte.

6

## SECHS PAAR ROTE AUGEN

Nach dem, was in der Nacht vorgefallen war, fand Tyler es herrlich, aus dem Haus zu kommen, weg von den Needles, und mit Onkel Gideon und Walkwell im Pferdewagen über die Farm zu fahren. Vor dem Krankenstall stieg Haneb zu. Der schüchterne kleine Tierpfleger nickte den Kindern zu, aber er sprach wie immer sehr leise und hielt den Kopf abgewandt, um die Narben in seinem Gesicht zu verbergen.

Auf Feldwegen rumpelten sie durch die goldenen Hügel auf das Weideland hinaus. Hinter den Hügeln war das Tal von höheren Bergen abgeriegelt, die sich in jede Richtung dunkelviolett gegen den Himmel abzeichneten. Selbst die Luft roch hier in Standard Valley anders, wild wie Meeresluft, mit Geheimnissen gesättigt.

Weil Lucinda sich das gewünscht hatte, hielten sie zuerst an der Einhornweide, wo Ragnar bereits damit beschäftigt war, Futter in große Tröge zu kippen. Er rief die Tiere mit drei lauten Pfiffen, und es dauerte keine Minute, bis sie in einer wallenden Staubwolke über eine Erhebung gedonnert kamen. Tyler, Lucinda und Gideon sahen vom Wagen aus zu, wie der Wikinger, Walkwell und Haneb sich um die Einhörner kümmerten. Ein Fohlen wurde in einen Pferch getrieben und bekam ein Antibiotikum gespritzt. Bei mehreren anderen wurden die zierlichen Hufe inspiziert, gesäubert und gestutzt. Vorsichtig betastete Haneb den Bauch einer scheuen Stute, die bald fohlen sollte.

»Es wird nicht mehr lange dauern«, verkündete er.

»Das ist doch mal eine gute Nachricht«, sagte Gideon. Er lehnte sich auf dem Bock zurück. »Ah, was für ein schöner Tag. Ist das nicht himmlisch?«

Lucinda sagte: »Können wir als nächstes nach den Drachen gucken?«

Er runzelte die Stirn. »Ich habe dir doch gesagt, wir schauen mal, ob die Zeit reicht. Zuerst muss ich euch unbedingt die Schutzvorkehrungen zeigen, zu eurer eigenen Sicherheit. Ihr habt ja gesehen, was wir alles an Neuerungen eingeführt haben, seit ihr letztes Mal hier wart. Vieles hat sich verändert.«

»Wie viele Zäune gibt es jetzt?«, fragte Tyler. »Und sind die alle voll elektrisch?«

»Es sind drei«, sagte Gideon. »Einer ganz außen um das Anwesen herum, einer um die Hauptgebäude herum und einer nur um das Haus selbst.«

»Warum so viele?« Was Tyler wirklich interessierte, war, was passieren würde, wenn man versuchte drüberzusteigen, aber er hatte das Gefühl, dass das leider nicht Teil der Vorführung sein würde.

»Es lässt sich besser erklären, wenn ihr auch die übrigen Vorkehrungen kennt«, meinte Gideon, dessen Laune sich wieder sichtlich hob. »Möglich war all dies nur durch das Geld, das Stillman voriges Jahr hiergelassen hat. Eine halbe Million! Auch wenn er Milliardär ist, hat ihm das garantiert wehgetan!« Der alte Mann lachte gackernd. »Ich wette, er tritt sich jetzt noch dafür in den Hintern. Er wollte mich ruinieren, aber das hat mich nur stärker gemacht.«

»Hat er seitdem noch irgendwas anderes unternommen?«, wollte Tyler wissen.

»Er unternimmt ständig was«, knurrte sein Großonkel. »Er scheint jede Woche einen neuen Plan auszuhecken. Zur Zeit versucht er, sämtliche Grundstücke aufzukaufen, die an die Ordinary Farm grenzen. Er bombardiert meine Nachbarn mit Geld, dieses seelenlose Schwein. Er will mich umzingeln! Wundert es euch da, dass ich die Farm zu schützen versuche?«

Als der Wagen zurückholperte und sich die bekannte skurrile Silhouette des Farmhauses vor ihnen erhob, dachte Tyler über Onkel Gideon und Colin Needle nach. Was mochte Colin für den alten Mann in der Bibliothek treiben?

Die Antwort kam ihm, als sie an einer Reihe von Hütten vorbeifuhren, die vielleicht einmal Arbeiterunterkünfte gewesen waren.

*Das Halsband*, dachte er. *Er hat ständig Grace' Halsband um. Und wo, habe ich ihm gesagt, hätte ich es gefunden? In der Bibliothek.* Aber das stimmte nur zum Teil. Tyler hatte seinem Großonkel nicht die ganze Geschichte erzählt: dass er das Medaillon von einer Frau erhalten hatte, die bestimmt Grace Goldring gewesen war, hilflos ausgesetzt in einer eigentümlich zurückgebliebenen Version der Tinkerfarm hinter einem magischen

Waschkommodenspiegel, den Tyler und Lucinda in einem kleinen Nebenraum der Bibliothek entdeckt hatten. *Gideon will, dass Colin rausfindet, wie Grace' Halsband in die Bibliothek gelangt ist.* Tyler bezweifelte, dass Colin je dahinterkommen würde, aber dass dieser Widerling freien Zugang zur Bibliothek hatte, passte Tyler nicht. Ganz und gar nicht.

Gideon räusperte sich, als sie die kleine Holzbrücke über das Flüsschen erreichten, das durch diesen Teil des Anwesens floss, nur wenige hundert Meter vom Haus entfernt. »So«, sagte er und deutete auf das Wasser. »Ich weiß, dass ihr den Fluss schon kennt, aber wisst ihr auch, wie er heißt? Er heißt Kumish Creek – das ist ein indianischer Name. Sicher sinkt der Wasserpegel im Laufe des Sommers ein wenig, doch selbst im August ist er noch so breit und tief, dass jemand problemlos in der Mitte mit dem Kanu fahren oder sogar schwimmen könnte. Er fließt aus den Bergen am Rand des Tals fast bis vor unsere Haustür.«

»Warum leitet ihr ihn nicht einfach durch ein Rohr oder so was?«, fragte Tyler.

Gideon knurrte. »O Gott, was würde ich ohne Kinder tun, die mich mit schwachsinnigen Ideen traktieren? Weil, mein Junge, der Fluss, wenn wir in seinen Lauf eingreifen, die Verwerfungsspalte überfluten könnte, die nur ein paar hundert Meter von hier ist, da drüben. Deshalb mussten wir uns etwas anderes ausdenken, um ihn zu sichern.«

Während Tyler noch den Rüffel seines Großonkels verdaute, lenkte Walkwell den Wagen hinter der kleinen Brücke von der Straße und zügelte das Pferd. Mit der Sonne im Rücken konnten sie das dunkle Wasser jetzt besser erkennen. Der Fluss war schlammig grün und braun, mit sonnenhellen Stellen dort, wo er über rundgewaschene bunte Steine schwappte, und erstaunlich laut.

»Der viele Frühlingsregen«, erklärte Gideon, als sie anhielten. »Wir hatten bislang ein feuchtes Jahr.« Der Wagen stand unter ein paar gebeugten Erlen an einer Stelle, wo das Gelände in Schieferboden und Schilfgras überging. »Hier hätten wir also unseren neuen ersten Abwehrriegel«, sagte er.

Tyler blickte über das Schilf auf das Flüsschen. »Ich sehe nichts.«

»Keine Sorge, das wirst du schon noch.«

Tylers Schwester ließ neben ihm ein leises besorgtes Stöhnen hören.

»Nur wenn wir sie wissen lassen, dass wir hier sind, Gideon«, sagte Walkwell.

»Ach, natürlich, wie dumm von mir. Wärst du mal so gut, Simos?«

Walkwell beugte sich hinab und hob einen großen Stein auf, den Tyler nur mit Mühe vom Fleck bekommen hätte. Dann schleuderte er ihn mit einer Hand ins Wasser, wo er mit einem lauten Klatsch verschwand.

»Es ist so«, sagte Gideon, »dass sie die Erschütterung wahrnehmen, selbst wenn sie eine halbe Meile entfernt sind. Selbst bei einer so starken Strömung, wie der Kumish sie hat. Ich glaube, sie haben so eine besondere Drüse – wie die Schnabeltiere, nicht wahr? Die beiden Arten sind auch verwandt.«

»Ich versteh gar nichts«, sagte Tyler. »*Was* nimmt die Erschütterung wahr?«

»Pssst!« Gideon legte den Finger an die Lippen. Er deutete auf das andere Ufer, wo irgendetwas das hohe Schilf zum Zittern und Wiegen brachte. Es glitt ins Wasser, ohne sich deutlich zu zeigen, und schwamm dann rasch und geräuschlos unter der Oberfläche. Es war sehr groß. »Da kommt es.«

Lucindas Finger krallten sich in Tylers Ärmel. »Onkel Gideon«, sagte sie, »du machst mir Angst.«

»Oh, das tut mir leid, Lucinda.« Gideons Stimme klang allerdings nicht so, als täte es ihm leid. »Ich bin einfach sehr stolz auf sie. Es sind Wesen direkt aus der australischen Mythologie: Bunyips.«

»Bunyips?« Tyler lachte schnaubend. »Klingt eher wie eine japanische Zeichentrickfigur.«

»Werd bloß nicht frech, du Bengel, und sag ja nichts Abfälliges über diese Wesen!« Gideons Zorn kam so schnell wie ein Sommergewitter und zog auch genauso schnell wieder ab. »Ja, Bunyips. Vermutlich ist das ein komischer Name. Es sind mythische Sumpfdämonen – aber sie sind durchaus real. Und was noch faszinierender ist, es sind Kloakentiere.«

Etwas stieg in der Mitte des Flüsschens an die Oberfläche, dort wo es dunkel und tiefer war. Ein breiter, flacher brauner Kopf tauchte auf, in dessen gesträubtem Fell Zweige und triefende Grasbüschel hingen. Die Augen waren kohlschwarz und groß wie Untertassen.

»Das ist ja riesig!« Tylers Herz raste. Es war eine Sache, so etwas Großes im Zoo hinter Gittern zu sehen, aber eine ganz andere, im Freien nur wenige Meter entfernt von so einem Tier zu stehen. »Bunyip. Wird es rauskommen?«

»Nicht, wenn wir das Wasser meiden. Aber ich würde auf jeden Fall nicht zu dicht herangehen«, sagte Gideon. »Es sind alles männliche Tiere, sehr aggressiv. Der hier ist gekommen, weil er das Klatschen gespürt hat. Sie schwimmen von weither, um einen Rivalen anzugreifen und ihr Revier zu verteidigen, wie Krokodilbullen. Machen einen Mordslärm, wenn sie kämpfen, sie brüllen wie See-Elefanten. Wenn jemand hier eindringen will, hören wir das, kommen und retten den armen Tropf, dann geben wir ihm einen von Patience' Vergessenstränken.«

»Was … was ist ein Kloakentier?«, fragte Lucinda ängstlich. Sie kauerte am äußersten Rand des Kutschbockes.

»Das ist die Ordnung, zu der auch der Ameisenigel und das Schnabeltier gehören«, antwortete Gideon vergnügt. »Es sind die einzigen giftigen Säugetiere und die einzigen, die Eier legen. Aber *mein* Bunyip ist viel größer als jedes heutige Kloakentier und seit vielen tausend Jahren ausgestorben.«

Da erhob sich das Wesen in der Flussmitte einen Moment lang ein Stück weit aus dem Wasser. Es war groß wie ein Nilpferd, aber struppig, vielleicht sogar stachelig – die Silhouette erinnerte Tyler ein wenig an ein riesiges Stachelschwein –, und sein klobiger Kopf mit den großen Augen hatte vorn einen kurzen Rüssel mit wackelnden Fingern am Ende, der Ähnlichkeit mit der Schnauze eines Sternmulls hatte.

Lucinda kreischte entsetzt auf, und auch Tyler fuhr zusammen. Der Bunyip glitt wieder ins Wasser und schwamm wie eine flache Insel zurück auf die andere Seite, wo er im knackenden Schilf verschwand.

»Wow«, sagte Tyler.

»Das kannst du laut sagen«, erwiderte Gideon mit breitem Grinsen. »Fühlt ihr euch nicht schon beim Anblick dieses prachtvollen Tieres gleich viel sicherer?«

•◆•

Sie ließen das Flüsschen hinter sich und bewegten sich am innersten Zaun entlang vom Farmhaus fort. Walkwell, der wie üblich den ganzen Vormittag nicht mehr als zwanzig Worte gesagt hatte, kniff plötzlich seine alterslosen braunen Augen zusammen und sagte streng zu Tyler und Lucinda: »Ihr müsst jetzt genau tun, was man euch sagt, Kinder. Denkt daran, auf dieser Farm gibt es Tiere, die jede Ungeduld mit Blut oder sogar Tod bestrafen können.«

»Ich weiß«, sagte Tyler. »Wir haben grade eins gesehen, oder?«

Walkwell ignorierte seine Bemerkung. »Merke es dir gut: keinerlei Spiele, wo wir jetzt hinfahren, Tyler Jenkins.«

»He«, sagte Tyler, »ich kann total erwachsen sein, wenn's darauf ankommt.«

Walkwell gab ein Knurren von sich, das nicht einmal in Tylers Ohren zustimmend klang. Lucinda war leichenblass geworden. Sie machte überhaupt seit dem Fluss keinen sehr entspannten Eindruck mehr. »Müssen wir dahin?«, fragte sie.

Gideon hatte sich seinen Hut gegen die Sonne tief ins Gesicht gezogen. Elf Uhr morgens, und es war schon richtig heiß. »Viele Leute würden sehr viel Geld dafür zahlen, um das zu sehen, was du gleich siehst. Wir haben die reinsten Wunderwesen auf dieser Farm, und es ist unsere heilige Pflicht, dafür zu sorgen, dass sie hier sicher leben können.« Tyler sah, wie eine Hand des alten Mannes zur Kehle wanderte, und vermutete, dass Gideon wieder das Halsband seiner Frau befingerte.

»Onkel Gideon, wo ist Zaza?«, fragte Tyler unvermittelt. »Die fliegende Äffin? Ich hab sie noch gar nicht gesehen.«

Der alte Mann winkte ab. »Sie treibt sich irgendwo herum«, sagte er, war aber in Gedanken woanders. Für jemanden, der im Grunde den phantastischsten Zoo der Welt besaß, schien sich Gideon Goldring für die einzelnen Tiere manchmal recht wenig zu interessieren, vor allem wenn sie kein neues Projekt darstellten.

Walkwell tippte an einem anderen Tor die Zahlen ein, und es glitt auf und ließ sie durch. Sie fuhren eine Anhöhe hinauf und erblickten einen großen braunen Ziegelbau, der allein auf einer ansonsten leeren ebenen Fläche stand. Sein glänzendes Metalldach stach markant von den erdfarbenen Wänden ab.

»Ist das Gebäude neu?«, erkundigte sich Lucinda.

»Nein, nur das Dach. Wir mussten es für unsere neuen Wächter herrichten.«

»Wächter?« Lucinda blickte erleichtert, aber noch leicht verwirrt.

Genüsslich sagte Gideon: »Ja, die ›Mantis‹, wie Colin sie nennt. Unsere Mantikore.«

»Mantikore!« Tyler sah ihn fragend an. »Was ist denn das?«

»Es sind bösartige Tiere«, sagte Walkwell, während er den Wagen neben das Gebäude lenkte und anhielt. »Kommt und folgt mir. Macht euch ja nicht selbständig!«

»Hier drin ist es so viel kühler«, sagte Lucinda, als sie alle den Stall betraten. Sie bemühte sich, munter zu klingen, aber ihre Stimme war jetzt noch nervöser, und Tyler konnte sich denken, warum: Der scharfe, in der Nase brennende Uringeruch von Raubtieren hing in der Luft.

»Kühl, ja. Das machen die Lehmziegel«, sagte Gideon. »Sie senken die Raumtemperatur. Die Leute hier in der Gegend benutzen sie schon lange.«

Das Stallinnere wurde fast ganz von einem riesigen Käfig eingenommen, der bis zu dem neuen Metalldach reichte und mit der Rückwand und einer Seitenwand abschloss. Der Käfigboden war mit Sand und Stöcken ausgestreut. In der Mitte waren einige große Betonblöcke zu einem künstlichen Felsenhügel aufgetürmt worden.

»Genug«, sagte Gideon Goldring. Er hatte die Stimme gesenkt. »Genug geredet. Simos, geh und hol sie raus.« Er wandte sich den Kindern zu. »Tagsüber sind sie für gewöhnlich träge. Es sind Nachtjäger.«

Tyler beobachtete gespannt, wie Walkwell auf seinen täuschend zierlichen Hufen auf die zwei Gitterwände zumarschierte, dreimal laut pfiff und sich dabei tunlichst vom Käfig fernhielt. Lucinda blieb mit ängstlichem Blick in Türnähe stehen, und ihrem Gesicht war anzusehen, dass sie lieber woanders gewesen wäre. Selbst Tyler, der normalerweise alles

Spektakuläre und Gefährliche liebte, wurde ein wenig mulmig zumute.

»Scheuch sie auf, Simos«, sagte Gideon, nachdem Walkwell mindestens eine halbe Minute pfeifend auf und ab gegangen war. »Wir haben nicht den ganzen Tag Zeit.«

Walkwell warf ihm einen skeptischen Blick zu, nahm aber eine lange Metallstange von der Wand, schob sie zwischen den Gitterstäben hindurch und schlug damit fest auf einen der Betonblöcke. Gleich darauf kam der erste Mantikor so träge aus seinem Versteck geschlurft wie ein lustloser Jugendlicher.

»Boah!«, sagte Tyler. »Ist der aber groß!«

»Ja, Mantikore können wirklich groß werden, wenn man sie gut füttert«, sagte Gideon.

Zwei weitere folgten dem ersten. Sobald sie im Freien waren, setzten sich die Mantikore auf die Hinterhand, die hellbraunen Gesichter halb hinter der Mähne versteckt, und betrachteten die Besucher mit überraschend roten Augen. Jeder war so groß wie ein ausgewachsener Löwe, aber es war nicht nur ihre Größe, die die Kinder entsetzte.

Lucindas Stimme zitterte. »Ihre Gesichter … sie sehen aus wie …«

»Sie sehen beinahe menschlich aus, nicht wahr?«, sagte Gideon. »Mantikore gehören zu den Affen, glaube ich. Sie haben etwas von Riesenpavianen, aber im Gesicht ähneln sie eher den Menschenaffen. Nur dass sie braune Haut haben statt schwarze wie Gorillas oder Schimpansen.« Er lachte.

»Sie sind grauenhaft«, sagte Lucinda.

»Ich bin enttäuscht von dir, mein Kind«, sagte Gideon stirnrunzelnd. »Es sind erstaunliche Geschöpfe. Liebe Güte, sie sind noch großartiger als die Drachen! Du hast ja keine Ahnung, wie schwer es ist, so viele großzuziehen. Wir haben uns das ganze Jahr mit ihnen abgemüht – mehrere sind gestorben, als sie noch klein waren. Allein die Mühe, sie so zu dressieren, dass sie auf einfache Befehle hören! Wartet, ich zeig's euch mal.« Er trat an das Gitter und pfiff dieselben Töne wie zuvor Simos Walkwell. Die Mantikore wandten sich ihm zu. Mittlerweile waren sechs Stück aus ihrer künstlichen Höhle gekommen. Er pfiff abermals, und sie kamen langsam näher und legten sich dann mit sichtlichem Widerstreben vor ihm in den Sand. Sechs Paar rote Augen verfolgten jede seiner Bewegungen. Nur die Gitterstäbe trennten Gideon von den unheimlichen, menschenähnlichen Gesichtern.

»Oh«, sagte Lucinda. »Oh. Haben die große Zähne!«

»In den alten Sagen heißt es, sie hätten mehrere Reihen Zähne, wie Haie«, sagte Gideon grinsend und bleckte dabei selbst recht eindrucksvoll die Zähne. »Hoch jetzt, ihr Racker! Hoch!« Er hob die Hände in die Luft: Die glänzenden roten Augen in den ausdruckslosen, maskenartigen Gesichtern beobachteten ihn. Langsam richteten sich die Mantikore auf. »Seht ihr? Sie wissen, wer der Herr ist.«

Walkwell, der sehr dicht am Gitter stand, sah konzentriert zu. Plötzlich merkte Tyler, dass das am weitesten vorn stehende Ungetüm den alten Griechen mit seinem kalten Blick fixierte. Der Schwanz zuckte. Konnte es ihn mit diesen Reißnagelklauen durch das Gitter erwischen? Es war so unbewegt, so angespannt …

»Simos!«, schrie er, Unheil witternd, und im selben Augenblick sprang der Mantikor vor, lautlos wie ein Schatten, bis er schwer gegen die Metallstäbe krachte. Aber Walkwell war bereits außer Reichweite.

»Hi-hi«, lachte Onkel Gideon. »Die halten dich ganz schön auf Trab, was, Simos?«

Walkwell schüttelte nur den Kopf.

Gideon sagte: »Na, offensichtlich ist das alles zu aufregend für die Mantis. Bei diesen vielen neuen Gerüchen und Menschen lernen sie nie, sich anständig zu benehmen. Wir ziehen lieber weiter.«

»Was … was hast du mit ihnen vor?«, fragte Lucinda, als sie wieder auf den Wagen stiegen. Draußen in der Sonne stellte Tyler fest, dass er schwitzte.

»Wir lassen sie nachts heraus, was sonst? Sie streifen zwischen den Zäunen hier auf dem Anwesen herum. Wenn es einem von Ed Stillmans Spionen gelingt, den äußeren Zaun zu überwinden, selbst wenn er mit dem Fallschirm abspringt …« Er stieß ein luftloses Lachen aus. »Er wird uns anflehen, ihn zu retten, wenn die Mantikore hinter ihm her sind, das kann ich dir sagen.«

*Oder er kann überhaupt nicht mehr flehen, weil er tot ist*, dachte Tyler. *Was machst du dann, Onkel Gideon?* Aber das sprach er natürlich nicht aus.

»Die neue, verbesserte Ordinary Farm!«, frohlockte Gideon. »Da habt ihr sie!«

Tyler warf einen Blick auf Lucinda. Er sah ihr an, dass ihr bei diesen sogenannten Verbesserungen noch weniger wohl war als ihm.

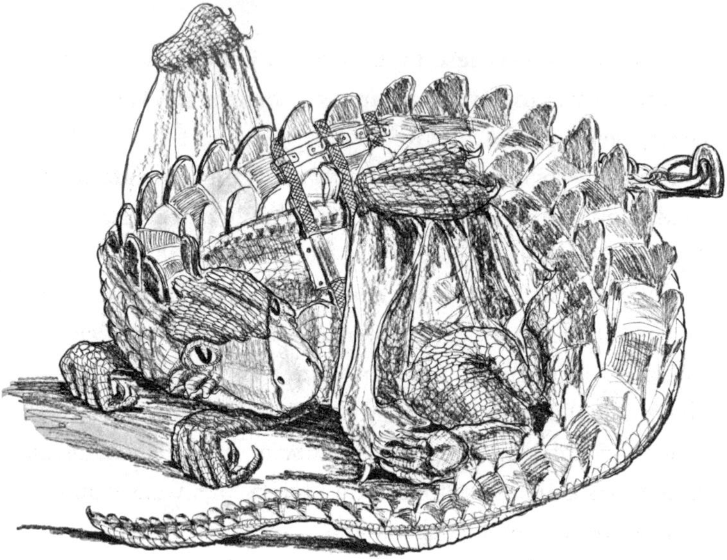

# 7

# VERSTÄNDIGUNGSSCHWIERIGKEITEN

Manche Sachen hatten sich an der Tinkerfarm überhaupt nicht verändert. Zum Beispiel die Schufterei.

Im Laufe der langen Sommertage verfielen Lucinda und ihr Bruder schnell wieder in die Routine der Landarbeit. Es blieb ihnen gar nichts anderes übrig, weil auf der Farm alle tüchtig mit anpacken mussten, und das galt auch für die beiden jungen Besucher. Der Rhythmus der Tiere bestimmte den Rhythmus der Menschen. »Einem Ziegenfisch ist es egal, ob du dein Frühstück schon gehabt hast«, pflegte Gideon zu sagen. »Er will seines haben.« Die blökenden Mischwesen konnten bissig werden, wenn sie Hunger hatten, und sie kämpften um jeden Fisch, so dass man sie an manchen Tagen aus ihrem Becken holen und einzeln füttern musste. Die Drachen verschlangen zweimal die Woche einen ganzen Hirsch, und auch die Einhörner verlangten ihr tägliches Futter samt Zusätzen. Der Käfig des Bonasus musste täglich gesäubert werden, was wirklich niemand besonders gern tat, weil der Dung des wisentähnlichen Tieres sich entflammte, sobald er an die Luft kam, und dann stundenlang schwelte.

Lucinda und Tyler verbrachten einen Großteil des Tages damit, die kleineren Tiere im Reptilienstall und anderswo zu versorgen, und nahmen damit Walkwell, Ragnar und den anderen, die sich auch um die großen Tiere kümmern mussten, einen Teil der Last von den Schultern. Aber das Kleinvieh konnte auch viel Arbeit machen. Die Jingwei, weiße chinesische Vögel mit langen Schwänzen, waren einige Wochen vorher aus ihrem Käfig im Reptilienstall ausgebrochen und waren jetzt Tag für Tag unermüdlich damit beschäftigt, den größten Wassertrog, den von Meseret, mit kleinen Steinen zu füllen. Einer nach dem andern kamen sie angeflogen und warfen unaufhörlich die Steinchen ab, plink, plink, plink, als ob jemand mit einem winzigen Hammer klopfte. Jeden Nachmittag stiegen Lucinda oder ihr Bruder in den Trog und fischten alle wieder heraus, aber die Jingwei konnten durch die Lücken in dem großen Stall ein und aus fliegen und fanden daher immer neue.

»Die alten Chinesen glaubten, dieser Vogel sei eine ertrunkene Prinzessin, die den Ozean zuzuschütten versucht, damit niemand mehr darin ertrinken kann«, erklärte ihnen Gideon und betrachtete dabei stirnrunzelnd eine ansteigende Steincheninsel an einem Ende des Trogs. »Ob mythisch oder nicht, ich wünschte, wir könnten sie aus dem Reptilienstall heraushalten. Sie sind wirklich lästig!« Aber die schönen, flinken Jingwei ließen sich nicht fangen, und so musste jeden Tag eines der Kinder in Meserets schmierigem Trog baden gehen und die Steine hinausschaufeln, damit sie nicht zu viele verschluckte und sich eine Verstopfung zuzog. Solch kleine Steine spürte ein Drache nicht in seiner Speiseröhre.

Wenn die Fütterungszeit vorbei war, warteten noch viele andere Aufgaben. In ihrer zweiten Woche auf der Farm brachten Lucinda und ihr Bruder drei lange, heiße Nachmittage damit zu, einen neuen Stall für die Einhörner zu streichen. Fünf langbeinige, hornlose Fohlen waren in dem Frühjahr geboren worden, und Gideon wollte, dass die Jungen und ihre stillenden Mütter einen Platz hatten, wo sie vor den Sommergewittern sicher waren.

Natürlich sorgte auch Gideons stärkeres Sicherheitsdenken dafür, dass sie mehr als sonst zu tun hatten. Die elektrischen Tore und Zäune, die Fremde aus- und Tiere einschlossen, mussten regelmäßig auf ihre Funktionstüchtigkeit überprüft werden. Selbst ein auf den Zaun gefallener Ast konnte einen großen Teil des Systems lahmlegen.

•◆•

Lucinda freute sich, wieder auf der Tinkerfarm zu sein, aber die Arbeit war anstrengend, und sie war froh, als der Sonntag kam, ihr erster freier Tag seit ihrer Ankunft. Einmal vom frühen Eierdienst entbunden, hatte sie Mühe, überhaupt aus dem Bett zu kommen. Nur die von Tyler überbrachte Drohung, wenn sie nicht innerhalb von zehn Minuten käme, gäbe es überhaupt kein Frühstück für sie, brachte sie schließlich nach unten, wo Azinza ihr Eier, einen Obstmuffin und ein Glas Milch vorsetzte. Sie hatte den Notizblock vergessen, auf dem sie Beobachtungen zur Drachenkommunikation festhalten wollte, und nachdem sie den Teller in die Küche gebracht hatte, trottete sie nach oben zurück, um ihn zu holen.

Als sie wenige Minuten später mit ihrem Notizblock auf

einer der Hintertreppen wieder hinunterging, hörte sie Stimmen in dem Zimmer mit den Bildern von Gideons Frau, dem »Grace-Tempel«, wie sie es für sich getauft hatte. Die erste Stimme war zweifellos Gideon, dann kam, leiser, aber genauso deutlich, die kühle Stimme von Patience Needle. Lucinda blieb stehen, und ihr Herz schlug auf einmal ganz schnell. Was machten die beiden in dem selten benutzten Raum? Und was war, wenn sie dachten, Lucinda würde ihnen nachspionieren? Im ersten Reflex wollte sie auf der Stelle umkehren.

*Aber wieso eigentlich?*, dachte sie. *Ich hab doch gar nichts gemacht. Außerdem reden sie wahrscheinlich eh nur über Rechnungen oder so was.*

Je näher sie der Zimmertür kam, umso langsamer ging sie. Ein bisschen neugierig war sie doch, was die beiden so weit abseits von allen anderen zu verhandeln hatten.

»... Ich bin *keineswegs* einverstanden, Gideon.« Das war Mrs. Needle, und ihre Stimme, die ärgerlicher klang als sonst, hatte einen harten, metallisch schrillen Ton. »Bei allem Respekt, du bist kein junger Mann mehr.«

»Ich kann dir versichern, Patience, dass mir das sehr viel bewusster ist als dir«, erwiderte Onkel Gideon ihr. »Derzeit haben sogar meine Wehwehchen schon ihre Wehwehchen. Du hast recht, mir bleibt wahrscheinlich nicht mehr allzu viel Zeit. Genau deswegen will ich es jetzt machen.«

Seine Worte und etwas in seinem Ton erschreckten Lucinda sehr. War Onkel Gideon krank? Todkrank? Er nervte sie manchmal, irritierte sie und erboste sie sogar, aber ohne ihn konnte sie sich den Hof nicht vorstellen.

Anscheinend ging es Mrs. Needle ähnlich. »Du bist nicht gefährdet, Gideon. Für einen Mann in deinem Alter bist du ausgesprochen gesund. Aber was würde aus dieser Farm werden, wenn … wenn dir etwas zustoßen sollte? Ein Unfall vielleicht? Bevor die Kinder so weit sind? Bist du dir sicher, dass du wirklich zum Anwalt gehen und alles abändern willst, ohne noch ein Weilchen darüber nachzudenken?«

Gideon klang belustigt, aber nicht heiter. »Ich *habe* nachgedacht, Patience. Genau deshalb will ich auch nicht länger warten. Die Kinder hätten alle Hilfe, die sie bräuchten: Simos würde sich um die Tiere und das Land kümmern und du wärst für das Geschäftliche zuständig. Und selbstverständlich werden du und Colin hier immer ein Wohnrecht haben, egal was passiert. Ich kann mich doch auf deine Hilfe verlassen, wenn so ein Fall eintreten sollte, nicht wahr, Patience?« Lucinda meinte, eine gewisse Schärfe in seiner Stimme zu hören, als ob er sie einer Prüfung unterzog. Wovon redeten sie eigentlich? Sie wurde nicht daraus schlau. Waren sie und Tyler die Kinder, um die es ging? Und warum ein Anwalt?

»Natürlich.« Mrs. Needles Antwort kam sehr rasch. »Natürlich hättest du … hätten sie meine Hilfe, Gideon. Ich möchte hoffen, dass sich das mittlerweile von selbst versteht.«

»Gewiss, das versteht sich von selbst.« Gideon klang zufrieden. Er räusperte sich. »Aber bevor wir die Einzelheiten besprechen, brauche ich ein Glas Wasser. Meine Kehle ist knochentrocken.«

»Ich hole es dir«, sagte Mrs. Needle, und ihr Stuhl scharrte über den Boden. Lucinda hörte die Schritte der Haushälterin und begriff, dass ihr nur Sekunden blieben. Sie sah sich um, doch es gab kein Versteck in der Nähe. Ihr blieb nichts anderes übrig, als sich umzudrehen und den Flur in die Richtung zurückzulaufen, aus der sie gekommen war.

•◆•

Lucinda hörte erst auf zu laufen, als sie die Eingangsdiele erreichte, wo sie sich auf einen der alten Samthocker warf, die an den Wänden standen. Japsend lauschte sie, ob sie vielleicht verfolgt wurde, doch eine halbe Minute lang hörte sie nichts außer ihrem eigenen hämmernden Herzen. Schließlich konnte sie wieder klar denken.

*Er muss von diesem Haus gesprochen haben*, das wurde Lucinda jetzt klar. *Von dieser Farm. Davon, was geschehen soll, wenn er stirbt. Die Kinder – das müssen wir sein!* Sie konnte es kaum fassen, als ihr langsam klar wurde, was das bedeutete. Was für eine Riesenüberraschung!

*Wir sollen eines Tages diese Farm bekommen.* Das und nichts anderes musste Onkel Gideon gemeint haben. Ein Irrtum schien nicht möglich zu sein. Aber wie alles Wichtige, was hier geschah, hatten sie es nur durch Zufall oder Spionieren erfahren, durch das Belauschen geflüsterter Unterredungen in abgelegenen Zimmern.

Aber was hatte das zu bedeuten? Hatte er ihnen wirklich die ganzen Patzer verziehen, die sie sich geleistet hatten? *Das heißt, die Drachen – Desta, Meseret – und die ganzen anderen Tiere werden irgendwann uns gehören.* Lucinda war auf einmal ganz aufgeregt. *Uns!*

Was Tyler wohl sagen würde, wenn sie ihm das erzählte?

Lucinda musste zwei komplizierte Tore öffnen, passieren und hinter sich wieder verriegeln und hatte auf ihrem langen Weg viel Zeit zum Nachdenken. Als sie schließlich den Reptilienstall erreichte, war ihre erste Aufregung daher schon ein wenig abgeklungen.

Und wenn jetzt etwas geschah und sie und Tyler die Tinkerfarm eines Tages tatsächlich erbten? Die Größe der Vorstellung überwältigte sie aufs neue. Dann hätten sie nicht bloß eine riesige Farm zu führen, obwohl das allein schon eine kolossale Aufgabe war, zumal für Kinder in ihrem Alter. Es waren auch gar nicht mal die vielen verschiedenen mythischen Tiere, die ihr Sorgen machten, so phantastisch und gefährlich sie auch waren: Lucinda hatte genug Erfahrung mit ihnen gesammelt, um zu wissen, dass diese Aufgabe zu bewältigen war (wenn auch natürlich nur mit viel Arbeit und Geld). Nein, was ihr plötzlich Angst einjagte, war die Erkenntnis, dass derjenige, der die Farm von Gideon erbte, damit auch das gesamte Farmpersonal übernehmen würde, denn Gideon Goldrings Hof war auch ein Asyl für aus der Zeit gefallene *Menschen*, nicht nur Tiere. Jeder einzelne Bewohner der Farm außer Gideon selbst stammte aus einem anderen Land und einem anderen Jahrhundert, einige wie Haneb, Oola und Walkwell sogar aus fernster Vergangenheit. Gideon hatte sie alle in einem Moment, als sie den sicheren Tod vor Augen gehabt hatten, aus ihrer ursprünglichen Zeit und Umgebung gerissen, weil er hoffte, auf die Art den Fluss der Zeit am wenigsten zu beeinträchtigen. Auch wenn die Farmbewohner sich manchmal über Gideon und seine selbstherrliche Art ärgerten, hatte er doch jedem Einzelnen von ihnen das Leben gerettet, und jetzt waren sie alle Teil der modernen Welt, ohne je in ihre heimische Umwelt zurückkehren oder beweisen zu können, dass sie wirklich hierher gehörten.

Die Verantwortung war erdrückend, und Lucinda beschloss, dass sie fürs erste nicht groß darüber nachdenken wollte. Dafür war später noch genug Zeit, wenn sie Tyler alles erzählt hatte. Jetzt brauchte sie dringend eine Ablenkung und lief die letzten Meter zum Reptilienstall.

Sie hielt sich nirgends auf, sondern ging durch in den hinteren Teil des düsteren Stalls, der die Drachen beherbergte. Sie waren keineswegs seine einzigen exotischen Bewohner, aber fliegende Schlangen und Gift spuckende Basilisken interessierten Lucinda nicht besonders.

Riesig wie ein Verkehrsflugzeug im Hangar lag Meseret in ihrem Gehege auf der Seite und beobachtete mit einem halb geöffneten feurigen Auge, wie Lucinda sich näherte. Das Drachenjunge war ein Stückchen weiter in einem eigenen Gehege angegurtet. Als er Lucinda erblickte, winkte der kleine Haneb auf seine übliche schüchterne Art, sah dabei aber nur kurz auf, als könnte er sich nur schweren Herzens vom Drachenkotschaufeln losreißen. Ausgewachsene Drachen wie Meseret aßen nicht sehr häufig, aber wenn, dann produzierten sie anschließend einen Haufen von der Größe eines Sportwagens. Haneb hatte ein Tuch vor dem Gesicht, während er die übelriechende schwarzgrüne Masse in eine Schubkarre schippte. Gideon hatte ihr erzählt, dass richtig behandelter Drachenkot einen hervorragenden Dünger abgab und sogar auf den Gemüsebeeten der Farm ausgebracht wurde. So genau hatte Lucinda das eigentlich gar nicht wissen wollen, und hinterher hatte sie tagelang kein Gemüse mehr gegessen.

*Auf der Tinkerfarm hat sogar der Salat Geheimnisse!*

Sie schob ihre Sorgen über das belauschte Gespräch zwischen Mrs. Needle und ihrem Großonkel beiseite. *Hallo, Meseret,* dachte sie. *Kannst du mich hören? Kennst du mich noch?*

Das goldene Auge starrte, blinzelte träge, starrte.

Lucinda versuchte, sich darauf zu besinnen, wie es gewesen war, als sie sich der Drachin zum ersten Mal verständlich gemacht hatte – als sie und das große Tier zum ersten Mal Gedanken ausgetauscht hatten. *Ich bin auf dir geritten, weißt du noch?* Wobei »geritten« natürlich etwas übertrieben war – »ich habe mich verzweifelt an dich geklammert« traf es eher. *Ich habe geholfen, dir dein Ei wiederzuholen, erinnerst du dich?* Lucinda blickte kurz zur Seite, wo Desta eingerollt auf Sand und Heu lag. *Ich habe geholfen, deine Tochter wiederzuholen.*

Meserets riesiges gelbes Auge blinzelte wieder, dann schloss es sich und blieb zu. Mit der Drachin würde kein Gespräch zustande kommen, das war klar, aber ob sie einfach nicht wollte oder ob Lucinda die Drachensprache verlernt hatte, war nicht zu erkennen. Lucinda zuckte die Achseln und begab sich zu Destas viel kleinerem Käfig.

»Nicht so dicht, Miss«, rief Haneb, der gerade mit der Schubkarre vorbeiging. »Nicht vergessen, was mit Master Colin passiert.«

*Das vergesse ich gewiss nicht*, dachte sie. *Es war ja meine Schuld.* »Ich pass schon auf. Die würden mir beide nichts tun, Haneb.«

So was nannte man »Wunschdenken«, und das wusste sie so gut wie Haneb. Dennoch nickte ihr der kleine Mann schüchtern zu und ging weiter. »Einfach … aufpassen bitte, Miss.«

Sie wandte sich der kleinen Drachin zu, die sie mit demselben Ausdruck von Desinteresse beobachtete, den ihre Mutter gezeigt hatte. »Hallo, Desta«, sagte sie sowohl mit dem Mund als auch in Gedanken. Sie dachte an den Tag zurück, an dem das Drachenbaby zur Welt gekommen war. Wie aufgeregt waren alle gewesen, als es sich durch sein lederiges Ei gepickt hatte! Sie versuchte, die Erinnerungen in klare Bilder zu fassen, damit Desta sie »sehen« konnte, aber die kleine Drachin ließ sich nicht anmerken, ob sie das wahrnahm.

•◆•

Lucinda setzte ihre Bemühungen fast eine Stunde lang fort und redete mit Gedanken wie mit Worten. Sie versuchte alles, was ihr einfiel, und machte sich zu jedem fehlgeschlagenen Versuch Notizen, aber es war so, als stünde sie in einem leeren

Zimmer und riefe etwas: Bis auf das Echo kam nichts zurück. Die Drachen schienen sie vorsätzlich zu ignorieren. Schließlich gab sie es auf. Sie stand am Geländer vor Destas Käfig und kämpfte mit den Tränen. Das ganze Jahr hatte sie sich so darauf gefreut, hatte so viele langweilige Unterrichtsstunden durchgestanden, weil sie wusste, dass dies hier auf sie wartete, dass sie eines Tages wieder etwas ganz Besonderes sein würde: Lucinda, die Drachenversteherin! War denn alles nur Zufall gewesen, pure Einbildung?

»Nicht traurig sein, Miss«, sagte Haneb. »Sie sind nicht freundlich. Sind Drachen. Aber die Kleine ...« Er zögerte. »Die Kleine ... sie hat ein Geheimnis.«

Lucinda zog die Nase hoch und wischte sich schnell die Augen. Sie schämte sich, dass Haneb ihr Selbstmitleid sah. »Ein Geheimnis?«

»Wie sie einen lieber mag. Sich anfassen lässt. Freund wird.«

Lucinda hüpfte das Herz. Ragnar hatte ihr einmal erzählt, dass Haneb mit Meseret und Alamu auf die Tinkerfarm gekommen war, als die beiden noch kleiner gewesen waren als Desta jetzt, dass sie alle zusammen aus dem alten Vorderen Orient stammten. Wollte er ihr jetzt endlich das Geheimnis verraten, wie man sich mit ihnen verständigte? Zaubersprüche? Besondere Handbewegungen? »Ja, Haneb, sag's mir! Bitte!«

Der Tierpfleger sah kurz zu Desta hinüber, dann wandte er sich Lucinda zu, aber wie immer nur halb, und blickte sie aus den Augenwinkeln an. »Sie ... sie frisst gern Möhren.«

# 8

# EIN ANTIKES MÖBELSTÜCK

Dieses Jahr passierten auf der Farm echt komische Sachen, das merkte Tyler. Zum Beispiel hatte Lucinda zufällig ein Gespräch zwischen Gideon und Mrs. Needle belauscht, in dem es darum ging, was geschehen sollte, wenn er starb. Ihr Großonkel hatte sich angeblich für eine Regelung ausgesprochen, nach der Tyler und seine Schwester die Farm erben würden! Und Mrs. Needle hatte dem tatsächlich zugestimmt oder sich zumindest den Anschein gegeben, aber Tyler glaubte nicht, dass das so glatt über die Bühne gehen würde, falls Gideon wirklich etwas zustieß: Die Hexe würde ganz gewiss nicht darauf verzichten, alles zu tun, um sich die Farm für ihren Sohn Colin unter den Nagel zu reißen.

Doch wenn sie Gideon Goldrings Entscheidung nicht ändern konnte, was konnte Patience Needle dann tun? Rechtlich existierte sie gar nicht in diesem Jahrhundert, so dass sie nicht einfach hingehen und ihn verklagen konnte.

Tyler hatte sich auch Gedanken darüber gemacht, was Colin wirklich in der Bibliothek trieb. Tyler hatte Gideon natürlich erzählt, er hätte Grace' Medaillon dort gefunden, aber gerade jetzt, da Gideon sowieso so wenig Leute für die ganze Arbeit auf der Farm hatte, würde er da tatsächlich einen gesunden jungen Burschen monatelang in die Bibliothek setzen, nur für den Fall, dass aus heiterem Himmel noch ein Medaillon auftauchte? Und wieso hatten sie von Büchern gesprochen? Was hatte Gideons verschwundene Frau mit Büchern zu tun?

Das Medaillon war durchaus nicht einfach so aus dem Nichts gekommen, aber wenn Tyler das verriet, musste er das Geheimnis des Kommodenspiegels preisgeben. Dieser war, wie er entdeckt hatte, der Durchgang zu einer anderen Version der Tinkerfarm, einem Ort, wo Gideons Frau Grace mit ziemlicher Sicherheit heute noch gefangen saß.

Tyler ärgerte sich. Ein paar kleine Lügen hatten alles total verkompliziert. Das war unfair.

Tyler biss in sein Erdnussbutterbrot und breitete das Octavio-Material, wie er es nannte, auf dem Bett aus: das wenige, was er von den Aufzeichnungen und Tagebüchern des großen Erfinders im letzten Sommer hatte retten können und soeben aus seinem Versteck geholt hatte, einen Stapel eingerissener, wasserfleckiger und von Mäusen angenagter Papiere, der so klein war, dass er in eine alte Zigarrenkiste gepasst hätte. Es war das erste Mal, dass er bei diesem Besuch die Gelegenheit hatte, die Papiere durchzuschauen, und er fragte sich, ob er diesmal mehr verstehen würde. Er hatte sich im vorigen Schuljahr bemüht, im Unterricht besser aufzupassen, vor allem in den naturwissenschaftlichen Fächern und Mathe, aber die Sachen, über die sich Octavio Tinker in seinen Tagebüchern ausließ – »Kristallometrie« und »dipolare Kopplung« –, waren in Mr. Ortolanis Geowissenschaftsunterricht für die sechste Klasse einfach nicht drangekommen.

Octavio schrieb in seinen frühen Aufzeichnungen ständig über die Notwendigkeit, ein Gerät zu erfinden, mit dem man sich in der Verwerfungsspalte kontrolliert bewegen konnte. Später, das wusste Tyler, hatte Octavio so ein Gerät tatsächlich erfunden (anscheinend mit Hilfe Gideon Goldrings) und es Kontinuaskop genannt. Tyler selbst jedoch war ohne ein solches Hilfsmittel sicher und unbeschadet durch die Verwerfungsspalte hin und wieder zurück gelangt. War das ein einmaliger Zufall gewesen, oder war Tyler eine Art Mutantenfreak, wie aus einem Comicheft? Die Frage war ihm seit dem vorigen Sommer oft durch den Kopf gegangen, und auf einmal sprang ihn ein Satz in einem von Octavios langen, drögen und schwer zu entziffernden Ergüssen wie ein Schachtelteufel an:

> *Ich komme langsam zu der Überzeugung, dass einige Leute wie ich ein natürliches Gespür für die Verwerfungsspalte haben, die angeborene Fähigkeit, ihre extrem komprimierten Schichten auseinanderzuhalten und sich vielleicht sogar von einer zur anderen zu BE-WEGEN.*

*Komprimiert.* Tyler ging Lucindas Schulwörterbuch suchen, um das Wort nachzuschlagen; es hieß »zusammengepresst, verdichtet«. Es war nur ein Satz, aber in seinem Kopf wirkte er wie Dynamit. Octavio meinte also, manche Leute könnten sich auch ohne ein Instrument wie das Kontinuaskop in der Verwerfungsspalte zurechtfinden! Tyler war wie vor den Kopf geschlagen. Octavio Tinker meinte, manche Leute könnten ein angeborenes Gespür für die Verwerfungsspalte haben, Leute wie Octavio selbst.

*Und vielleicht auch wie Tyler Jenkins!*

Octavio hatte das Land hier vor langer Zeit gekauft, und er hatte sein verrücktes Haus unter anderem deswegen gebaut, um von der Verwerfungsspalte abzulenken, die er hier gefunden hatte. Vielleicht hatte Octavio diesen Ort ja überhaupt nur gefunden, weil er dieses »natürliche Gespür« besaß. Und Tyler war Octavios Nachkomme – ein Blutsverwandter mütterlicherseits. Er hatte bewiesen, dass er auf sich allein gestellt in der Verwerfungsspalte reisen konnte. Und jetzt dachte Onkel Gideon daran, ihn und seine Schwester zu Erben der Farm zu machen. Es passte alles zusammen, als ob es so geplant gewesen wäre!

Tyler hielt es nicht länger allein in seinem Zimmer aus. Er zog sich die Schuhe an und raste die Treppe hinunter, total wild darauf, Lucinda zu finden und ihr diese Neuigkeit mitzuteilen.

•◆•

Er sah an allen in Frage kommenden Plätzen im Haus nach, doch er konnte seine Schwester nicht finden. Er hatte den Verdacht, dass sie die Drachen auf der anderen Seite der Farm besuchte, aber sicherheitshalber wollte er noch einen kurzen Blick in den Garten hinterm Haus werfen – manchmal ging sie dort gern spazieren.

Oola, das Mädchen, das er aus der Eiszeit mitgebracht hatte, kniete im Gemüsebeet, als würde sie Unkraut ausreißen.

»He, Oola«, rief er. »Hast du meine Schwester gesehen? Ich suche sie überall.«

Sie dachte gründlich nach, dann schüttelte sie den Kopf. »Ich sehe sie nicht.« Sie lächelte. »Komm du und helf mir, Tyler? Sammele ich Schnäken.«

»Schnäken?« Er ging näher heran und spähte über den Zaun. Oola kniete vor einem Beet mit leuchtenden Sonnenblumen. Hinter ihr stand das alte verlassene Treibhaus einsam am hinteren Ende der Pflanzenreihen und hob sich grau von den strahlenden Blumen ab. Es hatte etwas von einem voll verglasten Grabmal.

»Seh du?« Das Höhlenmädchen hielt Tyler eine Aluform voll ekliger, glänzender kleiner Haufen hin. »Finde ich viele Schnäken!«

»Ach so, du meinst Schnecken.«

»Schnäcken, ja. Sie gehen hier von überall, diese Schnäcken«, sagte sie. »Viele und viele folgen. Wie die Hirschen, die in meinem Land laufen alle zusammen.«

»Schneckenherden. Verstehe.« Tyler wusste nicht so recht, warum sie so aufgeregt war. Es gab eine Menge Schnecken im Garten, na und? Trieben Schnecken sich nicht immer in Gärten herum? Tyler mochte Oola gern, aber sie machte ihn auch ein bisschen nervös: Er hielt es für möglich, dass sie irgendwie in ihn verschossen war, weil er sie vor einem Bären gerettet hatte. Außerdem wollte er um keinen Preis den Tag damit verbringen, in der heißen Sonne zu hocken und schleimige Schnecken aufzusammeln. »Tut mir leid, Oola, aber ich kann dir grade nicht helfen. Ich muss Lucinda finden.«

Sie blickte enttäuscht, aber lächelte gleich wieder. »Ist gut, aber Gid-i-on sagen: viele sehre Schnäcken!«

Als er zurückblickte, winkte sie ihm. »Warte, Tyler! Etwas ist erinnern.«

»Ich weiß, sehre viele Schnecken.«

»Nein!« Sie schüttelte energisch den Kopf. »Erinnern *mich!* Wie ich liege hier und gucke Schnäcken, jemand höre gehen. Vielleicht deine Schwester. Gehen da lang.« Sie deutete auf den Weg, wo dieser vom Gemüsegarten abbog und am alten Treibhaus vorbei zu den äußeren Gärten und der Bibliothek führte. Tyler spürte einen kurzen Stich der Eifersucht. Lucinda war doch nicht diesen Colin Needle besuchen gegangen, oder? Er bedankte sich bei Oola und trollte sich in die Richtung, die sie ihm gewiesen hatte.

Eine andere Überraschung erwartete Tyler, als er den überwucherten alten Rosengarten erreichte und den Fußweg, der dort hindurch zur Bibliothek führte: Etwas flatterte aus dem Wipfel eines hohen Baumes herab und strich über seine Haare, so dass er erschrak und sich die Hände über den Kopf hielt.

»Zaza!«, schrie er entzückt, als er erkannte, wer da in weiten Kreisen um ihn herumflog. »Zaza, komm her, du verrückter Affe! Du hast mir gefehlt!«

Sie hatten eine lange Unterhaltung. Tyler übernahm das Reden, Zaza verständigte sich hauptsächlich durch Ohrenzwicken und Nasenkneifen. Die kleine graue, geflügelte Äffin freute sich sichtlich, ihn zu sehen. Er fragte sich, warum sie nicht schon längst zu ihm gekommen war. Vielleicht wusste sie dieses Jahr nicht, wo sein Zimmer lag.

Als er die Bibliothek erreichte, schwang sich Zaza in die Luft, flatterte in die Höhe und ließ sich auf dem Dach nieder, wo sie ihre Fingerflügel wie einen Umhang um sich schlang und ihm damit so deutlich, als ob sie gesprochen hätte, zu verstehen gab, dass sie draußen warten würde, während er erledigte, was er in dem gruseligen alten Bau zu erledigen hatte.

Tyler trat durch die offene Tür, ohne anzuklopfen. Hatte er

nicht genauso viel Recht, hier zu sein, wie seine Schwester? Doch nach wenigen Schritten wurde er langsamer, weil er Stimmen hörte, und keine war die von Lucinda.

»Wenn du warten willst, Colin, bis Gideon einsieht, was für die Farm das Beste ist, wirst du ewig warten: deswegen.« Das war Mrs. Needle. Ihre Stimme klang verärgert, aber auch so berechnend und kalt, wie Eiswürfel, die in einem Glas klirrten. »Und wir werden unser Zuhause verlieren. Weil Gideon Goldring ein Narr ist.«

»Das ist ungerecht, Mutter«, hörte Tyler Colin sagen. Er widersprach ihr nicht direkt, aber er stimmte ihr auch nicht zu, was ein Punkt zu seinen Gunsten war, fand Tyler. Ein sehr kleiner Punkt, aber immerhin. »Gideon hat versprochen, dass wir hier immer ein Wohnrecht haben werden …«

»Ja! Als Diener! Willst du das etwa, Colin? In deinem eigenen Zuhause der Diener der Jenkins-Kinder sein?«

Tyler war zur offenen Tür zurückgewichen, doch auf einmal schlug ein Windstoß sie mit einem lauten Knall hinter ihm zu.

»Wer ist da?« Im nächsten Moment kam Patience Needle um die Ecke gebogen. »Was machst du hier, Master Jenkins?« Ihre Stimme klang schon wieder neutral, doch ihre Augen waren wie stechende schwarze Nadelspitzen. »Hast du uns belauscht?«

»N-nein!«, stotterte Tyler. Sie war eine kleine, schlanke Frau – kleiner als Tyler, der seit letztem Jahr ein Stück gewachsen war –, aber dennoch jagte sie ihm tüchtig Angst ein. »Nein! Ich bin nur gekommen, weil … weil ich meine Schwester suche.« Er schluckte. Er sollte lieber so tun, als hätte er nichts gehört. »Ist Lucinda hier?«

»Vielleicht macht sie sich irgendwo nützlich«, sagte Mrs. Needle, die sich jetzt wieder vollkommen im Griff hatte.

»So wie Colin. Deshalb habe ich ihm auch sein Mittagessen gebracht.« Ein Lächeln erschien auf ihrem Gesicht, das aussah wie das Letzte, was ein kleines Pelztier zu sehen bekam, bevor es verschlungen wurde. »Ich wusste nicht, dass du herkommst, Tyler, sonst hätte ich dir auch etwas mitgebracht.« Sie drehte sich zur Seite und rief über die Schulter: »Überarbeite dich nicht, Colin, Liebes!« Dann wandte sie sich wieder Tyler zu. »Ich wünschte, er würde mehr an die frische Luft gehen«, sagte sie mit beinahe überzeugender Fürsorglichkeit. »Vielleicht könntet ihr beide ein bisschen fangen spielen.« Abermals stellte sie ihr stahlhartes Lächeln an, dann ging sie an ihm vorbei zur Tür hinaus und hinterließ in der Bibliothek einen eisigen Hauch und einen blumigen Geruch.

Fangen spielen? Mit Colin Needle? Das war ein derart bizarrer Gedanke, dass Tyler sich fragte, ob die Hexe ihm irgendwie eine reinsemmeln wollte. *Klar, vielleicht könnten wir ja auch zusammen ein bisschen klickern.*

In der Bibliothek blickte Colin vom Lexikontisch auf, wo er Bücher, Notizhefte und seinen Laptop ausgebreitet hatte. Es sah wahrhaftig so aus, als wollte der ältere Junge hier ein Revier markieren, als bildete er sich ein, die Bibliothek gehörte jetzt ihm. Tyler konnte den Drang, Colins gesamten Kram einfach vom Tisch zu fegen, gerade noch unterdrücken.

»Nachforschungen, hm?«, sagte er. »Ja? Nachforschungen über was?«

»Geht dich nichts an.« Colins Augenbrauen gingen in die Höhe. »Was willst *du* eigentlich hier, Jenkins? Ich hätte nicht gedacht, dass du ein großer Leser bist.«

»Ach, hättest du nicht?« Es stimmte ja, aber zugegeben hätte er das jetzt nie und nimmer. Er wollte Colin nicht einmal mit der Ausrede kommen, dass er nach Lucinda suchte – das hätte erst recht so gewirkt, als ob der dürre Heini hierhergehörte und er nicht. Tyler spazierte am Tisch vorbei und versuchte, einen Blick auf die dort ausgebreiteten Bücher zu erhaschen, aber Colin beugte sich vor und legte die Arme darüber.

»Ich muss doch sehr bitten!«, sagte er in seiner besten Erwachsenenmanier. »Ich arbeite, Jenkins. Kannst du nicht woanders spielen?«

»Zufällig hab ich hier auch was zu tun, Needle. Aber ich seh zu, dass ich dich nicht allzu sehr störe.«

Tyler schlenderte eine Weile zwischen den Regalen umher, doch er konnte sich nicht konzentrieren. Colin und seine Mutter mussten sich über dieselbe Sache unterhalten haben, die Lucinda mitgehört hatte. Mrs. Needle hatte gesagt: »Willst du das etwa, Colin? In deinem eigenen Zuhause der Diener der Jenkins-Kinder sein?« Tyler musste zugeben, dass die Vorstellung ihm gefiel – Colin als Butler, der spuren musste, wenn Tyler etwas befahl –, aber glaubte sie wirklich, dass es so kommen würde?

Für einen kurzen Moment tat Colin Needle ihm sogar leid. Wie es wohl sein musste, eine solche Mutter zu haben?

*Aber trotzdem, seine Mutter ist nicht ständig hinter ihm her und zwingt ihn, überall rumzuschnüffeln*, befand Tyler. *Das macht er meistens aus eigenem Antrieb.*

Tyler spazierte zu dem großen Gemälde von Octavio Tinker hinüber. Der kauzige Wissenschaftler blickte so aufreizend amüsiert und geheimnisvoll wie eh und je. Wie immer schien der Begründer der Ordinary Farm auf die Tür des Schlafzimmers gegenüber zu schauen. Tyler war in diesem Sommer noch kein einziges Mal bei dem magischen Kommodenspiegel gewesen und verspürte plötzlich große Lust, mal wieder einen Blick darauf zu werfen. Er vergewisserte sich, dass Colin sich wieder seinen Büchern zugewandt hatte. Wie beiläufig ging Tyler zu dem Zimmer und trat ein. Er fragte sich, ob er dort im Spiegel abermals eine leicht abweichende Wirklichkeit sehen würde, doch was er zu sehen bekam, war … nichts.

Der Spiegel war fort.

Und nicht nur der: Das ganze Möbelstück war fort. Geblieben waren nur noch das staubige Bett und ein eckiger Schatten an der Tapete, der erkennen ließ, wo die Waschkommode mit dem Zauberspiegel gestanden hatte.

Tyler war zumute, als hätte ihm ein Schwergewichtsboxer einen Schlag in die Magengrube verpasst. Er brauchte mindestens eine Minute, bis er sich so weit erholt hatte, dass er wieder in die Bibliothek hinaustreten konnte.

»Was ist eigentlich mit dem Waschdings da drinnen passiert?« Er stellte die Frage so gleichgültig wie möglich, doch er hörte das Zittern in seiner Stimme.

Colin hob kaum den Kopf. »Was für ein Waschdings?«

»In dem Zimmer da drüben. Gegenüber von dem Bild von Octavio. Da stand früher so eine Waschkommode.«

Colin zog eine Grimasse: der vom Kleingeist gestörte große Denker. »Meine Mutter hat sie in ihr Zimmer bringen lassen. Sie hat gemeint, sie wäre antik und sollte pfleglicher behandelt werden.«

Tyler biss sich auf die Lippe und zwang sich, den Mund zu halten. *Mrs. Needle hat den Spiegel.* Durch den Spiegel kam man zu Grace. Sie musste die Wahrheit kennen! Oder zumindest wissen, dass irgendetwas Besonderes daran war. Von wegen »antik« – an die Geschichte glaubte er keine Sekunde.

Tyler war von der Mitteilung so geschockt, dass sein einziger Gedanke jetzt war, wieder hinaus an die frische Luft zu kommen. Den Waschkommodenspiegel hatte sich die Hexe gekrallt, und Colin Needle machte sich in der Bibliothek breit wie ein Besatzer. Es war alles zum Kotzen.

»Schon genug von den Büchern?«, bemerkte Colin, als Tyler vorbeiging. »Lieber wieder spielen?«

»Klappe.« Er stieß mit der Schulter die Tür auf.

»Das sieht dir ähnlich, Jenkins«, sagte der ältere Junge. »Du versuchst nicht mal, diesen Hof hier zu begreifen, du daddelst nur rum. Das wahre Genie von einem Mann wie Octavio Tinker verstehst du gar nicht. Du würdest ein Kontinuaskop nicht mal erkennen, wenn du eins vor der Nase hättest. Ich schon. Ich bin dabei, alles darüber in Erfahrung zu bringen. Vielleicht baue ich sogar eines.«

Mit dem Nachhall dieser grässlichen Drohung im Ohr ließ Tyler die Tür ins Schloss fallen.

•◆•

Zaza kam vom Dach geflattert, um ihn zu begleiten, und genoss es sichtlich, wieder bei ihm zu sein, auch wenn Tyler eher bedrückt zum Farmhaus zurückstapfte. Doch als sie einen bestimmten Punkt erreicht hatten, schwang sie sich empor, breitete die Flügel aus und verschwand ohne einen Blick zurück. Nachdem Tyler ihr lange genug nachgeschaut hatte, drehte er sich um und ging weiter. Dabei bemerkte er das ferne Funkeln des alten Treibhauses, dessen Unterwasserfarben in der späten Sonne leuchteten.

# 9

# KINGAREE

Lucinda fand langsam Geschmack daran, im Pferdewagen zu fahren, dem einzigen Fahrzeug, das Simos Walkwell je benutzte. Bei diesem Dahinzuckeln an der frischen Luft fühlte sie sich so lebendig, so mit der Natur verbunden, als wäre sie von ihr erfüllt. Walkwell, der für den Stadtbesuch seine Hörner und Ziegenbeine wieder verhüllt hatte, hielt die Zügel locker gespannt, fast schien es, als kommunizierte er durch die Lederriemen mit dem Pferd Culpepper.

Als er ihren Blick bemerkte, bedachte der Alte sie mit einem kurzen, sparsamen Lächeln, was bei ihm nicht häufig vorkam. Trotz der dunklen Wolken am Horizont war der Tag noch recht sonnig, aber nicht übermäßig heiß und die Luft erfüllt vom Duft der Eukalyptusbäume und des warmen gelben

Staubs. Eigentlich schien dieses Jahr auf der Farm alles ganz gut zu laufen – warum war Simos da nicht etwas fröhlicher?

»Ist was mit dir, Lucinda?«, fragte Colin Needle. »Du bist so still.«

Das klang ehrlich interessiert, was sie ein wenig verwunderte. »Mir geht's gut. Ich genieße einfach die Fahrt. Meinst du, es wird regnen?«

Colin sah zum Himmel auf, der sich langsam bereits verdüsterte. »Kann sein. Gideon sagt, so ein Wetter hat es seit 1983 nicht mehr gegeben. Damals hatten sie hier sogar Überschwemmungen. Aber ich kann mir nicht vorstellen, dass es diesen Sommer auch nur halb so viel regnet.«

1983 war Lucinda noch gar nicht auf der Welt gewesen. Sie war beeindruckt. »Hat es dieses Jahr wirklich schon viele Unwetter hier gegeben?«

Colin lächelte. »Aber ja, Donner, Blitz, alles. In der Woche, bevor ihr gekommen seid, war es fast wie im Krieg: bumm, zack, bumm! Sarah dachte, die Welt geht unter.« Er lachte, und Lucinda stimmte unwillkürlich ein. Dann schwiegen beide wieder, aber es war ein entspanntes Schweigen.

In Standard Valley angekommen, band Walkwell Culpepper an einem Pfosten vor dem Laden fest. Colin stand auf. »Ich muss wegen einer Sache zu Rosie's. Sollen wir uns später wieder irgendwo treffen?«

Der Alte blickte ihn mit schmalen Augen an und sagte: »Du kannst tun und lassen, was du möchtest, Master Needle. Du musst nur in einer Stunde wieder hier sein.«

»Wo gehst du hin?«, fragte Lucinda und bereute es im nächsten Moment. Geheimnistuerisch, wie er war, mochte Colin Needle gewiss nicht nach seinen Plänen befragt werden. Doch zu ihrem Erstaunen grinste er nur.

»Ich will zu Rosie's, um ins Internet zu gehen.«

Dass der alte Imbissschuppen mit dem mürrischen Besitzer ein modernes Internetcafé sein sollte, überstieg Lucindas Vorstellungsvermögen. Sie musste lachen. »Die haben dort WLAN? Das glaubst du doch selber nicht!«

»Doch, doch. Ich darf es benutzen, wenn ich in der Stadt bin, und dafür helfe ich Rosie mit seiner Buchführungssoftware.« Jetzt lachte auch Colin. Es klang ganz normal und freundlich. »Ja, sogar Standard Valley kommt so langsam im einundzwanzigsten Jahrhundert an.« Er stieg vom Wagen, winkte Lucinda zum Abschied und schritt in Richtung Rosie's davon, den Laptop vorsichtig im Arm wie ein Päckchen voller Träume.

Lucinda entdeckte im Lebensmittelladen einen großen Beutel Möhren, aber fand ihn dann doch nicht groß genug – die waren schließlich für einen Drachen! – und stöberte einen noch größeren auf. Als sie bezahlt hatte, ging sie zur Futtermittelhandlung zurück, wo Walkwell sich vor dem Verkäufer grimmig darüber ausließ, wie fürchterlich Maschinen im allgemeinen doch waren. Gelangweilt starrte Lucinda zum Fenster hinaus auf die Hauptstraße und fragte sich, wann sie wohl die Carrillos wiedersahen, die Kinder von der Nachbarfarm. Sie und Tyler hatten sie voriges Jahr hier in Standard Valley kennengelernt, auf einer von Walkwells Einkaufsfahrten, und sie hatten sich angefreundet. Sie fand es ein bisschen seltsam, dass sie schon so lange wieder auf der Farm waren und noch gar nichts von Carmen und den anderen gehört hatten. Sie und Tyler sollten irgendwie mit ihnen Kontakt aufnehmen.

Walkwell war immer noch dabei, dem verdatterten Verkäufer die Gefahren der Dampfkraft auszumalen, als Lucinda schließlich der Geduldsfaden riss und sie in die heiße Nachtmittagsluft hinaustrat. Es roch nach Regen, doch noch war es trocken. Sie überlegte kurz, ob sie Colin Gesellschaft leisten sollte, hatte dann aber doch Bedenken: Wenn er nun dachte, sie wäre in ihn verknallt? Denn obwohl er sich hin und wieder fast wie ein Mensch verhielt, *das* war sie auf keinen Fall.

Lieber machte sie einen kurzen Spaziergang Richtung Stadtrand. Sie ging an den paar Läden und dem Bahnhof vorbei, und bald waren links und rechts nur noch Holzhäuser mit umzäunten Vorgärtchen zu sehen.

Als Lucinda vor den letzten Häuschen umkehrte und sich auf den Rückweg machte, trat ein großer Mann aus dem Schatten des Bahnhofsgebäudes, und als sie vorbeikam, steuerte er mit langen Schritten schräg auf sie zu. Nach wenigen Häusern ging der Fremde neben ihr.

»Immer langsam, Mädchen«, sagte er. »Bleib stehen, ich will kurz mit dir reden.«

Sämtliche Instinkte forderten Lucinda auf, wegzulaufen. Nur die Tatsache, dass sie am helllichten Tag mitten auf der Hauptstraße standen und vom Lokal aus Leute zu ihnen hinübersahen, gab ihr den Mut, standhaft zu bleiben. Der baumlange Fremde musste knapp zwei Meter groß sein, und obwohl er die körperliche Geschmeidigkeit eines jungen Mannes besaß, war sein Gesicht wettergegerbt und runzlig wie altes Leder. Er hatte schwarze Haare, und schwarz waren auch seine Kleider und sein breitkrempiger Hut. Er wirkte eher wie ein Revolverheld aus einem Western als wie ein Farmer. Als hätte er sich im Jahrhundert geirrt …

Die jähe Erkenntnis würgte sie mit eiskalten Fingern: Dieser Mann sah tatsächlich wie jemand aus einer anderen Zeit aus – wie jemand, der aus der Verwerfungsspalte gekommen war. Auf einmal hatte sie Angst.

»Ich habe dich und Simos Walkwell in die Stadt kommen

sehen«, sagte der Fremde in breitem, selbstsicherem Ton. »Wohnst du draußen auf der Tinkerfarm? Gideon Goldring ist ein alter Freund von mir.«

Lucinda konnte nur hilflos und stumm den Mund bewegen.

»Du musst keine Angst vor mir haben, Kleine.« Er bleckte die Zähne. »Ich bin nicht dein Feind.«

Es fiel ihr schwer, den Kloß in ihrem Hals so weit hinunterzuschlucken, dass sie wieder sprechen konnte. Es war beinahe, als ob dieser Mann einfach aus dem Staub und der Sommerhitze des Tages entstanden wäre. »T-tut mir leid, aber ich soll nicht mit Leuten sprechen, die ich nicht kenne.«

»Natürlich nicht«, sagte er. »Kluges Mädchen. Aber ich bin kein Fremder – frag einfach Gideon und die andern. Sag ihnen, du hättest Jackson Kingaree getroffen. Du kannst ihnen ausrichten, ich käme bald mal vorbei, um in alten Zeiten zu schwelgen. Kannst du dir das merken?«

Lucinda nickte.

Der große Mann beugte sich vor. Sein Atem roch nach Alkohol. Sein Lächeln wirkte andressiert, als hätte er es gelernt wie ein Hund das Pfötchengeben, ohne es zu verstehen. »Das hört man doch gern. Wir sprechen uns eines Tages wieder, du und ich. Versprochen.« Als er sich aufrichtete und an ihr vorbeiging, streifte sein Mantel ihre Hand so leicht wie ein Vogelflügel. Mit klackenden Stiefeln ging er den Bürgersteig entlang, bog um eine Ecke und verschwand. Lucinda blieb stehen und starrte ihm nach. Ein paar Regentropfen fielen auf ihr Gesicht und ihre Hände und hinterließen dunkle Flecken auf der Straße.

Lucinda hatte so lange die Luft angehalten, dass ihr ganz schwindlig war. Nun atmete sie aus und lief los.

»Komm diesem Mann niemals zu nahe! Niemals!« Walkwell war so aufgeregt, dass er fast seine Kaffeetasse umstieß. Alle Gäste in *Rosie's* drehten sich nach ihnen um.

»Er hat mich auf der Straße angesprochen.«

»Wenn du ihn das nächste Mal siehst, sprich nicht mit ihm. Lauf weg. Er ist böse.« Der Alte gab ein Knurren von sich, das erschreckend wenig menschlich klang.

Für einen Sekundenbruchteil sah Lucinda das Bild von Simos Walkwell wieder vor sich, wie er auf nackten Hufen unter dem nächtlichen Himmel über einen Berghang getanzt war, ein wildes Geschöpf aus früheren Tagen. *Wir sind von Märchen- und Sagengestalten umgeben*, wurde ihr wieder einmal bewusst. *Und von Ungeheuern.* »Aber wer ist das, dieser … Kingaree?«

»Er ist natürlich aus der Verwerfungsspalte gekommen«, sagte Colin Needle leise, die Augen weiter auf den Bildschirm des Laptops gerichtet. »Wie wir alle auf die eine oder andere Weise.«

»Was?« Lucinda war verwundert. »Du hast doch gesagt, du wärst hier geboren worden, Colin.«

»Bin ich auch. Meine Mutter war schwanger, als Gideon sie hergeholt hat.«

Nicht zum ersten Mal fragte sich Lucinda, wer Colins Vater gewesen war; keiner der beiden Needles hatte je ein Wort darüber verloren. »Aber wenn dieser Mann auch aus der …«, Colin sah sie scharf an und sie formte das Wort nur mit den Lippen, »… *Verwerfungsspalte* gekommen ist, warum lebt er dann nicht auf der Farm?«

»Das hat er – eine Zeitlang«, sagte Colin. »Aber ihm haben die Vorschriften nicht gepasst.«

Mit einem Blick in die Runde vergewisserte sich Walkwell, dass niemand im Lokal ihre leise Unterhaltung mithörte.

»Kein Wort mehr über ihn, bis ich mit Gideon gesprochen habe.«

»Kingaree ist mit Caesar gekommen«, flüsterte Colin Lucinda zu, als sie hinter Walkwell das Lokal verließen. »Mehr weiß ich nicht.«

»Mit Caesar?« Sie konnte den alten, gutmütigen Caesar nicht mit diesem Kingaree zusammenbringen, der so viel Rohheit und Gewalt ausstrahlte. Auf dem Weg zum Wagen schaute sie nervös die Straße auf und ab, und in jedem Schatten sah sie Kingarees drohende Gestalt. Darum starrte sie den mit einem Eis am Stiel vor der Futtermittelhandlung stehenden, stämmigen Jungen erst mehrere Sekunden lang an, bevor sie Steve Carrillo erkannte.

»Steve!«, rief sie aus. »O wow, Steve! Ich bin's, Lucinda! Wir sind wieder da!«

Er winkte ihr, dann rief er jemanden im Laden, und schon kam Carmen herausgeeilt, seine ältere Schwester. Sie sah Lucinda und lief auf sie zu, Steve hinterher, bis sie sich mitten auf der Straße in die Arme fielen und aufgeregt begrüßten. Colin sah einen Moment zu, wie sie sich umarmten, und ging dann weiter zum Wagen, ohne etwas zu sagen.

Carmen war gewachsen und hatte abgenommen – sie sah richtig schick aus, fand Lucinda, aber Steve schien ein paar Pfund zugelegt zu haben. »Ich hab so viel an euch denken müssen«, sagte Lucinda. »Ich hab mich schon gefragt, wann wir euch endlich mal zu sehen kriegen. Tyler ist auf der Farm geblieben. Jetzt wird er sich wünschen, er wäre mitgekommen.«

»Alma ist auch zu Hause geblieben«, erzählte Steve vom dritten und jüngsten Kind der Carrillos. »Sie näht dieses Jahr irgendwelche Sachen und kommt kaum mehr aus ihrem Zimmer.«

»Hat sie mit Schnitzen aufgehört?«, fragte Lucinda. »Wie schade.«

Steve lachte. »Absolut nicht. Sie schnitzt wie eh und je. Und macht Tonfiguren. Ihr Zimmer ist noch ein größeres Chaos als meines.«

»Das geht gar nicht«, widersprach Carmen. »Echt schön, dich zu sehen, Luce. Ich hab Steve und Alma deine E-Mails gezeigt.« Sie lächelte. »Na ja, nicht *alle* …«

»Danke! Wie geht's euch denn so?«

Ein seltsamer Ausdruck glitt über Carmens Gesicht wie ein Schatten. »Ganz gut, würde ich sagen. Irgendwie. Wir haben eine Menge Ärger mit diesem Kerl von letztem Jahr.« Sie schaute sich um, doch die Straße war so gut wie leer. »Der mit seinem Hubschrauber auf eurer Farm gelandet ist.«

»Edward Stillman?« Lucinda lief es kalt den Rücken hinunter. Dieser Kingaree, der plötzlich aufgetaucht war, der verrückte reiche Stillman – was hatte die ganze Welt bloß gegen die Tinkerfarm? »Was denn für Ärger?«

»Er bietet unseren Eltern ständig Geld an«, sagte Steve.

»Er ist dabei, alle Grundstücke um euer Land rum aufzukaufen«, erläuterte Carmen. »Da will er natürlich auch unsere Farm haben, wir liegen ja am nächsten dran.«

»Er bietet Unmengen Geld«, sagte Steve. »Wir haben Mama und Papa drüber reden hören. Sie wollen eigentlich nicht verkaufen … aber es ist viel Geld. Mein Papa versucht ständig, mit euerm Onkel Gideon darüber zu reden, aber der ruft ihn nie zurück und nichts. Papa ist sogar mal rübergefahren, aber euer Onkel wollte nicht mal zu diesem riesigen Tor kommen, das er gebaut hat. Habt ihr das gesehen? Ach, klar, müsst ihr ja.«

Lucinda lächelte, aber ihre Freude über das Wiedersehen mit den beiden Freunden hatte einen Dämpfer bekommen.

»Hallo, ihr bösen Kinder!«, begrüßte Walkwell die Carrillos, allerdings ohne sein gewohntes Schmunzeln. »Lucinda, wir müssen zurück. Wir haben einiges mit Gideon zu besprechen.«

»Sagen Sie ihm, dass mein Vater unbedingt mit ihm reden muss, Mr. Walkwell«, sagte Carmen. »Bitte. Es ist wichtig.«

Der drahtige Alte wirkte in einer Weise erschüttert, wie Lucinda ihn noch nie gesehen hatte. »Das werde ich, gewiss. Aber Gideon Goldring macht immer, was er will. Komm, Lucinda.«

»Tschüs, ihr zwei!«, rief sie, als sie auf den Wagen kletterte und sich neben den schweigenden Colin setzte. »Bis bald, hoffe ich!«

»Kommt wieder zum Vierten Juli!«, schrie Carmen. »Das war total klasse letztes Jahr!«

•◆•

Zu Lucindas Verwunderung wartete Ragnar draußen vor dem neuen Tor auf sie. Der große Wikinger lächelte nicht, als sie hindurchfuhren, er hielt nur das Tor auf und winkte den Wagen durch, dann schloss er es von Hand und sicherte es mit einem Riegel.

»Was ist mit dem Tor los?«, fragte Colin. »Es sollte doch eigentlich von selbst auf- und zugehen.«

»Der unsichtbare Blitz ist weg«, sagte Ragnar. »Deine Mutter hat ihn weggestellt oder abgestellt oder wie man das nennt. Bis wir wissen, was passiert ist.« Er war sichtlich aufgewühlt. »Ist Gideon mit euch gefahren? Ist er noch in der Stadt?«

Walkwell schien die Frage genauso zu überraschen wie Lucinda. »Nein. Gideon war hier, als wir gefahren sind. Er ist nicht mitgekommen.«

Lucinda bekam es allmählich richtig mit der Angst zu tun.

Sie blickte Colin an, doch der war nicht minder verwirrt. »Was ist hier los?«

»Wir können ihn nicht finden«, sagte Ragnar. »Wir haben alles abgesucht, seit ihr heute Morgen gefahren seid. Alle auf der Farm haben mitgesucht, und wir haben an jedem Fleck nachgeschaut, der uns eingefallen ist, im ganzen Haus, in den Ställen, in den Hügeln, den Gehegen.« Er schüttelte den Kopf. »Aber Gideon ist verschwunden. Er ist fort.«

10

# VERSAMMLUNG IM SCHLANGENZIMMER

»… Der war so was von unheimlich, Tyler!«, flüsterte Lucinda. »Wie … wie der *Teufel*, echt!« Seine Schwester konnte nicht aufhören, von Kingaree zu erzählen, dem mysteriösen Bösewicht aus der Verwerfungsspalte, doch obwohl ihr Erlebnis Tyler beeindruckte und sogar beunruhigte, kam es ihm im Augenblick wie ihre geringste Sorge vor.

Die Farmbewohner hatten sich im Schlangenzimmer versammelt, wie Tyler und Lucinda unter sich das große Besprechungszimmer mit dem Buntglasfenster nannten, das Adam und Eva mit der riesengroßen umlaufenden Schlange zeigte. Tyler hatte seine Bedenken, ob es in so einer Situation wirklich das Beste war, sich unter einer leuchtenden Darstellung des Satans zu versammeln.

Der Regen, der kurz zuvor noch auf das Dach der Farm geprasselt war, hatte sich wieder verzogen, und der Tag wurde schon wieder unerträglich heiß. Alle redeten gleichzeitig, und alle klangen betroffen – was kein Wunder war. Gideon war nicht nur ihr Beschützer, sondern auch die einzige Verbindung zur Gegenwart, die die meisten Anwesenden besaßen. Tyler konnte sich nicht einmal annähernd vorstellen, wie es Sarah und den mongolischen Amigos und allen anderen zumute sein musste.

Mrs. Needle stand mitten im Raum, die Stirn in Falten, das Gesicht hart wie geschnitztes Elfenbein. »Seid jetzt alle still und hört zu!«, befahl sie. »Hört ihr? Ruhe!«

»Warum? Du bist nicht Gideon!«, rief Hoka, einer der Amigos. »Du bist nicht der Hausherr!« Seine beiden schweigenden Gefährten wirkten beeindruckt, dass er gegen Mrs. Needle aufbegehrte, schienen sich gleichzeitig aber auch zu wünschen, er hätte den Mund gehalten.

Auch Colin Needle hatte einen merkwürdigen Ausdruck im Gesicht, fand Tyler, ein bisschen blass um die Nase, wie seine Mama zu sagen pflegte. *Schlechtes Gewissen vielleicht?*, fragte sich Tyler.

»Still, ihr alle!« Mrs. Needles Stimme war diesmal schärfer. »Seid nicht albern. Niemand will hier den Herrn spielen. Aber jemand muss bestimmen …«

»Dann soll das Simos machen«, sagte Ragnar laut von der Tür her. »Er ist länger hier als wir alle. Er ist immer Gideons rechte Hand gewesen.«

Mrs. Needle verdrehte entnervt die Augen. »Es geht nicht ums Bestimmen im allgemeinen, es geht um die Suche nach Gideon!«

»Habt ihr das ganze Haus abgesucht?«, wollte Tyler wissen. »Es ist riesig! Warum vergeuden wir Zeit mit Gelaber? Gideon könnte irgendwo gestürzt sein, wo wir sein Rufen nicht hören können.«

Etliche murmelten zustimmend, aber Mrs. Needle sprach sich dagegen aus. »Selbstverständlich haben wir das Haus abgesucht, Master Jenkins, und da es groß ist und viele unbenutzte Räume hat, werden wir das auch weiter tun. Das kannst du ruhig denen überlassen, die sich hier auskennen – mir, Sarah und ihren Küchenkräften und Caesar.«

Eine der »Küchenkräfte« stand plötzlich von ihrem Stuhl auf. Die hochgewachsene Afrikanerin Azinza schwankte wie ein Baum im Wind.

»Ich habe Gideon im Traum gesehen!«, rief sie.

»O lieber Himmel!«, zischte Patience Needle. »Das hat hier überhaupt nichts verloren. Setz dich wieder hin, du albernes Ding!« Sie wandte sich von Azinza ab, die mit offenem Mund stehenblieb. »Seit dem Abendessen gestern hat niemand mehr Gideon gesehen. Caesar sagt, sein Bett sei unberührt. Wir werden uns in Gruppen aufteilen. Die Frauen werden das Haus durchsuchen, während die Männer …«

»Aber ich sage dir, ich habe ihn *gesehen!*«, rief Azinza aus. »Ich habe gesehen, was mit Gideon passiert ist!«

Mrs. Needle fuhr ihr mit kaltem Zorn über den Mund. »Schluss jetzt mit diesem Unfug!«

»Du hast kein Recht, ihr den Mund zu verbieten«, sagte Ragnar und stellte sich neben Azinza. Er und Mrs. Needle starrten sich mit einem solchen Hass an, dass Tyler sich die Nackenhaare sträubten. Schließlich winkte Mrs. Needle geringschätzig ab und kehrte ihm den Rücken zu. »Sprich weiter«, sagte der Hüne zu Azinza. »Erzähle, was du gesehen hast.«

»Das *ist* kein Unfug«, sagte sie, aber sie konnte Patience Needle nicht in die Augen schauen. »Meine Leute sind früher wegen meiner Träume zu mir gekommen. Sie haben mich *Göttin* genannt.« Sie nickte zornig, und ihre Augen glänzten tränennass. Sie tat Tyler leid. Konnte ja sein, dass Gideon dieser jungen Frau das Leben gerettet hatte, aber er hatte sie auch aus allem herausgerissen, was sie kannte und woran sie glaubte. »Gestern Nacht hatte ich einen sehr starken Traum«, begann sie. »Einen *sprechenden* Traum, wie ich sie in meiner Heimat immer hatte. Ein großes Ungetüm mit vielen Fingern – so vielen Fingern, wie der Apfelbaum draußen Zweige hat – hielt Gideon fest. Es tat ihm weh und er wehrte sich dagegen, aber er war nicht stark genug. Und dann … dann …«, Azinzas Gesicht verzog sich, »… dann fing er an, wegzuschmelzen!«

Sie wollte noch mehr sagen, doch es ging nicht. Weinend ließ sie sich von der kleinen Pema auf einen Stuhl helfen. Stimmengewirr erfüllte den Raum.

Mrs. Needle wandte sich Ragnar zu. »So! Bist du jetzt zufrieden, dass du den verängstigten Menschen hier solchen Unsinn in den Kopf gesetzt hast?« Der letzte Rest von Ordnung ging verloren. Alle im Schlangenzimmer redeten wild durcheinander.

Lucinda schob sich neben ihren Bruder. »Ich hab Angst, Tyler«, flüsterte sie. »Wo kann Gideon hin sein?«

»Ich könnte mir vorstellen, wo er ist.« Er dachte an den Kommodenspiegel und die Schattenwelt dahinter, aber darüber wollte er nicht vor den anderen reden: Lucinda war die Einzige im Haus, die davon wusste. Trotzdem, konnte Gideon irgendwie dort hineingeraten sein? Hing Gideons Verschwinden damit zusammen, dass Mrs. Needle die Kommode aus der Bibliothek zu sich geholt hatte?

*Wo ist der perfekte Ort, um jemanden zu verstecken, der nicht gefunden werden soll?*, dachte Tyler. *Hau ihn einfach k.o. und schieb ihn durch den Spiegel.*

Je mehr er darüber nachdachte, desto überzeugter war er, dass es so gewesen sein musste. Aber wie konnte er das den anderen sagen, nachdem er etwas derart Wichtiges wie die Spiegelkommode über ein Jahr geheim gehalten hatte?

Er wurde in seinen Gedanken unterbrochen, als plötzlich alle im Raum verstummten. Walkwell stand in der Tür, und sein schmales, bärtiges Gesicht war grau von Staub.

»Ich bin unten an der Verwerfungsspalte gewesen«, gab der Verwalter der Farm bekannt. »Die schlechte Nachricht ist, dass auch dort keine Spur von Gideon zu entdecken ist. Das Schloss ist unberührt, aber ich habe es aufgemacht und bin hinuntergestiegen, um nachzuschauen, und habe keinerlei Spuren aus neuerer Zeit gefunden. Ich schätze, das ist auch die gute Nachricht, denn wenn er in die Spalte gegangen wäre, könnten wir ihm unmöglich folgen. Ich habe wieder abgeschlossen. Niemand darf auch nur in die Nähe!«

»Also dann, Zeit, mit der Suche anzufangen!«, sagte Ragnar, bevor Mrs. Needle sich äußern konnte. »Hoka, Jeg und ihr übrigen Männer, kommt mit mir!«

»Was ist, wenn wir ihn nicht finden?«, fragte Lucinda. Die Gesichter der anderen verrieten, dass sie sich das auch schon gefragt hatten.

Es war Ragnar, der darauf antwortete. »Die Frage müssen wir uns heute noch nicht stellen, Lucinda. Solange wir suchen, geht alles weiter wie gewohnt. Simos wird die Farmarbeit leiten, Patience wird sich im Haus um alles kümmern.«

Mrs. Needle bedachte ihn mit einem giftigen Lächeln. »Vielen Dank für die Erlaubnis, meine Arbeit zu tun, Ragnar Lodbrok.«

»Genug geredet«, schaltete sich Simos Walkwell ein. »Zurück an die Suche. Sucht noch einmal alles ab. Gideon ist alt und könnte sich verletzt haben. Verliert keine Zeit.« Er drehte sich um und ging in die Eingangsdiele hinaus, seine Hufe klapperten auf dem Holzfußboden. Die meisten Männer der Farm schlossen sich ihm an – aber wo, fragte sich Tyler, war Colin Needle? Gleich darauf erspähte er ihn, wie er auf Lucinda einredete, was Tyler mehr ausmachte, als ihm lieb war. Er wollte nicht, dass dieses Milchgesicht freundschaftlich mit seiner Schwester tat. Das war einfach … übel.

»He, Needle!«, rief er. »Needle!«

Der ältere Junge warf ihm einen ärgerlichen Blick zu. »Was willst du, Jenkins? Ich unterhalte mich hier grade.«

»Ich glaube, deine Mutter weiß etwas über Gideons Verschwinden, was sie uns verschweigt.«

»Tyler«, sagte Lucinda warnend, »nicht!«

Er ignorierte sie. »Lüg uns nicht an, Needle. Du weißt, dass sie was damit zu tun hat, stimmt's?« Tyler trat einen Schritt näher; zu seiner Befriedigung trat Colin einen Schritt zurück.

»Halt einfach die Klappe, Jenkins!«, sagte Colin. »Du hast doch von *nichts* eine Ahnung. Du machst immer nur alles kaputt, während ich und andere versuchen, diesen Hof zu retten.«

»Hört auf, alle beide!«, schrie Lucinda, aber Tyler kam jetzt erst richtig in Fahrt.

»Na klar«, sagte er, »die Farm retten. Wie damals, als du Meserets Ei an den Mann verkaufen wolltest, den Gideon am meisten hasst auf der Welt? Als du das Geheimnis der Farm beinahe schon verraten hattest? O ja, du bist ein echter Retter!«

Colin Needle traten tatsächlich Tränen in die Augen. Er ballte die Fäuste, und eine Sekunde lang dachte Tyler, dass Colin ihn schlagen würde, doch stattdessen drehte der sich um und stürzte aus dem Schlangenzimmer zur Haustür.

Tyler starrte hinter ihm her. »Was ist denn in *den* gefahren?«

»Du bist so ein Vollidiot, Tyler Jenkins«, sagte Lucinda. »Er wollte, dass ich ihm *helfe!* Er wollte, dass ihm mal jemand zuhört! Und er hätte vielleicht etwas Wichtiges über Gideon zu erzählen gehabt. Aber nein, *du* musstest ja … du musstest …« Sie wirbelte herum und stampfte hinaus Richtung Küche. Ehe die Tür hinter ihr zufiel, schrie sie noch über die Schulter: »Ein Volltrottel!«

»Hä?« Tyler blieb völlig verwirrt im leeren Zimmer zurück. »Kapier ich nicht. Was hab ich denn gemacht?«

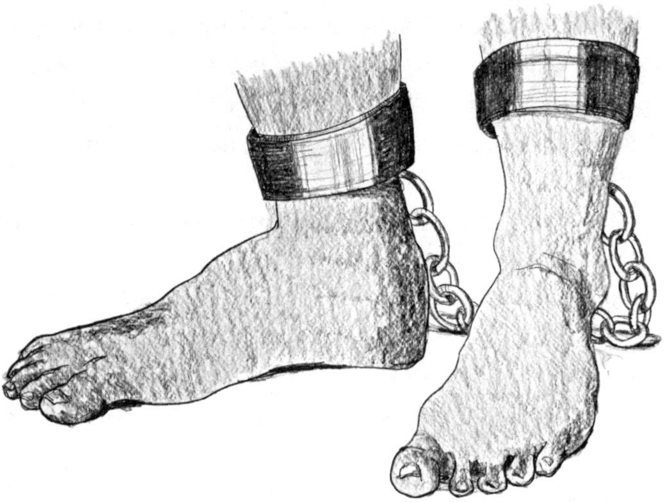

11

# WERGELD

»Oh, wie süß! Schön aufpassen jetzt …« Lucinda lachte ein wenig nervös, während Desta ihr die nächste Möhre aus der Hand pflückte. Soeben hatte sie zu ihrem ungläubigen Entzücken entdeckt, dass Destas lange Zunge blau wie der Sommerhimmel war. »Bleibt die Farbe?«, fragte sie.

Ragnar stand über ihr auf einem Podest und spritzte die Basiliskenkäfige aus. »Ich weiß nicht. Ihre Eltern haben das nicht, aber das könnte sich auch bei ihnen verändert haben. Ich kann mich nicht erinnern, was für Zungen sie als junge Lindwürmer hatten.« Er lachte. Der Klang schreckte die ausquartierten Basilisken auf, die ihn aus ihren provisorischen Drahtgehegen anzischten.

»Ist Haneb heute gar nicht hier?«, wollte Lucinda wissen.

Ragnar zuckte die Achseln, während er das Wasser in den Abfluss fegte. »Simos hat ihn und deinen Bruder und andere in die Hügel und Schluchten mitgenommen. Dort gibt es viele Bäume und tiefe Stellen, die gut wären als Versteck für ... jemand.«

*Eine Leiche*, hätte er beinah gesagt. Denn Gideon Goldring war jetzt seit drei Tagen verschwunden, und Ragnar, Lucinda und allen anderen war klar, dass er durchaus tot sein konnte. Eine Wolke der Furcht hing über der Tinkerfarm.

Lucinda schluckte. »Ragnar? Und wenn Onkel Gideon jetzt nicht wieder auftaucht? Wenn wir ihn nicht finden? Was ... was geschieht dann?«

*Wer wird die Farm bekommen?* Das war ihre eigentliche Frage. *Wer wird für diesen absonderlichsten, wunderbarsten Fleck auf der Welt die Verantwortung übernehmen?*

Als der Nordmann alle Tiere zurück in ihre Käfige geschafft und die Türen geschlossen hatte, nahm er die Kapuze des Sicherheitsanzugs ab, den er zum Schutz gegen den giftigen Speichel der Bestien trug. Er stieg die scheppernden Metallstufen zu Lucinda hinunter, während die Basilisken angewidert zwischen den Pfützen einherstaksten und jeden neuen Frevel an ihrer vertrauten Umgebung wütend bezischten: Sägemehl und Sand, die jetzt wieder neu und sauber waren, alle Oberflächen freigespritzt von ihren Dunghaufen.

»Was geschieht, wenn er wirklich weg ist?«, fragte sie noch einmal.

»Hier bei euch macht man ein Testament, ja?«, fragte Ragnar zurück. »Einen letzten Willen? Ein Mann schreibt auf, wie sein Schatz verteilt werden soll, wenn er tot ist. Aber vorher wird jemand ... einer von den Stadtvorstehern, wie heißen die bei euch ...?«

Sie überlegte. »Die Polizei? Die Behörden?«

»Die Behörden, ja. Sie werden jemanden schicken, davor hat Gideon uns immer gewarnt. Und wie könnten wir das zulassen? Wie könnten wir irgendwem die Zustände hier erklären? Nein, Lucinda«, Ragnar wurde sehr ernst, »glaube mir, es ist viel besser, wir finden Gideon lebendig. Viel besser.«

Er war jetzt unten angekommen und sah kopfschüttelnd zu, wie Desta ihre himmelblaue Zunge um Lucindas letzte Möhre schlang und sie in ihr Maul zog. Zufrieden ließ die Drachin ihre langen Zähne blitzen und schaute nach, ob es nicht doch noch mehr gab. Haneb hatte recht gehabt, Desta fraß wirklich gern Möhren.

*Genug für heute.* Lucinda bemühte sich, jeden Gedanken klar und deutlich zu fassen. *Das waren alle. Aber bald gibt es wieder Möhren. Das würde dir doch gefallen, oder?*

Die kleine Drachin, die doch schon wesentlich größer war als Lucinda, blickte sie mit ihren bernsteingelben Augen durchdringend an, dann drehte sie sich um und stelzte in ihrer unbeholfen wirkenden Drachenart auf den Hinterfüßen und den Ellbogen der angelegten Flügel davon. Doch bevor Desta es sich auf ihrem Nest aus Stroh und alten Matratzen gemütlich machte, fing Lucinda den Hauch eines fröhlichen, gierigen Gedankens auf, schwach wie eine leichte Sommerbrise. Verglichen mit ihren eigenen war dieser Gedanke wortlos, aber er hatte doch eine Bedeutung, die sie verstand.

*Ja. Mehr. Bring mehr.*

Im ersten Moment dachte Lucinda, sie hätte es sich nur eingebildet, dann breitete ihr Herz in der Brust die Flügel aus.

Während der Pferdewagen dahinrollte, betrachtete Lucinda die in der Nachmittagshitze schimmernden Hügel. »Meinst du, dieser grässliche Kingaree hat irgendwas mit Gideons Verschwinden zu tun?«, fragte sie nach einer Weile.

Ragnar schüttelte seinen großen Zottelkopf. »Ich glaube es nicht, aber es könnte trotzdem sein. Er ist ein verschlagener, böser Mann.«

»Das erzählen mir alle, und ich will's gern glauben. Aber was hat er getan?«

Ragnar blieb eine Weile stumm, während das Pferd neben dem kleinen See anhielt, den Gideon manchmal Eliots Lagune nannte. Die Seeschlange, die dort lebte, war nicht auf regelmäßige Fütterung angewiesen – das Wasser musste nur zweimal im Jahr neu mit Fischen besetzt werden –, aber Walkwell und der Wikinger sahen alle paar Tage nach Eliot. Jetzt aber richtete Ragnar nicht einmal den Blick aufs Wasser.

»Vor dem Feuer war alles besser«, sagte der Hüne unvermittelt.

»Als Gideons Labor abbrannte, meinst du?«

Er nickte. »Grace war schon mehrere Jahre fort. Gideon ging mit seinem glänzenden Ding fast jeden Tag in diese Spalte und suchte nach ihr, aber er machte das heimlich.«

»Glänzendes Ding … Du meinst das Kontinuaskop?« Das Instrument, von dem Tyler ständig erzählte.

Ragnar nickte abermals. »Er nannte das ›sammeln‹. Grace fand er nicht, aber dafür brachte er Tiere mit … und Menschen. Ich war einer der Menschen, die er sammelte. Es war ein Wahnsinn – aber eine Art Wahnsinn, die ich verstehe.« Ragnar drehte die Zügel in seiner mächtigen Pranke zu einer Schlaufe. »In meiner alten Heimat hatte ich einen Freund, dessen Familie von Seeräubern aus dem Süden getötet wurde. Von da an war mein Freund ebenfalls ein Toter, auch wenn er noch herumging. Er schwor, für jeden der Seinen, die ihm genommen worden waren, werde er zwei der Seeräuber töten. Er legte das als Sühne zu zahlende Gold bereit, das wir ›Wergeld‹ nennen, damit seine Nachbarn und Verwandten nicht die Folgen seiner Taten zu tragen hatten, dann verschenkte er alles andere, was er besaß, sang sein Todeslied und stach in einem kleinen Boot in See. Soweit ich weiß, tötete er dreizehn aus dem Stamm der Seeräuber, bevor sie ihn bezwangen, einen weniger als die zwei für jeden der Seinen, wie er gelobt hatte.« Ragnar lachte auf. »Ich bin sicher, sein Geist zürnt deswegen noch heute.«

»Das ist ja eine grauenhafte Geschichte!«

»Ach ja?« Er wirkte verwundert. »Ich fürchte, ich verstehe dieses Land nicht sehr gut, diese Zeit. Aber nachdem er Grace verloren hatte, war Gideons Geist wie der meines Freundes, rastlos und zornig.

In den ersten ein, zwei Jahren brachte Gideon viele Leute mit zurück: Patience Needle mit ihrem Sohn im Bauch, die Köchin Sarah, Kiwa und seine Vettern. Haneb kam in derselben Zeit mit zwei kleinen Drachen; er war noch ein Kind, aber sein Gesicht war schon vernarbt. Und mich spürte Gideon auch auf. Und natürlich die Tiere! Gideon erzählte mir einmal, bevor sie verschwand, hätte Grace ihn gebeten, mit ihr zusammen die Spalte dafür zu nutzen, einige der auf der Erde ausgestorbenen Tiere zu retten, die großen Lindwürmer, die Einhörner, sie alle. Als er sie dann verlor, bemühte er sich daher nach Kräften, die Farm mit den ganzen Tieren zu bevölkern, die sie gemeinsam entdeckt hatten.

Eines Nachts kam er dann mit einem zerlumpten, blutenden Fremden aus der Spalte zurück: Das war Caesar. Wir liefen alle hin, um Gideon wieder daheim zu begrüßen, da hörten wir aus dem Loch ein unglaublich lautes Gebell kommen. Im ersten Moment dachte ich wirklich, Gideon hätte den Fenriswolf mitgebracht! Ich dachte, die Götterdämmerung wäre angebrochen!»

Der bärtige Mann schwieg lange, als stünde ihm die Nacht damals wieder vor Augen. »Es war jedoch nicht der große Wolf, nur ein Hund«, fuhr er schließlich fort. »Aber, ihr Götter, was für ein Hund! Ein Ungeheuer, das hinter Gideon und Caesar herstürzte und sie beide zur Strecke gebracht und getötet hätte. Aber Simos war schneller. Du hättest ihn sehen sollen, Lucinda! Du hältst mich für stark? Simos packte den Hund mit einer Hand am Hals und schleuderte ihn so weit fort, dass er nicht wieder aufstand.

Und da erschien Kingaree, groß und finster von Angesicht wie der Unheilstifter Loki persönlich. Achtlos ging er an der Leiche des Hundes vorbei, den Blick nur starr auf Gideon und Caesar gerichtet. Ich sprach damals noch nicht gut Englisch, weil ich erst ein Jahr da war, aber was er sagte, verstand ich: ›Du hast etwas, das mir gehört.‹«

»Was hat er damit gemeint?«, fragte Lucinda.

Ragnar spähte mit schmalen Augen gegen die Sonne. Ein silberiger Schlangenleib erschien kurz in der Mitte des Sees. Er wiegte den Kopf. »Er meinte Caesar.«

»Was?«

Ein Achselzucken war die Antwort. »Ich kenne die Geschichte dieses Landes nicht gut, aber ich weiß, dass es vor nicht allzu langer Zeit hier in Amerika noch Leibeigene gab, ›Sklaven‹ nanntet ihr sie. Caesar war ein entlaufener Sklave. Kingaree war der Mann, der ihn zurückholen wollte.«

»O nein! Wie denn das? Warum hat sich Gideon so jemand Schreckliches auf die Farm geholt?«

»Das hat er nicht, jedenfalls nicht absichtlich. Gideon hatte einen von seinen Teufelspakten mit Caesar geschlossen und ihm geholfen, seinen Verfolgern zu entkommen, aber irgendwie blieb die Spalte länger offen als sonst, und Kingaree kam mit durch. Zuerst wollte er gar nicht glauben, was geschehen war, aber schließlich musste er sich damit abfinden.«

»Und dann?«

»Gideon versprach Kingaree, wenn er sich anständig aufführte, könnte er auch auf der Farm bleiben und sicher dort leben, aber das war ein Pakt mit dem Teufel selbst. Jackson Kingaree blieb nur so lange, bis er erfahren hatte, was er wissen wollte. In der Nacht des Laborbrands stahl er sich dann davon. Seitdem haben wir ihn nicht mehr gesehen – bis du ihm gestern auf der Straße begegnet bist. Ich hatte gehofft, wir würden ihn nie wiedersehen.«

Bei dem Gedanken, wie nahe sie diesem Kingaree gewesen war, wurde Lucinda ganz mulmig. »Warum haben alle solche Angst vor ihm?«

Ragnar schüttelte nachdrücklich den Kopf. »Du musst nicht noch mehr Geschichten hören. Du musst nichts weiter wissen, als dass du dich von dem Mann fernzuhalten hast, falls du ihn jemals wiedersiehst. Sag dann Simos oder mir Bescheid, so schnell du kannst. Oder Gideon.«

Lucindas Herz wurde noch schwerer. »Gideon? Klar, falls wir ihn jemals wiederfinden. Falls dieser Kingaree ihn nicht ermordet hat oder sonst was.«

Ragnar schnalzte mit Zunge und Zügeln gleichzeitig. Culpepper zog den Wagen auf die Straße zurück, und Eliot in seinem See blieb wieder allein. »Du solltest Gideon Goldring nicht unterschätzen, Lucinda«, sagte der bärtige Mann. »Du weißt doch, wie stur er ist. Und zäher und willensstärker, als du dir vorstellen kannst, ist Gideon auch.«

12

# ERGODIZITÄT UND ANDERE GROSSE WORTE

Auf dem Weg zur Bibliothek beobachtete Colin Needle, wie der Drache Alamu etwa hundert Meter über dem Haus große, gemächliche Kreise zog, als gefiele ihm der Anblick der weitläufigen Gärten von Colins Mutter. Ein paar durch die Wolkendecke stechende Sonnenstrahlen funkelten auf den kupferroten Schuppen des Tiers und schienen durch die grauen Flughäute – das erste Licht am Himmel, das Colin seit Stunden gesehen hatte. Ein Gewitter zog im Tal auf, und ein Haufen dicker Donnerwolken lagerte über den fernen Bergen wie ein riesiger zorniger Flaschengeist. Alamu glitt tiefer, dann schwang er sich wieder hoch in die Lüfte.

*Elektrozäune sind ja gut und schön*, dachte Colin, *aber was ist, wenn Ed Stillman und seine Männer in diesem Augenblick draußen auf der Springs Road stehen und mit einem Teleobjektiv Aufnahmen machen? Die müssten sich anstrengen, um einen durch die Gegend fliegenden Drachen zu übersehen.* Ihm wurde ganz flau im Magen: ein Grund mehr, sich Sorgen zu machen.

Der Milliardär Stillman hatte ihn vorigen Sommer gelinkt, aber noch schlimmer war, dass er, Colin, auf die Lügen des Kerls hereingefallen war. Er war so leichtgläubig gewesen wie eines der Jenkins-Gören. Das nagte immer noch an ihm. Im Moment war Ed Stillman nur eines von vielen Problemen, allerdings ein dauerhaftes. *Irgendjemand* musste die Probleme lösen und die Ordinary Farm retten. Gideon Goldring war verschwunden, vielleicht tot, Colins Mutter drohte, sich in Gideons Abwesenheit von der allgemeinen Laschheit anstecken zu lassen, und Walkwell, Ragnar und die Jenkins-Gören waren eh zu nichts zu gebrauchen. Nur Colin Needle konnte die Probleme der Farm lösen und alles wieder in Ordnung bringen.

Bedauerlich daran, ja wahrhaft himmelschreiend war, dass nur Colin selbst das zu begreifen schien.

•◆•

In der Bibliothek nahm Colin seinen gewohnten Platz ein und fühlte angesichts des Papier- und Bücherberges vor ihm, wie eine Welle der Verzweiflung ihn überrollte. Seit zwei Monaten saß er nun fast jeden Wochentag hier, hielt die Augen offen nach einem weiteren wunderbaren Halsbandzauber (so seine ironische Benennung) und studierte unermüdlich alles, was er über die wissenschaftlichen Grundlagen der Verwerfungsspalte finden konnte, weil keiner seiner Pläne für die Farm aufgehen würde, wenn er deren Geheimnis nicht lösen konnte. Und was hatte er als Ergebnis seiner ganzen Bemühungen vorzuweisen? Stapelweise Physikbücher, die er kaum lesen konnte, weil sie nur so strotzten von Begriffsmonstren wie »Ergodizität«, »Poincaréscher Wiederkehrsatz« oder »Loschmidtscher Umkehreinwand«, Begriffe, mit denen Colin nicht viel anfangen konnte, selbst wenn er sie in normalen naturwissenschaftlichen Büchern fand. Dennoch hatte er sie alle durchgearbeitet, sich anfangs auch viele Notizen gemacht, aber nachdem immer deutlicher geworden war, dass die Theorien für ihn viel zu kompliziert waren, hatte er mehr oder weniger kapituliert. Trotz seiner Bemerkung zu Tyler Jenkins wusste Colin, dass er niemals aus eigener Kraft ein Kontinuaskop bauen konnte; damit hatte er nur gedroht, um seinen Feind zu ärgern.

Und was das Aufspüren von Grace betraf, glaubte er nicht, dass er damit mehr Glück haben würde. Sie war in jener Nacht vor zwanzig Jahren spurlos verschwunden, und fast alle auf der Farm vermuteten, dass sie irgendwie in die Verwerfungsspalte geraten war. Aber wenn das stimmte, wieso war dann ihr goldenes Medaillon hier in der Bibliothek aufgetaucht, tausend Meter vom Silo und dem darunter verborgenen Naturwunder entfernt? Gideon hatte Colin in die Bibliothek abkommandiert, damit er dort einsam wie ein Leuchtturmwärter auf irgendein anderes Lebenszeichen von Grace wartete, dabei gab es gar keinen Beweis, dass das Medaillon wirklich aus der Bibliothek gekommen war, nur Tyler Jenkins' mehr als fragwürdige Behauptung.

Da kam Colin ein neuer Gedanke, der ihn derart bestürzte, dass er im ersten Schreck zu atmen vergaß. Dieser Knilch Jenkins war ja tatsächlich schon einmal in der Verwerfungsspalte gewesen und in die Eiszeit gereist – durch Zufall, hatte er behauptet –, und dann war er wieder daraus hervorspaziert, wohlbehalten und begleitet von dem Höhlenmädchen Oola, das hinter ihm herdackelte wie ein verliebtes Hündchen. Aber wenn es nun gar kein Zufall gewesen war? Wenn Tyler ein eigenes Kontinuaskop gefunden hatte, vielleicht einen frühen Prototyp von Octavio Tinker? In dem Fall konnte es sein, dass er das Medaillon irgendwo in der Spalte entdeckt und nur so getan hatte, als wäre es hier in der Bibliothek gewesen, um alle über die wirkliche Herkunft an der Nase herumzuführen.

Aber wenn Tyler Jenkins ein eigenes Kontinuaskop besaß, warum fragte er dann ständig, wo das alte abgeblieben sein mochte? Das war doch widersinnig. Colin wusste, wenn *er* ein Kontinuaskop hätte, wäre er bei jeder sich bietenden Gelegenheit in der Verwerfungsspalte.

Bei den ganzen Geschehnissen war es schwer, einen kühlen Kopf zu behalten. Die Jenkins-Gören waren wieder auf der Farm. Gideon war verschwunden. Kingaree war zurückgekehrt. Konnte es wirklich Zufall sein, dass all diese Dinge zur selben Zeit passierten?

Über den fernen Bergen grollte der Donner. Colin Needle hatte fürs erste von Geheimnissen die Nase voll. Es war an der Zeit, mit der einzigen zu sprechen, die mit ziemlicher Sicherheit mehr wusste, als sie ihm bis jetzt erzählt hatte … über alles.

•◆•

Seine Mutter stand vor der schnörkeligen alten Waschkommode, und die gutaussehende schwarzhaarige Frau im Spiegel erwiderte ihren Blick mit nachdenklicher, ernster Miene. Wie schön sie war! Als er sie jetzt so sah, konnte Colin gar nicht glauben, dass er kurz davor gewesen war, Lucinda Jenkins zu erzählen, er habe sie in Verdacht, mehr über Gideons Verschwinden zu wissen, als sie sagte. Seine Mutter mochte jähzornig sein, gewiss, aber er hatte das sichere Gefühl, dass sie nie etwas gegen den Mann unternehmen würde, der ihr das Leben gerettet hatte.

Sie streckte einen Finger aus, und der Nagel berührte die Oberfläche des Spiegels mit einem leisen Klicken. Sie führte den Finger zur Seite und berührte die Oberfläche erneut. Das gleiche Klicken. Colin beobachtete sie, abgestoßen und fasziniert zugleich. »Sag mal, Mutter«, ergriff er schließlich das Wort, »warum hast du eigentlich dieses schwere Möbel die Treppe hochschaffen und hier aufstellen lassen?«

»Ich bin mir nicht ganz sicher.« Sie musterte eindringlich ihr eigenes Spiegelbild. »Es kommt mir ... sonderbar vor. Älter, als es aussieht. Weißt du vielleicht etwas darüber, das ich nicht weiß?«

Damit wollte sie ihn sicher nur aufziehen. »Wie kommst du darauf, Mutter?«

Sie klickte abermals mit dem Nagel an den Spiegel: tick, tick, tick. »Ich meine mich zu erinnern, dass ich dich gebeten hatte, mir alles zu bringen, was du in Octavio Tinkers Aufzeichnungen über das Möbel oder seine Anschaffung finden kannst.«

»Es gibt nichts. Das habe ich dir doch schon gesagt.«

»Ich hatte gehofft, du wärst gekommen, um mir zu sagen, du hättest dich geirrt, Colin, und du hättest etwas darüber in Erfahrung gebracht. Das Stück fasziniert mich irgendwie, und solche Ahnungen trügen mich selten, wenn überhaupt je.« Abermals sah sie versonnen auf den Spiegel. »Irgendetwas ist da, irgendetwas ...«

»Eigentlich wollte ich dich etwas fragen, Mutter. Gibt es immer noch nichts Neues über Gideon?«

Ein strenger, verärgerter Blick. »Warum um alles in der Welt fragst du *mich* das? Meinst du, ich würde es vor dir verheimlichen, wenn wir etwas gehört hätten? Wirklich, Colin, gerade jetzt, wo ich so viele zusätzliche Belastungen habe.« Sie sah ihn schweigend an. Colin musste seine ganze Willenskraft aufbieten, um dem harten, durchbohrenden Blick seiner Mutter nicht auszuweichen, aber da war etwas in ihrem Gesicht, das er vorher kaum je gesehen hatte. Es dauerte, bis er den unbekannten Ausdruck deuten konnte: Sie war beunruhigt. Aber warum? Wusste seine Mutter doch etwas über Gideons Verschwinden?

»Du machst dir Sorgen, nicht wahr, Liebling?«, fragte sie freundlicher. »Es ist nicht gut, wenn du über solche Sachen brütest, Colin. Wir machen uns alle Sorgen um Gideon.«

Etwas an der Beiläufigkeit, mit der sie das sagte, verwirrte ihn. »Wirklich, Mutter? Wir alle?«

Sie zog die Oberlippe hoch und wirkte dadurch so erbost, dass er unwillkürlich einen Schritt zurücktrat. »Was soll das heißen? Manchmal sagst du die unglaublichsten Sachen. Ich bin froh, dass du morgen Abend mal hier rauskommst. Das wird dir guttun.«

Er brauchte einen Moment, um zu begreifen, was sie da gesagt hatte. »Weggehen? Wieso denn das?«

»Oh, habe ich dir das nicht gesagt? Die Leute auf der Farm nebenan, diese Spanier, sie haben dich eingeladen, mit ihnen zu feiern. Du weißt doch bestimmt, dass morgen der Vierte Juli ist, der Unabhängigkeitstag oder wie er heißt.«

»Die Carrillos? Sie haben mich eingeladen?«

»Gewiss. Sie haben uns einen Brief geschrieben, und darin steht: ›Die Kinder sind eingeladen.‹ Ob es dir passt oder nicht, du bist immer noch eines der Kinder, deshalb werden sie erwarten, dass du kommst.«

Colin konnte sich nur sehr schwer vorstellen, dass die Carrillos ihn dabeihaben wollten, wenn sie den Vierten Juli feierten. »Ich will nicht auf ihr blödes Fest gehen.«

»Trotzdem wirst du gehen, Colin, ich bestehe darauf. Wir sind es ihnen aus mehreren Gründen schuldig. Außerdem hat Gideon, bevor er verschwand, auf Fragen von Mr. Carrillo ziemlich unfreundlich reagiert, deshalb sollten wir erst recht höflich zu ihnen sein. Ich möchte, dass du deine besten Manieren an den Tag legst.« Sie drehte sich zum Spiegel zurück und sah wieder hinein wie auf ein Zauberbild, das ihren innigsten Wunsch darstellte. »Ach, und würdest du bitte Caesar Bescheid sagen, dass er kommen und sich seine Mittel holen kann? Ich koche gerade seinen speziellen Heiltee.«

Erst auf der Treppe hinunter zur Küche ging Colin auf, dass er seiner Mutter keine einzige der Fragen gestellt hatte, deretwegen er eigentlich gekommen war. Und noch etwas ging ihm auf: Die Carrillos waren durchaus nicht der Grund, dass er morgen Abend zur Cresta-Sol-Farm mitfahren sollte, sie waren nur eine willkommene Ausrede. Seine Mutter wollte ihn aus dem Weg haben, das war der Grund. Er hatte keine Ahnung, was sie vorhatte, aber er war sich sicher, dass sie es nicht vor ihm tun wollte.

Wieder dröhnte der Donner, und der Himmel draußen vor dem Fenster wurde schlagartig weiß. Ein Blitz, ganz in der Nähe.

Ein anderer Sohn wäre wegen der Geheimniskrämerei seiner Mutter beleidigt gewesen und vielleicht sogar zurückgegangen, um sich zu beschweren, aber Colin Needle war es gewohnt, als störend empfunden und über vieles im Dunkel gelassen zu werden, und er war es auch gewohnt, zu tun, was Patience Needle von ihm verlangte, oder wenigstens so zu tun, als ob.

Er würde zu den Carrillos gehen – aber nichts auf der Welt, nicht einmal seine schöne, kalte, kluge Mutter konnte ihn zwingen, sich darauf zu freuen.

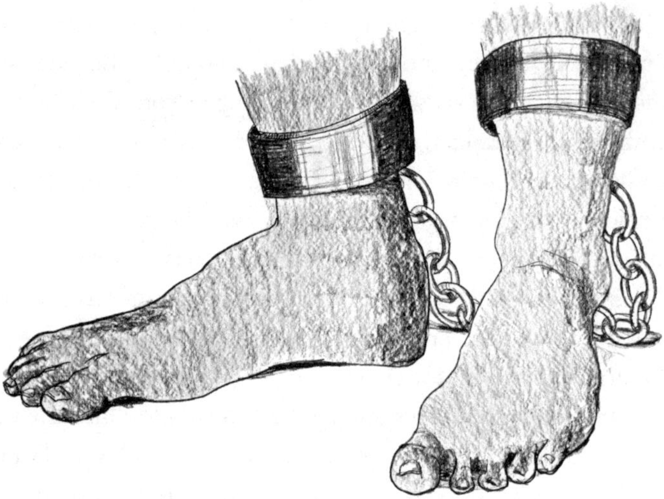

13

# EIN FREIER MANN IN PENNSYLVANIA

Je mehr Tyler nachdachte, umso wütender wurde er.

»Was denken die sich? Sind die alle verrückt?« Vor lauter Erregung fiel ihm die Taschenlampe aus der Hand, und die Batterien, die er gerade eingelegt hatte, sprangen heraus und rollten davon. »Dieser Kingaree ist ein Sklavenjäger! Der hätte dich umbringen können! Sie sagen uns überhaupt nichts, nicht das Geringste, immer müssen wir alles selber rausfinden!«

»Sie sind alle aus der Vergangenheit, Tyler. Sie gehören hier nicht hin, und wenn bekannt würde, dass sie hier sind, würde es ihnen an den Kragen gehen. Natürlich halten sie Sachen geheim.«

Tyler knurrte. Lucindas Ausreden waren auch schon mal besser gewesen. »Ist mir egal, ob sie aus dem Märchenwunderland sind, Luce: *Sie* haben *uns* eingeladen! Sie haben uns einfach hergeholt, ohne uns mit einem Wort vor den ganzen Gefahren zu warnen: Drachen! Herumballernde Milliardäre mit Hubschraubern! Gemeingefährliche Sklavenauspeitscher aus Bürgerkriegszeiten! Und jetzt ist auch noch Gideon fort und wir sind die einzigen Leute in dem ganzen Laden, die überhaupt legal *existieren.*« Vielleicht zum ersten Mal überhaupt kamen Tyler Zweifel, ob sie wirklich zur Tinkerfarm gehörten. Wie zur Bekräftigung dieser Zweifel donnerte es über den nahen Hügeln.

Dann aber musste er wieder an Colin und seine bescheuerte Mutter denken, und die Zweifel waren wie weggeblasen. »Nein, nicht *wir* sind es, die hier nicht hergehören«, sagte er.

»Wie kommst du jetzt darauf?«

»Schon gut.« Er hatte eigentlich vorgehabt, bis zum Abendessen noch einmal draußen nach Gideon zu suchen, jetzt aber legte er die Taschenlampe hin und stand auf. »Komm mit. Vielleicht hat dieser Kingaree ja doch was mit Onkel Gideons Verschwinden zu tun – und wenn, weiß ich auch, wer uns dazu was erzählen könnte.«

•◆•

Die Frauen in der Küche begannen gerade mit den Abendessensvorbereitungen. Tyler registrierte die guten Gerüche mit Wohlgefallen, aber er war zu sehr in Eile, um genauer hinzuschnuppern. Eine Kleinigkeit zum Mitnehmen jedoch wäre nicht verkehrt, fand er …

»Er ist oben«, gab Pema ihnen Auskunft. »In Gideons Arbeitszimmer.«

»Und wenn du diesen Speck anrührst, du Lümmel«, warnte Sarah ihn, »wirst du übers Knie gelegt.« Ertappt stieg Tyler mit Lucinda die Treppe hinauf.

Caesar blickte vom Abstauben auf. Da Gideon Goldring jetzt schon fast eine Woche fort war, konnte man sich zwar fragen, wie viel Saubermachen in seinem Arbeitszimmer wirklich nötig war, aber Caesar begriff es als seine persönliche Pflicht, sich um Gideon und seine Räume zu kümmern, und das offenbar unabhängig davon, ob Gideon da war oder nicht.

»Hallo, Kinder«, sagte er. »Sucht ihr etwas?«

»Dich, Caesar. Dürfen wir dich mal was fragen?«

Der alte Mann lachte und zeigte ihnen seine weißen Zähne. »Ich denke schon.« Die Zähne waren nicht seine eigenen. Simos Walkwell hatte sie ihm von einem Kirchenbasar in Standard Valley mitgebracht, und obwohl sie nicht übermäßig gut passten, war Caesar sehr stolz auf sie. Seine eigenen hatte er schon in jungen Jahren verloren.

*Komisch, dass wir das über ihn wissen, nicht aber, dass er ein entlaufener Sklave war,* dachte Tyler. »Hast du gehört, dass Lucinda Jackson Kingaree begegnet ist? Er hat sie in der Stadt angesprochen und ihr gesagt, wer er ist.«

Caesars Miene wurde reservierter, doch er behielt sein Lächeln bei. »Doch, das habe ich gehört, ja. Schreckliche Geschichte.«

»Wir würden gern mehr erfahren. Über Kingaree. Wir glauben, er könnte was mit Gideons Verschwinden zu tun haben.«

Caesar hielt den Blick auf Tyler noch einen Moment, dann machte er sich daran, ein staubfreies Regal abzustauben. »Ich kann jetzt nicht reden, Kinder. Die Pflicht ruft.« Ihm versagte die Stimme. »Das mit Mister Gideon macht mich furchtbar traurig.«

»Sprich doch mit uns, Caesar, bitte!«

»Tyler, lass ihn in Ruhe!«, flüsterte Lucinda, doch er beachtete sie nicht.

»Niemand hier sagt uns irgendwas. Was ist passiert?« Tyler bemühte sich, ruhig zu bleiben, aber er hatte es satt, dass alle seinen Fragen auswichen. »Bitte, Caesar. Hatte Gideon eine Abmachung mit Kingaree? Und wenn, warum hat Kingaree dann die Farm verlassen?«

Caesar drehte sich abrupt herum. Sein Lächeln war verschwunden, und sein Gesicht war so streng und hart wie eine hölzerne Maske. »Warum Kingaree weggegangen ist? Weil er ein Teufel ist, darum. Weil, wie es in der Bibel heißt, der Teufel die ganze Erde hin und her durchziehen muss, um sein Unheil zu treiben.«

»Ragnar hat mir gesagt, du wärst …« Lucinda scheute sich, das Wort auszusprechen, als ob es etwas Anstößiges wäre. »Er hat gesagt, du wärst Kingarees … Sklave gewesen.«

»Das stimmt nicht!« Caesar schüttelte den Kopf. »Aber Ragnar kann nichts dafür. Er stammt aus weit, weit zurückliegenden Zeiten und weiß es nicht besser. Ja, ich war mal ein Sklave in South Carolina, aber bei einem besseren Menschen als Jackson Kingaree. Aber auch bei einem guten Herrn will niemand gern Sklave sein. Ich verdiente mir die Freiheit und ging nach Norden, um in Pennsylvania zu leben. Eines Tages war ich in Charlesville auf dem Markt, da fing mich Kingaree mit seiner Bande von Sklavenjägern ein, als wäre ich ein Stück Vieh, dabei war ich auf freiem Territorium und ein freier Mann. Er wollte mich kurzerhand über die Grenze nach Maryland schaffen … das war damals ein Sklavenstaat. O lieber Gott!«

Ein Blitz zuckte draußen am Himmel über den Bergen, gefolgt von Donner. Ein Sommergewitter war im Anzug. Zu Tylers Bestürzung zitterte Caesar so heftig, dass sein langer, hagerer Körper wie ein Baum im Wind schwankte. Der alte Mann tastete nach einem Stuhl – Gideons leerem Schreibtischstuhl – und setzte sich. »Tut mir sehr leid«, sagte Tyler. »Ich wollte nicht …«

»Das konntest du ja nicht ahnen, mein Sohn. Ihr Kinder wisst über die Verhältnisse zu meiner Zeit doch nur das bisschen, was ihr in der Schule lernt. Aber damals wusste man, dass man ständig auf der Hut sein musste. ›Reize nie einen fremden Hund!‹, bekam man von allen eingeschärft. ›Schau nie einem Weißen ins Auge, schon gar keiner weißen Frau! Hüte dich vor den Sklavenjägern!‹« Er lachte, doch es klang brüchig und gar nicht heiter. »Ja, dieser Teufel Kingaree schnappte mich. Als dann sein Wagen ein Rad verlor und ich nicht in Ketten zu Fuß nach Baltimore gehen wollte, schlug er mich. Ich sagte, von mir aus könnte er mich auf der Stelle töten, denn ich würde niemals in den Süden zurückkehren. Und um ein Haar hätte der Schweinehund das auch getan.« Er sah Lucinda an. »Entschuldige meine unflätige Ausdrucksweise, Miss.«

Lucinda schüttelte nur den Kopf. Sie war blass, und Tyler hatte den Eindruck, dass sie kurz davor war, loszuheulen.

»Aber ich konnte ihm entkommen«, fuhr Caesar fort. »Gott wollte, dass ich frei blieb, und er richtete es so ein, dass die Handschellen ein klein wenig zu groß für mich waren. Nach einer Weile war ich sie los.« Er hob die Hände und streifte die Ärmel zurück. An beiden Handgelenken waren graue vernarbte Streifen zu sehen. »Kurz vor der Fähre über den Susquehanna konnte ich in die Wälder fliehen. Kingaree und seine Hunde und Männer hetzten alle hinter mir her. Geschossen haben sie auch. So oder so wollten sie verhindern, dass ich wieder nach Hause komme.« Er holte zitternd Luft. »Aber da tauchte aus dem Nichts Mister Gideon auf, grad wie der Engel des Herrn. Fragt mich, ob ich ganz woanders hinwill, raus aus der Gefahr. Kann man sich denken, dass ich ja gesagt habe.« Caesar lachte, und es klang diesmal nicht ganz so bitter.

»Was hat Onkel Gideon dort gewollt?«, fragte Tyler.

»Er war auf der Suche nach einem Donnervogel, hat er mir später erzählt.« Caesar zuckte die Achseln. »Zu dem Zeitpunkt habe ich gar nichts gefragt, mit den Hunden dicht auf den Fersen und überhaupt. Da hatte Mister Gideon auf einmal dieses komische Ding in der Hand, das halb wie eine Trompete und halb wie eine teure Uhr von innen aussah. Schwenkte es und hantierte damit herum. In dem Moment kam Kingarees größter Hund aus dem Wald gestürmt und Kingaree direkt dahinter. Mister Gideon machte so ein großes, funkensprühendes, brennendes Loch in der Luft und zog mich da rein. Es war, als würde ich ganz lang gestreckt und wie eine Schnur durch ein Astloch gezerrt.«

»Wow.« Allein vom Hören bekam Tyler schon Herzklopfen. »Aber irgendwie ist Kingaree mitgekommen.«

Caesar nickte. »Vielleicht hat der liebe Gott das so gewollt: dass dieser böse Mann hierherkommt, wo er keine armen Farbigen mehr fangen und sie in die Sklaverei verschleppen kann. Trotzdem wär's mir lieber gewesen, er hätte Jackson Kingaree stattdessen ins Meer geworfen.«

»Wie furchtbar«, sagte Lucinda. »Das tut mir so leid, Caesar.«

»Du kannst doch gar nichts dafür, Kind. Damals waren noch nicht mal dein Opa und deine Oma geboren. Achtzehnhundertachtundvierzig, das ist lange her.« Er seufzte. »Beten wir einfach, dass Kingaree nicht hier auftaucht – oder wenn doch, dass Walkwell dann da ist und das Schlimmste verhindern kann.«

»Wie lange hat er hier auf der Farm gelebt? Und warum hat Gideon ihn gehen lassen?«

»Von gehen lassen kann keine Rede sein. Kingaree ist in der Nacht des großen Feuers einfach verschwunden. Ich gestehe, dass ich eine Weile hoffte, er wäre verbrannt.«

»Bei dem Brand in Gideons Labor?« Tyler bemühte sich um eine ruhige Stimme. Bei dem Unglück war das Kontinuaskop zerstört worden. »Hatte Kingaree was damit zu tun?«

»Könnte sein.« Caesar zuckte die Achseln. »Mister Gideon dachte das immer, aber mir hat das nicht eingeleuchtet. Warum sollte er das Labor verbrennen und nicht das Haus, wo die ganzen Leute waren?«

Ein Gedanke regte sich in Tyler. »Vielleicht, damit es so *aussah*, als wäre das Kontinuaskop zerstört?« Sein Herzklopfen wurde noch heftiger.

Lucinda sah ihn mit großen Augen an. »Du meinst …?«

»Na, denk doch mal nach. Er wusste, dass Onkel Gideon ihn nie mit dem Kontinuaskop abhauen lassen würde – nach all den Jahren hat er immer noch kein neues bauen können! Vielleicht hat Kingaree ja das Feuer gelegt, damit Onkel Gideon denkt, das Kontinuaskop wäre ein für alle Mal weg.«

Caesar schüttelte den Kopf. »Das haben einige hier auch geglaubt, vor allem Mister Gideon. Er war sich sicher, dass Kingaree das Ding gestohlen hatte. Walkwell musste wochenlang Nacht für Nacht die Verwerfungsspalte bewachen. Aber Kingaree kam nicht wieder, Gott sei Dank. Wenn er Mister Gideons Gerät die ganzen Jahre über gehabt hätte, warum, Kinder, hätte er dann bis jetzt gewartet, um zurückzukehren? Und einem kleinen Mädchen vorher Bescheid gesagt? Bitte um Verzeihung, Miss Lucinda.«

»Stimmt, das ergibt überhaupt keinen Sinn.« Tyler war noch am Grübeln, da bemerkte er aus den Augenwinkeln einen Schatten. Als er sich umdrehte, sah er Colin Needle in der

Tür zu Gideons Büro stehen, die dünnen Arme über der Brust verschränkt und einen ironischen Blick im Gesicht.

»Wieder dabei, was anzustellen, Jenkins?«, fragte der lange Junge.

»Needle! Was machst du hier, uns nachspionieren?«

»Hättest du wohl gern.« Colin richtete sich auf, so dass er hochnäsig auf ihn hinunterblicken konnte. »Ich habe hier zufällig was zu erledigen.« Er wandte sich an Caesar. »Meine Mutter möchte, dass du kommst und deinen Weidenrindentee trinkst. Außerdem hat sie dir neue Minzeölsalbe gemacht, sagt sie.«

Caesar nickte. »Ah, das ist ein Segen. Ich habe schon darauf gewartet. Meine Hände machen mir zur Zeit schrecklich zu schaffen.« Er sah Tyler und Lucinda an. »Entschuldigt mich bitte, ihr zwei. Mrs. Needles Heiltee wirkt am besten, wenn er heiß und frisch ist.«

Colin blieb noch, nachdem der alte Mann das Zimmer verlassen hatte. »Ich nehme mal an, dass dein Bruder sich sowieso wieder in Schwierigkeiten bringt«, sagte er zu Lucinda. »Aber wenn er weiter rumspioniert und in alten Geschichten wühlt, zieht er dich vielleicht noch mit rein. Das würde mir leid tun.«

»Was war denn das?«, sagte Tyler, nachdem Colin gegangen war. »Bildet der sich ein, er beschützt dich vor mir? Alter, am liebsten würde ich dem langen Lulatsch mal richtig die Fresse polieren!«

Lucinda warf ihm einen harten Blick zu. »Hör bloß auf, Tyler. Er ist gar kein schlechter Kerl – nicht wie seine Mutter. Ich glaube, er wollte mir einfach einen Gefallen tun.«

»Belauscht hat er uns, so ist das.« Tyler schnaubte. »Ich und spionieren! Was meinst du, wie lange er dort gestanden und gehorcht hat, was wir mit Caesar reden? Über Kingaree zum Beispiel. Und das Kontinuaskop! Ich hab dir ja gesagt, er versucht eins zu bauen.«

Lucinda schüttelte den Kopf. »Mach dir darüber keine Gedanken. Wenn Onkel Gideon kein neues bauen konnte, kann Colin Needle allein das erst recht nicht.«

Das war ein gutes Argument, zumal Gideon seinerzeit Octavio beim ersten geholfen hatte. »Na gut, aber irgendwas führt er im Schilde, und es passt mir nicht, dass er rumschleicht und uns bespitzelt. Ich werde schon rauskriegen, was er treibt, und dann kann er sich echt auf was gefasst machen!«

»O Mann!« Lucinda verdrehte die Augen. »Manchmal glaube ich, dass Colin nicht ganz unrecht hat mit dem, was er über dich sagt, Tyler.« Und damit verschwand sie. Die Schritte, mit denen sie die Treppe hinaufstampfte, waren so laut wie das aufziehende Gewitter.

»Was?«, schrie er hinter ihr her. »Warte! Was hast du damit gemeint?«

## 14

## SOY CAPITÁN

Das Sommergewitter war heftig gewesen, die nächtlichen Blitze und Donnerschläge hatten das Haus erbeben lassen, aber am Morgen war es abgezogen. Jetzt war der Himmel klar und die Berge in der hellen Sonne in allen Einzelheiten zu erkennen. Selbst der Boden roch satt und neu.

»Hast du das Getöse in der Nacht gehört?«, fragte Lucinda ihren Bruder. »Man konnte kaum schlafen.«

»Ein paar Blitze hab ich gesehen«, erwiderte er. »Echt cool. Ich dachte schon, sie würden das Haus treffen.«

»Sie *haben* das Haus getroffen«, sagte Colin Needle im gelangweiltesten Ton von oben herab. »Wahrscheinlich zehn Mal. Aus dem Grund haben wir einen Blitzableiter auf dem Dach.«

Lucinda war erleichtert, dass ihr Bruder nur genervt die

Augen verdrehte und sich von Colin abwandte. Es reichte schon, dass sie alle so bedrückt wegen Gideon waren. Sie wollte, dass dieser Tag harmonisch verlief.

Da Walkwell sie zur Cresta-Sol-Farm brachte, damit sie mit den Carrillos den Vierten Juli feierten, fuhren sie natürlich im Pferdewagen. Doch vorher mussten sie noch zur Einhornweide, damit er und Ragnar die Tröge der Einhörner auffüllen konnten. Die grazilen Tiere kamen zum Fressen aus den Hügeln, aber sie waren nervös: Als Ragnar sich einem jungen Einhorn näherte, das hinkte, scheute es und lief davon. Die übrige Herde schloss sich an, und bald war fast die ganze über das trockene goldene Gras streichende weiße Wolke den Blicken entschwunden.

»Vielleicht kommt es von dem Gewitter gestern Nacht«, rief Walkwell Ragnar zu. »Aber irgendetwas beunruhigt sie, das steht fest.« Er blickte Lucinda, Tyler und Colin an, als ob sie daran schuld wären. »Alle Tiere verhalten sich merkwürdig heute.«

»Ja, nicht nur das eine Fohlen, Simos«, sagte der Nordmann. »Es gab mindestens drei, vielleicht vier, die ganz wacklig auf den Beinen waren. Ich fürchte, es geht eine Krankheit unter ihnen um.« Ragnar erklomm mit seinem Fernglas die nächste Anhöhe, um die Fohlen genauer betrachten zu können. Er wirkte besorgt, und mit gutem Grund: Falls ein Seuche die Herde befallen hatte, konnten sämtliche Einhörner sterben, die es noch auf der Welt gab. Bei der Vorstellung, so viel Schönheit könnte einfach ausgelöscht werden, traten Lucinda Tränen in die Augen.

»Vielleicht wird demnächst Poseidon die Erde erschüttern«, bemerkte Walkwell zu Ragnar. »Das jagt vielen Geschöpfen Angst und Schrecken ein. Oft spüren Tiere lange vor den Menschen, was die Götter sinnen.«

»Die Götter! Na klar, das muss alles ihr Werk sein.« Colin feixte, während er das sagte, aber Lucinda war nicht so skeptisch. Schließlich war der Verwalter der Farm ein Faun oder Satyr oder wie das hieß, jedenfalls ein Wesen, das gar nicht existieren dürfte. Konnten da Zeus und die anderen griechischen Götter nicht genauso real sein?

»Meinst du wirklich, dass die Götter böse auf uns sind?«, fragte sie.

Simos Walkwell warf ihr einen grimmig belustigten Blick zu. »Auf irgendetwas sind die Götter immer böse.«

•◆•

»Was sollen wir den Carrillos über Gideon erzählen, wenn wir da sind?«, fragte Lucinda, als Ragnar endlich wieder vom Hügel herunter zum Wagen marschiert kam.

»Ihr? Gar nichts«, antwortete Walkwell. »Ich werde selbst mit Hector Carrillo sprechen. Falls sonst jemand Fragen stellt, sagt ihr, dass Gideon fort ist, mehr wisst ihr nicht und mehr könnt ihr deshalb nicht sagen.«

»Das geht die sowieso nichts an«, sagte Colin. »Diese Leute wissen eh schon zu viel über unsere Farm. Sagt ihnen gar nichts.«

Tyler neben ihr richtete sich auf. »Das ist nicht deine Farm, Needle. Sie gehört Onkel Gideon.«

»Du hast leicht reden, Jenkins. Du bist hier nur zu Besuch.«

Lucinda hörte den echten Kummer in Colins Stimme, und sie wunderte sich. Der ältere Junge klang richtig bedrückt, ja ängstlich. Tyler war sich so sicher, dass Colin und seine Mutter nichts Gutes im Schilde führten – aber vielleicht irrte er sich ja.

•◆•

Ragnar und Walkwell unterhielten sich vorn auf dem Bock, aber so leise, dass Lucinda kaum das Gemurmel ihrer Stimmen von dem unablässigen Zirpen der Grillen im hohen Gras unterscheiden konnte. Nachdem der Wagen fast eine halbe Stunde lang gemächlich in der Hitze dahingerumpelt war, die auf ihnen lag wie eine schwitzende Hand, nickte Colin Needle ein, und auch Lucinda schloss die Augen und genoss die Wärme und das Schaukeln der Fahrt. So entspannt hatte sie sich nicht mehr gefühlt, seit Gideon vor einer Woche verschwunden war. Da redete plötzlich Tyler los, als setzte er ein angefangenes Gespräch fort, und Lucinda war sofort wieder hellwach.

»He, Ragnar, du hast doch gesagt, dieser Kingaree hätte das Labor abgebrannt, nicht wahr?«

Ragnar ließ ein Knurren hören. »Ich habe nichts dergleichen gesagt. Ich habe nur gesagt, dass er in der Nacht verschwand, in der Gideons Labor abbrannte.«

»Ach, und was macht dich so sicher, dass er es nicht war?«

Ragnar setzte zu einer Antwort an, aber da schaltete sich Walkwell ein. »Schluss mit dem Gerede«, sagte er. »Kingaree ist ein sehr schlechter Mensch, aber mit dem Brand hatte er nichts zu tun.«

So leicht wollte Tyler nicht aufgeben. »Woher willst du das wissen?«

»Ich weiß, dass Kingaree das Feuer nicht gelegt hat«, sagte Walkwell, »weil ich die Spuren des Täters gesehen habe.«

Colins Augen blieben geschlossen, aber Lucinda hatte den Eindruck, dass sich der Junge neben ihr auf einmal besonders still hielt, als ob er jetzt wach wäre und lauschte.

»Du hast Fußabdrücke gesehen?«, fragte Tyler leise.

»Ich sagte ›Spuren‹«, erwiderte Walkwell. »Prankenabdrücke mit Krallen, vom Drachen Alamu. Und die Asche, die übrig geblieben war, stank nach Drachenfeuer.«

»Aber … aber … das ist das erste Mal, dass ich das höre!« Tyler klang über diese Neuigkeit ehrlich entrüstet. »Alamu hat das Labor abgebrannt? Warum hat uns das niemand gesagt?«

»Weil ich bis jetzt nicht darüber gesprochen habe, Tyler. Um Gideon zu schützen.«

Lucinda hörte, wie ihr Bruder innerlich kämpfte, um nicht zu platzen. »Entschuldige, aber das verstehe ich nicht.«

»Solange er dachte, Kingaree hätte das Kontinuaskop gestohlen, konnte Gideon glauben, er könnte es wiederbekommen.« Walkwell zog an den Zügeln, und Culpepper bog auf die schmale Straße ab, die zur Farm der Carrillos führte. »Aber wenn Gideon wüsste, dass der Drache der Brandstifter war und dass sein Kontinuaskop mit ziemlicher Sicherheit zerstört und ein für alle Mal dahin ist … ich hatte einfach die Befürchtung, er würde verzweifeln und die Hoffnung völlig aufgeben. Deshalb habe ich geschwiegen. Der Verlust von Grace hat ihn schon hart genug getroffen.«

Mehr wollte er dazu nicht sagen, aber es reichte aus, um Tyler für die restliche Strecke zum Schweigen zu bringen. Wogegen Lucinda ganz und gar nichts hatte.

Bis zur Einfahrt der Cresta-Sol-Farm sprach niemand mehr ein Wort. Das weiße Eisentor mit der aufgemalten Sonne stach so hell und freundlich von dem grummeligen grauen Himmel ab, dass Lucindas Laune sich schlagartig hob. All diese alten Geheimnisse und traurigen Geschichten – aber bestimmt würde alles gut werden! Gideon würde zurückkommen, das musste sie einfach glauben. Und heute wenigstens standen gutes Essen und gute Freunde auf dem Programm … und Knaller und Raketen!

Sie zuckelten über die lange Kiesauffahrt auf den großen

Vorplatz. Carmen stand schon auf der Veranda, die Augen gegen die Sonne abgeschirmt, und hielt nach ihnen Ausschau. Sie winkte, und im gleichen Augenblick flog neben ihr die Tür auf und Steve und Alma, die Jüngste der Geschwister, kamen herausgestürmt. »Mama! Papa!«, rief Alma ins Haus. »Guckt mal, wer da ist!«

Hector und Silvia Carrillo kamen ebenfalls heraus, Silvia hatte eine Schürze umgebunden, an der sie sich die Hände abwischte. Ragnar konnte nicht winken, weil er zwei Bierkästen trug, die sein Beitrag zum Fest waren, aber er brüllte einen Gruß. »Hallo, die Herrschaften Carrillo! Schön, euch mal wiederzusehen!«

»Dich auch, Ragnar, und dich, Simos – und euch Kinder natürlich«, sagte Mrs. Carrillo, aber sie blickte ein wenig verwirrt. »Wo ist Gideon? Wir dachten, er kommt mit. Wir haben ihn extra eingeladen.«

»O weh«, sagte Tyler leise und wandte sich Steve zu. »Komm, wir machen uns lieber dünne, bevor hier die Kacke am Dampfen ist.«

»Wieso?«, fragte Steve ein wenig irritiert. »Was ist los?«

Lucindas Hoffnungen sanken. Letztes Jahr waren alle so nett gewesen – warum konnte es jetzt nicht wieder so sein? Walkwell ging auf das Ehepaar Carrillo zu, als hätte er eine sehr unerfreuliche Pflicht zu erfüllen, aber bevor er sie erreichte, fasste Carmen Lucinda am Handgelenk und zerrte sie von den anderen weg, hinter das Haus zu den Festvorbereitungen auf der Terrasse.

Ein halbes Dutzend Verwandte der Carrillos, überwiegend Frauen, waren dabei, die mit roten, weißen und blauen Papiertischtüchern dekorierten Picknicktische zu decken. »Mein Papa ärgert sich«, erzählte Carmen ihr leise. »Er muss dringend mit eurem Onkel reden, aber Mr. Goldring ruft ihn nie zurück.«

»Das ist … kompliziert.« Lucinda wusste nicht, wie viel sie sagen durfte. »Onkel Gideon ist … na ja, er ist fort.« Sie reichte Carmen die in Zeitungspapier eingewickelten Rosen, die Pema noch am Morgen in einem der Gärten hinterm Haus geschnitten hatte. »Hier.«

»Die sind aber schön!«, sagte eine Stimme hinter ihr. Lucinda drehte sich um und erblickte Carmens Oma Paz, eine kleine, rundliche Frau, die gerade eine heiße Auflaufform herbeitrug. »Ah ja, du bist die Lucinda von nebenan, natürlich. Freut mich, dass du noch am Leben bist.«

»Oma!«, rief Carmen empört.

Die alte Frau schüttelte ihren Kopf mit den rotgefärbten Haaren. »Mach mir keine Vorwürfe, nur weil ich die Wahrheit sage. Das ist ein übler Ort. Da sollte man keine Kinder hinholen, aber dieser junge Gideon war immer schon zu sehr von sich selbst überzeugt.«

»Jung?«, sagte Lucinda verwundert, aber da zog Carmen sie schon weiter.

»Lass uns die Blumen in eine Vase stellen.« Auf dem Weg ins Haus beugte Carmen sich dicht heran. »Mach dir nichts draus. Sie ist immer so – und mit dir und Tyler treibt sie's besonders schlimm.« Carmens Augen wurden weit. »Ist das der Sohn von der Hexe, der da mit euch gekommen ist?«

»Was? Ach so, Colin, ja.«

»Ich hätte ihn fast nicht wiedererkannt. Er scheint ja nicht mehr ganz so unmöglich zu sein wie früher. Er sieht beinahe menschlich aus.« Carmen lachte. »Komm mit, bevor meine Großmutter wieder auftaucht und anfängt, für dich zu beten. Ich hab was für dich.«

In ihrem Zimmer holte Carmen ein Schächtelchen aus dem Schrank und reichte es Lucinda. »Los, mach schon auf!«

Darin lag auf Seidenpapier ein Glücksarmband mit mehreren verschiedenen Anhängern, silberne Kreuze und Kleeblätter und Herzen und sogar ein winziges geflügeltes Pferd.

»Oh, Carmen, ist das schön! Vielen Dank!«

»Meine Tante hat es mir zum Geburtstag geschenkt, aber ich hab schon seit Jahren eines, das ganz ähnlich ist.« Sie grinste, erfreut über Lucindas Reaktion. »Schön, dass es dir gefällt. Jetzt komm mal gucken. Ich muss dir unbedingt diesen Zettel zeigen, den ein Junge in der Schule mir geschrieben hat. Macht voll einen auf Weltmann und will mich aushorchen. Es ist zum Schießen!«

•◆•

Das Essen war köstlich und das Fest überhaupt klasse, doch obwohl ihr das Zusammensein mit Carmen einen solchen Spaß machte, dass Lucinda wünschte, sie würden auch im restlichen Jahr näher beieinander wohnen, war sie ein wenig nervös und besorgt. Die Atmosphäre war anders als im Jahr zuvor, wo dieser Tag für sie einer der schönsten aller Zeiten gewesen war. Zum einen waren Carmens Eltern eindeutig nicht in Feierlaune und unterhielten sich die meiste Zeit über abseits von den anderen mit Walkwell. Ragnar beteiligte sich zwischendurch einmal an der Unterhaltung, aber nach einer Weile verzog er sich und fing an, ein Bier nach dem anderen zu trinken. Lucinda, die ihn beobachtete, war froh, dass sie in einem sehr langsamen Pferdewagen nach Hause fahren würden.

»Hallo und danke für nichts auch«, sagte Tyler ihr ins Ohr, als sie um ein Stück Pastete anstand. Sie fuhr zusammen.

»Was ist dir denn über die Leber gelaufen?«

»Du und Carmen, ihr habt euch einfach verdrückt und uns mit Colin Needle sitzenlassen … und Alma.«

»Was hast du gegen Alma? Sie ist süß.«

»Sie läuft mir ständig nach wie ein Schoßhund. Sie hat versucht, meine Hand zu halten!« Tyler sagte es mit einer solchen Empörung, dass Lucinda sich das Lachen nur schwer verkneifen konnte. »Und Colin, der beschwert sich laufend, wie doof Steves Spiele sind oder wie laut die Musik ist.« Tyler hielt sich schnell die Ohren zu, als jemand die Mariachimusik noch lauter stellte. »Da wird er begeistert sein.«

Es war ein Lied, das Lucinda kannte: »La Bamba«.

Carmen kam angelaufen. »Lass deinen langweiligen Bruder hier bei meinem langweiligen Bruder. Komm, wir gehen Trampolinspringen!«

Lucinda lachte überrascht auf und ließ sich aus dem Haus auf den Vorplatz ziehen.

»Ich werde Colin zu euch rausschicken!«, drohte Tyler.

*Yo no soy marinero!*
*Yo no soy marinero, soy capitán*
*Soy capitán, soy capitán!*

»*Ba, ba, bamba! Ba, ba bamba!*«, sang Lucinda, während sie und Carmen unter dem tiefhängenden grauen Himmel auf und ab hüpften. Ihr neues Armband klingelte fröhlich, ihre Laune wurde von der Musik beflügelt, und ihr ungelenkes, aber dynamisches Springen machte richtig Spaß: Jetzt wurde es doch noch ein guter Vierter Juli.

Da hörte Carmen auf zu springen und blieb schwankend stehen. »Boah, wer ist das?« Sie starrte über den leeren Vorplatz hinaus.

Lucinda blickte auf und sah in der Ferne eine Gestalt am Kuhstall vorbeistolpern. Wer es auch war, er sah angeschlagen aus und torkelte wie ein Betrunkener. Ein wenig sah er sogar wie ihr Großonkel Gideon aus – ein alter kränkelnder Kauz mit wehendem Bademantel.

Er war es, erkannte sie in der nächsten Sekunde. Es war tatsächlich Gideon.

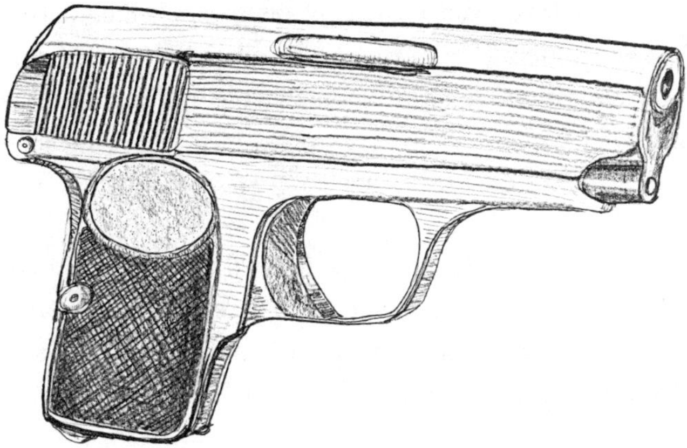

15

## EIN IRRER VIERTER JULI

Eben noch hatten Tyler und Steve diesem Colin »Null-Durchblick« Needle lautstark erklärt, wie bescheuert er war und dass Videospiele einen überhaupt nicht dumm machten, im Gegenteil, sie verbesserten die Hand-Auge-Koordination, damit wurden sogar die Soldaten in der Armee trainiert! Da liefen plötzlich alle herum und brüllten: »Ruft einen Arzt!« und: »Sag jemand Hector Bescheid!« Tyler hörte seine Schwester »Onkel Gideon« schreien, und er und Colin sprangen gleichzeitig auf und rannten hinüber zum Vorplatz.

Gideon Goldring, der krank, erschöpft und sehr abgemagert aussah, hockte in der späten Nachmittagssonne, umgeben von Lucinda, Carmen, Alma und einer wachsenden Schar anderer Carrillos. Lucinda gab Gideon gerade aus einer Wasserflasche zu trinken, die jemand aus der Küche geholt hatte, als Walkwell und Ragnar im Laufschritt um die Hausecke bogen.

»Wo kommt er denn auf einmal her?«, wollte Ragnar wissen.

»Er ... er kam einfach angelaufen«, sagte Lucinda. »Über die Felder dort hinten.«

Über dem Stimmengewirr hörte Tyler in der Ferne noch etwas anderes, einen dünnen, hohen Schrei. Colin, der Gideon nur mit offenem Mund angeglotzt hatte, sah auf und schüttelte den Kopf wie einer, der zu schnell erwachte. »Moment mal, da ist ja meine *Mutter!*«

Und tatsächlich kam noch eine zweite Gestalt halb gehend, halb laufend über die Felder auf das Haus der Carrillos zu: Patience Needle in ihrem altmodischen Kleid. Sie fuchtelte mit den Armen und schrie: »Rührt ihn nicht an!« Soweit Tyler sich erinnern konnte, hatte er noch nie gehört, dass die Hexe die Stimme erhob. »Nicht!«, rief sie, während sie auf die Menschenansammlung zueilte. »Ihr müsst ihn in Ruhe lassen!«

Gideon war nicht nur blass, sondern beinahe grün, Schweiß stand ihm auf der Stirn. »Will nicht«, sagte er unvermittelt und fuhr von der Flasche zurück, so dass ihm Wasser auf die Brust spritzte. Er versuchte, Lucinda am Arm zu packen, aber obwohl seine Augen weit aufgerissen waren, schien er nichts zu sehen, und seine Hände zuckten unkontrolliert. »Will nicht ... zurück ...«

»Wohin zurück, Gideon?«, fragte Ragnar. »Wo bist du gewesen?«

Aber der alte Mann war völlig in seiner eigenen Welt gefangen, rollte den Kopf von einer Seite zur anderen und versuchte dabei aufzustehen. »Du kannst mich nicht ...!«, sagte er und schlug nach den Händen, die ihn halten wollten. »Lass mich los, du verdammtes ... *Monster!*«

»Wir müssen ihn ins Krankenhaus bringen«, sagte Hector Carrillo.

»*Nein!*«, kreischte Mrs. Needle geradezu. Sie kam angewankt, kniete sich neben Gideon und hielt mit einer Hand seinen Kopf, während sie mit der anderen sein Handgelenk und seine Stirn befühlte. »Kein Krankenhaus! Er wird sich wieder erholen. Ich weiß, wie ihm zu helfen ist. Wir müssen ihn nur zurück auf die Farm schaffen. Ich habe dort Medikamente … besondere Mittel …«

»Sie sind von Sinnen, wenn Sie meinen, ich lasse zu, dass Sie diesen Mann – diesen *kranken* Mann – hier wegbringen, bevor er von einem Arzt untersucht wurde.« Mr. Carrillo stand auf. »Ragnar, Simos, setzt ihn in meinen Wagen.«

»Sollten wir nicht die Sanitäter rufen, Papa?«, fragte seine Tochter Carmen.

»Ich kann ihn in zwanzig, fünfundzwanzig Minuten nach Liberty in die Klinik bringen«, erklärte ihr Vater. »Bis die Sanitäter hier sind, dauert es mindestens so lange.«

Mrs. Needle durchbohrte ihn mit einem Blick, der Farbe zum Abblättern gebracht hätte, aber Mr. Carrillo starrte einfach mit ruhiger Autorität zurück; Tyler war schwer beeindruckt. »Dann fahre ich mit«, sagte sie schließlich. »Ich habe ihn über die Farm irren sehen und bin ihm den ganzen Weg nachgelaufen. Ich werde ihm nicht von der Seite weichen.«

»Lassen Sie das nicht zu!«

Tyler sah Lucinda verwundert an. »Luce?«

Aber seine Schwester zog bereits Mr. Carrillo am Arm. »Lassen Sie das nicht zu. Ich wette, sie war es, die ihm das angetan hat. Sie hat ihm irgendwas gegeben … einen Trank oder so. Und sie hat wahrscheinlich auch dafür gesorgt, dass Gideon Sie nicht zurückgerufen hat. Wahrscheinlich hat sie ihm

Ihre Anrufe nicht mal ausgerichtet – so hat sie es voriges Jahr mit uns gemacht.«

»Wie kannst du es wagen!« Mrs. Needle wurde kalkweiß im Gesicht, stand auf und baute sich mit derart wütender Miene vor Lucinda auf, dass selbst Mr. Carrillo einen Schritt zurücktrat. »Wie kannst du es wagen, vor Fremden solche Reden zu führen, Lucinda Jenkins? Wie abscheulich, so etwas zu sagen!«

»Das sind keine Fremden für uns! Das sind unsere Freunde!« Seine Schwester blickte bang, aber entschlossen. Tyler war richtig stolz auf sie.

»Gib's ihnen, Schwesterherz«, sagte er.

Patience Needle hielt den Blick noch einen Moment auf Lucinda gerichtet, dann wandte sie sich mit einem Gesicht, aus dem jede Spur von Zorn getilgt war, an Mr. und Mrs. Carrillo. »Alle haben sich Sorgen um Gideon gemacht. Tagelang wusste niemand, wo er war. Sie sehen ja, wie aufgeregt wir alle sind. Ich bin seit Jahren so etwas wie seine Ärztin. Bitte nehmen Sie die Worte eines verwirrten Kindes nicht zu ernst und lassen Sie mich mitfahren.«

»Aber wie hat Gideon die Sicherheitsanlagen überwinden können?«, warf Walkwell ein.

»Ich habe natürlich den Strom abgestellt, als ich ihn wie von Sinnen darauf zustolpern sah«, erwiderte Mrs. Needle steif. »Meinst du, ich würde es zulassen, dass unser Arbeitgeber einen tödlichen Schlag versetzt bekommt?«

Mit einem Schnauben drehte Walkwell sich um und setzte sich Richtung Tinkerfarm in Bewegung. »Dann muss ich die Zäune wieder sichern, bevor … bevor sonst etwas passiert.« Lucinda vermutete, dass er die Stiefel ausziehen würde, sobald er außer Sicht war. Auf seinen blanken Hufen konnte er schnell wie der Wind rennen.

Mr. Carrillo hatte derweil nachdenklich Lucinda angeschaut. Jetzt wandte er sich mit einem harten Lächeln der Haushälterin zu. »Na schön, Sie können mit uns zum Krankenhaus kommen, Mrs. Needle. Aber dann werden wir mehr als ein Auto brauchen. Da können wir auch gleich alle Kinder mitnehmen, die können sich dann das Feuerwerk in Liberty ansehen.« Er drehte sich zu seiner Frau um. »Silvia, wo ist dein Bruder? Ah, da.« Er winkte einem Mann mit Bart, dessen Tätowierungen Tyler zuvor schon bewundert hatte. »Jaime, du bist mit dem Van da, nicht wahr? Nimm du die Kinder und fahr hinter mir her.«

Ragnar und Walkwell hatten sich derweil leise unterhalten. »Ich komme auch mit, Hector«, sagte der Nordmann. »Simos wird nach Hause fahren und schauen, ob dort alles in Ordnung ist, weil er nicht so gern im Auto fährt.«

»Wo kann er gewesen sein?«, schrie Tyler Lucinda über den Lärm von Jaimes Stereoanlage zu, aus der ihm völlig unbekannte mexikanische Heavy-Metal-Musik dröhnte. »Wir haben doch überall gesucht. Meinst du, Gideon war in … du weißt schon … der Verwerfungsspalte?« Wenn er sich selbst kaum hören konnte, sagte er sich, war die Gefahr bestimmt nicht sehr groß, dass Jaime ihr Gespräch vom Fahrersitz aus belauschte. »Ich frage mich, was Mrs. Needle darüber weiß. Ich wette, sie und Colin hatten ihn irgendwie betäubt. Mit Drogen oder so.«

Lucinda sah ihn stirnrunzelnd an. »Das stimmt nicht!«, rief sie. »Colin war genauso überrascht wie wir. Ich habe ihn beobachtet.«

Tyler hatte seine Zweifel; seiner Meinung nach war Lucinda mit Colin Needle sowieso viel zu nachsichtig. »Wenn er so geschockt ist, warum ist er dann nicht hier? Warum kommt er nicht mit ins Krankenhaus?«

Lucinda tippte sich an den Kopf. »Macht er doch! Er sitzt bei Mr. Carrillo im Wagen.«

Tyler schnitt eine Grimasse. »Ach, er ist sich wohl zu fein, um mit uns mitzufahren, was?«

Seine Schwester funkelte ihn böse an. »Du bist voll der Abspacker, Tyler Jenkins«, sagte sie. Was natürlich total ungerecht war.

Das Städtchen Liberty war so was wie Standard Valley in groß, dachte sich Tyler. Nicht dass an Liberty viel dran war – es war deutlich kleiner als die Stadt, aus der Tyler und Lucinda kamen –, aber es war groß genug, um zum Vierten Juli eine Parade zu machen, die eben zu Ende ging, und um eine Feuerwache, mehrere Schulen und ein Kino zu haben, im Gegensatz zu Standard Valley. Dies alles erspähte Tyler, während Jaime hinter Mr. Carrillo her durch die Stadt zur Klinik fuhr, einem typischen Zweckgebäude mit rotem Ziegeldach, das auch als Fastfood-Restaurant hätte durchgehen können, wenn es etwas kleiner gewesen wäre.

Hector Carrillo und seine Mitfahrer saßen bereits im Wartezimmer der Notaufnahme, als sie eintraten.

»Meine Mutter füllt die Formulare aus«, sagte Colin. »Sie hat die ganzen Informationen, Versicherung und so weiter.«

»Ihr seid versichert?« Es war Tyler schleierhaft, wie Leute aus der Vergangenheit das hingekriegt hatten, ohne Geburtsurkunden oder was normale Leute sonst dafür brauchten.

Colin bedachte ihn mit einem verächtlichen Blick. »*Gideon* ist versichert.«

Mr. Carrillo kam zu ihnen. »Wie wär's, wenn ihr Kinder

losgeht und euch ein bisschen die Stadt anguckt? Jaime, sei so gut und geh mit ihnen, ja? Es wird bald dunkel, und im Park gibt es dann ein Feuerwerk. Carmen, hast du dein Handy mit?«

»Hab ich, Papacito.«

»Gut. Ruf mich in ungefähr einer Stunde an.«

Mit sehr ernster Miene brachte Ragnar sie zur Tür. »Keine Bange, Kinder. Gideon wird bestimmt wieder gesund. Dafür werde ich sorgen.« Tyler hoffte im Interesse der Ärzte, dass sie den Hünen nicht mit etwas erzürnten.

Sie spazierten mit Jaime in die Stadtmitte zurück. Tyler hatte ganz vergessen, wie es sich anfühlte, unter so vielen Menschen zu sein, oder wenigstens unter so vielen Menschen, die er nicht kannte. Draußen auf der Tinkerfarm lebte es sich ein bisschen wie auf einem Schiff auf dem Meer, in diesem Fall einem Felder- und Wiesenmeer. Ab und zu fuhr man mit dem Rettungsboot nach Standard Valley und trank im Lokal einen Milchshake oder traf sich mit den Carrillos, aber die übrige Zeit sah man Tag für Tag immer nur dieselben Leute. Doch obwohl die Vierte-Juli-Parade vorbei war, hatte der scheinbar endlose Strom von Gesichtern hier in Liberty immer noch etwas von einer Parade: Kinder, Erwachsene und Alte, die lachten, tranken, aßen und Nachbarn und Freunde über die Hauptstraße hinweg lauthals begrüßten.

»Onkel Jaime«, sagte Alma, »geh mit uns zum Nordpol! Bitte!«

»Ihr habt doch gerade erst gegessen«, entgegnete er. »Und Nachtisch hattet ihr auch.«

»Bitte. Ich will Pfefferminz-Schoko«, sagte sie, und da wurde Tyler klar, dass sie von einer Eisdiele redete.

Als sie schließlich den Park erreichten, lutschten sie gerade noch das letzte geschmolzene Eis durch die Waffelspitzen.

Carmen rief ihren Vater an, der mitzuteilen hatte, dass es Gideon schon viel besser ging und dass er sich verständlich äußern konnte, allerdings immer noch keine Erinnerungen daran hatte, was in den letzten Tagen vorgefallen war. Die Ärzte, meinte er, führten seinen Zustand auf einen Hitzschlag zurück.

Tyler fand das alles gut und schön, aber es erklärte nicht, wo der alte Mann fast eine Woche lang gewesen war.

Es wurde allmählich dunkel, und immer noch strömten die Leute in den Park. Carmen, Alma und Steve gingen sich etwas zu trinken holen. Ihr Onkel Jaime hatte sich einen Becher Bier besorgt, saß vergnügt trinkend im Gras und unterhielt sich mit einer Frau, die er zu kennen schien. Lucinda beugte sich zu Tyler herüber. »Guck mal, was Gideon in der Hand hatte«, sagte sie und hielt ihm etwas hin. Tyler besah sich die dunklen Fasern, die in dem schwindenden Licht schwer zu erkennen waren.

»Was ist das?«

»Keine Ahnung. Von irgendeiner Pflanze, glaube ich. Er hielt sie fest, als wären sie irgendwie wichtig.«

Tyler zuckte die Achseln. »Aber was hat ihn so wirr im Kopf gemacht? Das ist doch die eigentliche Frage …«

Lucinda hörte ihm nicht mehr zu. Mit Augen so groß wie der Silberdollar auf Jaimes Gürtelschnalle starrte sie ihm über die Schulter. *»Tyler! Das ist er!«*

»Wer? Wen meinst du?« Er rechnete halb damit, Gideon mit wehendem Bademantel über den Rasen auf sie zulaufen zu sehen, verfolgt von Ärzten und Schwestern, erblickte aber nur einen bunten Haufen Menschen, die gemütlich am Rand der Wiese standen und saßen und auf das Feuerwerk warteten. »Ich weiß nicht –«

»Dort.« Sie schmiegte sich dicht an ihn. »Nicht auffällig

starren, nicht deuten. Dort am Brunnen. Das ist dieser Kingaree.«

Tyler hatte ihn natürlich noch nie gesehen, aber Lucindas Beschreibung, dass er wie der Schurke in einem Western aussah, war ihm im Gedächtnis geblieben, daher hatte er keinen Zweifel, wen sie meinte. Der lange, dünne Mann in dem schwarzen Mantel – ein merkwürdiger Aufzug bei diesem Sommerwetter, selbst am Abend – unterhielt sich mit einem modern gekleideten pausbackigen Mann in einem beigen Sportsakko. Während Tyler hinschaute, sah sich der Mantelträger um, als befürchtete er, belauscht zu werden, dann fasste er den Mann im Sportsakko am Ellbogen und schob ihn zu einer offenen Laube in einer Ecke des Parks.

»Sie gehen zu dem Pavillon da drüben«, sagte Tyler und sprang auf. »Komm mit, wir gehen hinten rum durch die Bäume auf der andern Seite. Dann können wir hören, was sie reden.«

»Was? Spinnst du?« Lucinda wich von ihm zurück. »Ich gehe nicht in die Nähe von diesem Kerl!«

»Und wenn er es war, der Gideon entführt hatte? Wenn er gerade nach ihm sucht?« Tyler konnte es nicht fassen, dass seine Schwester ihm in so einem Moment mit Mädchengezicke kommen konnte. »Mach schon!«

Während er ihr voraus um die Wiese herumging, vorbei an den ganzen Leuten, die auf Decken saßen und erwartungsvoll zum Himmel aufschauten, versuchte sie immer noch, ihn von seiner Idee abzubringen. »Was ist mit Carmen und den andern? Und mit Jaime? Sollten wir ihnen nicht Bescheid sagen?«

»Wir gehen doch bloß hier im Park auf die andere Seite. Hör mal auf, das Kleinkind zu spielen, Luce!«

Er flitzte vor ihr zwischen den Bäumen hindurch und über einen niedrigen Lattenzaun, bis die Laube nur noch wenige

Meter entfernt war. Lucinda guckte absolut unglücklich, deshalb verzichtete Tyler darauf, auf den Baum zu klettern, obwohl er sich dort oben auf einem Ast bis direkt über das Laubendach hätte schieben können. Stattdessen schlich er möglichst nahe heran – aber so, dass er bei Gefahr noch wegrennen konnte –, bis er die Stimmen verstand. Er vermutete, dass die hohe, leicht nervöse Stimme dem Mann im beigen Sakko gehörte.

»… verstehe es bloß nicht, das ist alles.«

»Da gibt es nichts zu verstehen, Mr. Dankle.« Das war zweifellos Kingarees Stimme: drohend wie ein gereizter Skorpion. »Sie haben bereits gute amerikanische Dollars von mir bekommen. Um den Rest zu verdienen, werden Sie antanzen, wenn ich Sie rufe, und tun, was ich Ihnen sage.«

»Natürlich, natürlich! Habe ich Ihnen denn nicht schon wie versprochen geholfen?« Der Mann quietschte beinahe. »Ich muss nur bedenken, dass ich … Ich möchte nicht, dass mein Ruf …«

»Hören Sie zu, Herr Anwalt.« Kingarees schneidender Einwurf war wie ein Revolverknall. »Ich habe schon bessere Männer als Sie mit den bloßen Händen getötet, ich rate Ihnen daher dringend, mich nicht wütend zu machen.«

Es war mittlerweile dunkel, aber Tyler konnte Lucindas blasses Gesicht und ihre starrenden Augen neben sich erkennen. Er betete, dass sie nicht die Nerven verlor und einen Laut von sich gab, der sie verriet.

»Denken Sie immer daran«, fuhr Kingaree fort, »Sie stecken viel zu tief in dieser Sache drin, um jetzt noch moralische Skrupel zu kriegen. Wenn es so weit ist, werde ich kommen und Sie rufen, und ich würde Ihnen raten, dann bereit zu sein. Es wird abends sein. Ich empfehle Ihnen, sich in den nächsten Wochen die Abende freizuhalten.«

»Was soll das heißen? Wann wollen Sie kommen?«

»Das weiß ich nicht, Mr. Dankle. Aber glauben Sie mir, wenn die Stunde kommt, werden Sie es als einer der Ersten erfahren. Und Sie werden tun, was ich sage. Ist das klar?«

Dankle musste genickt haben, denn Kingaree verließ unvermittelt die Laube und marschierte den Weg am Rand der Wiese hinunter. Seine Mantelschöße wehten wie die Flügel eines großen schwarzen Vogels. Er schritt an den sitzenden Familien vorbei, als am Himmel gerade die ersten Feuerwerkskörper explodierten, große, glitzernde, funkentriefende Blumen von Gold und Rot. Leute schrien begeistert. Niemand außer Tyler und Lucinda sahen die lange Gestalt weggehen – alle waren sie von dem Feuer am Himmel gefesselt.

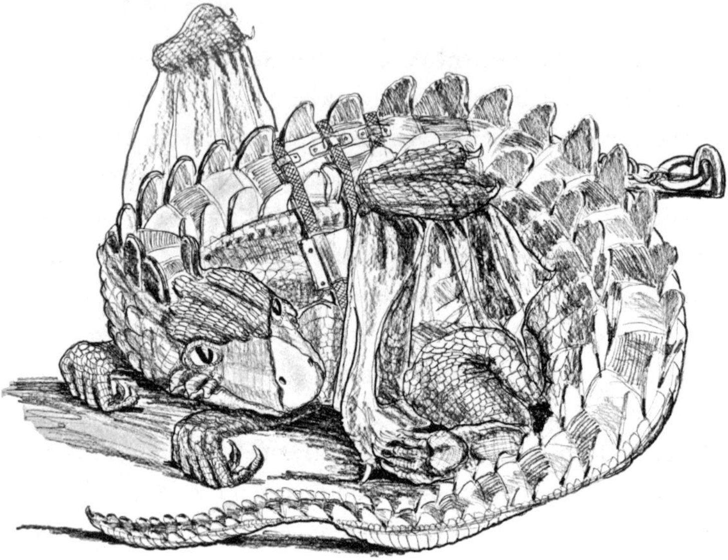

16

# ALLES ANDERE ALS GESUND

Heiße Sonne. Jede Menge zu tun. Tiere füttern. Vielleicht ein Nickerchen vor dem Essen, wenn sie Glück hatte und früh mit der Arbeit fertig war. Lucinda hätte sich nicht zu der Behauptung verstiegen, dass alles wieder in normalen Bahnen lief, aber während sie und Tyler über die Felder zum Reptilienstall spazierten, ging ihr auf, dass sie zum ersten Mal seit Tagen keine Angst hatte.

Ihr Großonkel Gideon war immer noch im Krankenhaus, sollte aber an diesem Tag nach Hause kommen. Die Ärzte im Liberty Medical Center wussten nach wie vor nicht, was ihm fehlte, aber Ragnar meinte, Gideon sei beinahe wieder er selbst, auch wenn die Zeit seiner Abwesenheit aus seinem Gedächtnis gelöscht war.

»Okay, also was hat er vor?«, fragte Tyler. »Das ist mir immer noch nicht klar.«

Lucinda hatte gerade ihr neues Armband bewundert, das Geschenk von Carmen, das hervorragend zu dem Armband aus Einhornhaar passte, das ihr die drei Amigos geschenkt hatten. Sie sah ihren Bruder fragend an. »Wer? Was hat wer vor?«

»Kingaree! Was heckt er mit diesem Dankle aus, diesem Anwalt?«

»Woher soll ich das wissen? Und wie kommst du auf die Idee, das hätte irgendwas mit uns zu tun?«

Tyler starrte sie an. »Ts! Er ist ein total übler Kerl, und er ist aus der Verwerfungsspalte gekommen. Alles, was er macht, hat was mit uns zu tun oder wenigstens mit der Farm.«

Lucinda legte die Stirn in Falten. Das einzige Problem an dem neuen Armband war, dass es ihr halb über die Hand rutschte, wenn sie den Arm senkte, und die Anhänger störten, wenn sie etwas aufheben wollte. Sie schob es hoch, bis es straff saß. »Das heißt noch lange nicht, dass es was mit deinen ganzen anderen fixen Ideen zu tun haben muss: mit Onkel Gideon und mit Alamu und dem Brand und Octavios Comicoskop.«

»*Kontinuaskop*. Genau, das kommt noch dazu.« Tyler dachte angestrengt nach. »Also, Onkel Gideon verschwindet, und genau zu dem Zeitpunkt kommt Kingaree nach so vielen Jahren zurück. Gleichzeitig macht Colin einen auf: ›Ich bringe alles über das Kontinuaskop in Erfahrung‹«, er imitierte Colins gepflegte Redeweise furchtbar übertrieben, »und genau das ist seit der Nacht des Laborbrands unauffindbar. Seit der Nacht, in der auch Kingaree verschwand. Und du willst mir erzählen, das wäre alles bloß Zufall?«

»Ich sage ja gar nicht, dass es *alles* Zufall ist«, begann sie.

»Dann sag lieber gar nichts.« Aber er lächelte, um ihr zu

zeigen, dass er es eher scherzhaft meinte. Wieder einmal ging ihr auf, warum sie ihren kleinen Bruder einerseits liebte und ihn andererseits oft am liebsten umgebracht hätte. »Schau, es würde gut passen, wenn Kingaree das Kontinuaskop gestohlen und das Feuer gelegt hätte, um die Sache zu vertuschen. Aber Simos sagt, so war es nicht. Er sagt, Alamu hätte das Labor abgebrannt.« Er hielt sich den Kopf, als ob er schmerzte. »Mann! Irgendwas fehlt mir da.«

Lucinda lächelte. »Vielleicht Verstand.« Sie erblickte jetzt in der Ferne den Reptilienstall, und ihr Herz schlug ein wenig schneller. *Ich komme!*, dachte sie und versuchte, den Gedanken vorauszuschicken wie einen Lichtstrahl. *Ich bringe Möhren mit!* Dann wurde ihr klar, was sie da tat: Sie erklärte ihren Bruder für plemplem, und gleichzeitig redete sie in Gedanken mit einem Drachen.

»Warum lachst du?« Tyler wartete die Antwort nicht ab. »Wie auch immer, irgendwas übersehe ich. Ich weiß nicht, was es ist, aber ich habe es voll nicht auf dem Schirm. Warum sollte Alamu sich für das Labor interessieren? Warum sollte er es abbrennen wollen?«

»Vielleicht war das die beste Methode, jemanden zum Schweigen zu bringen.«

Im ersten Moment guckte Tyler richtig verdutzt und wusste nicht, wie er das verstehen sollte. Dann streckte er ihr die Zunge heraus, was er seit Jahren nicht mehr gemacht hatte. »Alles klar, vielen Dank, Luce. Du bist eine echte Hilfe.«

•◆•

Auf den Hinterbeinen und den Knöcheln ihrer angelegten Flügel kam Desta an das Gitter ihres Käfigs, den Kopf leicht gedreht und ein wissendes Auge auf den Beutel Möhren in Lucindas Hand gerichtet.

*Ich weiß, dass du sie siehst*, sagte Lucinda zu ihr, wenigstens in Gedanken. Es war manchmal schwer zu sagen, wie viel Desta verstand. *Ja, die sind für dich, du kleiner Gierhals!*

*!* Es war kaum mehr als ein wortloser Impuls, aber er war etwas, das Lucinda deutlich verstand: *Haben wollen!*

Haneb schob einen Wagen voll toter Schafe für Meseret vorbei. Sie schlief unter der Batterie von UV-Lampen, die dazu beitrugen, dass es im Reptilienstall noch wärmer war als draußen in der kalifornischen Sommersonne. »Sie wartet auf dich, die Kleine«, sagte er. »Sie weiß, wann du hier.«

»Aber ich komme doch gar nicht immer um dieselbe Zeit«, wandte Lucinda ein.

Haneb zuckte die Achseln. »Trotzdem, sie weiß. Sehr schlau, die Illujankan.« Das fremde Wort klang, als wollte er gleich ausspucken. Er lächelte verlegen und übersetzte: »Drachen.«

»Wieso weißt du so viel über sie?«, fragte sie und hielt Desta die erste Möhre hin. Die blaue Zunge umschlang sie, zog sachte, und die Möhre verschwand aus Lucindas Hand. *Brav*, dachte sie. *Braves Mädchen!*

»Ich … ich mit ihnen komme. Von wo ich war.«

Was Ragnar gesagt hatte, stimmte also. »Magst du mir davon erzählen?«

Fast erschrocken starrte er sie mit seinem sichtbaren Auge an; das andere war hinter dem Vorhang aus Haaren versteckt. »Ich muss Arbeit. Entschuldigung, Miss Lucinda. Muss die Große füttern.« Er deutete auf den Rollwagen und die toten Schafe, die an diesem heißen Tag schon die Fliegen anzogen. »Ich muss Arbeit.«

Was, wie Lucinda erkannte, in Wirklichkeit bedeutete: »Zwing mich bitte nicht, darüber zu reden.« Ragnar hatte erzählt, sein Gesicht sei schon vernarbt gewesen, als er im Kindesalter auf die Tinkerfarm gekommen war. »Sicher, Haneb, tut mir leid.«

»O Mann«, sagte Tyler vernehmlich. »Was willst *du* denn hier?«

Sie drehte sich um und erblickte Colin Needle, der viele Meter von Lucinda und den anderen entfernt stehen geblieben war, als läge ein tödlicher Sumpf zwischen ihnen.

»Fang nicht schon wieder an, Jenkins.«

»Nein, echt, immer wenn ich mich umdrehe, bist du da. Spionierst du uns nach?« Tyler ging auf Colin zu, Arme locker herabhängend, Schultern zurückgezogen, Brust raus.

»Hör auf, Tyler.« *Jungen*, dachte Lucinda. *Immer dieses Imponiergehabe.*

*Ja, Männer. So dumm, so brutal.*

Erst dachte Lucinda, jemand hätte es ausgesprochen, eine tiefe, volltönende Stimme mit dem Bassbrummen einer Kirchenorgel. Dann begriff sie, dass es in ihrem Kopf gewesen war, und *nur* in ihrem Kopf, und dass es keine Worte gewesen waren, sondern nur Gedanken. *Meseret?*, fragte sie. *Bist du das?* Es war die erste richtige Kommunikation von der großen Drachin seit der Nacht, in der sie zusammen geflogen waren.

*Na ja, du bist geflogen*, korrigierte sich Lucinda. *Ich habe vor allem geschrien und mich angeklammert. Erinnerst du dich?*

Ein schwacher Anflug von Belustigung streifte sie, gefolgt von etwas viel Heftigerem, einem zornigen Gedanken, der wie Säure ätzte. *Die Nacht, in der sie mein Ei stahlen. Die Nacht, in der* der da *mein Ei stahl.* Meseret wusste offensichtlich, wer Colin war. Die gewaltige Drachin spannte sich plötzlich gegen ihre Fesseln an, und das schwere Gurtzeug knarrte.

*Aber jetzt ist sie doch hier*, dachte Lucinda hastig. Sie wollte nicht, dass Colin Needle zu Asche verbrannt wurde. *Deine Kleine, dein Ei, sie ist am Leben und in Sicherheit. Siehst du?*

*Möhren.* Dieser drängelnde Gedanke wehte von Desta herüber. *Mehr haben. Gib!*

Tyler und Colin durchbohrten sich immer noch mit Blicken. »Was brabbelst du da schon wieder, Jenkins?«, sagte der ältere Junge. »Meinst du, ich bin freiwillig hier? Bei diesen Monstern?« Er warf Meseret einen kurzen bangen Blick zu. »Ich soll euch holen. Ich würde euch liebend gern euren kleinen Spielen überlassen und euren …«, er sah von Lucinda zu dem Drachenjungen, »… Tierfreunden.«

*Er kann nett sein, wenn er will,* dachte Lucinda. Ab und zu zeigte er es einmal. Warum fiel Colin Needle immer in so ein stinkstiefeliges Verhalten zurück?

*Wut.* Es waren Gefühle, die sie erreichten, keine Worte, und sie kamen von Desta. *Angst. Fesseln.*

Lucinda hätte beinahe den Beutel mit Möhren fallen gelassen. Es war das erste Mal, dass sie etwas anderes von Desta empfing als die allerschlichteste Mitteilung kindlicher Gier, Freude oder Unzufriedenheit.

»Es ist wegen Gideon«, fuhr Colin mürrisch fort. »Meine Mutter lässt ausrichten, dass er gerade auf dem Heimweg vom Krankenhaus ist. Falls ihr euch wirklich lieber woanders beschäftigen mögt, wenn er wieder nach Hause kommt, bitte schön, steht euch frei. Aber es wird keinen besonders guten Eindruck machen.«

*Desta, sag das noch mal,* dachte Lucinda, aber die Drachin war jetzt von den Möhren in Lucindas Hand abgelenkt. Nach mehreren fruchtlosen Verständigungsversuchen gab sie Desta die vorletzte Möhre. Colin beobachtete sie dabei.

»Hm. Sie mag dich wirklich.« Der Junge klang ein wenig neidisch. Gewiss war er selbst schuld, wenn die Drachen ihn nicht leiden konnten, dachte Lucinda, schließlich hatte er Desta entführt, als sie noch im Ei war. Aber gerechterweise musste man sagen, dass er von dem lebendigen kleinen Drachen im Innern nichts gewusst hatte.

»Du siehst flott aus heute, Colin«, bemühte sie sich, ihm ihrerseits etwas Nettes zu sagen. Tyler, der den Älteren eben noch am liebsten verdroschen hätte, starrte sie ungläubig an. »Richtig in Schale geschmissen.«

Das Kompliment überraschte ihn. »Danke. Also, äh, wenn Gideon heute den ersten Tag wieder zu Hause ist, dachte ich ...« Er verstummte abrupt, als wäre ihm fast etwas Gefährliches herausgerutscht. »Egal, ich warte draußen auf euch. Ich will nicht noch mal angezündet werden.« Er begab sich zum Ausgang.

»Ich denke, wir sollten mitgehen«, sagte Lucinda. Sie hatte noch eine letzte Möhre für Desta und griff tief in den Beutel. Als sie die Hand damit ausstreckte, rutschte das Glücksarmband nach vorn und blieb ihr über der Hand hängen.

Desta stieß mit der Schnelligkeit einer Klapperschlange zu, so dass Lucinda es kaum sah, doch statt nach der Möhre schnappten die langen Drachenzähne nach Lucindas Armband und rissen es ihr herunter. Das Armband fiel im Käfig zu Boden, und Lucinda taumelte zurück, erschrocken über die unerwartete Attacke.

*Desta, nein!*, dachte sie, so nachdrücklich sie konnte, verärgert, aber auch besorgt, das Drachenjunge könnte das Armband hinunterschlingen und sich verletzen. *Untersteh dich!* Aber Desta beachtete sie gar nicht und eilte auf das glänzende Ding zu, als ob es nichts anderes mehr auf der Welt gäbe.

*Ich hab* NEIN *gesagt!* Es geschah so rasch, dass Lucinda es erst gar nicht begriff: Die junge Drachin sprang zurück, als hätte sie sich verbrannt, dann duckte sie sich und zischte, als wäre sie geschlagen worden. Aber es war nicht nur eine ängstliche Reaktion auf Lucindas zornige Gedanken.

*Ich habe sie dazu bewegt*, erkannte Lucinda. *Ich habe sie nur mit der Kraft meiner Gedanken zurückgezwungen!* Es hatte sich ganz und gar nicht gut angefühlt, die kleine Drachin gegen ihren gierigen Willen von dem Armband wegzutreiben, aber irgendwie hatte Lucinda zu ihr hingedacht und … und ihr ihren Willen aufgezwungen.

*Wow*, dachte sie. *Was war das?*

Während Lucinda und Desta sich gegenseitig anstarrten und die aufgestellten Horngrate am Kopf der erschrockenen Drachin zitterten, sprang Haneb vor, zog das silberne Armband mit dem Stiel seines Rechens heraus und schob es Lucinda in die Hand, als ob es Diebesgut wäre. »Schnell verstecken, sonst versucht sie wieder zu nehmen. Hier nicht solche Sachen mitbringen.« Er klang tadelnd, als ob Lucinda eine Dummheit begangen hätte.

»Solche Sachen?« Sie sah die junge Drachin an, die gleichgültig tat, doch deren rötliche Augen ganz hungrig funkelten, als das silberne Ding in Lucindas Tasche verschwand. »Was meinst du damit?«

*Warum weg? Desta erschrocken! Schön. Mag gern.* Das Drachenkind schmollte.

»Drachen mögen alles, was glänzt, Silber, Gold, Metall, Glas.« Haneb führte sie behutsam weiter von Destas Gitter fort. »Alamu ist schlimmstens von alle. Sein Nest muss voll sein von alle glänzende Sachen, die er findet oder stiehlt.«

Lucinda sträubte sich nicht, als er Tyler und sie zügig aus dem Stall schob. Das lädierte Armband kümmerte sie nicht, das ließ sich reparieren, aber was soeben passiert war, wühlte sie sehr auf.

*Die Drachen haben mit mir gesprochen!*, dachte sie. *Ich habe wirklich was über sie erfahren. Aber wie habe ich das mit Desta gemacht? Es war, als wäre sie … eine Marionette oder so was.*

Colin Needle wartete draußen auf sie. Er machte so einen verlorenen Eindruck, wie er da allein herumstand, dass Lucinda sagte: »Du hast was Spannendes verpasst. Es war nicht wie neulich, als Meseret Feuer auf dich gespuckt hat, aber Desta hat eben versucht, mir den Arm abzureißen.«

»Nicht, Luce«, sagte Tyler in einem scharfen, warnenden Ton, der sie erboste. Wie kam er dazu, ihr das Reden mit Colin verbieten zu wollen?

»Doch, echt. Sie hat sich das Armband hier an meinem Arm geschnappt. Haneb sagt, dass Drachen ganz wild auf glänzende Dinge sind – dass sie sie überall stehlen, wo sie nur können.«

»Lucinda, sei still!« Ihr Bruder gab einfach keine Ruhe.

»Nein, sei *du* still, Tyler Jenkins!«, fuhr sie ihn an. »Ich hab's satt, mir von dir Vorschriften machen zu lassen!« Sie rechnete eigentlich damit, dass Colin ihr dankbar war, wo sie doch für ihn eintrat, doch der glotzte stattdessen ihren Bruder an. Beide standen sie da, wütend die Zähne gefletscht wie junge Hunde, die beide am selben Spielzeug zerren.

*Jungen!*, dachte sie. *Meseret hat ja so recht.*

•◆•

Seltsamerweise standen Hector Carillo und seine drei Kinder wartend vor dem Haupttor der Farm, als Lucinda Tyler und die anderen im Pferdewagen ankamen. Lucinda fragte sich, wer ihnen von Gideons Heimkehr erzählt hatte.

»Ich habe angeboten, Gideon vom Krankenhaus nach Hause zu fahren.« Mr. Carrillo klopfte auf den Kotflügel seines Trucks. »Aber eure Mrs. Needle wollte nichts davon hören. ›Zu viel Umstände‹, hat sie gemeint. ›Wir nehmen einfach ein Taxi.‹«

»Sie ist nicht *unsere* Mrs. Needle«, knurrte Tyler. Immer

noch verärgert bedeutete Lucinda ihm, still zu sein. Colin stand mit gerecktem Hals ein kleines Stück abseits und hielt nach Gideon Ausschau – oder war es Patience Needle, die er so dringend erwartete? Colin mochte ein komischer, schwieriger Junge sein, dachte Lucinda, aber seine Mutter war echt das Grauen. Wie konnte man da von dem armen Kerl erwarten, normal zu sein?

Sie sahen die Staubwolke auf der Feldstraße, lange bevor sie das Taxi sahen, aber schließlich erschien es als weißroter Fleck vor dem Braun der Hügel. Kurz darauf hielt es neben dem hohen Zaun am Tor. Der große Ragnar brauchte ein wenig, um sich vom Rücksitz zu zwängen, und noch etwas mehr, um Gideon herauszuhelfen, während Mrs. Needle den Fahrer bezahlte. Seinem Gesichtsausdruck nach zu urteilen vermutete Lucinda, dass sie dem Mann nicht viel Trinkgeld gegeben hatte, vielleicht gar keines.

Gideon wirkte klein und mitgenommen, aber schlimmer war, dass er gar nicht richtig mitzukriegen schien, was um ihn herum vorging. Er ließ sich von Ragnar helfen, hob aber kaum den Kopf, als die Leute von der Farm ihn umringten. Mr. Carrillo trat vor und streckte die Hand aus.

»Schön, dass Sie wieder zu Hause sind, Gideon«, sagte er. »Ich hoffe, Sie kommen bald wieder zu Kräften und wir können dann das Gespräch führen, auf das ich schon länger warte.«

Gideon blickte auf Hector Carrillos Hand, als wüsste er nicht, was sie darstellte, dann ergriff er wieder Ragnars Arm und ließ sich von ihm Richtung Tor führen.

»Er ist noch nicht richtig gesund«, sagte Mrs. Needle – nicht entschuldigend, sondern in einem Ton, der zu verstehen gab, dass Mr. Carrillo das wissen und ihn in Ruhe lassen sollte. »Ich bin sicher, er wird sich gern mit Ihnen unterhalten, wenn es ihm wieder besser geht.« Sie eilte hinter dem alten Mann her, der an Ragnars Arm davonschlurfte, als wollte sie auf keinen Fall länger als ein paar Sekunden von ihm getrennt sein.

»Manno«, sagte Carmen Carrillo. »Er sieht ja schlimm aus. Ich dachte, jemand hätte gesagt, er wäre fast wieder gesund.«

Walkwell blickte bekümmert. »Ich entschuldige mich für Gideon, Hector«, sagte er zu Carmens Vater. »Ragnar meinte, es ginge ihm schon viel besser, aber jetzt sieht er wieder krank aus. Vielleicht liegt es ja an der Fahrt. Diese Autos sind ein Teufelszeug.«

»Gut, aber irgendjemand muss bald mal mit mir reden, Simos«, sagte Mr. Carrillo. »Stillman ruft mich jeden Tag an. Ich kann nicht ewig warten. Ich bitte Gideon schon seit Monaten, sich damit zu befassen.«

Walkwell nahm ihn zu einem Gespräch unter vier Augen beiseite. Colin und die anderen Farmbewohner sahen zu, wie Ragnar Gideon auf den Pferdewagen hob, und folgten dann zu Fuß dem quietschenden Gefährt zum Haus wie ein Leichenzug. Bei dem Gedanken schauderte es Lucinda, die noch mit Tyler auf Walkwell wartete.

»Was ist denn nun eigentlich los mit ihm?«, fragte Steve Carrillo. »Alter, der hat ja ausgesehen wie ein Zombie.«

»Überhaupt nicht wie er selbst«, sagte die kleine Alma. »Als ob der richtige Mr. Goldring irgendwo in ihm versteckt wäre.« Sie schlang die Arme um sich, als wäre ihr trotz der Hitze kalt.

Mr. Carrillo kam zurück, nachdem sein Gespräch mit Walkwell beendet war. Er wirkte nicht sehr fröhlich. »Vamonos, Kinder«, sagte er. »In den Wagen. Hier richten wir heute nichts mehr aus.«

Lucinda winkte ihnen hinterher, aber die Carrillo-Kinder guckten nur betreten. Während sie sich mit Walkwell und

Tyler dem Zug der anderen anschloss, ging ihr auf, dass ihr Bruder seit dem Reptilienstall die ganze Zeit nachdenklich geschwiegen hatte.

*Er hat sich nicht mal mit Steve unterhalten oder ihn gefragt, was er gerade auf seinem GameBoss spielt*, dachte sie trübsinnig. *Da muss es wirklich schlimm stehen.*

17

## EIN SAGENHAFTER SCHATZ

Laut Simos Walkwell war der Drache Alamu in der Nacht des Laborbrands in der Nähe gewesen und hatte ihn wahrscheinlich sogar verursacht. Octavio Tinkers Kontinuaskop war seit dem Zeitpunkt verschwunden. Jackson Kingaree war ebenfalls in jener Nacht verschwunden, hatte aber weder damals noch heute erkennen lassen, dass er im Besitz des Kontinuaskops war. Und Haneb zufolge horteten Drachen, und Alamu ganz besonders, in ihren Nestern gern glänzende Dinge. Das Kontinuaskop hatte stark geglänzt.

*Elementar, mein lieber Watson,* dachte Tyler. *Du musst Alamus Nest finden, dann findest du das Kontinuaskop.* Vor allem musste er verhindern, dass Colin Needle es fand, weil der mit Octavios Erfindung in der Lage wäre, sich die Verwerfungsspalte zunutze zu machen und nach Belieben durch die Zeit zu reisen. Unter Umständen konnte Colin sogar in die Welt hinter dem Kommodenspiegel gelangen und Grace herausholen, und dann würde Gideon *ihn* im Testament einsetzen statt Tyler und Lucinda.

Der größte Mist war natürlich, dass Lucinda nicht den Mund gehalten und vor Colin Needle angefangen hatte, von Drachen und glänzenden Dingen und Hanebs Bemerkungen dazu zu schwafeln. Gewiss, von roher Gewalt bedroht hätte Tyler gestanden, dass er seine Schwester liebte, aber leiden konnte er sie im Augenblick nicht besonders. Colin mochte ein Stinktier sein, aber dumm war er nicht. Er war bestimmt auf den gleichen Gedanken gekommen wie Tyler.

Unterm Strich stellten sich somit zwei Fragen: Wo war Alamus Nest, und wie fand er es, bevor Colin es fand?

•◆•

Da er nun schon den zweiten Sommer auf der Farm fast zur Hälfte hinter sich hatte, wusste Tyler genau, dass es nichts brachte, herumzugehen und Leute zu fragen, wo Alamu seinen Schatz versteckt hielt. Lucinda wollte er nichts davon erzählen und hätte es auch dann nicht getan, wenn er nicht sauer auf sie gewesen wäre, weil er wusste, dass sie bei der Vorstellung, er könnte auch nur in die Nähe eines Drachennestes gehen, einen Schreikrampf kriegen würde. Seine Schwester war eine von denen, die immer darauf warteten, dass die Erwachsenen alles in Ordnung brachten. Was die natürlich nicht taten, und deshalb war sie häufig so schlecht drauf. Eins war Tyler seit langem klar: Wenn man etwas wollte, musste man es selber machen. Wenn er Lust auf Plätzchen hatte, angelte er sich Geld aus den Sofaritzen und ging sich welche im Laden holen, denn Mama würde todsicher keine backen. Aber doppelt gefüllte Schoko-

Marshmallow-Plätzchen im Supermarkt zu finden, war sehr viel leichter, als auf einem Farmgelände von der Größe eines Nationalparks ein Drachennest aufzustöbern.

Es zeigte sich, dass die Zeit günstig war, um Fragen zu stellen. Gideons Rückkehr hatte zur Folge, dass Leute den ganzen Tag im Haus ein und aus gingen und sich für Tyler reichlich Gelegenheiten ergaben, sich mit den Farmarbeitern zu unterhalten. Kiwa war zwar von den drei mongolischen Hirten derjenige, der am schlechtesten Englisch sprach, aber trotzdem konnte er Tyler ein paar Dinge zu erzählen, die dieser nicht gewusst hatte, und seine Kameraden Jeg und Hoka waren noch ergiebiger und teilten Tyler sämtliche Plätze mit, an denen sich Alamu häufig aufhielt. Selbst von Ragnar kamen ein paar nützliche Angaben.

»Natürlich treibt er sich viel am Reptilienstall herum, weil dort seine Gefährtin mit ihrem Kind lebt«, erzählte er, »und er kommt auch, wenn wir etwas zu fressen auslegen. Aber an warmen Nachmittagen hält er sich viel auf dem Felsgipfel dort auf.« Der Nordmann deutete auf eine ferne Granitwand, eine schimmernde Fläche an einem der Berge, die das Tal begrenzten. »Warum schreibst du dir das auf, Junge? Du willst doch nicht etwa zu dem Wurm hingehen, oder? Er wird dich töten und fressen. Das ist kein Witz.«

»Ich will ganz gewiss nicht in seine Nähe kommen, das kannst du mir glauben«, versicherte Tyler und meinte es ernst. »Ich mache mir nur Notizen.« Ragnars grüne Augen blickten ihn zweifelnd an. Tyler bereute es, ihn überhaupt gefragt zu haben. »Es ist nur so, dass ich eine Art … Wette mit Colin Needle habe. Dass ich Sachen besser einschätzen kann als er. Ich will Alamu nicht mal *sehen*, ich will nur herausfinden, wo er sich aufhält. Ehrlich, es ist nicht besonders wichtig.«

In dem Moment wurde Ragnar gerufen, um Walkwell bei

etwas zur Hand zu gehen, aber Tyler war klar, dass er sich von nun an lieber von dem Hünen fernhielt. Ragnar verdächtigte ihn, etwas im Schilde zu führen. Das gehörte leider nicht zu den Sachen, die man in der Schule lernte: wie man mit einem misstrauischen Wikinger umging.

•◆•

Tyler hatte Glück. Es stellte sich heraus, dass auch Pema, die junge Tibeterin, die in der Küche arbeitete, den Drachen aufmerksam beobachtete.

»Ich sehe ihn so gern fliegen«, sagte sie, und an dem Leuchten, das ihre dunklen Augen dabei bekamen, erkannte er, wie tiefempfunden das war. »Als ich klein war, erzählte meine Großmutter mir Geschichten von den Drachen – wir nennen das Land, aus dem meine Familie stammt, Druk Yül, das Drachenland. Deshalb ist es ein großes Geschenk, dass ich heute so nahe bei ihnen leben darf. Und Alamu …« Sie wurde rot und lächelte. Sie war älter, als Tyler früher gedacht hatte: kein Mädchen mehr, sondern eine junge Frau, die einfach nur sehr klein war. »Er ist so schön. Seine Flügel sind wie geschmolzenes Kupfer! Die Drachen sind Boten der Götter, weißt du.«

Tyler wusste nicht recht, was er darauf sagen sollte, aber er wollte unbedingt mehr erfahren. »Siehst du ihn immer am selben Fleck?«

Pema schüttelte den Kopf. »Auf dem Weg nach Osten fliegt er manchmal vorbei.« Sie zeigte auf die fernen Berge. »Manchmal fliegt er über den Garten, weil er Beute sucht, Kaninchen und andere Tiere. Aber aus irgendeinem Grund meidet er in diesem Sommer den Garten.«

Tyler schrieb sich alles auf. Pema war eine aufmerksame Beobachterin, und da für sie Alamus Erscheinen immer ein gutes Omen war, wusste sie viel zu berichten.

Auf dem Weg aus der Küche stieß Tyler auf Colin Needle. Colin sollte noch ein paar Decken besorgen, weil seine Mutter Gideon ein neues Bett im Schlangenzimmer herrichten wollte, wo sie ihn pflegen und gleichzeitig ein Auge auf alles haben konnte, was in ihren Aufgabenbereich fiel. Tyler gönnte es Colin, dass er so stark eingespannt war.

»Na, immer schön fleißig?«, sagte er.

Colin blickte ihn böse an. »Ich rate dir, dich nicht davonzumachen, Jenkins. Alle sollen in der Nähe bleiben und helfen.«

»Ach, keine Sorge«, sagte Tyler. »Ich helfe schon, auf meine Weise.« Er weidete sich an Colins Unbehagen. »Überhaupt, ich sollte mich auf die Socken machen. Solltest du auch, sonst muss deine Mutter auf dich warten.«

»Verlass ja nicht das Haus«, zischte Colin. »Du kannst es dir nicht erlauben, noch mehr Scherereien zu machen.«

»Und wer sollte mich daran hindern? Du?« Tyler ging um ihn herum. »Lauf jetzt. Hilf deiner Mutti. Sei ein braver Junge.«

Colin riss die Augen auf, als könnte er es nicht glauben, dass Tyler sich solche Frechheiten herausnahm. »Du … du hast eine verdammt große Klappe, Jenkins, und eines Tages …«

»Colin!«, rief Mrs. Needle aus dem Schlangenzimmer. »Wo bleibst du?«

Tyler winkte ihm im Hinausgehen zu. »Schönen Nachmittag noch!« Er schlenderte betont gemächlich zur Haustür hinaus, nur für den Fall, dass Colin umgekehrt war und ihm nachschaute. Er würde sich bestimmt schwarz ärgern bei der Vorstellung, dass Tyler sich eventuell schon auf die Suche nach dem Nest machte.

*Alter, das ist ein Ding*, dachte Tyler. *Kaum zu glauben, dass ich mich noch mal über die endlosen Stunden im Matheunterricht freue.*

Bei Ms. Shah hatte er gelernt, wie man ein Koordinatensystem zeichnet, und das übertrug Tyler jetzt mit Bleistift auf eine Flurkarte der Ordinary Farm, die er in der Bibliothek gefunden hatte, und markierte darauf alle Stellen, an denen die Farmarbeiter Alamu gewöhnlich sichteten. Dann breitete er die markierte Karte auf seinem Bett aus und betrachtete sie.

Tyler musste den Ort finden, an den der Drache regelmäßig zurückkehrte – dort befand sich wahrscheinlich sein Nest. Wenn er also um jede eingezeichnete Stelle einen gleich großen Kreis zog, dann kam das Gebiet, wo sich die meisten Kreise überschnitten, am ehesten für die Suche nach dem Nest in Frage. Und siehe da, sämtliche Orte, wo der Drache gesichtet worden war, wiesen ungefähr die gleiche Entfernung von den Bergen am Westrand der Farm auf, einer von Nachbarn und Straßen weit abgelegenen Gegend.

*Also dann, auf zur Suche nach deinem Nest, mein Drächelchen*, dachte Tyler, *und nach deinen glänzenden Schätzen.* Aber nicht mehr an diesem Abend, auf keinen Fall. Die Vorstellung, im Dunkeln nach einem Drachennest zu stöbern, schreckte selbst Tyler den Wagemutigen. *Nein, ich werde morgen gehen, wenn die Sonne scheint und du deine Runden drehst.*

Am nächsten Tag erledigte er seine Arbeiten mit einer derart rasanten Geschwindigkeit, dass selbst Simos Walkwell (der so gut wie nie schlief und kaum je eine Ruhepause einlegte) meinte, er solle sich nicht überarbeiten. Als er fertig war, machte er sich einen Brotzeitbeutel und wartete dann mit dem Aufbruch, bis Colin Needle oben war, um sich von seiner Mutter in irgendetwas unterrichten zu lassen.

Tyler brauchte eine knappe Stunde, um quer über die Felder zu den westlichen Bergen zu marschieren. Er entschied, dass er mit seiner Suche am besten bei der höchsten Erhebung anfing, die laut seiner Flurkarte Miners Mountain hieß, denn selbst wenn er dort oben nichts fand, hatte er doch vom Gipfel aus einen guten Überblick.

Die Vormittagssonne dörrte bereits den Boden aus, und im trockenen Gras summten und sirrten die Insekten. Als Tyler endlich oben ankam (ohne eine Spur von Alamus Nest entdeckt zu haben), hatte er seine Feldflasche schon zur Hälfte ausgetrunken, und als er sein mitgebrachtes Brot verzehrte, leerte er sie fast ganz. Die kümmerlichen Bäume am Hang spendeten nicht viel Schatten.

Eine Stunde später war die Flasche leer. Er hatte die Sonne über das Tal ziehen sehen wie einen Schwamm über eine schmutzige Fensterscheibe und durch sein Fernglas gestarrt, bis ihm die Augen wehtaten, aber noch immer hatte er nichts erblickt, was auch nur annähernd wie ein Drachennest aussah. Er hatte auch die Entdeckung gemacht, dass einige der im trockenen Gras singenden Käfer gern Menschen bissen, sehr gern sogar. Er überlegte schon, ob er die ganze Expedition nicht lieber abbrechen sollte, als er in einer Bergspalte nahe dem Miners Mountain etwas glitzern sah.

Selbst mit dem Fernglas konnte er nicht viel mehr erkennen als ein Funkeln im Gebüsch, deshalb brach er nicht gleich in Jubel aus. Ein paarmal schon hatte er sich von anderen glänzenden Dingen täuschen lassen, von weggeworfenen Flaschen und Glasisolatoren von Freileitungen. Doch obwohl ihm fast die Augen herausfielen vor lauter Starren durch das teure Fernglas, das sein Vater ihm aus Schuldgefühl verspätet zum Geburtstag geschenkt hatte, war und blieb ihm diese glitzernde Stelle ein Rätsel.

Trotz der nachmittäglichen Stunde beschloss Tyler schließlich, vom Miners Mountain abzusteigen und den anderen Berg zu erklimmen. Schließlich wusste er nicht, wann er das nächste Mal Zeit für eine solche Expedition haben würde.

Tyler wusste nicht, wie dieser zweite Berg hieß, musste aber bald feststellen, dass er zwar nicht so hoch wie der Miners Mountain war, dafür aber viel schwieriger zu besteigen. Nirgends war ein Weg zu erkennen, und dichtes Gebüsch und steile Felsen aus mehreren Gesteinsschichten, die wie schlampig aufgetürmte Bücherstapel aussahen, erschwerten den Aufstieg. Jeder Felsen musste entweder erklommen oder umgangen werden, und als Tyler endlich in die Nähe des Gipfels kam, neigte sich der Nachmittag dem Ende zu, die Sonne schlich sich vom Himmel wie ein Tier, das seinem Erdbau zustrebt. Zum ersten Mal wurde Tyler unruhig. Er wollte den gefährlichen Felshang nicht im Dunkeln hinunterklettern, und er war so frühzeitig losgegangen, dass er gar nicht an eine Taschenlampe gedacht hatte.

*Lucinda hat recht, manchmal baue ich wirklich Mist,* sagte er sich grimmig.

Er kraxelte über den letzten großen Felsbuckel in den Schatten eines Dickichts aus Eichen und Erdbeerbäumen und hockte sich erst einmal hin, um kurz zu verschnaufen. Nach wenigen Minuten zwang er sich weiterzugehen und kletterte das letzte Stück des unwegsamen Hangs, bis er auf dem flachen, windigen Gipfel stand. Und da lag ein großer Haufen funkelnder Dinge vor ihm. Er hatte den Schatz gefunden!

Tyler jubelte innerlich. Er eilte auf das Gefunkel zu, dann ging er langsamer und blickte in alle Richtungen, auch nach oben, um sich zu vergewissern, dass niemand, sei es mit oder ohne Schuppen, ihn beobachtete. Mit hämmerndem Herzen blieb er neben seinem Fund stehen …

… und stellte fest, dass dieser lediglich aus etlichen Dutzend Flaschendeckeln bestand, die auf der Bergkuppe verstreut waren wie Konfetti.

»Hä?« Aus Tylers Fassungslosigkeit wurde Wut. Wollte ihn jemand vergackeiern? War das alles? Hatte er *dafür* den ganzen Tag geopfert? War er *dafür* in glühender Hitze auf zwei hohe Berge gestiegen?

»Scheiße!«, schrie er. »Phantastisch!« Wütend kickte er einen der Deckel weg. »Ich bin echt ein Held! Was für einen sagenhaften Schatz ich gefunden habe – lauter alte Flaschendeckel!«

Dabei waren sie nicht einmal alt; die meisten sahen aus, als stammten sie von ganz normalen Limoflaschen. Sie waren also nicht mal was wert.

Tyler langte nach seiner Feldflasche, da fiel ihm ein, dass sie leer war. War dieses armselige Häufchen Blech wirklich Alamus Schatz gestohlener Glitzerdinge? Flaschendeckel, ein paar schimmernde Pennys und Alufolienfitzel? Enttäuscht und hundemüde wollte Tyler schon seine Niederlage eingestehen und sich an den Abstieg machen, als ihm auffiel, dass die Flaschendeckel nicht wahllos verstreut herumlagen, sondern eine Linie bildeten, die sich funkelnd über die Bergkuppe zog. Stellenweise brach die Linie ab, doch als er mit zusammengekniffenen Augen gegen das Licht der sinkenden Sonne spähte, erkannte er, dass die Flaschendeckel eine Spur bildeten, die auf die andere Seite des Gipfels führte. Es sah aus, als ob jemand sie mit einem vollen Maul und sperrigen Zähnen fallen gelassen hätte.

*Auf dem Weg wohin?*

Er musste genau hinschauen, um der dünner werdenden Linie zu folgen, die sich hinter der Kuppe an der vom fernen Farmhaus abgewandten Seite fast völlig verlor. In einem Gestrüpphaufen ungefähr zwanzig Meter hangabwärts sah er etwas blinken, das viel größer war als ein Flaschendeckel. Weit zurückgelehnt, um nicht das Gleichgewicht zu verlieren, ging Tyler den steilen Hang hinunter, wobei er schließlich der Einfachheit halber auf dem Hintern rutschte. Er schaute genauer hin und erkannte, dass der zwölf, fünfzehn Meter breite Haufen durchaus kein wildes Gestrüpp, sondern aus Ästen und Stöcken aufgeschichtet war, mit braunen Laub bedeckt und zwischen die knorrigen Stämme mehrerer krumm gewachsener Erdbeerbäume gezwängt.

Es war ein Nest. Ein sehr großes Nest.

*Ich hab's gefunden!*, dachte er. *Ich hatte recht! Und ich hab's ganz allein geschafft!*

Alamu hatte, ob nun überlegt oder instinktiv, sein Nest außer Sicht des Farmhauses gebaut, und nur die Spur der Flaschendeckel führte zu diesem Bau, mit dem er vermutlich Meseret beeindrucken wollte und in dem sein kostbares Diebesgut verborgen war.

Beim Näherkommen merkte Tyler, dass er einen ziemlichen Lärm machte, und blieb abwartend hocken. Nichts deutete auf die Anwesenheit von Alamu hin, aber die Bäume und der steile Hang verbargen Teile des Nestes, so dass er nicht den vollen Überblick hatte, und er wollte hier auf keinen Fall mit einem wütenden Drachen zusammenstoßen.

Als der Wind drehte und Tyler der Gestank des Drachennestes entgegenschlug, wurde ihm klar, dass er sich vorher auf dessen windabgewandter Seite befunden hatte. Wenn Alamu zu Hause gewesen wäre, hätte er Tyler schon lange gewittert. Er konnte Lucinda förmlich fragen hören, ob er es mit Gewalt darauf anlegte, gefressen zu werden.

Je eingehender er es betrachtete, umso merkwürdiger und imposanter erschien ihm das Nest, wie es da einem riesigen struppigen Blütenkopf gleich zwischen die Bäume gekeilt war. Auch wenn es sich vor dem Farmhaus verbarg, hatte Alamu es doch mit der ganzen Arroganz seiner Position am oberen Ende der Nahrungskette direkt ins Offene gestellt und dann mit seinen geraubten Schätzen gefüllt: Radkappen, Fahrräder, eine Krücke, Zaundraht, Alugartenmöbel, lauter Sachen, die einmal geglitzert hatten, jetzt aber zum Großteil verrostet waren. Tyler fragte sich, wie lange der Drache wohl gebraucht hatte, um nur mit seinen Klauen und Fängen so viel Schrott zusammenzutragen. Die Vielfalt war erstaunlich – es gab sogar einen künstlichen Weihnachtsbaum, der wie eine Klobürste aus Lametta aussah. Falls Alamu das Kontinuaskop wirklich gestohlen hatte, dann musste es hier in diesem Haufen zu finden sein.

Er hielt noch einmal nach dem Drachen Ausschau, dann kletterte er vorsichtig in das Nest hinein, das höchst alarmierend zu schwanken begann. Tyler musste sich an einem großen Knäuel Ballendraht festhalten, um nicht zur Seite zu kippen. Mehrere Sekunden vergingen, bis er sicher sein konnte, dass der ganze Haufen nicht zwischen den Bäumen wegrutschte und er mit dem Riesenstapel aus scharfkantigem, rostigem Metall den Abhang hinunterschlidderte. Wie hielt das Ding nur den Drachen aus, der bestimmt zehn Zentner wog?

Tyler schob sich vorwärts wie jemand, der sich auf dünnem Eis bewegt, das jederzeit brechen kann. Sobald etwas knackte oder sich bewegte, hielt er inne, und im Vorantasten sondierte er vorsichtig den Hort des Drachen, prüfte Rohre, Chromteile von Autos, die verrosteten Überreste eines riesigen Deckenventilators, groß wie die Schraube eines Ozeandampfers. Wo Alamu *den* bloß gefunden hatte!

Je dunkler es wurde, umso verzweifelter wurde Tylers Suche nach dem Kontinuaskop, bei der er zudem die ganze Zeit den Blick nach unten richten musste, weil der Unterbau des Nestes kaum mehr als ein loses Geflecht aus Erdbeerbaumzweigen war.

»Autsch! Blödes Vieh mit seinem verdammten Plunder!«

Der plötzliche Klang einer menschlichen Stimme erschreckte Tyler dermaßen, dass er beinahe abgerutscht und durch den Unterbau des Nestes gestürzt wäre. Colin Needles blasses Gesicht erschien über ihm, an einem blutenden Finger lutschend. Als der ältere Junge Tyler erblickte, offenbarte sein Gesicht gleich mehrere Gefühlsregungen auf einmal: Überraschung, ein bisschen Furcht, vor allem aber Triumph.

»Du! Du Idiot!«, schrie Tyler zu ihm hoch. »Du bist mir gefolgt!«

»Echt? Wie hast du denn das rausgekriegt, Jenkins?« Colin wischte sich den Finger am Hemdsärmel ab und hinterließ einen blutigen Streifen. »Na und? Ich hätte es auch selber gefunden, wenn meine Mutter mich nicht gezwungen hätte, vorher noch diese ganzen dämlichen Arbeiten zu erledigen.«

Tyler krabbelte über das Flechtwerk aus Ästen und Gerümpel schnurstracks auf seinen Erzfeind zu. »Ach ja? Na, bald wartet eine ganz besondere Arbeit auf sie: dir deinen Kopf wieder aufzusetzen, nachdem ich ihn dir abgerissen habe!«

Colins Augen weiteten sich. »Halt! Warte!«

»Warum?«, sagte Tyler. »Willst du mich vielleicht aufhalten?«

Colin guckte eher erschrocken als drohend. »Halt, Jenkins, halt! Im Ernst. Hinter dir …«

»O Mann, der Trick ist doch uralt«, begann Tyler, da fiel plötzlich ein riesiger Schatten auf ihn, und als er herumfuhr, sah er Alamu mit ausgebreiteten Flügeln vom Himmel herabstoßen. Mit einem tiefen zornigen Grollen schnappte der Drache nach ihm und verfehlte ihn nur deshalb knapp, weil er sich vor dem langen Kopf zur Seite warf. Das kupferrote Ungeheuer sauste vorbei, flog eine Kurve und schoss wieder auf ihn zu, wobei kleine Flammen fahnenartig aus seinem offenen Maul flatterten. Hektisch versuchte Tyler, von dem Nest herunterzukommen, doch in diesem Augenblick gab es unter ihm nach, er brach ein und stürzte zurück in das Wirrwarr aus Ästen und Altmetall.

# 18

# DER ENGEL MIT DEM FEUERSCHWERT

Jetzt, da Gideon unten im Schlangenzimmer einquartiert war, schlich sich das Hauspersonal, das sich über die Heimkehr des Hausherrn freute, immer wieder mal auf Zehenspitzen hinein, um nach ihm zu sehen, doch als Lucinda ihn erblickte, war sie richtig erschüttert. Ihr Großonkel saß aufrecht da und löffelte Brühe, aber er wirkte irgendwie komisch, sie wusste gar nicht genau, warum. Es war ganz offensichtlich Gideon Goldring, und er war durchaus in der Lage zu sprechen – sie hörte ihn Pema anknurren, als diese aus Nervosität ein paar Tropfen Wasser auf ihn schüttete –, doch seine Augen waren blutunterlaufen und lagen tief in den Höhlen, und er blickte fast alle, die in seine Nähe kamen, mit einem Ausdruck an, als verdächtigte er sie, ihm etwas tun zu wollen. Ja, erkannte sie, das war es: Onkel Gideon glich einem seiner unangenehmeren Tiere, das aus seinem Gefängniskäfig heraus seine Wärter anstarrte.

Mrs. Needle allerdings schien der Meinung zu sein, dass alles so war, wie es sich gehörte, und in der Tat machte er bei ihr nicht so ein Gesicht, sondern sah vertrauensvoll zu ihr auf wie ein Kind. Ja, wenn er seine Brühe schlürfte oder Wasser trank, ermunterte sie ihn sogar auf eine Art, von der Lucinda richtig übel wurde. Sie fragte sich, ob Gideon einen Schlaganfall gehabt hatte oder sonst etwas wirklich Schlimmes, aber niemand gab ihr Auskunft.

*Komisch*, dachte sie. *Wenn sie die Sache vor uns verheimlichen wollten, dann hätten sie sein Schlafzimmer nicht nach unten verlegen dürfen, wo wir ihn ständig vor Augen haben.*

»Wo willst du hin?«, fragte Mrs. Needle scharf, als Lucinda sich zur Tür stahl. »Du könntest mir mit etwas behilflich sein.«

Das Letzte, was Lucinda wollte, war, den Tag in diesem Zimmer unter den kalten, wachsamen Augen von Patience Needle zu verbringen. »Ach, ich bin gleich wieder da«, sagte sie. »Ich wollte nur … nur im Garten ein paar Blumen pflücken. Damit das Zimmer ein bisschen freundlicher wird.«

»Der Garten«, sagte Gideon nickend, den Blick auf nichts Bestimmtes gerichtet. »Früher, da haben wir im Garten gelebt.«

»Hm?« Lucinda trat einen Schritt zurück. »Was hast du gesagt, Onkel Gideon?«

»Der Garten.« Ihr Großonkel sprach wie in einer ganz normalen Unterhaltung, doch seine nächsten Worte zeigten, dass der Eindruck täuschte. »Wir mussten fort. Engel … ein Engel verjagte uns. Mit einem flammenden Schwert. Du hast ihn gesehen, nicht wahr? Oder war es die Schlange …?«

»Schon gut, Gideon, du bist verwirrt.« Diese Bemerkung von Mrs. Needle war wohl ein wenig untertrieben. »Komm, iss deine Brühe auf.«

Plötzlich schien der alte Mann Lucinda zum ersten Mal wahrzunehmen. Er beugte sich vor, die Finger ausgestreckt, als wollte er sie fassen, doch sie war außer seiner Reichweite. »Aber hör doch zu!« Er blickte sich um, als fürchtete er heimliche Lauscher, dann richtete er seine stieren roten Augen abermals auf Lucinda. »Wir können zurück. Jawohl! Wir können uns an dem Engel vorbeischleichen und wieder zurück in den schönen Garten gelangen.«

Lucinda hielt es nicht aus, sich sein wirres Gefasel noch länger anzuhören. Sie drehte sich um und rannte fast zur Tür hinaus.

•◆•

*Ich weiß, dass er nicht diesen Ort hier gemeint hat, nicht diesen Garten*, dachte Lucinda, während sie an den Beeten entlangging. *Aber diese Ecke der Farm ist mir trotzdem manchmal richtig unheimlich.*

Hinter der kleinen Anhöhe, auf der das Haus stand oder wenigstens der Hauptteil des Hauses, erstreckte sich der riesige Garten über eine Fläche von der Größe eines kompletten Häuserblocks. Das meiste davon war verwildert und unbestellt, nur Mrs. Needles Kräutergarten und Sarahs Gemüsegarten in der Nähe der Küche machten einen bewirtschafteten Eindruck. Die übrigen Flächen sahen mit ihren ins Kraut schießenden Pflanzen, überwachsenen Wegen, rankenumschlungenen Lauben und dem fast völlig zugewucherten rostzerfressenen Treibhaus eher wie die Trümmerstätte einer untergegangenen Kultur aus, die sich der Urwald zurückerobert hatte.

Lucinda brauchte eine Weile, um die Rosensträucher zu finden, an die sie gedacht hatte, denn genau wie im Haus konnte man sich auch im Garten sehr leicht verirren. Schließlich jedoch erspähte sie die Rosen an einem Holzzaun ungefähr zehn oder elf Beete vor dem alten Treibhaus. Es kam Lucinda ein bisschen merkwürdig vor, dass sie einerseits völlig ungepflegt aussahen, die Stengel kreuz und quer ineinandergeschlungen und viele der Blüten braun und welk, und andererseits von der Rosenlaube ein Geruch ausging, als ob jemand dort frischen Dünger ausgebracht hätte, ein derart beißender Gestank, dass sie sich am liebsten die Nase zugehalten hätte. Tapfer schritt sie das Rosenbeet ab und schnitt sich einen Armvoll frisch erblühter Blumen, als sie auf etwas unangenehm Weiches trat.

Sie traute sich kaum, den Fuß zu heben, weil sie befürchtete, sie wäre auf eine Schnecke oder in einen Tierhaufen getreten. Doch als sie schließlich ihren Mut zusammennahm und nachschaute, war es noch schlimmer: Sie war auf eine tote Maus getreten.

Nur dass die sich noch bewegte.

Mit einem entsetzten Aufschrei sprang Lucinda zurück. Die Beine der sterbenden Maus ruderten schwach, als versuchte sie zu schwimmen, dann wurden ihre Bewegungen langsamer und hörten schließlich ganz auf.

Aus sicherer Entfernung starrte sie auf das Tier. Seit wann bewegte sich eine Maus so langsam, dass ein Mensch auf sie treten konnte? Wenn sie nun Tollwut gehabt hatte? Allein bei dem Gedanken kringelten sich Lucinda die Zehen. Sie riss sich den Schuh vom Fuß und kratzte ihn an einem Zaunpfosten ab, bis sie sich fast übergab, dann schlug sie die Sohle auf die Erde, um sicherzugehen, dass auch das letzte bisschen Maus beseitigt war. Plötzlich sah sie sich in einer Wolke unsichtbarer

Tollwuterreger stehen. Hieß es nicht, dass das unheilbar war? Oder war das was anderes gewesen? Was würde ihre Mutter sagen? Musste sie nun etwa eine Tollwutspritze bekommen? Eine Freundin in der Schule hatte ihr erzählt, dass man die direkt in den Bauch bekam!

Sie zuckte zusammen, als sie unerwartet Stimmen hörte, doch es waren nur Pema und Azinza, die sich lachend Gemüse aus dem Küchengarten holten. Sie besah sich noch einmal die tote Maus, und eine furchtbare Sekunde lang meinte sie, diese bewegte sich wieder – eine unsterbliche Zombiemaus! –, doch dann erkannte sie, dass es Flöhe und anderes Ungeziefer waren, die den Kadaver verließen.

»Widerlich«, sagte sie. Auch ein Weberknecht marschierte davon – der konnte doch nicht an der Maus gewesen sein. Aber nicht nur der: Viele verschiedene Insekten krabbelten und hüpften alle in dieselbe Richtung, wie eine Zwergenparade. Angeekelt und doch fasziniert beugte sich Lucinda ein wenig vor und folgte dem Zug ein Stück, bemüht, nicht darauf zu treten. Mehrere Kugelasseln schlossen sich an. Es sah langsam aus wie eine Ungezieferdemo. Sie stupste eine der Asseln mit einem Stöckchen an, und diese rollte sich zu einer Kugel zusammen, bis Lucinda aufhörte, zockelte dann aber sofort wieder hinter den anderen her zum hinteren Ende des Gartens.

Sie folgte der kleinen Prozession noch etliche Meter, auf denen sich weitere Züge von Käfern, Spinnen, Asseln und anderem Kleingetier dazugesellten. Dabei entdeckte sie, dass dieser Strom nicht der einzige war, sondern dass sich mehrere durch die verwilderten Beete schlängelten, alle, schien es, in dieselbe Richtung. Lucinda wünschte sich langsam, sie hätte Tyler dabei oder sogar Colin Needle, doch beide Jungen hatten das Haus schon vor Stunden verlassen.

Nur wenige Zentimeter neben dem kleinen Zug, dem sie

folgte, sah sie einen Klumpen liegen. *Igitt,* dachte sie, *ein toter Vogel. Aber sie gehen einfach alle dran vorbei! Fressen Käfer nicht tote Tiere und sowas? Wo wollen die alle hin?*

Sie richtete sich auf und ging noch ein Stück, bis sie erkannte, wo sämtliche Insektenmärsche anscheinend zusammenliefen: in dem alten Treibhaus, das aus der Wildnis emporragte wie ein Fels aus der Brandung. Mit seinem hohen Spitzdach und den vielen Scheiben glich es fast einer verlassenen Kirche. Das vormals grüne Eisengestell, das die Scheiben hielt, war seit langem nur noch ein gespenstisches Rostgerippe, bis auf das Dach und die zierende Wetterfahne, die beide schwarz verbrannt waren. An manchen Stellen waren die Stangen sogar geschmolzen und hingen durch. Es sah fast so aus, als hätte es auch hier einen Brand gegeben, ähnlich dem in Gideons Labor, von dem ihr Bruder so besessen war. Aber es roch nicht nur verbrannt: Lucinda hatte immer noch deutlich den süßlichen Gestank in der Nase, der ihr vorher schon aufgefallen war und der vermuten ließ, dass in der Nähe etwas wesentlich Größeres als eine Maus oder ein Vogel lag und verweste. War es das, was die ganzen Krabbler anzog, etwas Großes wie ein toter Waschbär in dem verfallenen Treibhaus? Aber das war widersinnig – wenn die vielen Parasiten nichts weiter wollten, als sich über ein totes Tier herzumachen, warum zogen sie dann an dem Vogel vorbei, als bemerkten sie ihn überhaupt nicht?

Eine tote Katze, die am Fuße des Treibhauses lag wie aus großer Höhe gefallen, hätte Lucinda beinahe in die Flucht geschlagen, doch statt das Rätsel zu erklären, machte die Katze es nur noch rätselhafter, denn sie war umgeben von vielen kleineren Tierleichen, hauptsächlich Insekten und Vögel, und trotzdem zogen die Ströme weiter, ohne sich im geringsten davon aufhalten zu lassen, und verschwanden zuletzt durch

Sprünge und Ritzen in den Treibhausfenstern oder in Löchern im Boden.

»Was zum Teufel ist da drin?«, rief Lucinda laut aus, denn sie gruselte sich schrecklich. Sie trat über die Kadaver hinweg, die größtenteils noch nicht lange tot zu sein schienen, bis sie dicht vor dem Glasbau stand. Wenn nicht dreißig Meter weiter Azinza gesungen hätte, von Pema schüchtern begleitet, wäre sie wahrscheinlich geflohen. Langsam machte ihr auch der Geruch zu schaffen, aber ihr war klar, dass Tyler sie für das zimperlichste Mädchen auf der Welt halten würde, wenn er erfuhr, dass sie sich verzogen hatte, ohne sich das Treibhaus näher anzusehen. Trotzdem wollte sie keine Dummheit begehen, und so rief sie den beiden Frauen auf der anderen Seite des Gartens.

»He, Pema, Azinza!«

Die lange Azinza hob den Kopf und schirmte sich die Augen ab. »Hallo, Lucinda!«

»Mit diesem Treibhaus hier stimmt was nicht«, rief sie. »Es riecht ganz komisch ... und da liegen ganz viele tote Tiere ...«

»Was?« Azinza sagte etwas zu Pema. »Ich kann dich nicht verstehen!«

Mit einem Mal hatte Lucinda eine Befürchtung. Stellte Mrs. Needle da drin vielleicht irgendein Hexengift her? Aber dann hätte sie das doch bestimmt heimlicher machen können ... »Könntet ihr mal herkommen und schauen?«, rief sie den beiden Küchenhelferinnen zu.

»Wir kommen!«, rief Azinza zurück und schritt sogleich vor der kleinen Pema auf die Lücke zwischen den Beeten zu. Trotz der unterschiedlichen Hautfarbe sahen die beiden aus der Ferne wie Mutter und Tochter aus.

Während sie auf die Frauen wartete, betrachtete Lucinda die Brandspuren und die verbrannten Vegetationsreste, die den Boden um das Treibhaus bedeckten wie ein Schatten. Wie konnte es nur hier draußen brennen, ohne dass die Pflanzen *im* Treibhaus Schaden nahmen? Sie beugte sich näher heran und versuchte, durch die schmutzigen Fenster zu spähen. Innen war es so voll von Blättern, dass sie nichts erkennen konnte, so als ob eine große Schar grüner Menschen die Scheiben mit den Händen zuhielt, damit keine Fremden hineinschauen konnten. Dort wo sie stand, wurde eine der Scheiben von dem strotzenden Pflanzenleben im Innern ein Stück weit aus dem abblätternden Eisenrahmen gedrückt. Ohne nachzudenken wollte sie das Glasquadrat wieder zurückschieben, doch es kippte und fiel zu Boden, wo es in zwei Stücke zerbrach.

Im ersten Moment konnte Lucinda das helle dünne Wölkchen, das sich aus der Öffnung ringelte, nur fassungslos anstarren. War es Rauch? Brannte da drin irgendwas? Dann drehte der Wind und wehte ihr die Pulverwolke ins Gesicht. Sie schnappte erschrocken nach Luft und bekam dabei etwas in Nase und Mund – staubiges Zeug, körnig, juckend. Ihre Haut brannte wie Feuer. »Au, au«, schrie sie, aber sie bekam kaum die Worte durch die Kehle gepresst. »Mein Gesicht! Hilfe, mein Gesicht!«

»Wir kommen!«, schrie Azinza, aber es klang, als entfernte sie sich, statt näher zu kommen. Mit tränenden Augen und brennenden Wangen streckte Lucinda blind die Hände aus. Warum half ihr denn niemand?

Sie fiel zu Boden. Hände zogen an ihr, versuchten sie wieder auf die Beine zu zerren, aber Lucinda bemerkte das kaum. Ihre Kehle stand in Flammen, und ihre Gedanken verwehten ins Dunkel wie verlöschende Funken.

19

# DRACHENKAMPF IM MÜLL

Das Erste, was Tyler spürte, war, dass er in der Luft hing und irgendetwas ihn so fest am Arm hielt wie ein Riese, der im Begriff war, seine Knochen zu Brei zu quetschen. Benommen schlug er die Augen auf und spähte durch den wirbelnden Staub nach oben, doch was ihn gepackt hatte, war nicht der Drache – er wurde von etwas gehalten, das sehr schmerzhaft in sein Handgelenk schnitt. Er strampelte mit den Füßen, doch da war nichts unter ihm, und so sehr er sich auch streckte, er kam nirgendwo an. Er hing wie ein Fisch am Haken. Und wo war der Drache? Offensichtlich hatte der ihn nicht erwischt, sonst wäre er nicht mehr am Leben. War Alamu vielleicht gerade dabei, lautlos nach ihm zu schnüffeln?

*Es wird bald dunkel,* ging ihm auf. Wenn er nicht vorher hier weg kam, würde niemand ihn finden – niemand außer dem Drachen. *Colin ist hier,* fiel ihm plötzlich ein. *Der miese Trickser ist mir gefolgt.* Er wollte rufen, aber er traute sich nicht, so viel Lärm zu machen.

Was es auch war, wovon er gehalten wurde, es schien sein Handgelenk zu umschlingen. Statt weiter zu versuchen, mit den Füßen irgendwo anzukommen, nahm er seine ganze Kraft zusammen und zog sich mit dem festhängenden Arm nach oben, bis er die freie Hand über den Kopf heben und nach irgendeinem Halt fassen konnte. Er hatte noch nie versucht, mit einer Hand einen Klimmzug zu machen, und er musste sich zusammenreißen, um dabei nicht vor Schmerz zu schreien, aber nach verzweifeltem Herumgrapschen bekam er schließlich einen aus dem Wust herausragenden Zaunpfosten zu fassen. Jetzt konnte er sich mit beiden Händen daran hochziehen und die Beine auf einen der Erdbeerbaumäste legen, die das Nest zusammenhielten. Nach einer kurzen Verschnaufpause nahm er das Gewicht von dem Arm, an dem er so lange gehangen hatte, und schaffte es schließlich, ihn freizubekommen. Erst als er ihn aus der Fessel gelöst hatte, erkannte er, dass er von dem Armband aus Einhornhaar gerettet worden war, das Jeg ihm ums Handgelenk gebunden hatte. Er machte es von der altmodischen Fernsehantenne ab, an der es sich verfangen hatte. Er hatte nicht vor, einen solchen Glücksbringer zurückzulassen, zumal er noch von diesem Nest wegkommen musste, ohne dass ihn der Drache erwischte.

Irgendetwas brachte den Gerümpelhaufen, an dem er sich festhielt, ein wenig ins Wanken und Knarren, und im ersten Schreck war sich Tyler sicher, dass Alamu nach ihm forschte, aber die Gestalt über ihm war viel kleiner als das geflügelte Monster – eigentlich war sie nur geringfügig größer als er.

»Bist du das, Needle? Komm runter, damit ich dir eine knallen kann.«

Die Gestalt bewegte sich, und der Haufen schaukelte ein wenig, so dass Tyler sein Gesicht vor einem Hagel kleiner Metallgegenstände schützen musste. »Mann, Jenkins«, hörte er Colins Stimme. Er konnte ihn immer noch nicht deutlich erkennen. »Warum schreist du nicht noch ein bisschen lauter, damit der Drache dich auch bestimmt hört?«

»Du elender Drecksack! Du bist mir gefolgt!«

»Ich habe dir schon mal gesagt, Jenkins, ich hätte es als Erster gefunden, wenn du nicht so einen großen Vorsprung gehabt hättest.«

»Lügner! Wo ist das Kontinuaskop?«

»Du hast es nicht gefunden?« Colin klang überrascht von Tylers Frage, gleichzeitig aber auch ausgesprochen erfreut.

»Das weißt du doch genau. Wahrscheinlich bist du hier runtergestiegen und hast geschaut, während ich weggetreten war.«

Colin schnaubte. »Wohl kaum. Erstens kann ich dich nicht mal *sehen* ...«

Ein mächtiger Schatten strich über ihre Köpfe, und beide blickten auf. »O Mann«, sagte Tyler, »er ist wieder da. Der Drache ist wieder da. Scheiße!« So gut es ging, wühlte er sich tiefer in den wackelnden Aufbau der Drachenschätze hinein, möglichst ohne etwas Größeres loszutreten. Das tat weh, denn viele Dinge drückten und stachen ihn, während er sich in das Gerümpel hineinschob, ein Kessel, alte Dosen, ein verbeultes, zerkautes Backblech ...

Alamu landete mit einem jähen Aufprall, und das ganze Nest schepperte und schaukelte. Vor Schreck hätte Tyler beinahe aufgeschrien, und scharf wie Ammoniak stach ihm der Drachengestank in die Nase, so dass er nur mit Mühe das

Husten und Niesen unterdrücken konnte. Die Bestie brüllte einmal, zweimal so dicht über ihm, dass Tyler fast der Schädel zersprang. Krampfhaft klammerte er sich an einen wippenden Ast, während das Echo durchs Tal gellte und Teile des aufgetürmten Haufens unter ihm wegbrachen. So unauffällig wie möglich hangelte er sich weiter, um eine sicherere Stelle zu finden, bis er schließlich in einem hängemattenartig durchhängenden rostigen Stück Maschendrahtzaun kauerte.

Urplötzlich stieß die Schnauze des Drachen von oben durch das Gerümpel und kam bis auf einen knappen Meter an Tyler heran. Der Maschendraht kippte und geriet ins Rutschen, bis Tyler wieder an den Händen über dem Nichts hing, die Augen zugekniffen. Er rechnete damit, jeden Moment von dem sengenden Atem des Ungeheuers geröstet zu werden wie ein großes Stück Marshmallow, doch stattdessen zog sich Alamu nach kurzem Zögern ärgerlich schnaufend zurück. Tyler hörte ihn über sich hin und her knirschen, ein Raubtier fast von der Größe eines kleinen Flugzeugs. Er blieb so unbewegt, wie er konnte, doch seine Arme schmerzten und seine schwitzenden Finger verloren langsam den Halt. Dann wurde Alamu ruhig. Lange blieb es still.

*Er horcht*, dachte Tyler, und der Puls pochte ihm in den Schläfen. *Was ist, wenn er meinen Herzschlag hören kann?*

Alamus lange Krokodilsschnauze brach abermals durch das versammelte Altmetall, keinen halben Meter mehr von Tylers Kopf entfernt. Eine endlose Sekunde des Grauens lang starrte er direkt in das rötliche Auge des nach ihm schnappenden Drachen, aber Alamus Hals steckte zwischen den Überresten eines Bürostuhls und einem Einkaufswagen fest – wo in aller Welt hatte das Vieh einen Einkaufswagen aufgetrieben? –, und die tödlichen Zähne erreichten Tyler nicht ganz. Er schwang seinen Körper so weit wie möglich zur Seite.

Alamu schnappte ein weiteres Mal nach ihm, aber bis auf weiteres bot die Barrikade aus Erdbeerbaumästen und Schrott Tyler Schutz.

»Colin!«, schrie er. »Hilf mir! Er ist fast an mir dran! Colin! Colin …?«

Nichts. Falls Colin noch da war, dachte er nicht daran, sich bemerkbar zu machen.

Alamu zog den Kopf zurück. Der Einkaufswagen löste sich und rutschte in die freigewordene Lücke hinein. Die sich über Tyler türmende Masse verschob sich abermals, und er musste sich auf die andere Seite schwingen, sich einen Ast greifen und einen Halt für seine Füße finden, denn im nächsten Moment riss sich unter Alamus Gewicht das ganze Stück Maschendraht los, auf dem Tyler vorher gesessen hatte. Es fiel herab und hüpfte und schlidderte eine kurze Strecke den Abhang hinunter – und der Drache beinahe mit. Alamu krallte sich an einem anderen Teil des Nestes fest und fauchte verärgert.

»Colin, bitte, hol Hilfe! Er hätte mich fast erwischt!« Aber immer noch keine Antwort. War der Kerl einfach weggerannt und hatte ihn im Stich gelassen? Oder lag Colin Needle selbst irgendwo unterhalb des Nestes am Hang, bewusstlos oder tot? »Colin …?«

Gerade als Alamu sich abermals an dem schaukelnden Nest auf Tyler zuarbeitete, erscholl von weiter unten ein entsetzliches Kreischen wie von einem Tier, das in eine Falle geraten war und furchtbare Schmerzen litt. Waren das die Todesschreie des abgestürzten und von spitzen Felsen durchbohrten Colin? Alamu zischte und riss den Kopf zurück, dann schwang er sich in die Luft. Das Nest wackelte so heftig, als er sich abstieß, dass Tyler sich mit aller Kraft festhalten musste. Erneut scholl das Kreischen von unten herauf, dann wurde es übertönt von dem markerschütternden Wutgebrüll des Drachen.

Tyler wurde am ganzen Leib eiskalt. Das erste Kreischen war mit das Fürchterlichste gewesen, was er je gehört hatte. Wenn Colin es ausgestoßen hatte, musste der Drache ihn rasch gefunden haben, denn jetzt war es auf dem Hügel unheimlich still geworden.

Tyler wühlte sich durch den labilen Schrotthaufen, bis er den Boden unter sich erblickte. Einen Moment lang meinte er, viel weiter unten etwas durch die Bäume huschen zu sehen, vielleicht Colin Needles hellblaues Hemd, aber es ließ sich nicht sicher sagen. Tyler rief leise, aber niemand gab Antwort.

*Wenn er jetzt tot ist! Selbst wenn ich von hier wegkomme, wie soll ich erklären, was mit Colin passiert ist? Onkel Gideon wird mich umbringen! Gar nicht zu reden davon, wie mich die Hexe dafür bestrafen wird, dass ihr Sohn in meinem Beisein von einem Drachen gefressen wurde.*

Ein paar Meter weiter klapperte Müll. Eine Dose fiel herunter und stürzte zu Tal. Andere Dinge gerieten ins Rutschen und kamen wieder zum Stillstand. Etwas kam näher. Er hätte fast laut gerufen, weil er hoffte, es wäre der unverletzt gebliebene Colin, doch dann sagte er sich, dass es viel wahrscheinlicher Alamu war, der es diesmal mit heimlichem Anschleichen versuchte. Tyler machte sich auf den nächsten Angriff gefasst und hielt den Atem an, aber nichts konnte sein Herz daran hindern, zu hämmern, hämmern, hämmern … »Tyler«, flüsterte jemand. »Du bist da?«

»Oola!« In dem Moment wollte ihm scheinen, dass er noch nie im Leben eine lieblichere Stimme gehört hatte. »O Mann, Oola, was machst du denn hier? Hast du gesehen, was mit Colin passiert ist? Ist der Drache weg?«

Sie schob ihren Kopf zwischen eine Auflaufform und einen

leeren Farbkübel, damit er sie sehen konnte. »Ich, ich mache Schrei«, erklärte sie. »Tierschrei. Du hörst?«

»Du warst das? Der Drache ist sofort drauf losgegangen.«

»Ja, er jagt, aber sieht mich nicht. Werfe ich Steine, jagt er weiter weg.« Atemlos grinste sie ihn an. »Ich dich rette?«

»Mich retten? Na klar!« Tyler hangelte sich an einen sichereren Platz – das Nest wackelte immer noch sehr bedenklich. »Aber wir müssen hier weg, bevor der Drache zurückkommt. Verstehst du? Wir müssen sofort los.«

»Verstehe.« Sie hielt ihm eine schmutzige Hand hin.

»Ich komm noch nicht dran«, sagte er. »Ich muss höher klettern.« Er arbeitete sich durch den Müll nach oben. »Woher wusstest du, dass ich hier war?«

»Habe dich gesucht. Colin gefolgt, weil ich denke, er sucht dich.« Sie runzelte die Stirn. »Aber als ich komme, läuft er schnell zurück zum Haus. Ich versteckt, damit er nicht sieht mich. Dann gehe ich suchen, wo ist Tyler.«

»Zum Haus zurückgelaufen ist er? Vielen Dank, Needle, du Drecksack.« Mit der tatkräftigen Unterstützung des Mädchens gelang es Tyler, sich an einem der Bäume emporzuziehen, die das Nest stützten. Sie war mindestens so stark wie er, obwohl sie ein gutes Stück kleiner war. »Puh, du hast mir wirklich das Leben gerettet, Oola.«

»Ich dir«, sagte sie einfach. »Du mir.«

Tyler hoffte, das bedeutete nur, dass sie sich für seine Rettungstat seinerzeit revanchiert hatte, nicht dass sie ihm von nun an überallhin zu folgen gedachte. Mit zitternden Beinen stieg er von dem Baum ab und ging langsam hangabwärts, um die vielen Dinge zu sichten, die aus dem Nest gefallen waren. Nichts, was im Geringsten wie ein Kontinuaskop aussah, lag irgendwo in der Gegend herum, und auch im Nest war er auf nichts dergleichen gestoßen. »Wir müssen los«, sagte er schließlich, bemüht, nicht enttäuscht zu klingen. Er konnte von Glück sagen, dass er nicht tot oder schwerverletzt war. Mit *diesem* Abenteuer würde er nicht groß angeben. »Ich werde ganz gewiss nicht noch einmal da reinsteigen und weitersuchen.«

»Du verlieren?«, fragte Oola. »Was ist weg?«

»Eigentlich nichts. Ich hab hier nur was gesucht, und ich hab's halt nicht gefunden.«

Oola nickte, als ob ihr etwas klargeworden wäre. »Glänzendes Ding. Ungefähr so.« Sie machte mit den Armen einen Kreis von der Größe eines Basketballrings.

»Ja, stimmt genau. Wie kommst du darauf?«

»Colin. Als er läuft den Berg hinunter, ich sehe, er hat glänzendes Ding.«

Tyler glotzte sie an. »Glänzendes Ding ...?«

Sie formte mit den Händen etliche vage Figuren, als wollte sie Kreise, Speichen und Kurven in die Luft malen, aber »glänzendes Ding« war das Einzige, womit sie es beschreiben konnte.

Trotz seiner Schmerzen und mehrerer Schnitte und Prellungen eilte Tyler augenblicklich im Laufschritt bergab, ohne noch weiter auf Alamu zu achten. Oola hatte ihn bald eingeholt. »Warum du läufst? Deine Schwester helfen?«

»Weil ich Colin erwischen muss. Er hat was, das mir gehört.« Plötzlich begriff er, was sie gesagt hatte, und verlangsamte seine Schritte. »Wieso sollte ich laufen, um meiner Schwester zu helfen?«

»Weil sie ist sehr krank. Deshalb geht Oola dich suchen.«

»Was?«

»Deine Schwester Lucinda sehr krank. Hingefallen im Garten, redet nicht. Ragnar legt sie ins Bett. Weiß im Gesicht, macht schlimme Geräusche.«

»O Gott.« Jetzt rannte Tyler noch schneller den Berg hinunter und achtete so wenig darauf, wo er hintrat, dass er ein paarmal fast ausgerutscht und böse gestürzt wäre. Er war nicht mehr bloß wütend auf Colin Needle, sondern machte sich auch heftige Vorwürfe. Während er sich sinnlos in Gefahr begeben hatte, war Lucinda offenbar etwas wirklich Schlimmes passiert.

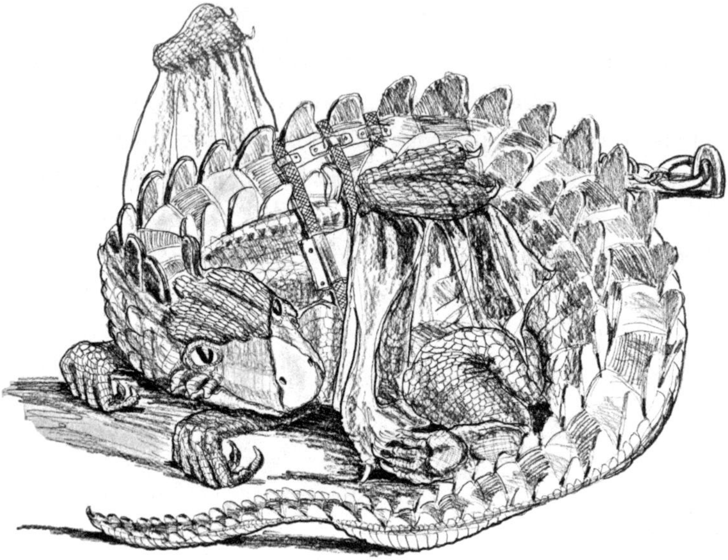

20

# EIN TÄSSCHEN TEE MIT DESTA

In einer Höhle, die zugleich das Farmhaus war, saß Lucinda in einem Zimmer voller Fotos an einem Tisch. Ihr gegenüber saß, eine Teekanne in den Klauen, die kleine Drachin Desta und lächelte freundlich. »Es ist eigentlich ganz einfach«, erläuterte Desta. »Du bist bei lebendigem Leib gefressen worden. Das kommt häufig vor. Meine Mama hat gesagt, dass es manchmal leichter ist, einen Hirsch oder eine Kuh ganz zu verschlingen, als sich damit abzuschleppen. Mehr Tee?«

Lucinda nickte, obwohl sie sich nicht erinnern konnte, überhaupt schon Tee getrunken zu haben.

»Er ist mit Rosen«, sagte Desta, schenkte ihnen beiden ein und nahm dann ihre Tasse. »Sehr gut für Mädchen. Mädchen mögen Rosen. Du magst doch Rosen, nicht wahr?«

Lucinda war sich nicht sicher, ob sie Rosen mochte oder nicht, aber sie nickte trotzdem. »Ja, doch, natürlich. Schöne Rosen.« Aber das Sprechen fiel ihr schwer: Ihre Zunge fühlte sich riesengroß an, und ihr Gesicht war ganz heiß. An den Wänden des Höhlenzimmers war eine grüne Tapete mit Pflanzenmustern, die richtig echt wirkten, geringelte Stengel und spitze dunkle Dornen – sie hingen sogar von der Decke. Lucinda fragte sich, ob Desta den Tee vielleicht sogar von diesen Tapetenpflanzen gemacht hatte, denn ihre Kehle fühlte sich ganz stechend und dornig an. »Seit wann kannst du so gut sprechen?«, fragte sie.

Desta führte ihre geflügelte Vorderpfote ans Maul, die kleinste Klaue abgespreizt, und trank einen Schluck Tee. »Ich habe schon immer sprechen können. Du musstest bloß zuhören lernen.«

»Aber ich dachte, Drachen können Menschen nicht leiden. Warum bist du so nett zu mir?«

»Weil du wahrscheinlich stirbst.« Sie nickte ernst. »Wenn wir dieses Gespräch jetzt nicht führen, heißt das, wir werden es wohl nie tun, und ich wollte dir sagen, dass Azinza recht hatte.«

Lucinda war verwirrt und traurig. Sie wollte nicht sterben. »Azinza?«

»Mit dem Ungetüm. Das die langen Finger hatte. Sehr, sehr lang ...«

»Was meinst du damit? Ich verstehe nicht.«

»*Lucinda!*« Die Drachenstimme wurde kalt und scharf. »*Du musst dich hinsetzen.*«

»Aber ich verstehe das nicht!«

»*Sarah, hilf ihr, sich hinzusetzen!*«

Es war Lucinda schleierhaft, wo auf einmal die Köchin herkam und warum sie sie nicht sehen konnte, doch ehe sie nachfragen konnte, griff jemand sie mit starken Händen und zog sie aus ihrem Sessel hoch. Sie wehrte sich so heftig gegen den unsichtbaren Angriff, dass sie sich ihren Tee übers Gesicht goss.

»Du dummes Ding!«, sagte die Drachenstimme … aber es war gar nicht mehr die Drachenstimme. »Sieh dir an, was du getan hast! Du hast alles vergossen! Jetzt muss ich neuen machen!«

Als Lucinda die Augen aufschlug, lag sie im Schlangenzimmer auf einem der alten Sofas. Undeutlich nahm sie den Umriss von Gideons Bett auf der anderen Seite des Raumes wahr, bleich wie ein Geisterschiff. Die Köchin Sarah saß neben ihr und tupfte ihr mit einem Tuch die Stirn ab. Lucinda setzte sich hin. Nicht nur ihre Stirn war feucht, sie war am ganzen Leib schweißnass. »Was …?«

»Du darfst nicht so wild sein, Lucinda«, sagte Sarah zu ihr, doch ihre Stimme war freundlich. »Du hast deine ganze Arznei verschüttet. Sie geht neue machen.«

»Was ist mit mir?«

»Das weiß man nicht. Pema und Azinza haben dich aus dem Garten ins Haus getragen. Sie meinten, du wärst hingefallen und sehr krank. Mrs. Needle gibt dir eine Arznei, damit du wieder gesund wirst.«

Bevor Lucinda weitere Fragen stellen konnte, kam die schlanke Gestalt von Mrs. Needle mit einer Tasse in der Hand zurück ins Zimmer gerauscht. Sie legte ihren dünnen Arm fest auf Lucindas Brust und bedeutete ihr, stillzuhalten. »Schluss jetzt mit dem Gezappel! Trink das!«

Lucinda hatte nicht die Kraft, sich zu widersetzen. *Außerdem*, dachte sie, *wenn sie mich vergiften wollte, hätte sie das längst tun können.* Dennoch schnupperte sie misstrauisch an der dunklen Flüssigkeit, bevor sie davon trank. Der Geschmack war leicht moderig, aber mit Honig gesüßt, so dass Lucinda sich überwand, die Tasse auszutrinken. Als das geschehen war, beugte Mrs. Needle sich über sie und nahm ihr Gesicht genau in Augenschein, wobei ihre feinen Nasenflügel sich blähten, als schnupperte sie nach etwas. Sie schlug Lucindas Decke zurück und begann, so heftig auf Lucindas Bauch herumzudrücken, dass es richtig wehtat.

»Milz«, murmelte Mrs. Needle, während ihre langen Finger sich unter Lucindas Brustkasten gruben. »Nieren.« Die Engländerin schien so viele verschiedene Organe wie möglich abtasten zu wollen. Es fühlte sich unerträglich intim an, aber Lucinda war immer noch zu schwach, um sich zu wehren.

Als sie damit fertig war, machte sich Mrs. Needle in einem kleinen Heft Notizen. »Keine Beeinträchtigung der Organe«, sagte sie.

»Was ist mit mir geschehen?« Lucinda konnte sich nur erinnern, dass sie im Garten gewesen war und die toten und sterbenden Tiere gesehen hatte. Darüber hinaus gab es nur einzelne Bilder, das Treibhaus, die verwucherten Rosen, aber alles war nebulös und ungewiss, als ob es jemand anderem widerfahren wäre.

Die Haushälterin warf ihr einen kalten Blick zu. »Wer kann das sagen, Lucinda? Der Garten ist voll von Arzneipflanzen. Die sind gefährlich, das ist dir schon hundertmal erklärt worden. Wie dumm muss man sein, um Sachen anzufassen, die man nicht kennt? Du kannst von Glück sagen, dass du nicht tot bist.«

»Ich schwöre, ich habe nichts Verbotenes getan!« Aber stimmte das wirklich? Sie war sich nicht vollkommen sicher. »Ich würde nie irgendwelche Pflanzen anrühren, die ich nicht kenne.«

»Tatsächlich?« Mrs. Needle war davon nicht zu beeindrucken. »So wohlerzogen bist du also? So zuverlässig? Erst neulich hast du mich vor diesen Spaniern beleidigt, diesen Carrillos, hast mich praktisch beschuldigt, ich wollte Gideon *ermorden!* Im vorigen Sommer waren es irgendwelche Flausen um Tiere, die ich angeblich hinter deinem Bruder herhetze, du wirst also entschuldigen, wenn ich deinen Beteuerungen keinen rechten Glauben schenken kann.«

Lucinda drehte sich hilfesuchend zu ihrem Großonkel Gideon um, doch der schien kaum wahrzunehmen, was um ihn herum vorging. Der alte Mann starrte sie mit seinen rotgeränderten Augen an, als hätte er sie noch nie gesehen, und bewegte dann den Mund, als ob er etwas kaute oder so leise etwas sagte, dass es niemand verstand. Bei seinem Anblick wurde Lucinda regelrecht übel.

Nein, begriff sie, ihr war nicht bloß übel, sie hatte richtig Fieber. Ihr Kopf war heiß und schien für ihre Schultern zu schwer zu sein, und sämtliche Muskeln taten ihr weh. Sie schwankte ein wenig. Sie wollte sich nicht mehr streiten – überhaupt wollte sie keine Sekunde mehr hier sein, weder bei der hexigen Mrs. Needle noch bei Onkel Gideon. Während ihr diese trüben Gedanken durch den Kopf zogen, knallte auf einmal die Zimmertür auf.

»Wo ist Lucinda? Was ist passiert?« Tyler stand in der Tür, dahinter Oola, Pema und Azinza. Oola versuchte, ihren Bruder zurückzuhalten. »Luce«, sagte er, »geht es dir gut?«

Sie bemühte sich zu lächeln, doch ihr Kopf dröhnte mittlerweile wie wild. »Es ist mir schon mal besser gegangen. Von irgendwas im Garten war ich eine Weile krank.« Doch sie war immer noch krank, erkannte sie, eher kränker als vorher. Ihre Kopfschmerzen wurden sekündlich schlimmer, und irgendetwas brannte ihr in Rachen und Nase.

»Wie kommst du dazu, hier so einzudringen, Master Jenkins?«, ereiferte sich Patience Needle. »Das ist Gideons Krankenzimmer, aber du platzt herein, als ob es ein Stall wäre und du ein laut blökendes Tier. Und sieh dich nur mal an, schmutzig und abgerissen! Ich nehme an, es interessiert dich nicht, dass jemand anders diese Sachen wird flicken müssen!«

Tyler kniete sich neben Lucinda und betrachtete sie von Kopf bis Fuß. Er fühlte ihr die Stirn. »Mann, du bist echt heiß! Du solltest im Bett sein, Luce, nicht hier.«

»Allerdings, genau dort sollte sie sein«, sagte Mrs. Needle. »Und du, Junge, solltest ebenfalls woanders sein, damit dein Großonkel sich erholen kann. Raus mit euch allen, raus!« Sie scheuchte mit ihren blassen Händen Oola und die Küchenhelferinnen hinaus. Die zogen sich zwar zurück, beobachteten aber mit großen Augen aus der Diele, was passierte.

»Nein, schick *sie* raus, Onkel Gideon«, sagte Tyler. Seine Stimme klang in Lucindas Ohren zu laut, aber alle anderen ebenfalls: Von jedem Wort dröhnte ihr der Schädel. »Ich muss mit dir über Mrs. Needle und ihren Sohn reden.«

Als sie sich ihrem Großonkel zuwandte, hatte Lucinda wieder das Gefühl zu träumen: Er sah immer mehr wie ein Drache aus, der auf einem Schatz hockte. Kein junger Drache wie Alamu, sondern ein uralter Drache, der keine Verbündeten hatte, nur Feinde. Er blickte Tyler an, doch sein Mund war gekräuselt, als ob er etwas sehr Saures gegessen hätte. Er glich überhaupt nicht mehr dem Onkel Gideon, den sie kannte, ja er erschien ihr kaum noch menschlich.

*Das Fieber ist schuld*, sagte sie sich, *dass ich mir solche Sachen einbilde. Es muss das Fieber sein.*

»Du bist ein grässlicher, böser Junge«, hörte sie Mrs. Needle sagen.

»Wenn hier einer böse ist, dann Ihr Sohn!« Tyler schrie beinahe. »Er hat versucht, mich zu töten – wenigstens hat er mich dem sicheren Tod überlassen.«

Lucinda wandte ihren schweren Kopf von Gideon ab und sah, dass Colin Needle gerade mit weit aufgerissenen Augen und schreckensbleich im Gesicht hinter dem Küchenpersonal erschienen war. Was Tyler sagte, musste ihn ganz aus der Fassung bringen, obwohl Lucinda nicht recht schlau daraus wurde. Ehrlich gesagt konnte sie sich kaum erinnern, wo sie war.

*Was ist bloß los mit mir?*

»Wie alle hier wissen, geht es Gideon nicht gut, und ich pflege ihn«, verkündete Mrs. Needle laut. »Willst du, dass ich hinausgehe, Gideon? Du musst es nur sagen, und ich gehe. Gideon? Willst du, dass ich gehe?« Es dauerte, bis sie die Aufmerksamkeit des Alten bekam. Er sah sie eine Weile zweifelnd an, dann schüttelte er den Kopf. »Da. Seht ihr?«

»Das … das ist …!« Tyler verschlug es die Sprache.

»Wenn du nicht mehr vorzubringen hast als diese grausigen Anschuldigungen, dann verlass jetzt bitte dieses Zimmer und lass deinen Großonkel ruhen«, sagte Mrs. Needle streng. »Über dein … absonderliches Verhalten werden wir ein andermal reden.«

»Kommt gar nicht in Frage! Ich hätte sterben können! Ich war in Alamus Nest, und dann ist der Drache zurückgekommen! Colin hat mich im Stich gelassen! Nur damit er sich das Kontinuaskop unter den Nagel reißen konnte!«

Die Frauen in der Tür stießen Schreckenslaute aus. Lucinda konnte Colin nicht mehr sehen. War er weggelaufen? Stimmte das, was ihr Bruder da sagte?

»Ach ja, das Kontinuaskop? Das schon verschollen war, bevor Colin überhaupt auf die Welt kam?« Mrs. Needle sah aus, als wollte sie sich vor Gideon werfen, um ihn vor Tyler zu schützen. »Und womit willst du diese absurde Beschuldigung beweisen?« Sie blickte auf. »Wo ist Colin?«

»Wahrscheinlich weggerannt, um das Beweisstück zu verstecken«, sagte Tyler.

Mrs. Needle war so blass und ihr Gesicht so zornig, dass sie wie ein Rachegeist aussah. »Mit anderen Worten, du hast gar keinen Beweis.«

Auf einmal richtete sich Gideon im Bett auf, und sein Gesicht zuckte vor gereizter Verwirrung. »Was ist hier los? Was soll das?«

Da wichen die Frauen zur Seite und Ragnar betrat das Zimmer, breit wie ein Baum und seinerseits sichtlich nicht in bester Laune.

»Gideon«, sagte der Nordmann mit dröhnender Stimme, »Hector Carrillo ist wieder draußen am Tor.«

»Schick ihn fort«, sagte Mrs. Needle rasch.

»Schick ihn fort«, kam das Echo von Gideon, aber in unbeteiligtem Ton.

Ragnar schüttelte den Kopf. »Nein. Nicht schon wieder. Das ist eine Ehrenpflicht – früher, Gideon Goldring, als du noch ein echter Than warst, wusstest du, was das ist. Carrillo und seine Familie brauchen Auskünfte von dir. Ihnen ist viel Geld geboten worden. Wenn sie an diesen Stillman verkaufen, wird unser Zuhause hier, deine Farm, Gideon, in großer Gefahr sein. Zum Dank für seine Nachbarschaftlichkeit hast du ihn wochenlang ignoriert. Damit ist jetzt Schluss.«

»Was redest du da, du unverschämter Däne?« Mrs. Needle war inzwischen so außer sich vor Wut, dass sie rote Flecken auf den Backen hatte. »Du hast kein Recht …!«

»Um es genauer zu sagen: Hector Carrillo wartet am inneren Tor«, erwiderte Ragnar ruhig. »Ich habe ihn eingelassen, und jetzt ist er da.«

»Am inneren Tor?« Mrs. Needle kreischte beinahe; Lucinda hatte sie noch nie derart aufgebracht erlebt. »Du hast ihn auf das Gelände gelassen? Hast du jetzt dein letztes bisschen Verstand verloren?«

»Vielleicht«, sagte Ragnar. »Aber meine Ehre ist mir teuer. Gideon ist jetzt gesund genug, um mit ihm zu reden. Keine Sorge«, erklärte der Hüne an die anderen gewandt. »Carrillo hat nichts gesehen außer dem Haus – keine Tiere. Aber ich werde ihn nicht wieder unverrichteter Dinge fortschicken.«

Patience Needle wandte sich Gideon Goldring zu. »Hörst du, was dieser Schwachkopf getan hat, Gideon? Er hat Fremde auf unsere Farm geholt, unsere Geheimnisse verraten! Und diese schrecklichen Kinder, die du so großherzig eingeladen hast, haben dich auch hintergangen. Der Junge ist völlig außer Rand und Band, und jetzt hat auch das Mädchen im Garten mit Dingen herumgespielt, von denen sie die Finger zu lassen hat.«

»Das ist gelogen!«, rief Lucinda. Sie versuchte aufzustehen, aber ihr war schwindlig und ihr Kopf fühlte sich an wie ein Eimer mit nassem Mörtel. Sie wäre hingefallen, wenn Azinza, die immer noch in der Diele stand, nicht herbeigesprungen wäre und sie mit starker Hand festgehalten hätte.

»Genug jetzt mit deinen Verdrehungen, Hexe«, knurrte Ragnar. »Gideon soll selber sprechen.«

Aber Mrs. Needle war wie eine Opernsängerin, die ihren großen Auftritt hatte und sich jetzt zum Finale aufschwang. »Gideon, begreifst du, der Junge hat im *Drachennest* herumgestöbert! Niemand weiß, was das für Folgen haben wird – du weißt, wie gefährlich Alamu sein kann, wenn er gestört wird. Du musst dringend etwas unternehmen, Gideon. Diese Kinder sind eine Gefahr, und während wir hier reden, läuft ein Fremder auf deinem Grund und Boden herum und schaut sich alles an … spioniert!«

»Spioniert? Sie und Ihr hinterhältiger Sohn versuchen, diese ganze Farm zu *stehlen*!«, schrie Tyler sie an.

»Ein Fremder ...« Gideon lugte unter seinen buschigen Augenbrauen hervor, als hätte er jetzt erst endlich verstanden, worum es ging. Sein fahles Gesicht verzog sich zu einer Fratze des Abscheus. »Hier. Auf der Farm ...«

»Jawohl!«, sagte Mrs. Needle beinahe triumphierend. »Fremde! Unsere Geheimnisse werden aufgedeckt. Wir werden die Farm verlieren – und du wirst endgültig von Grace getrennt sein.«

»Sie lügt, Gideon«, sagte Ragnar. »Komm einfach mit und sprich mit Carrillo. Er ist ein Ehrenmann. Er will lediglich über Stillman sprechen, und über andere Sachen.«

Mühsam und schlotternd setzte Gideon sich gerade hin und sah dabei aus wie eine Ausgeburt der zerwühlten Bettdecken. »Du hast ... einen Fremden ... hergeholt?«

»Es ist Hector Carrillo, dein Nachbar!«, empörte sich Ragnar. »Wir sind es ihm schuldig, ihn wenigstens anzuhören!«

»Verstoße sie!«, zischte Mrs. Needle. »Schick sie fort! Sie sind Verräter, sie alle, Ragnar, der Junge, das Mädchen. Sie versuchen *alle*, dir die Farm zu stehlen!«

»Meine Farm stehlen?« Krebsrot im Gesicht vor Zorn wollte Gideon aus dem Bett aufstehen und fuchtelte mit den Armen wie ein Ertrinkender, doch er bewegte sich kraftlos und langsam, als ob er tatsächlich unter Wasser wäre. »Hinaus! Hinaus mit euch allen! Hinaus aus meinem Zimmer, fort von meiner Farm! Ich habe euch vertraut, doch ihr habt mich verraten!« Er richtete seine krank stierenden Augen auf Tyler und Lucinda. »Und ihr Kinder«, fuhr er in einem Ton fort, der nach echtem Hass klang, »ihr habt immer nur zu zerstören versucht, was ich hier aufbaue. Verschwindet, ihr drei Verräter, geht mir aus den Augen! *Und lasst euch nie wieder auf der Ordinary Farm blicken!*«

## 21

## EIN UNERWARTETER ZUSAMMENSTOSS

Bei Sonnenuntergang schalteten sich auf der ganzen Farm automatisch die Scheinwerfer an, obwohl ihr oranges Licht erst nur geringfügig heller war als der Himmel. Tyler stand mit rasendem Herzen und Schwindelgefühlen in der Haustür und fragte sich, ob er diesen wunderbar-schrecklichen Ort wohl je wiedersehen würde. Da trat Ragnar aus dem Schlangenzimmer, Lucinda auf dem Arm, als ob sie ein kleines Kind wäre.

»Wie geht es ihr?«

Der Hüne zuckte die Schultern. »Ich weiß es nicht. Nicht gut. Wir werden Hector Carrillo bitten, uns zu helfen.«

»Hörst du, Luce?«, versuchte Tyler seine Schwester aufzumuntern. »Die Carrillos werden uns helfen. Alles wird wieder gut.« Sie öffnete die Augen und bemühte sich zu lächeln, aber es war nicht der überzeugendste Vertrauensbeweis, den er je gesehen hatte.

Pema und Sarah kamen schwerbeladen die Treppe herunter, jede einen Koffer der Kinder in der Hand. Beide Frauen weinten.

»Es ist alles drin«, sagte Sarah zu Tyler. »Pema hat unter euren Betten und Schränken gefegt.« Dann schluchzte sie wieder los.

»Wo geht ihr hin?«, fragte Pema. »Wo geht ihr bloß hin?«

»Zu den Carrillos, glaube ich, wenn sie uns nehmen.« Ragnar nickte und überlegte. »Wenigstens für eine Nacht. Lucinda braucht Ruhe und ein richtiges Bett.«

»Und wenn sie uns nicht haben wollen?«, fragte Tyler, dem Lucindas bleiche, teilnahmslose Züge Sorgen machten. »Mr. Carrillo war letztes Mal ziemlich sauer auf uns.«

»Nicht auf euch«, sagte Ragnar grimmig. »Sauer auf Gideon und auf die Hexe, die ihn so schlecht berät.« Er blickte sich finster um. »Wo ist Simos? Ich wünschte, ich könnte mit ihm reden, bevor wir gehen.« Er wandte sich an Sarah. »Sag Walkwell, was geschehen ist. Er wird wissen, was zu tun ist.«

»Aber wie kommt das alles?« Tyler war immer noch zumute, als wäre die Welt mit einem Schlag auf den Kopf gestellt worden. »Warum benimmt sich Gideon so merkwürdig?«

»Ich weiß es nicht«, sagte Ragnar. »Heute ist alles merkwürdig. Es ist wie damals an meinem Todestag.« Er winkte Sarah und den anderen Frauen, auch Caesar, der in der Küchentür stand, und ging dann mit Tyler zur Haustür hinaus. Der Himmel hing dunkel und schwer wie Blei herab.

»Todestag?« Es dauerte etwas, bis Tyler verstand. »Der Tag, an dem du fast gestorben wärst, aber stattdessen hier in unsere Zeit gekommen bist? Gideon hat dich doch gerettet. Du bist nicht gestorben.«

»Ich war bereit. Ich hatte mein Todeslied gesungen.«

Auf dem Weg über das Gelände zum nächsten automatischen Tor verstummten beide. Mr. Carrillo saß auf der anderen Seite mit laufendem Motor in seinem Truck, dessen Auspuff kleine Rauchwolken ausstieß. Er blickte auf, als sie kamen. »Wo ist Mr. Goldring?«

Ragnar blieb neben dem Wagen stehen. »Gideon kommt nicht. Nicht nur das, er hat mich und die Kinder von der Farm gejagt.«

»Was?« Hector Carrillo starrte Lucinda an, die schlaff und halb ohnmächtig in den Armen des Hünen hing. »Was ist los mit ihr?«

»Das weiß niemand. Irgendetwas im Garten hat sie krank gemacht. Aber sie braucht einen sicheren Ort, wo sie sich erholen kann.«

»Meine Frau wird wissen, was zu tun ist«, erwiderte Mr. Carrillo. »Steigt ein. Du auch«, sagte er zu Tyler. »Ich rufe sie an, wenn wir auf der Straße sind, ich kriege hier nie eine gute Verbindung.«

Kurz darauf rumpelten sie langsam über das offene Gelände jenseits des Farmhauses und der inneren Nebengebäude, die beiden Männer vorn, Tyler und seine Schwester auf dem Rücksitz. Lucinda schlief halb und lehnte an Tylers Schulter.

»Ist das alles deswegen gekommen, weil du mich aufs Grundstück gelassen hast?«, fragte Mr. Carrillo.

»Es ist nicht die einzige Ursache«, antwortete Ragnar. »Aber eine.«

Sie hielten an dem Tor an, durch das man aus der mittleren Zone in den äußeren Teil gelangte. Ragnar stieg aus und ging zum Schaltkästchen, wo er ein paar Zahlen drückte. Nichts geschah. Er runzelte die Stirn und wiederholte den Vorgang.

»Haben sie die Zahlenkombination schon geändert?«, fragte Tyler. »Ziemlich doof. Auf die Art kommen wir nicht mal raus.« Doch während er noch sprach, trat ein langes, geducktes Tier, groß wie ein Tiger, nur wenige Meter von Ragnar entfernt aus dem Schatten. Als es ihnen sein unbehaartes Gesicht zuwandte, sah Tyler, dass sich die Scheinwerfer des Wagens in seinen rot glühenden Augen spiegelten.

»O Gott«, sagte er. Es verschlug ihm fast den Atem. »R-Ragnar! Links von dir, einer von diesen … diesen …!«

»Mantikoren«, sagte der Wikinger leise. »Beim Hammer Thors, das Biest sollte nicht so früh schon aus dem Käfig sein. Da hat jemand einen Fehler gemacht. Haltet euch still und bewegt euch nicht.«

Mr. Carrillo spähte durch die Windschutzscheibe. »Was zum Teufel … was zum Teufel …?«

»Still«, sagte Ragnar. »Fahr weg, Hector. Fahr zum Haus zurück.«

»Ich weiß nicht, wie man durch das andere Tor kommt«, sagte Mr. Carrillo. »Und ich werde dich jetzt nicht allein lassen.«

Seine Stimme reizte den Mantikor sichtlich: Er setzte sich aufrecht hin und ließ seinen ausdruckslosen Blick zwischen Ragnar und dem Wagen hin und her wandern.

»Hat einer von euch ein Messer?«, fragte der Nordmann.

»Ein Messer?« Mr. Carrillo verstand nicht recht. »Nicht hier im Wagen.«

»Hier.« Tyler holte sein Taschenmesser hervor. Sein Herz bummerte wie eine Militärkapelle, und tausend entsetzte Gedanken pingpongten ihm durch den Kopf. Er kurbelte langsam das Fenster herunter und warf Ragnar das Messer zu. Auf die Bewegung hin gab der Mantikor ein scharfes Bellen von sich und fuhr einen Schritt zurück. Das Messer sprang über den Boden und landete vor Ragnars Füßen.

»Leider sehr klein, das Messer.« Mit gerunzelter Stirn ging der bärtige Mann langsam in die Hocke und hob es auf. »Aber das ist nicht zu ändern.« Der Mantikor beobachtete ihn gespannt, und dabei zischte sein Schwanz, der über Staub und Laub strich, wie eine Schlange. Am liebsten hätte Tyler um Hilfe geschrien – aber wer sollte ihn hören?

»Komm in den Wagen zurück, Ragnar!«, sagte Mr. Carrillo.

Der Angesprochene schüttelte nur den Kopf. »Nein. Wenn ich weggehe, kommt er hinter mir her; er wird sowieso gleich angreifen. Schaff die Kinder fort.« Langsam begann er, sich im weiten Bogen fortzubewegen, um die Aufmerksamkeit des Mantikors von dem alten Pickup abzulenken.

Jetzt regte sich auch Lucinda neben Tyler. »Ich bin krank«, stöhnte sie. »Ich will nach Hause.« Sie hatte offenbar gar nicht mitbekommen, was um sie herum geschah. In dem Moment ging der Mantikor auf Ragnar los, und zwar so blitzschnell, dass Tyler vor Schreck erstarrte. Selbst Ragnar gelang es nur knapp, den Krallen des Ungetüms auszuweichen. Er konnte gerade noch zurückspringen, aber sein Hemd wurde quer über der Brust aufgeschlitzt.

»Fahr, Hector, verdammt noch mal!«, schrie er. »Schaff die Kinder hier fort!«

Doch noch während er das sagte, sprang der Mantikor ihn mit einem eigentümlich schrillen Fauchen an. Ragnar fuhr zurück, doch die Bestie war schneller als er, und obwohl er mit Tylers Messer zustach, ließ sich diese davon nicht aufhalten. Mann und Monster gingen gemeinsam zu Boden, und man sah nur noch ein kämpfendes Knäuel aus Armen und Beinen und peitschendem Schwanz. Kurz darauf erhob sich der Mantikor, aber sein Fauchen war nicht zu hören, weil Mr. Carrillo verzweifelt den abgewürgten Motor anzulassen versuchte, der jedoch nicht ansprang, so sehr der Anlasser auch orgelte.

Der Mantikor umkreiste hinkend Ragnars regungslosen Körper, als wollte er ihn erst begutachten, bevor er ihn fraß. Da sprang endlich der Motor des Pickups an.

*Bamm!* Tyler und Mr. Carrillo schrien zu Tode erschrocken auf, als etwas mit einer Wucht auf das Wagendach donnerte, als wäre ein zweites Auto vom Himmel gefallen. Die Windschutzscheibe splitterte und wölbte sich nach innen. Was war das? Tyler wollte schier das Herz stehenbleiben. Ein zweiter Mantikor …?

Ein langer, dünner Hals tauchte vom Dach herab, und direkt vor Lucindas Fenster erschien der Krokodilskopf des Drachen Alamu.

*Erst der Mantikor, und jetzt das!*, war alles, was Tyler noch denken konnte, dann riss der Drache das Maul sperrangelweit auf und ließ ein ohrenbetäubendes Gebrüll hören. Lucinda wachte auf, warf einen Blick aus dem Fenster und fing an zu kreischen. Mr. Carrillo schrie etwas auf Spanisch, das Tyler nicht verstand.

Der Drache sprang vom Wagendach und landete mit einem solchen Rums auf dem Boden, dass die steinharte Erde bebte. Im Scheinwerferlicht schillerten Alamus Schuppen wie Goldplättchen, doch er war nicht darauf aus, sich bewundern zu lassen, er duckte sich zum Angriff. Schon breitete er die Flügel aus und warf sich auf den Mantikor.

Alamu sauste mit voller Wucht heran, spannte kurz vor dem Aufprall die Flügel auf und schwang sich in die Luft, wodurch der überrumpelte Mantikor von Ragnars leblosem Körper fortgeschleudert wurde. Im nächsten Moment ließ er sich wieder fallen. Der Mantikor bäumte sich auf, doch da packte der Drache mit seinen langen Klauen den Kopf seines Gegners und zwang diesen nieder. So wild der Mantikor auch um sich schlug und mit dem stacheligen Schwanzende wie mit einem Morgenstern auf den Boden drosch, er konnte nicht entkommen.

»Was wollen diese Biester von uns?«, brüllte Mr. Carrillo. »Wo kommen die überhaupt her?«

»Nicht jetzt!«, wehrte Tyler ab. Er hatte eine solche Angst, dass er sich fast in die Hose machte.

Mr. Carrillo legte endlich den Gang ein, und der Wagen schoss vorwärts. Tyler dachte erst, er wollte durch den Zaun brechen und davonfahren, doch da wirbelte der Wagen herum und raste in einer Staubwolke zu der Stelle zurück, wo die zwei ungeheuerlichen Fabelwesen auf Leben und Tod miteinander kämpften. Carrillo stieg neben Ragnar auf die Bremse, riss die Tür auf und sprang hinaus.

»Hilf mir, ihn reinzuschaffen!«, rief er Tyler zu.

Ungeschützt im Freien erwartete Tyler jede Sekunde den tödlichen Schlag von hinten – er konnte kaum die Tränen der Furcht unterdrücken. Ragnar war schrecklich schwer, aber schließlich hatten er und Mr. Carrillo den gewaltigen Körper auf den Rücksitz gewuchtet. Ragnar stöhnte, seine Augen jedoch blieben geschlossen.

»Fahr!«, kreischte Tyler, während er nach vorn auf den Beifahrersitz sprang. Er blickte sich nach seiner Schwester um. Lucinda sah aus, als wüsste sie nicht, ob sie wach war oder sich in einem Albtraum befand. »Fahr, fahr, fahr!«

Staub wirbelte auf, als der Pickup mit durchdrehenden Rädern anfuhr und um die beiden Bestien herumschlingerte, deren Kampf zu Ende zu sein schien, denn der Drache beugte sich beinahe zärtlich über den zuckend am Boden liegenden Mantikor und beschnupperte ihn.

»Ich glaube, der Elektrozaun ist abgeschaltet«, schrie Mr. Carrillo. »Aber berührt für alle Fälle nicht die Wagentüren. Berührt gar nichts!«

»Was?« Wie sollten sie es anstellen, die Sitze unter ihnen nicht zu berühren?

Tyler blieb nicht viel Zeit zum Nachdenken: Sekunden später krachte der Pickup in den Zaun und riss etliche Pfosten samt Maschendraht um. Erst sah es so aus, als würde er hängenbleiben, doch dann holperte er über die Trümmer, und sie waren im freien Gelände.

»Fahren Sie zum Haupttor«, sagte Tyler und blickte zurück. Zu seiner Erleichterung machte Alamu keine Anstalten, ihnen zu folgen. Der Drache reckte seinen langen Hals und schaute ihnen hinterher, dann beugte er sich wieder über die gebrochene, leblose Gestalt des Mantikors.

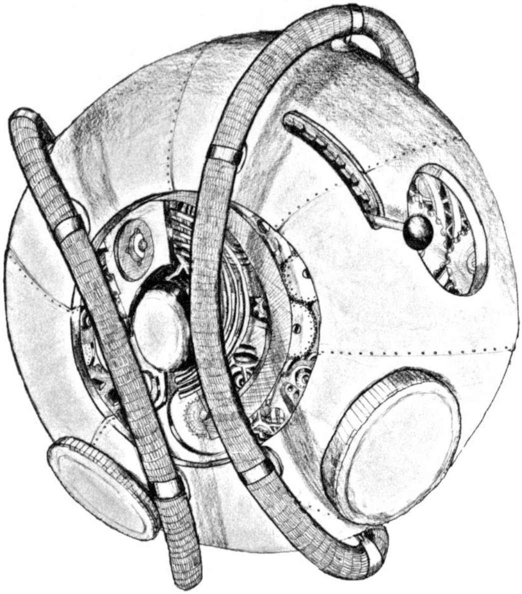

22

# AUS RÄDERN UND STERNEN GEBAUT

Colins Mutter beobachtete von der Haustür aus, wie die mongolischen Hirten schubkarrenweise Mantikorteile abtransportierten. Das tote Ungetüm war zu groß, um sich ohne weiteres im Ganzen wegschaffen zu lassen. Walkwell hatte irgendwelche abergläubischen Einwände dagegen, es zu verbrennen, und so beförderten sie es Stück für Stück an einen Platz in den Hügeln, um es dort zu vergraben.

»Eine von Gideons verrücktesten, gefährlichsten Ideen, diese Tiere«, erklärte Mrs. Needle Colin. »Ich habe es ihm gesagt, aber er wollte nicht hören. ›Die werden noch mal jemand töten‹, habe ich gesagt, und beinahe hätte ich recht behalten. Es kann jederzeit wieder passieren.« Sie schüttelte den Kopf. »So ein Sturkopf.«

Colin Needle sah sich die Aufräumarbeiten nicht weiter an. Der Anblick des Blutes schlug ihm auf den Magen, und natürlich fühlte er sich auch mitschuldig an dem Vorfall. Er hätte eigentlich jubilieren sollen, dass die Jenkins-Gören und der grobschlächtige Wikinger endlich von der Farm vertrieben waren, aber aus irgendeinem Grund war Colin nicht so zufrieden, wie es dem Anlass entsprochen hätte. »Wie geht's Gideon?«, fragte er und spähte in das Krankenzimmer. Der alte Mann schlief anscheinend, denn er hatte den Mund weit offen und die Augen geschlossen. »Schon besser?«

Patience Needles Mund verzog sich ein wenig, doch sie rang sich ein Lächeln ab, wofür Colin dankbar war, weil es so selten geschah. »Ich glaube ja. Ich werde ihn bald so weit haben, dass er wieder aufstehen und herumgehen kann.«

In Colins Brust löste sich ein Knoten. Wenn sie von Gideon sprach, dann mit echter Sorge in der Stimme. Das bewies doch, dass sie an seiner Krankheit nicht schuld sein konnte! Er hätte die günstige neue Situation am liebsten irgendwie gefeiert, aber auf ihn und seine Mutter wartete heute viel Arbeit. Sie hatte bereits mehrmals mit Gideons Anwalt Mr. Dankle telefoniert. »Das passt mir nicht, Mr. Dankle«, hatte er sie zu dem Anwalt sagen hören, »das passt mir ganz und gar nicht.« Dankle war anscheinend gerade irgendwo unterwegs, und was sie von ihm wollte, würde warten müssen. Irgendeine rechtliche Frage im Zusammenhang mit Gideons Erkrankung, die geklärt werden musste, vermutete Colin, oder eine Versicherungsgeschichte. Es interessierte ihn nicht besonders.

Warum sollte es auch? Seine Feinde waren vom Feld geschlagen, und Colin Needle war jetzt der Junge mit dem besten Spielzeug auf der ganzen weiten Welt.

Colin wusste durchaus, dass er ein Mordsglück gehabt hatte. Als er hörte, wie Tyler Jenkins über das Drachennest und Gideons kostbares Kontinuaskop herumkrakeelte, hatte er schon gedacht, die Sache würde ein böses Ende nehmen. Er hatte nur deswegen mit seinem Computer den Mantikorenkäfig geöffnet, um von der Sache abzulenken – woher hätte er wissen sollen, dass dieser Carrillo von nebenan draußen vor dem inneren Tor wartete, direkt vor der Nase des Monsters? Dabei hatte er Glück gehabt, dass nur ein Mantikor herausgekommen war, und noch mehr Glück, dass Alamu in der Nähe gewesen war und sich durch das Kämpfen und Lärmen herausgefordert gefühlt hatte. Colin wusste, dass der Tod des Mantikors ein unersetzlicher Verlust war – einer von sechs auf der ganzen Welt! –, aber er wusste auch, dass Walkwell und die anderen einen toten Mantikor beseitigen konnten. Ein toter Hector Carrillo wäre sehr viel schwerer zu verbergen gewesen. Ihm wurde ganz kalt bei der Vorstellung, dass er um ein Haar den Tod eines Menschen verschuldet hatte.

*Aber ich führe einen Krieg zur Rettung dieser Farm*, hielt er sich vor. *Im Krieg gibt es nun mal Verluste. Und der Lohn, der Lohn ist jeder Mühe wert!*

Erst recht natürlich, wenn er an den allerhöchsten Lohn dachte: den Zugang zur Verwerfungsspalte und alles, was sich daraus ergab. Dieser Lohn gebührte jetzt Colin Needle.

Das Kontinuaskop war immer noch in der Bibliothek, wo er es am Vorabend auf dem Rückweg vom Drachennest abgestellt hatte, notdürftig unter einem der Stühle versteckt. Colin hielt das Gerät in die Höhe und betrachtete, wie es in der Morgensonne, die durch die hohen Fenster hereinfiel, funkelte. Es war wunderschön, selbst wenn man nicht wusste, wozu es gut war, ein kompliziertes, aber elegantes Gebilde aus goldenen Ringen, sternhellen Kristallen und glänzenden Zahnrädern in vielen Größen, manche so groß wie Salatteller, andere kleiner als Colins Fingerspitze. Alles in ihm lechzte danach, es auszuprobieren, doch er wusste, dass er noch nicht so weit war. Im Laufe des vergangenen Jahres war es ihm gelungen, weitere Tagebuchaufzeichnungen von Octavio aufzustöbern, die an den merkwürdigsten Plätzen im Haus verstreut waren. Er hatte viel Aufwand darum betrieben, doch während er eine Notiz nach der anderen ausfindig machte, hatte er auch neue Erkenntnisse über den Gründer der Ordinary Farm gewonnen. Irgendetwas musste den alten Mann ziemlich paranoid gemacht haben, so dass er die Niederschriften seiner Entdeckungen offenbar vorsätzlich an allen nur denkbaren und undenkbaren Stellen versteckt hatte. Entweder das, oder er war zum Schluss schlicht senil gewesen und hatte vergessen, wo er sie deponiert hatte. Doch selbst nach eingehender Lektüre des ganzen Materials, auf dessen Auffindung Colin durchaus stolz war, verstand er die Grundgedanken von Octavios Arbeit nach wie vor kaum, schon gar nicht die Abschnitte, die mit dem Gebrauch des hochkomplexen Kontinuaskops zu tun hatten.

*Geduld.* Das war nicht nur die Bedeutung, die der Name seiner Mutter hatte, es war Colins Lebensmotto. Übermäßige Hast konnte nur dazu führen, dass er sich in der Verwerfungsspalte verirrte. Schließlich war er die Jenkins-Gören jetzt los. Er konnte sich Zeit lassen.

Zunächst einmal reinigte er jeden Quadratzentimeter des Kontinuaskops behutsam und gründlich mit einem weichen Tuch, Wattestäbchen und Alkohol sowie einige Stellen, an die man sehr schwer herankam, mit einer kleinen Druckluftdose, die er sonst für Tastaturen und Computerteile benutzte. Angesichts der langen Zeit, die es im Drachennest gelegen hatte, war Octavios Gerät in einem erstaunlich guten Zustand und schien unter der Schmutzschicht weitgehend unbeschädigt geblieben zu sein.

Als er Hunger bekam, ging Colin über das Gelände zur Küche und nahm sich ein paar übriggebliebene Frühstücksbrötchen, dazu saure Gurken und Schinkenscheiben aus dem Kühlschrank. Er griff sich noch einen Krug kalte Milch und trug dann alles in die Bibliothek zurück, damit er dort weiterarbeiten konnte.

Als er endlich mit der Reinigung fertig war, war es früher Nachmittag. Colin berührte die Kristalle in ihren festen Körbchen aus goldenem Spulendraht. Sie fühlten sich ein klein wenig warm an, aber das konnte auch seine Einbildung sein, denn er war sehr aufgeregt. Nach so langer Zeit, so vielen Nächten, in denen er nach Aufschlüssen geforscht und bis zum Umfallen darum gerungen hatte, Octavio Tinkers Aufzeichnungen zu verstehen – und nachdem er überdies sein Leben riskiert und das Drachennest durchsucht hatte –, nach alledem hielt er jetzt endlich das Ziel seiner Wünsche in seinen zitternden Händen.

*Das mächtigste Gerät auf der ganzen Welt – und es gehört allein mir.*

Colin musste über sich selbst staunen: Es war, als hätte das jemand anders gedacht, nicht er. Aber es stimmte doch, nicht wahr? Überall auf der Welt würden Regierungen Millionen, ach was, Milliarden für dieses Gerät zahlen und noch mehr für die Ordinary Farm selbst. Diesem Halunken Ed Stillman zum Beispiel war es eine halbe Million wert gewesen, etwas zu bekommen, das er für ein echtes Dinosaurierei hielt. Wie viel hätte er erst hingeblättert, wenn er gewusst hätte, dass es von einem echten, lebenden Drachen stammte? Und was würde er für die Möglichkeit geben, an jeden Ort der Geschichte zu reisen?

*Nein.* Colin verbannte diese Gedanken aus seinem Kopf. Vielleicht konnte er später, wenn er die Farm wirklich in der Hand hatte, an die vielen verschiedenen Möglichkeiten denken; erst einmal hatte er Wichtigeres zu tun. Lernen, lernen, lernen, das stand jetzt an, und wenn er so weit war, würde er das Kontinuaskop nehmen, und dann würde er, Colin Needle, sich die Verwerfungsspalte zu eigen machen.

# 23

# AUF CRESTA SOL

Ragnar stöhnte und richtete sich auf dem Rücksitz auf. Das Blut auf seinem Gesicht und seiner Brust erschreckte Tyler, doch der Nordmann tastete sich sorgfältig ab und erklärte: »Das sind bloß Schrammen.« Er befühlte seinen Hinterkopf. Seine Hand war blutig, als er sie zurückzog. »Aber das Vieh hat mich mit dem Kopf auf den Boden geworfen. Was ist passiert?«

Als Tyler es ihm erzählte, grinste Ragnar, und mit dem antrocknenden Blut überall sah er dabei grauenhaft aus. »Dann hat der Wurm mir das Leben gerettet, denn der Mantikor hätte mich in Stücke gerissen. Ich hätte nie gedacht, dass ich mich einmal bei einem Drachen bedanken muss, aber jetzt ist es so.« Er blickte neben sich auf Lucinda und fühlte ihre Stirn, dann sah er, dass der Sitz hinter seinem Kopf völlig besudelt war. »Entschuldige vielmals, Hector«, sagte er. »Ich habe dir das ganze Auto vollgeblutet.«

Mr. Carrillo sagte nichts, aber Tyler sah, dass sein Blick immer noch schreckensstarr war. Der Mann hing am Lenkrad und fuhr, als ob der Teufel hinter ihm her wäre.

Erst auf der Farm der Carrillos begriff Tyler, wie krank seine Schwester wirklich war. Als Mr. Carrillo vor dem Haus anhielt, drohte Lucinda, die während der Fahrt völlig in sich zusammengesunken war, vom Sitz zu rutschen. Tyler machte die Tür auf, packte sie am Arm und schüttelte sie, aber sie wirkte, als hätte es sie kalt erwischt, wobei »kalt« das falsche Wort war: Sie strahlte Hitze ab wie eine Glühbirne, die schon seit Stunden brannte.

»Sie ist echt heiß«, sagte er, während er sich abmühte, sie aufrecht zu halten, doch seine Schwester hing so schlaff da wie eine Stoffpuppe. Eine sehr schwere Stoffpuppe. »Sie hat starkes Fieber!«

»Die Carrillos werden sie mit allem Nötigen versorgen«, sagte Ragnar, aber er klang nicht sehr überzeugt. Es war ungewohnt, ja fast beängstigend, den starken Nordmann so ratlos zu erleben.

Tyler war völlig damit beschäftigt, Lucinda irgendwie wach zu bekommen, daher merkte er erst, dass Mr. Carrillo ausgestiegen war, als dieser mit seiner Frau Silvia zurückkam. Mrs. Carrillo blickte beinahe so besorgt und erschrocken, wie Tyler sich fühlte, doch sie übernahm sofort das Kommando. »Heb sie vorsichtig heraus und bring sie ins Haus«, wies sie Ragnar an. »Hector, besorg mir Wasser und Handtücher.«

Als sie mit Lucinda das Haus betraten, kamen die Carrillo-Kinder angelaufen und wollten wissen, was los war.

»Geht's ihr nicht gut?«, wollte Carmen wissen. »Was ist passiert?«

»Dein Vater meint, sie hat Fieber. Geh und hol ihr einen Schlafanzug von dir und einen Bademantel«, sagte ihre Mutter. »Sie muss frische Sachen anziehen, alles, was sie auf dem Leib hat, ist klatschnass.« Als Carmen losgelaufen war und Ragnar Lucinda auf die Couch gelegt hatte, wickelte Mrs. Carrillo ihr feuchte Handtücher um den Kopf und steckte ihr ein Thermometer in den Mund.

»Hättest du mich nicht vorwarnen können?«, fragte sie ihren Mann.

»Da drüben funktioniert doch nie das Telefon.« Er legte die Stirn in Falten. »Sollen wir sie nach Liberty bringen?«

Mrs. Carrillo begutachtete das Thermometer. »Achtunddreißig drei. Nicht so schlimm. Ich werde mich zu ihr setzen. Wenn es deutlich steigt, bringen wir sie fort.«

Lucindas Lider flatterten. Sie schlug die Augen auf, sah sich um, schien aber nichts erkennen zu können. »Tyler ...?« Sie brachte nur ein rauhes Flüstern heraus.

»Ich bin hier, Luce. Dir wird's bald wieder besser gehen. Wir sind bei den Carrillos.«

»Irgendwas ... im ... T-T-T...« Es ging nicht. Sie schloss kurz die Augen, dann probierte sie es wieder. »Im T-Treibhaus ...«

»Wissen wir. Du warst im Garten nahe dem Treibhaus, und irgendwas hast du dir da eingefangen. Weißt du, was es war?«

»*Treibhaus!*« Sie weinte beinahe, als sie es sagte. Die Anstrengung erschöpfte sie sichtlich. Wieder fielen ihr die Augen zu, und sie schien einzuschlafen.

Tyler hielt die heiße, feuchte Hand seiner Schwester. Sie in einem solchen Zustand zu sehen, erschreckte ihn, und zum ersten Mal seit langem wünschte er, seine Mutter wäre da. »Mann«, sagte er zu niemand Bestimmtem. »Was ist bloß da drüben passiert?«

•◆•

Bevor sich Lucindas Zustand besserte, verschlechterte er sich erst. Zweimal musste sie im Laufe des Abends in Carmens Zimmer getragen werden, um ihr die schweißnassen Kleider zu wechseln. Die meiste Zeit stöhnte sie und schlug um sich, sprach manchmal mit einem Tyler, der gar nicht da war (nicht mit dem Tyler, der neben ihr auf der Couch saß und sich um sie sorgte), dann wieder schien sie mit den Drachen zu sprechen. Einmal bat sie Desta sogar, ihr die Teetasse zu reichen. Und mehrmals schien sie mit jemand ganz anderem zu sprechen, der ihr furchtbare Angst einjagte. »Nein!«, sagte sie immer wieder. »Ich will nicht! Ich will nicht gehen!« In diesen Momenten konnte Tyler nicht mehr für sie tun, als ihr die schwitzende Hand zu halten.

Irgendwann endlich wurde Lucindas Haut ein wenig kühler und ihr Schlaf etwas ruhiger. Sie hörte auch auf, mit sich selbst zu sprechen. Mrs. Carrillo prüfte das Thermometer. »Unter achtunddreißig. Ich glaube, sie ist bald wieder gesund. Ihr Kinder, ab ins Bett! Steven, hol Tyler einen Schlafsack und eine Luftmatratze aus der Garage – und vergiss nicht, die Spinnen auszuschütteln!«

Tyler lachte. »Ich bin so müde, ich könnte in einem ganzen Nest von Spinnen schlafen.«

Oma Paz, die Silvia Carrillo geholfen hatte, seine Schwester zu versorgen, bekreuzigte sich hastig. »Sag so etwas nicht, damit bringst du den susto über dich.«

»Ein susto ist so was wie ein Fluch«, flüsterte Steve. »Wörtlich heißt es Schrecken.«

»Auf jeden Fall werde ich deine Schwester abfegen müssen«, sagte Paz. »Dich vielleicht auch.«

»Und was heißt *das?*«, fragte Tyler flüsternd. »Ich will nicht ›abgefegt‹ werden.«

»Das ist nicht so schlimm«, beruhigte ihn Steve leise. »Du legst dich einfach hin, und sie schwenkt einen Besen über dir. Aber lass sie es ja nicht sehen, wenn du blutest. Ich bin mal in der Schule vom Klettergerüst gefallen und hab voll heftig am Bein geblutet, und da wollte sie mir Pulver von Klapperschlangen auf die Schrammen tun.«

Apropos, jetzt da es so aussah, als wäre Lucinda bald wieder auf dem Damm, spürte Tyler plötzlich seine eigenen Schrammen und blauen Flecken, die er sich in Alamus Nest zugezogen hatte: Er schien am ganzen Körper aufgescheuert oder sonst wie lädiert zu sein. Aber unter Wundheilmitteln verstand Tyler etwas anderes als irgendein Giftschlangenpulver. »Aha«, sagte er zu Steve. »Ist ja echt interessant, das mit deiner Großmutter und so. Vielleicht schlafe ich heute Nacht doch lieber im Garten.«

Das tat er natürlich nicht. Aus Sorge um seine Schwester wachte Tyler sogar mehrmals in der Nacht auf, aber jedes Mal, wenn er nach ihr schaute, schlief sie einigermaßen friedlich auf ihrer Couch, und im großen Sessel neben ihr döste entweder Oma Paz oder Mrs. Carrillo. Erst kurz vor Tagesanbruch konnte er endlich richtig einschlafen, aber seine Träume waren voll von Gestrüpp und spitzen Ecken und den Geräuschen von etwas Großem, das hinter ihm her war.

•◆•

Tyler stand vor dem Haus der Carrillos und blickte über das Tal, aber die Tinkerfarm, die hinter den Hügeln lag, konnte er von hier aus nicht sehen. Lucinda, die sich zum ersten Mal seit zwei Tagen stark genug gefühlt hatte, um von der Couch aufzustehen, stand neben ihm, in eine Decke gehüllt, obwohl es ein heißer Tag war.

»Ich sage dir, irgendetwas ist da in diesem Treibhaus, Tyler. Es war wie Rauch, oder wie … ach, ich weiß es nicht. Aber es ist in mich reingekrochen und hat mich krank gemacht.«

»Kann man sich doch vorstellen, dass diese Hexe da drin giftige Äpfel oder so was züchtet«, sagte Tyler. »Ein Glück, dass du überhaupt noch am Leben bist.«

»Es war aber nicht bloß Gift«, erwiderte seine Schwester und schlang die Decke fester um sich, weil sie zitterte. »Es war … als hätte es sich in mir festgesetzt. In meinem Kopf. Ich kann's nicht erklären. Ein bisschen spüre ich es immer noch.«

»Sag das nicht so laut, sonst kommt Oma Paz wieder mit ihrem Besen an.« Tyler musterte sie kritisch. »Auf jeden Fall geht es dir besser, also lass gut sein.« Er hob einen Erdklumpen auf und warf ihn, so weit er konnte. »Das wahre Problem ist Colin Needle.«

»Ach, Tyler, so schlimm ist er gar nicht.«

Er fuhr herum. »Ist er *doch*, Lucinda. Ist er. Und er hat das Kontinuaskop, das weiß ich genau.«

»Na, ist doch gut, oder?« Sie war blass und schwach, noch nicht annähernd wieder sie selbst. »Es war so lange verschwunden, und Onkel Gideon braucht es unbedingt, um Grace wiederzufinden. Ist doch egal, wer die Anerkennung dafür bekommt.«

»Darum geht's überhaupt nicht!« Wenigstens kam es Tyler so vor. »Die Anerkennung kann mir gestohlen bleiben, aber du verstehst nicht: Colin hat das Kontinuaskop! Er kann sich die Verwerfungsspalte zunutze machen! Und wenn seine Mutter es in die Hände bekommt, kann sie das auch. Sie könnten beide in die Vergangenheit reisen und es so hindrehen, dass wir nie geboren wurden!« Aus dem Augenwinkel nahm er etwas wahr, eine sonderbare Gestalt, die über den hellblauen Himmel schnell auf sie zuflog.

»Das würde Colin nicht tun«, sagte Lucinda.

»Der macht alles, was seine Mutter ihm sagt«, widersprach Tyler hartnäckig. »Wahrscheinlich war sie es, die ihn überhaupt erst darauf angesetzt hat.« Er spähte mit zusammengekniffenen Augen gegen die Sonne. »Was *ist* das?«

Eine Schrecksekunde lang war er beinahe überzeugt, Alamu würde am Himmel auf sie zurasen wie ein rächender Dämon, doch obwohl die Gestalt rasch näher kam, wurde sie nicht viel größer, und er beruhigte sich wieder. Dann erkannte er sie.

»Zaza!« Er lachte und klatschte in die Hände, während das kleine Flugtier angesegelt kam. »Schau mal, Luce, es ist Zaza!«

»Wie schön. Aber ich muss mich jetzt wieder hinlegen.« Sie drehte sich um und ging auf wackligen Beinen zum Haus zurück. Tyler beachtete sie kaum, weil das geflügelte Äffchen auf ihm gelandet war und an seinem Kopf herumturnte, ihn an den Haaren zog und leise schnatterte, ganz offensichtlich genauso erfreut, ihn zu sehen, wie er sie.

»Braves Mädchen! Heja! Braves Mädchen!« Er lachte über die kitzelnden kleinen Finger. »Hi, Zaza! Was treibst du so? Bist du etwa den weiten Weg hierher geflogen?« Früher hätte er panisch versucht zu verhindern, dass die Carrillos etwas merkten – Silvia und Paz waren nicht weit entfernt in der Küche beim Kochen –, aber wenn sie über den Mantikor und Alamu nichts gesagt hatten, dann würden sie sich wegen Zaza bestimmt auch nicht wundern. »Was führt dich her, Zazalein?«

Es war seltsam, dass die kleine Äffin so weit geflogen war, um ihn zu sehen, wo sie sich doch den ganzen Sommer über kaum hatte blicken lassen. Im Jahr davor waren sie fast unzertrennlich gewesen, aber diesmal hatte sie sich von ihm ferngehalten. Einmal hatte sie ihn fern vom Haus im Garten besucht, und jetzt war sie nach Cresta Sol herübergeflogen, aber warum war sie nie ans Fenster seines Zimmers gekommen, wie sie es früher fast jede Nacht getan hatte?

Er setzte sich hin und ließ sie an sich herumkraxeln, streichelte sie, spielte mit ihr und freute sich an ihren samtig weichen Flügeln und ihren lustigen Fragelauten. Sie blickte ihm ins Gesicht und zog ihn mit ihren kleinen Händen an der Nase, bis er den Eindruck gewann, sie wollte, dass er ihr folgte, vielleicht sogar zurück zur Farm.

»Geht nicht«, sagte er. »Die haben mich rausgeschmissen. Aber ich wünschte echt, du könntest reden wie Lucindas Drachen. Ich wette, du würdest mir erzählen, was dort drüben abgeht.«

Zuletzt schwang sich Zaza in die Luft, ratlos und ein bisschen betrübt, umkreiste zweimal laut schnatternd Tylers Kopf und sauste dann zur Tinkerfarm zurück.

•◆•

»Okay«, sagte Tyler zu den Carrillo-Kindern. »Was ist mit euern Eltern los? Das geht jetzt schon drei Tage. Warum sagen sie nichts dazu, was passiert ist?«

»Was wo passiert ist?«, fragte Steve, ohne von seinem GameBoss-Bildschirm aufzublicken.

Tyler verdrehte die Augen. »Komm schon, Mann! Dein Vater ist den Wagen gefahren. Wir sind von einem Mantikor angegriffen worden und hatten einen Drachen auf dem Dach. Wir wären fast gestorben! Warum haben sie nichts dazu gesagt?«

»Ich weiß«, sagte Carmen. »Es ist gruselig. Es ist, als ob es nie passiert wäre.«

»Nein.« Die kleine Alma schüttelte mit ernster Miene den

Kopf. »Es ist passiert. Das sieht man ihnen doch an. Sie reden bloß nicht mit uns darüber.«

»Aber warum?« Carmen ließ sich schwer auf ihr Bett plumpsen, so dass Lucinda, die in einem Schlafsack darauf lag, in die Höhe schnellte.

»Nicht«, stöhnte sie. »Mir tut der Kopf weh.«

»Entschuldige. Aber dein Bruder hat recht: Warum sagen sie nichts? Das wird mir langsam unheimlich.«

Steve stand auf. »Alter, da gibt's eine ganz einfache Lösung. Wir gehen sie fragen.«

Als sie sich der Küche näherten, hörten sie Mr. und Mrs. Carrillo leise, aber angespannt diskutieren. »… damit umgehen«, sagte Mr. Carrillo gerade. »Es führt kein Weg dran vorbei, dass wir irgendwas tun müssen.«

»Irgendwas tun?« Das war jetzt Mrs. Carrillo. »Was sollen *wir* denn schon tun? Genauso gut könntest du etwas gegen … gegen einen Vulkan tun!«

Carmen klopfte an die geschlossene Tür. »Mama? Papa? Was macht ihr?«

Die Tür ging einen Spalt weit auf und ihre Mutter schaute hinaus. »Mit euch Kindern sprechen wir später«, sagte sie. »Euer Vater und ich haben etwas zu bereden.«

»Genau die Sachen, die wir auch gern wüssten. Könnt ihr das nicht auch mit uns bereden?«

Mrs. Carrillo starrte die Kinder einen Moment lang an. »Na schön«, sagte sie schließlich. »Wir treffen uns im Wohnzimmer.«

»Also«, sagte Mr. Carrillo, als alle saßen, »wie ihr euch vielleicht schon gedacht habt, ist diese Geschichte mit der Tinkerfarm, mit diesen … Drachen oder was das für Viecher waren, für eure Mutter und mich nicht völlig überraschend gekommen.«

»Hm?« Steve guckte betroffen. »Heißt das, ihr wusstet Bescheid? Über die Farm und … und die Tiere, die sie da haben?«

»Aber woher?«, fragte Carmen.

»Deswegen, weil … tja, weil euer Urgroßvater Octavio gut kannte und ihm half, die Farm zu bauen«, sagte Hector. »Und es gibt da noch andere Sachen, die ihr gar nicht …«

In diesem Augenblick flog laut scheppernd die Haustür auf. Oma Paz kam mit zwei schweren Lebensmitteltüten herein, die sie abstellte, bevor sie sich umdrehte und die Tür fest zumachte. »Er kommt schon wieder«, klärte sie die anderen auf. »Dieser Mann. Den ganzen Weg von der Stadt war er direkt hinter mir.«

Hector Carrillo sah Tyler und Lucinda an. »Ihr beide lasst euch nicht blicken, damit er keine Fragen stellt«, ordnete er an. »Und ihr geht mit«, sagte er zu seinen Kindern.

»Von wem ist die Rede?«, flüsterte Tyler, während er und die anderen durch den Flur in Steves Zimmer trabten.

»Von wem schon?«, erwiderte Steve. »Von diesem verrückten Stillman, dem Milliardär. Er taucht alle paar Tage hier auf.«

Tyler hörte es klingeln und die Tür aufgehen. Er hatte Stillman noch nie wirklich gesehen, und aus Neugier öffnete er Steves Tür einen kleinen Spalt weit, konnte aber nicht ins Wohnzimmer blicken. Immerhin hörte er Stimmen, und eine, die er nicht kannte, sagte: »Es fällt mir schwer zu glauben, dass Sie den doppelten Marktwert für dieses Anwesen ausschlagen wollen, Mr. Carrillo.«

»Und mir fällt es schwer zu glauben, dass Sie es nicht akzeptieren wollen, dass ich nein gesagt habe«, entgegnete Hector.

Sie redeten eine gute Minute, aber ihre Stimmen wurden leiser und Tyler verstand nur noch einzelne Worte. Dann wurde die Haustür mit Nachdruck geschlossen.

»Warum versucht er immerzu, unser Haus zu kaufen, Papa?«, fragte Alma, als alle wieder im Wohnzimmer versammelt waren. »Wir haben ihm doch erklärt, dass wir nicht verkaufen.«

»Weil er zu der Sorte Mensch gehört, die denken, mit Geld kann man alles haben«, antwortete ihr Vater, doch die Steilfalten zwischen seinen Augenbrauen vertieften sich. »Langsam habe ich das Gefühl, er könnte recht haben.«

Silvia Carrillo setzte sich aufs Sofa und drückte ihren Nasenrücken. Tyler schaute entsetzt zwischen den beiden hin und her. »Sie denken doch nicht im Ernst daran, an diesen Typen zu verkaufen, Mr. Carrillo, nicht wahr? Nicht an Stillman. Er ist Onkel Gideons schlimmster Feind!«

»Ich weiß nicht, was ich tun soll, wenn Gideon Goldring nicht mal mit mir redet.« Hector Carrillo knallte sein Bier auf den kleinen runden Tisch. »Wie oft soll ich den Mann noch bitten, mit mir zu reden? Wie oft soll ich mich noch von ihm wie ein Hund behandeln lassen?«

»Aber das ist doch nicht Onkel Gideons Schuld!«, sagte Lucinda. Alle Augen richteten sich auf sie.

»Wie meinst du das?«, fragte Tyler.

Lucinda zog die Schultern hoch. »Ich bin mir nicht sicher – aber es stimmt! Irgendwas Schlimmes ist mit ihm.«

In diesem Augenblick kam Oma Paz mit einem Glas Tomatensaft aus der Küche und ließ sich neben ihrer Tochter auf die Couch fallen. »Na«, fragte sie, »habt ihr ihnen schon von der mina frecuentada erzählt?«

»Mutter!« Silvia Carrillo schrie es fast.

»Boah! Heißt das nicht ›Spukmine‹ oder so was?«, fragte Steve. »Klingt wie eine Geisterbahn in einem Vergnügungspark. Was soll das sein?«

»Nichts«, sagte sein Vater streng. »Deine Großmutter erzählt nur gern alte Gruselgeschichten.« Er warf Paz einen finsteren Blick zu. »Das ist das Alter.«

Kummer und Müdigkeit lag in Silvias Gesicht, als sie aufstand. »Genug für heute«, sagte sie. »Habt ihr alle vergessen, dass es höchste Zeit ist, die Kühe zu melken? Denen müssen bald die Euter platzen. An die Arbeit! Das Gespräch führen wir später weiter.« Aber sie sah aus, als hoffte sie, im ganzen Leben nicht mehr auf dieses Thema zurückkommen zu müssen.

## 24

# MR. KOTOS BRIEF

Die Tage vergingen auf Cresta Sol, ohne dass sich die Situation veränderte. Aus Juli wurde August, das Ende der Sommerferien nahte, und immer noch durften Lucinda und Tyler Haus und Grund ihres Großonkels nicht betreten. Ragnar traf sich alle paar Tage mit Walkwell an der Grundstücksgrenze, aber dem alten Griechen zufolge gab es keine Verbesserung: Gideon Goldring kränkelte nach wie vor und tat weiter im Großen und Ganzen das, was Mrs. Needle ihm sagte. Sie duldete es nicht einmal, dass die Namen der Verstoßenen in seiner Gegenwart genannt wurden.

Ragnar schlief im Kuhstall der Carrillos und half ihnen bei der Landarbeit. Lucinda und Tyler verbrachten die Zeit mit den Kindern. Es machte Spaß, mit Carmen und den anderen zu spielen, aber Lucinda kam es langsam so vor, als ob die alte Tinkerfarm ein Traum gewesen wäre und sie jetzt aufgewacht waren.

*In der ganzen Zeit hätte ich mich mit Desta anfreunden und lernen können, wie man richtig mit Drachen redet,* dachte sie. *Ob irgendjemand ihr Möhren bringt? Die frisst sie so gern! Haneb muss viel zu tun haben, wo wir nicht mehr da sind, vor allem Ragnar. Ob er wohl dazu kommt, sich besonders um sie zu kümmern?*

•◆•

Tyler ließ sich neben Lucinda auf die Couch fallen. Er sah sich im leeren Wohnzimmer um, als ob sich hinter den Sofakissen Spione verstecken könnten, doch es war früh am Nachmittag und niemand im Haus, weil alle zu arbeiten hatten oder Besorgungen machen mussten. »Oma Paz – die weiß viel mehr, als sie sagt«, erklärte er in einem dramatischen Ton.

»Was du nicht sagst.«

»Was soll *das* jetzt heißen?«

Lucinda setzte sich vorsichtig auf. Ihr Kopf pochte noch manchmal, wenn sie sich zu schnell bewegte, doch ansonsten ging es ihr besser, obwohl sie nach wie vor keine Ahnung hatte, was ihr an jenem Tag im Garten zugestoßen war. »*Alle* hier wissen mehr, als sie sagen, außer uns Kindern. Das stinkt doch zum Himmel. Hier wimmelt's nur so von Geheimnissen.«

»Ich werde jedenfalls rauskriegen, was sie verschweigt. Man sieht ihr an, dass sie darauf brennt, mal ordentlich auszupacken.«

Lucinda seufzte vernehmlich. »Und dann? Willst du auf Eliot der Seeschlange den Kumish Creek hochreiten und Handgranaten werfen, bis Colin Needle und seine Mutter sich ergeben?«

»Was ist denn in dich gefahren? Warum bist du so, Luce?«

Tränen traten ihr in die Augen. »Weil ich es satt habe, mir

ständig von dir erzählen zu lassen, was wir alles tun müssen. Wir sind *hilflos!* Ich wünschte, wir hätten niemals von dieser dämlichen Farm erfahren. Alles nur … Stress. Und gefährliche Monster. Ich will nach Hause.«

Tyler starrte sie an, als hätte sie gerade gefordert, Weihnachten sollte abgeschafft werden. »Du spinnst, Luce. Wir hatten doch ausgemacht, dass wir erst Ende des Sommers wieder nach Hause fahren, ganz egal, was passiert.«

»Ach, ich bin müde«, sagte sie. »Und mir geht's immer noch dreckig.«

»Aber du liebst diese Drachen doch total und …«

»Du kapierst es nicht, Tyler. Ich will nicht mehr! *Es ist unmöglich!* Selbst die Erwachsenen kriegen es nicht hin – was sollen wir da machen? Wir sind Kinder!«

»Aber die Erwachsenen kriegen es ebendeshalb nicht hin, *weil* sie Erwachsene sind!«, schrie Tyler.

Lucinda verdrehte die Augen und sagte: »Ich leg mich ein bisschen schlafen.«

Tyler folgte ihr auf dem Flur bis zu Carmens Zimmer. Er war jetzt seinerseits aufgebracht. »Du willst also einfach aufgeben? Uns bleiben vom Sommer nur noch wenige Tage, mehr nicht. Und du willst, dass die Needles die Farm kriegen und alle Tiere und machen können, was sie wollen, und wir gehen derweil brav wieder nach Hause und in die *Schule?*«

»Was sollen wir denn sonst tun?« Lucinda wusste, dass es gemein war, wie sie ihren kleinen Bruder abblitzen ließ. Sie verstand ja, dass er enttäuscht war. Aber sie war wirklich völlig erschöpft, der hartnäckige Erreger dieses merkwürdigen Fiebers steckte noch immer tief in ihrem Körper. Mit letzter Kraft taumelte sie ins Bett.

•◆•

Als Lucinda aufwachte, war der Nachmittag fast vorbei. Das Laken klebte ihr an der verschwitzten Haut, und die Luft im Haus der Carrillos war heiß und drückend. Sie wollte duschen, aber dazu musste sie hinterher frische Sachen anziehen, sonst konnte sie sich das Duschen sparen. Sie durchwühlte ihren Koffer nach Strümpfen und Unterwäsche, die noch nicht getragen waren, bis sie ihn völlig ausgeleert hatte, aber etwas Sauberes fand sie trotzdem nicht. Wegen ihrer Krankheit hatte sie alles schleifen lassen, aber jetzt sah es so aus, als müsste sie entweder mit Silvias Waschmaschine umgehen lernen oder schmutzige Sachen tragen. Sie fing an, in den diversen Seitentaschen des Koffers zu stöbern, weil sie hoffte, dass sich wenigstens eine saubere Unterhose dorthin verirrt hatte. Zu ihrer Überraschung fand sie in einer tatsächlich etwas, aber eine Unterhose war es nicht.

Sie zog das vergilbte alte Kuvert mit der Briefmarke aus Madagaskar hervor. Es war der Brief, den sie damals in ihrer ersten Nacht auf der Farm in der Hand gehabt hatte, als Mrs. Needle in ihr Zimmer geplatzt war, in der Nacht, als Tyler die an Grace Goldring adressierte Kiste fand. Lucinda hatte damals noch schnell versucht, die ganzen auf den Boden gefallenen Briefe aufzuraffen, aber da hatte Mrs. Needle sie bereits ertappt. Der hier musste unter das Bett gerutscht sein, und Pema und Azinza hatten ihn beim Kofferpacken gefunden und einfach dazugesteckt.

Sie setzte sich aufs Bett. Das Kuvert war noch zugeklebt – der Brief war niemals geöffnet worden, und Grace hatte ihn niemals gelesen, was eine merkwürdige Vorstellung war. Hatte der Absender sich gewundert, dass sie niemals geantwortet hatte? Unwillkürlich versuchte Lucinda sich vorzustellen, wie Dr. Grace Goldring wohl in Wirklichkeit gewesen war. Auf den vielen Bildern im Gedenkzimmer sah sie sehr ruhig, sehr hübsch, sehr klug aus – genau so, wie Lucinda als erwachsene Frau einmal sein wollte. Und jetzt hielt sie einen ungeöffneten Brief an diese Frau in der Hand, geschickt aus einem fernen Land und aufbewahrt in einer Kiste mit biologischen Proben aus Madagaskar. Sie hielt ihn ans Licht, um die inzwischen verblasste Schrift zu entziffern. *13. Juli 1989*, lautete der Poststempel, der Absender war ein gewisser Fabien Koto.

Ihr Herz schlug schneller, als sie das Kuvert vorsichtig mit einer Schere von Carmens ordentlich aufgeräumtem Schreibtisch aufschlitzte und das gelbliche Papier herauszog. Der Brief war in Maschinenschrift, aber dem Aussehen nach zu urteilen, war er nicht auf einem Computer, sondern auf einer Schreibmaschine geschrieben worden.

*Liebe Frau Dr. Goldring,*
*Ich sende Ihnen meine besten Wünsche! Das Wetter hier ist gut. Antananarivo ist im Frühling eine sehr schöne Stadt, und ich hoffe, dass Sie und Ihr Mann uns eines Tages einmal besuchen kommen. Es wäre mir eine große Freude, Ihnen alles zu zeigen. Einstweilen sende ich Ihnen die Ausbeute meines letzten Marktbesuchs. Der Fund des Chamaeleo belalandaensis wäre sehr viel spektakulärer gewesen, wenn es noch gelebt hätte, doch selbst die toten bekommt man heutzutage selten zu Gesicht, und dieses ist gut getrocknet und hoffentlich nicht zu unappetitlich.*

*Sie hatten recht damit, dass es die Bewohner der südwestlichen Küsten sind, die die merkwürdigsten Entdeckungen machen, häufig Dinge, die an Baumstämmen oder Wurzelwerk im Meer treiben. Ich befürchte, ich verstehe nicht ganz, warum Ihrer Meinung nach genau dieser eine bestimmte Fleck in Moromboke im Hinblick auf biologische Anomalien und Entwicklungen so ergiebig sein soll, aber ich berichte Ihnen sehr gern über die Erfolge meiner Forschungsarbeit. Will sagen, dass ich in der Tat von der Vielfalt neuer botanischer Arten überwältigt bin. Viele davon lasse ich Ihnen hiermit zukommen.*

*Ich habe allerdings das unbestimmte Gefühl, dass nicht alle madagassischen Ursprungs sind. Das Sichten und Identifizieren des vorliegenden Materials wird Zeit und Arbeit kosten. Ich möchte jedoch Ihre Aufmerksamkeit auf das Prachtexemplar dieser Auswahl lenken (soweit ich das beurteilen kann). Es ist ein Fungus, wie ich noch nie einen gesehen habe. Ich habe Ihnen ein kleines Stück beigelegt, aber in einem sicheren Reagenzglas. Auch dieser Pilz ist nicht auf Madagaskar heimisch, aber über die Jahre sind so viele an den hiesigen Küsten gelandet, dass die Mikea-Stämme ihn in ihre Mythenwelt aufgenommen und ihm einen Namen gegeben haben, der sich am besten mit »Rufende Geisterpflanze« übersetzen lässt. In ihren Sagen hat er Ähnlichkeit mit den Sirenen des antiken Dichters Homer. Viele Stammesgeschichten erzählen von Leuten, die von dem »Rufenden« zum Sterben befohlen wurden, und angeblich können diese sich nicht dagegen wehren, so als ob sie keinen eigenen Willen mehr hätten. Meine Tests haben ergeben, dass es schlicht und einfach ein Fungus ist, wenn auch ein hochkomplexer. Wie dem auch sei, ich schicke Ihnen, verehrte Frau Dr. Goldring, diese Probe in der Hoffnung, dass Sie ihn ebenso interessant finden wie ich.*

Der Brief war unterschrieben: *Ihr Freund und Kollege, Fabien Koto.*

Mit klopfendem Herzen legte Lucinda den Brief beiseite. Eine ganze Kiste mit seltenen und unbekannten Proben war an die Tinkerfarm geschickt worden – an Gideons Frau Grace, eine hochqualifizierte Wissenschaftlerin, der man den fachgerechten Umgang mit diesen eventuell gefährlichen Stücken zutraute. Stattdessen aber waren sie zwanzig Jahre lang versteckt gewesen und jetzt in die Hände von Patience Needle gefallen. Waren die Proben beschriftet gewesen? Lucinda wusste, dass Mrs. Needle und ihr Sohn, im Unterschied zu den übrigen Helfern auf der Farm, mit einem Computer umgehen konnten. War es Mrs. Needle gelungen, etwas über die gefährlichen Geheimnisse herauszufinden, die in all den Jahren in dieser Kiste geschlummert hatten? Hatte sie vielleicht beschlossen, einige dieser Pflanzen nachzuzüchten?

Plötzlich fügten sich in Lucindas Kopf mehrere Dinge gleichzeitig zusammen. In der Nacht, in der sie auf die Kiste gestoßen waren, hatte Tyler erklärt, die Reagenzgläser seien voll von Samen, Pflanzenschnipseln und Pilzpulver. Mrs. Needle liebte solche Sachen. Und der logische Ort, um unbekannte tropische Arten zu züchten, wäre …

Das alte Treibhaus.

Und falls die Hexe eine dieser Gruselpflanzen anbauen wollte, für welche würde sie sich wohl entscheiden? Auch darauf wusste Lucinda die Antwort.

*Viele Stammesgeschichten erzählen von Menschen, die von dem »Rufenden« zum Sterben befohlen wurden*, hatte Fabien Koto geschrieben, *und angeblich können diese sich nicht dagegen wehren, so als ob sie keinen eigenen Willen mehr hätten.*

*Diese Sporen – das muss der »Rufende« gewesen sein, den ich da im Treibhaus eingeatmet habe!*, begriff sie. *Ich hatte Glück, dass es nur ein kleines bisschen war.*

Und was gab es Besseres, um jemanden geistig zu kontrollieren, als den mysteriösen Rufenden, von dem selbst die meisten Ärzte bestimmt noch nie gehört hatten? Was gab es Besseres, um sicherzustellen, dass Gideon Goldring sich so verhielt, wie Mrs. Needle es wollte? Und welcher Zeitpunkt war dafür geeigneter als der Moment, in dem er sein Testament ändern und Lucinda und Tyler die Farm vermachen wollte?

*Und sobald sich die Hexe sicher ist, dass sie seine Wirkung verstanden hat, kann sie ihn gegen alles und jeden einsetzen.* Dann wären nicht mehr bloß Mäuse, Vögel und Insekten vor dem Treibhaus gestorben, hilflos angezogen vom Rufenden, sondern jedes Opfer, das Mrs. Needle sich aussuchte.

Der Gedanke, was ihr beinahe zum Verhängnis geworden wäre und was wahrscheinlich immer noch in ihr steckte, machte Lucinda aufs neue ganz krank.

## 25

## DAS TAL DES WIRBELWINDS

Wir müssen was unternehmen, Luce!«, rief Tyler, noch bevor er Fabien Kotos Brief zu Ende gelesen hatte. »Das ist ja grauenhaft! Colin hat das Kontinuaskop, und seine Mutter kann mit diesem Zombiepilz Onkel Gideon lenken, wie sie will. Wir müssen auf die Farm zurück!«

»Was würde das bringen?« Lucinda schüttelte den Kopf. »Mrs. Needle wird uns einfach rausschmeißen. Sie kann uns als unbefugte Eindringlinge verhaften lassen, wenn sie will. Sie könnte behaupten, wir hätten was gestohlen.«

»Um uns zu verhaften, müssten sie die Polizei holen. Das werden sie nicht tun«, sagte Tyler. »Die Needles haben genauso einen Horror vor Fremden auf dem Gelände wie Onkel Gideon.«

»Ich weiß nicht. Wir sollten mit Ragnar darüber reden.«

»Er ist nicht hier, Luce. Er hat sich auf die Farm zurückgeschlichen, um Simos mit den Einhörnern zu helfen. Viele von denen sind krank.«

Seine Schwester runzelte die Stirn. »Moment mal. Vielleicht hat dieser Pilz sie krank gemacht. Könnte doch sein, wenn er auch die ganzen Vögel und Insekten im Garten vergiftet hat.«

Tyler winkte ab. »Das ist im Augenblick egal. Wir können nicht länger warten. Wir müssen was tun!«

»Nein! Wir können so lange nichts tun, wie wir nicht wissen, was wir tun sollen«, sagte Lucinda.

Tyler seufzte. Seine Schwester kapierte es einfach nicht. »Wenn du nicht mit drinhängen willst«, meinte er, »dann überlass es einfach mir.«

•◆•

Er fand Oma Paz hinter dem Haus, wo sie den Hühnern aus einem Plastikeimer Futter ausstreute.

»Legefutter sagt man dazu«, erklärte sie ihm, als ob er danach gefragt hätte, »nicht Legofutter, wie Steve als Kleiner immer gesagt hat. Es soll das Eierlegen fördern.«

Die kleine alte Frau, merkte Tyler allmählich, erzählte gern Geschichten über alles mögliche, nicht bloß die Tinkerfarm. Beim Essen gab sie häufig lange und zum Teil lustige Anekdoten zum Besten, darüber, wie einer ihrer Verwandten mal in Schwierigkeiten geraten war oder einen peinlichen Fehler begangen hatte. Manchmal sprach sie sogar über ihre indianische Großmutter und die fernere Vergangenheit, aber sie sagte nie etwas über die Themen, die Tyler eigentlich interessierten, und so hatte er auf diese Gelegenheit gewartet, ungestört mit ihr zu reden.

Er folgte ihr über den Hof, während sie das Hühnerfutter ausstreute, das ihm wie normales Vogelfutter aussah. »In Australien sagen sie zu Hühnern ›chooks‹«, erklärte Paz, als ob er auch danach gefragt hätte. Die Vögel trippelten hinter ihr her, ruckten mit dem Kopf und machten leise Gackertöne in der Kehle.

Tyler fasste sich ein Herz. »Neulich Abend haben Sie was erzählt von … von einer Spukmine.«

»Aha, das hast du mitgekriegt, was? Ich habe mir schon gedacht, dass einer von euch mich darauf ansprechen würde. Du bist der, der immer alles wissen will, was? Da steckst du bestimmt oft in Schwierigkeiten.« Sie lachte.

Tyler bemühte sich, ihre Heiterkeit zu teilen. »Ja, der bin ich wohl. Gibt es denn wirklich so eine Mine hier in der Nähe?« Seitdem er davon gehört hatte, musste er daran denken – es klang ihm sehr nach der Verwerfungsspalte. Und wenn irgendjemand hier deutlich gemacht hatte, dass sie seltsame Dinge über die Tinkerfarm wusste, dann war es Oma Paz.

»La Mina Frecuentada. So haben mein Vater und mi abuelo, mein Großvater, sie genannt. Steven hat recht, das heißt ›Spukmine‹. Aber sie sind dort nicht hingegangen. Zu viele Geschichten. Es gab zu viele Geschichten darüber.«

»Und was für welche?« Tyler hoffte, dass er sich nicht allzu interessiert anhörte, denn das war ein sicheres Mittel, um Erwachsene abzuschrecken. Sie dachten gleich: *Wenn der Junge jetzt in Gefahr gerät? Dann bin ich schuld!* Dann klappten sie zu wie eine Auster. »Geistergeschichten?«

»Manchmal.« Sie war jetzt halb um den Zaun herum, an dem sich die Hühner und Küken zu ihren Füßen drängten wie Touristen, die zur Freiheitsstatue aufschauten. »Von allem möglichen. Von Ungeheuern. Über diese Hügel hat es schon lange vor der Zeit meiner Großmutter Geschichten gegeben.

Ich habe euch doch von dem Indianer erzählt, der das Land der Toten fand, nicht wahr?«

Tyler erinnerte sich gut daran, doch es war selten, dass man allein mit ihr reden konnte. »Erzählen Sie doch noch mal.«

»Mach keine Mätzchen, Junge. Ich habe es einmal erzählt, das reicht. Er zog los, um seine tote Frau zurückzuholen, und gelangte bis zum Wohnsitz der Geister. Das war in diesen Hügeln hier. Als ich ein Mädchen war, nannten die Alten sie Las Lomas Embrujadas, die Verhexten Hügel.«

»Verhexte Hügel?«

Sie richtete sich auf. Tyler hatte noch nicht so richtig angefangen, in die Länge zu schießen, aber ihr konnte er bequem in die Augen gucken. Was im Moment allerdings gar nicht so einfach war, denn sie sah ihn so scharf an, als hätte er ein Schimpfwort zu ihr gesagt. »Ich habe gesagt, du sollst keine Mätzchen machen. Du weißt etwas von diesen Dingen. Ich sehe doch, wie du mich anguckst, wie du zuhörst, was für Fragen du stellst. Du machst genauso ein Gesicht wie der alte Octavio, als er das erste Mal herkam.«

»Sie haben Octavio Tinker gekannt?«

»Gekannt? Mein Großvater hat ihm sein verrücktes Haus zum größten Teil gebaut. Ich war eine junge Frau, als Octavio ankam, deshalb erinnere ich mich sehr gut an ihn, durchaus. Ständig fragte er meine Großmutter nach Geschichten, genau wie du mich. Sie war vom Stamm der Yaudanchi … aber das hatte ich dir auch schon erzählt.« Sie lächelte abermals. »Ja, du bist wie er – du siehst ihm sogar ein bisschen ähnlich. Er mochte den Namen gern, Las Lomas Embrujadas. Und genau wie dieser reiche ladrón Stillman wollte Octavio die alte Mine und das Land drum herum zu dem dazukaufen, was er schon hatte. Aber mein Großvater wollte nicht verkaufen, nein. Ha!«

Tyler setzte schon an, die nächste Frage zu stellen, als er

plötzlich begriff, was Oma Paz da gesagt hatte. »Moment mal. Octavio wollte die Mine von Ihrem Großvater *kaufen*? Diese Spukmine, von der Sie gesprochen haben?«

»So wurde sie genannt, ja. Ich habe nicht behauptet, dass es dort wirklich spukt.« Sie zog die Stirn kraus, als bereute sie, sich auf das Gespräch eingelassen zu haben. »Aber … vor langer Zeit, da erlaubte mein Großvater einmal ein paar Männern, dort nach Silber zu graben. Er verkaufte ihnen die Mine nicht, er verpachtete sie. Aber die Männer blieben nicht lange!« Sie lachte. »Nein, ganz und gar nicht lange! Damals bekam sie ihren Namen. Sie rannten davon wie Kaninchen. Kamen nie mehr zurück.«

Tyler sah sie verwirrt an. »Sekunde mal. Sie sagen, es gibt hier auf diesem Anwesen eine Mine, in der es spukt? Wo Leute Geister sehen?«

»Früher mal. Niemand geht dort mehr hin. Zu gefährlich.« Sie nickte. »Und nicht nur Geister. Alles mögliche. Magische Tiere.« Sie schüttelte sich und bekreuzigte sich.

»Aber Sie sagen, es ist auf Ihrem Grund und Boden. Nicht auf unserem.« Dabei klang es eindeutig so, als ob sie von der Verwerfungsspalte sprach. Er wurde daraus nicht schlau.

Oma Paz sah ihn abermals scharf an. »Du bist jetzt den zweiten Sommer hier und weißt immer noch nicht, wo die Zauberhügel sind?« Sie deutete von der Ordinary Farm weg auf eine Hügelkette einige Meilen weiter westlich, die von der untergehenden Sonne mit Dunkelrot und braunen Schatten übergossen wurde. »Das sind Las Lomas Embrujadas«, sagte sie. »Und am Fuß des größten Hügels sollte das Bergwerk gebaut werden.«

»Aber ich dachte, diese magischen Orte wären alle auf *unserer* Farm. Sie sagen doch immer, dass es dort so gefährlich ist.«

»Ist es auch! Wo ihr lebt, das nennt man das Tal des Wirbelwinds, Valle del Torbellino. Der Stamm meiner Großmutter erzählte sich, dass in uralten Tagen der Wirbelwind dort die Erde aufriss, um seinen verlorenen Sohn zu finden, und dass dadurch die Öffnung in das Land der Geister entstand.«

»Und ihr habt auf eurem Land auch so eine Öffnung? Warum erzählen Sie dann diese ganzen schlimmen Dinge über die Tinkerfarm?«

Sie zog die Augenbrauen hoch. »Octavios Land, Gideons Land ist *überall* sehr schlimm. Unser Land hier ist gut, so weit man schauen kann. Nur dort draußen bei den Hügeln«, sie deutete in die Ferne, »nur dort ist es schlimm. Wir gehen dort nicht hin, deshalb macht es nichts. Die Kühe sind zufrieden, die Milch ist süß, und die Geister kümmern uns nicht. Deshalb leben wir hier. Deshalb würde ich *niemals* dort leben, wo du lebst.« Sie nickte nachdrücklich, als ob sie eine schwierige mathematische Gleichung gelöst hätte.

Tyler verabschiedete sich von ihr und ging zum Haus zurück, den Kopf voll von wild durcheinanderwirbelnden Gedanken.

»Tritt in keinen Hühnerhaufen!«, rief Oma Paz ihm kichernd hinterher.

*Das heißt, die Carrillos haben schon die ganze Zeit irgendwelche Geistergänge in ihren Hügeln*, sagte er sich. Da kam ihm plötzlich ein unglaublicher Gedanke, der ihm fast den Atem raubte, und er blieb wie angewurzelt stehen. Er war davon derart überwältigt, dass die Welt ringsherum mit einem Mal verstummt zu sein schien.

*Heißt das, dass ihre Spukmine irgendwie … mit der Verwerfungsspalte verbunden ist? Unterirdisch? Aber damit wäre sie auch mit der Tinkerfarm verbunden.*

Das rückte alles in ein anderes Licht. Alles.

*Die Spukmine. Die Verhexten Hügel. Das – wie hat Paz es genannt? –, das Tal des Wirbelwinds. Die ganze Gegend ist nicht normal, das ganze Tal!* Da Octavio keinerlei Aufmerksamkeit von außen gewollt hatte, war es kein Wunder, dass er den Orten Namen wie »Standard Valley« und »Ordinary Farm« gegeben hatte.

Denn in Wirklichkeit war die Gegend *niemals* normal gewesen.

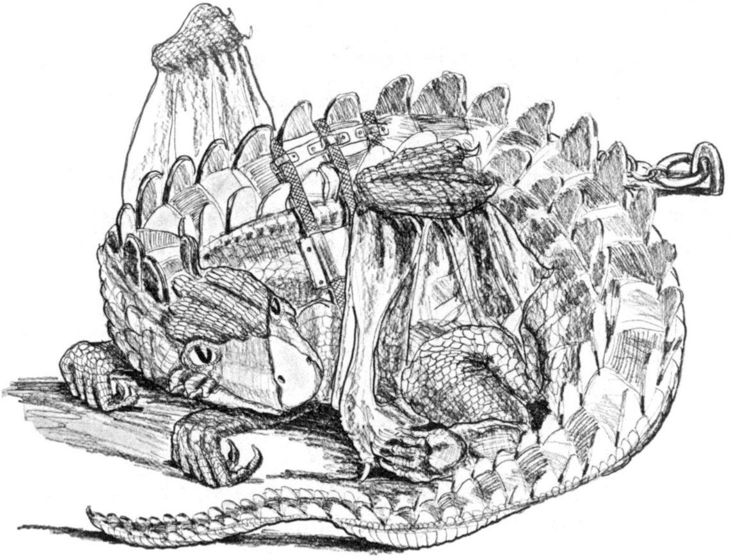

# 26

## MONSTER UND MORTADELLA

Nach dem Abendessen lag Lucinda gern in Carmens Zimmer auf ihrer Luftmatratze und lauschte den Waldsängern und Hüttensängern, die bei den Carrillos im Garten durch die Bäume schwirrten. Ihre zirpenden Lieder beruhigten sie und erinnerten sie daran, dass sie zwar nicht dort war, wo sie eigentlich sein wollte, auf der Tinkerfarm, aber doch an einem sehr schönen Ort, umgeben von Freundinnen wie Carmen und Alma und dem Rest ihrer Familie. Heute jedoch blieben die Vögel stumm, als ob der ferne Donner, der seit einer guten halben Stunde durch die Luft dröhnte, sie verschreckt hätte.

»Was, schon wieder ein Gewitter?« Carmen blickte von dem Laptop auf, den sie sich mit ihren Geschwistern teilen musste, Gegenstand zahlreicher Machtkämpfe zwischen den drei Carrillo-Kindern. »Das ist bestimmt der nasseste Sommer aller Zeiten.«

»Es regnet nie sehr doll«, sagte Alma. Carmens kleine Schwester lag ausgestreckt auf dem Boden und malte mit Pastellstiften. »Und es riecht hinterher immer so gut. Man riecht es wachsen.«

»Solange ich nicht im Regen raus muss.« Carmen hob den Kopf. »Apropos unangenehm, wo sind eigentlich Steve und dein Bruder hin, Lucinda? Sie sind gleich nach dem Essen abgesaust.«

Lucinda verzog das Gesicht. »Ich glaube, sie machen irgendwas in der Garage. Als ich vorhin da vorbei bin, habe ich es hämmern und scheppern gehört.«

»Wahrscheinlich bauen sie ein Raumschiff aus alten Dosen«, meinte Carmen.

»Nein«, widersprach Alma, »Steve hat, glaube ich, was davon gesagt, sie wollten Sachen zusammensuchen, um …« Sie unterbrach sich und sah sich um, denn die Tür ging auf.

Silvia Carrillo beugte sich herein.

»Carmen, m'hija, dein Vater und ich haben den Sotos versprochen, dass wir zum Nachtisch bei ihnen vorbeischauen. Gegen halb zehn sind wir wieder da, aber wenn nicht, möchte ich, dass ihr euch bettfertig macht und dann von mir aus noch lest, bis wir zurückkommen, okay? Oma ist in ihrem Zimmer und sieht fern, falls ihr sie braucht.« Sie schloss die Zimmertür, und kurz darauf hörten sie sie zur Haustür hinausgehen.

Lucinda hatte versucht zu lesen, aber sie konnte sich nicht konzentrieren. Vielleicht lag es an der Atmosphäre des heraufziehenden Gewitters, aber weit war sie im *König von Narnia* ohnehin noch nicht gekommen. Auch die Kinder dort waren in einer magischen Welt, aber bei ihnen schien sich alles von selbst zu ergeben, und wenn es richtig schlimm kam, erschien immer der wunderbare »Jesuslöwe« (wie Carmen ihn nannte) und brachte alles wieder in Ordnung.

*Ich wünschte, wir hätten auch einen magischen Jesuslöwen,* dachte sie. *Ich habe es satt, immer alles alleine rausfinden zu müssen.*

•◆•

Simos Walkwell war natürlich nicht Aslan, aber sehr weit weg davon war er auch nicht: Er war immerhin praktisch ein griechischer Gott! Jedenfalls war Lucinda davon überzeugt. Nach ihren Recherchen im Internet und in Büchern war er ein Faun, so etwas wie ein antiker Waldgeist, aber immer wenn sie sich endlich dazu durchgerungen hatte, ihn nach seiner Herkunft zu befragen, genügte ein Blick auf sein wettergegerbtes Gesicht und seine wachsamen dunklen Augen, und die Worte blieben ihr im Hals stecken wie pappiger Haferbrei. Es gab so vieles, was sie ihn gern gefragt hätte: Waren die Götter Wirklichkeit? Hatte es wirklich einen Herkules gegeben? Und Jason und die Argonauten, wie in diesem putzigen alten Film, den Tyler so gern mochte? Doch als sie an diesem Nachmittag mit Ragnar am Zaun zwischen Cresta Sol und der Tinkerfarm gestanden hatte, war ihr nicht einmal der Gedanke gekommen, ihn zu fragen. Es gab viel zu viele andere Dinge, die zu bedenken waren. Ernste Dinge. Dinge, bei denen es um Leben und Tod ging.

»Es ist zu riskant für dich, herzukommen, Ragnar«, hatte Walkwell gesagt. Hier am Rand des Anwesens und am helllichten Tag trug er Stiefel, die seine Hufe versteckten, und sie waren ihm sichtlich unbequem. Er trat während der Unterhaltung von einem Fuß auf den anderen, so dass das Papier, mit dem er seine Schuhe ausstopfte, knisterte. »Im Augenblick machen uns weder Gideon noch die Hexe Ärger. Wir sollten zusehen, dass es so bleibt.«

Ragnar schüttelte den Kopf. »Nein, Simos, sieh dich doch mal an. Du bist völlig erschöpft. Du hast schon für zehn gearbeitet, als ich noch da war …«

Walkwell unterbrach ihn schnaubend: »Und jetzt arbeite ich für zehneinhalb. Das schaffe ich schon.«

Ragnar grinste über den Witz, aber Lucinda wusste, dass Walkwells Art, sich so viel aufzuladen, ihm nicht recht war. »So habe ich ihn noch nie erlebt«, hatte der Nordmann am Morgen zu ihr gesagt. »Er sieht beinahe alt aus.« Was eine merkwürdige Aussage war, wenn man bedachte, dass Simos Walkwell schon mindestens einige tausend Jahre auf dem Buckel hatte, doch ein Blick auf das hagere Gesicht und die dunklen Augenringe des alten Griechen, und sie verstand Ragnars Sorge.

»Nicht ich bin es, der dein Mitleid braucht«, erklärte Walkwell. »Jedes Mal, wenn die Hexe Gideon anschleppt, damit er Anweisungen erteilt, wirkt er langsamer, schwächer und dümmer, wie ein Baum, der nicht genug Wasser bekommt. Ich bange um ihn.«

Die Vorstellung, dass ihr Großonkel in Mrs. Needles Händen immer kränker wurde, machte Lucinda ganz verzweifelt. »Es ist das Treibhaus! Ich weiß, dass da irgendwas drin ist! Ich kann euch den Brief zeigen, den ich gefunden habe, wenn ihr ihn sehen wollt. Irgendwas richtig Schlimmes ist da drin, und ich bin mir sicher, dass es das ist, womit Mrs. Needle Onkel Gideon kontrolliert.«

Walkwell sah sie nur an, nicht als schenkte er ihr keinen Glauben, sondern als spielte es keine Rolle. Ragnar ballte grimmig die Fäuste.

»Wenn ich einfach hingehen und der Hexe den Hals brechen könnte, würde ich es tun«, sagte der Nordmann. »Aber die Götter allein wissen, ob wir danach Gideon jemals ganz zurückholen könnten. Wenn wir ihn von ihr wegbrächten, genauso. Solange er in ihrer Macht ist, weiß sie, dass wir uns nicht trauen, etwas zu unternehmen.«

»Ragnar spricht die Wahrheit, Lucinda«, bestätigte ihr Walkwell.

»Aber was ist mit diesem Ding, das Gideon befallen hat – und mich auch?«

»Ich werde niemanden in die Nähe des Treibhauses lassen, da sei unbesorgt.« Simos Walkwell blickte über die Schulter zur Tinkerfarm zurück. Der Wind war dabei zu drehen, selbst Lucinda spürte es. »Das nächste Gewitter«, seufzte er. »Beim Olymp, was nicht noch alles?«

»Damit ist es entschieden«, sagte Ragnar. »Ich komme vor zum Tor, und du machst mir auf. Die kranken Tiere müssen eingepfercht werden. Alleine schaffst du das niemals rechtzeitig.« Bevor er loslief, drehte sich der Hüne noch einmal nach Lucinda um. »Ich weiß, dass es dir schwerfällt zu warten, aber ich komme heute Abend wieder und berichte dir alles, was ich gesehen habe. Geh jetzt zum Haus zurück. Es kann Blitze geben.«

»Es *wird* Blitze geben«, sagte Walkwell düster. »Und nur die Moiren – die Schicksalsgöttinnen – wissen, was sonst noch kommen wird.«

•◆•

*Möhrenmädchen!*

Lucinda hörte ihn so deutlich, als hätte ihn ihr jemand ins Ohr gesagt, den Namen (eigentlich eher den Gedanken), mit dem die junge Drachin Desta sie rief. Das stumme Lautgebilde erreichte sie erneut: *Möhrenmädchen, Hilfe!*

Sie war auf der Luftmatratze in Carmens Zimmer eingeschlafen, ja im Grunde schlief sie immer noch halb und traute sich nicht, die Augen aufzuschlagen, um ja nicht die Verbindung zu der verängstigten Drachin zu verlieren. Sie hätte nicht zu träumen gewagt, dass die Gedanken des Tieres sie so weit von der Farm entfernt erreichen könnten. *Ich bin hier, Desta. Was ist denn so schlimm?*

*Vieles schlimm! Alles schlimm! Angst!*

Wobei die Angst nicht allein dem eigenen Wohl galt. *Meseret* – Lucinda nahm ihn als Bild wahr, nicht als Namen, den mächtigen, warmen Schattengedanken, der Destas Mutter darstellte – *hat auch Hunger. Andere Tiere frei! Böse, drohen! Machen Desta Angst! Andere laufen und schreien!*

Und während diese Gedanken durch ihr inneres Empfinden flatterten und flitzten wie panische Fledermäuse, nahm sie noch etwas anderes wahr: Desta versuchte zu fliegen. Lucinda konnte körperlich spüren, wie die junge Drachin an ihren Fesseln zerrte und darum rang, sich mit ihren Flügeln in die Luft zu erheben.

*Sie ist soweit!* Selbst unter dem Ansturm von Furcht und Verunsicherung packte Lucinda die Erregung. *Sie ist bereit zu fliegen!*

*Sag mir, was los ist, Desta. Was ist passiert?*

*Alles schlimm. Stinkende Tiere. Jagen nach Beute.* Einen Moment lang konnte Lucinda fast selbst sehen, was Desta sah: einen schleichenden vierbeinigen Schatten, ein haarloses Gesicht, das mit roten Augen in den Reptilienstall spähte. Obwohl sie meilenweit weg war, lief Lucinda ein kalter Schauer über den Rücken.

Einer der Mantikore lief frei herum.

Lucinda setzte sich auf. Die untergehende Sonne tauchte Carmens leeres Zimmer in ein dämmeriges Zwielicht und verwandelte das lange Fenster in ein violett glühendes Rechteck. Undeutlich hörte sie die Geräusche von Oma Paz' Fernseher ein paar Zimmer weiter. Draußen schwankten die Bäume im starken Wind, und schon pladderten die ersten Regentropfen an die Fensterscheibe.

Die Drachengedanken verschwanden plötzlich aus ihrem Kopf.

*Konzentriere dich!*, sagte sich Lucinda. *Desta? Desta, kannst du mich noch hören?* Die Verbindung fühlte sich jetzt so glitschig an wie ein Stück Seife am Grund der Badewanne oder ein Wassermelonensame, der jedes Mal über den Teller flutschte, wenn sie ihn mit den Fingern fassen wollte. *Konzentriere dich!* Und noch ein letztes Mal empfing sie kurz die schwindenden Eindrücke der ängstlichen Drachin.

*Laufende Tiere.* Die Gedanken huschten vor Lucindas innerem Auge vorbei wie Schatten auf einer Jalousie. *Immer windiger und dunkler. Warmer Regen, stärkere Gerüche.* Und die Bestien auf Beutejagd lauerten noch draußen vor dem Reptilienstall, sie machten sich gegenseitig Mut, sich hineinzuwagen, denn sie waren jetzt zu mehreren, und sie bellten einander zu mit aufgeregtem Wuff-wuff, das sich anhörte wie ein ins Holz fahrendes Beil.

Lucindas Haut wurde eiskalt. Geschah das alles tatsächlich? War das vielleicht nichts weiter als eine Art Drachenalbtraum? Aber in ihrem Inneren wusste sie, dass es nur allzu wirklich war. Als Gideon ihnen seine neuen Wachhunde vorgeführt hatte, waren ihr die Mantikore sofort unheimlich gewesen. Aber wie waren sie freigekommen? Vor allem aber, wie um alles in der Welt sollte irgendjemand auf der Farm sie alle zurück in den Käfig bekommen, wenn schon Alamus Eingreifen nötig gewesen war, um nur einen von ihnen zu töten?

Halb verrückt vor Sorge und tränenüberströmt sprang Lucinda auf und lief durch den Flur.

»*Tyler!*«, schrie sie, als sie zur Hintertür hinaus zur Garage stürzte. Sie sah, dass die beiden Jungen ihr Zelt darin aufgestellt hatten. Es war von innen erleuchtet, aber sie hörte nichts von ihnen. »Tyler, mit der Farm ist was! Irgendwas Schlimmes passiert auf der Farm!«

Keine Antwort. Nichts rührte sich.

»Tyler, mach jetzt keine Spielchen!« Sie riss die Zeltklappe zurück und steckte den Kopf hinein. »Ich bin ... Desta ist ...« Da sah sie, dass sie sich die Erklärungen sparen konnte. Bis auf herumliegende Comichefte und Videospielzeitschriften war das Zelt leer. Tyler und Steve waren nicht da.

•◆•

Mit Carmen und Alma – und Oma Paz, als sie endlich verstanden hatte, was los war – stellte Lucinda das Haus der Carrillos auf den Kopf, doch von den Jungen war keine Spur zu entdecken.

»Wo können die bloß sein?«, rief Paz. »Ob sie uns einen Streich spielen?«

Carmen kam aus der Küche. »Nein, sie sind wirklich fort. Sie haben was zu essen mitgenommen. Mortadellabrote. Und natürlich haben sie nichts wieder weggeräumt – nicht mal die Mayo!«

»Um acht Uhr abends?«, wunderte sich ihre Oma. »Wozu? Sie haben beide zu Abend gegessen wie die Scheunendrescher.«

»Weil sie nicht so bald zurückkommen wollen«, sagte Lucinda. Ihr wurde auf einmal ganz flau im Magen. »Sie sind ...«

Da kam Alma mit triefenden Haaren und einem Stück

Papier in der Hand ins Haus gelaufen. »Den Zettel hab ich im Zelt gefunden.«

Paz nahm ihn ihr ab. Lucinda und die Mädchen lehnten sich über ihre Schulter, um mitzulesen.

*Wir haben was wichtiches zu tun und sind Bald wider da. macht euch keine sorgen wir krigen das hin.*

»Rechtschreibung ist nicht Steves Stärke«, sagte Alma, aber sie guckte, als wäre ihr die Sache nicht geheuer. »Was meint ihr, wo sie hin sind?«

»Wie kommen sie dazu, überhaupt irgendwo hinzugehen?«, ereiferte sich Oma Paz. »Diese *Früchtchen!* Und auch noch in einem Gewitter!«

»O je. O nein.« Lucinda fiel plötzlich ein, wie aufgeregt Tyler gewesen war, nachdem er mit Oma Paz gesprochen hatte. »Das ist bestimmt Tylers Idee. Ich wette, er und Steve wollen versuchen, irgendwie auf die Tinkerfarm zu kommen.«

Carmen blickte betroffen. »Wie wollen sie das machen? Da ist ein Elektrozaun drum. So dumm ist nicht mal mein Bruder.«

Lucinda ließ sich auf die Wohnzimmercouch sinken. »Ich glaube nicht, dass sie es auf die Art versuchen.« Sie wandte sich an Oma Paz. »Tyler hat gesagt, Sie hätten ihm was von einem Stollen erzählt, der möglicherweise dieses Anwesen mit dem von Onkel Gideon verbindet … einem unterirdischen Gang.«

Die Augen der alten Frau wurden schreckensweit. »Du lieber Himmel, die würden doch nicht *dort* hingehen, oder? Zu der alten Mine? Das wäre ja grauenhaft!«

»Ein Grund mehr für meinen Bruder, dort hinzugehen.«

Lucinda wollte auf ihn wütend sein, doch sie hatte zu viel Angst. Was sollte sie Mama erzählen? »Er liebt solche Sachen … Ach, Tyler, du *Idiot!* Und das alles bloß, weil er sich künstlich aufregt über Colin Needle und das Kont–« Da wurde ihr bewusst, dass Paz noch vor ihr stand. »Ach, egal. Was machen wir? Wo ist diese Mine? Wie erwischen wir die beiden, bevor ihnen sonst was passiert?«

»Wir nehmen meinen Wagen«, sagte Paz. »Ich weiß, in welche Richtung sie gehen, und wenn ihr Vorsprung nicht zu groß ist, können wir sie noch einholen. Ihr Mädchen holt eure Jacken und zieht feste Schuhe an und kommt dann zum Wagen. Dios mío, diese Bengel! Die werden von mir den Hintern versohlt bekommen!«

Carmen und Alma liefen los, aber Lucinda sagte zu Paz: »Ich komme lieber nicht mit. Jemand muss hierbleiben, um Ragnar zu sagen, was los ist – er wird bald zurückkommen. Wenn die zwei vor euch an dieser Mine sind, dann wird Ragnar losgehen und sie holen müssen.« *Und falls er nicht schon weiß, dass die Mantikore immer noch draußen sind,* dachte sie, *dann wird er sich auch noch darum kümmern müssen.* Sie hätte am liebsten geweint, aber sie durfte nicht noch mehr Kraft an die Tränen verschwenden. Es versprach eine absolute Horrornacht zu werden.

Oma Paz warf die Arme in die Luft. »Wo habe ich nur meine Gedanken? Ich muss auch Silvia und Hector anrufen und ihnen sagen, was diese kleinen idiotas ausgeheckt haben. Wenn sie das hören, kommen sie sofort nach Hause, du wirst also nicht lange allein bleiben.«

Keine drei Minuten später stand Lucinda in der Auffahrt und sah hinterher, wie Oma Paz' großes altes Auto quälend langsam über den Kies zum Cresta-Sol-Haupttor holperte. Der Regen hatte fürs erste aufgehört, aber der Himmel war bewölkt und eine feuchte, warme Brise fuhr ihr durch die Haare.

»Beeilt euch!«, rief Lucinda ihnen nach, doch alles, was zurückkam, war das Heulen des auffrischenden Windes.

# 27

## EINE BEGEGNUNG DER ANDEREN ART

Ich will ja nicht kritisch sein oder so, aber hast du dir das wirklich so vorgestellt?« Steve Carrillo war ein wohlgenährter Junge. Mit seinem flatternden Parka und Feldflasche, Taschenlampe und diversen anderen Geräten, die an seinem Rucksack hingen und klapperten, sah er aus wie ein Campingzelt, das sich aus der Verankerung gerissen hatte und davongeflogen war. »Ich meine, dass wir zig Meilen durch Regen und Matsch latschen? Und dass es langsam dunkel wird? Und dass es regnet – hatte ich das schon erwähnt?«

»Freu dich, dass Sommer ist, da ist es immerhin warm«, entgegnete Tyler. »Und aus dem Regen werden wir bald raus sein.« Wenigstens hoffte er das. Er wusste ungefähr, wo Oma Paz' geheimnisvolle Silbermine liegen musste, mehr aber auch nicht, und er wollte gar nicht daran denken, was sie tun sollten, wenn sie hinkamen und feststellen mussten, dass sie gar nicht reinkamen. Er konnte sich gut vorstellen, wie Lucinda diesen neuesten Einfall von ihm kommentieren würde. Bestimmt nicht mit: »Tolle Idee!«

Steve war mit seiner üblichen Gutwilligkeit zu dem Abenteuer aufgebrochen.

»Sollten wir nicht ein Gewehr oder so was mitnehmen?«, fragte er, als sie eine kurze Pause des Sommergewitters nutzten, um sich unter dem warmen, graublauen Abendhimmel auf den Weg zu machen. »Nur für den Fall, dass da so … Monsterviecher sind? Drachen? So was in der Art?«

»Ein Gewehr?« Tyler erschreckte der Gedanke ein wenig, aber er lockte ihn auch. »Du hast doch überhaupt kein Gewehr, Carrillo.«

»Das nicht, aber mein Onkel hat eins, mit dem er immer auf Krähen schießt. Das könnte ich holen. Und ich habe meine Paintball-Knarre. Alter, du weißt doch, wie gut ich mit der bin.«

Tyler schnaubte. »Klar, und falls wir einen Drachen mit gelber Farbe bespritzen wollen, bist du meine erste Wahl. Aber wir wollen uns bloß in einem alten Stollen umsehen. Da unten finden wir wahrscheinlich nichts weiter als Taschenratten.«

»Und Schlangen. Und Spinnen. Und noch mehr Schlangen.« Steve blieb stehen. »Vielleicht sollten wir uns das noch mal überlegen, Jenkins. Oma meint, dass es da spukt.«

Tyler schüttelte den Kopf. »Da spukt's nicht. Die Mine ist mit der Verwerfungsspalte verbunden, das hab ich dir doch erklärt. Deshalb kommt vermutlich ab und zu irgendwas Komisches da raus, wie bei uns auf der Farm. Aber ich kenne mich mit der Verwerfungsspalte aus, Alter. Ich kann da richtig rein und raus. Hab ich schon gemacht.«

»O ja, ich war dabei. Und es war der Horror.« Steve schüttelte sich. »Alter, das letzte Mal, als ich mit dir irgendwohin bin, hat so ein Kackmonster aus alten Lumpen versucht, mich zu *fressen.*«

»Das war nicht die Verwerfungsspalte, das war die Rückseite vom Spiegel. Das ist … was anderes.« Doch ob das wirklich stimmte, wusste er nicht. Es gab kein Schulbuch, in dem man das nachschlagen konnte.

»Ist mir doch egal, ob die bissigen Viecher, die uns umbringen wollen, aus einem Spiegel oder aus einem Loch im Boden oder aus einer Packung Haferflocken kommen«, sagte Steve nachdrücklich. »Bissige Viecher: ist gleich *schlechte Idee.*«

»Kann sein, aber du bist allein in den Spiegel rein. *Ich* war es, der dich rausgeholt hat, wenn du mal zurückdenkst.« Dennoch konnte Tyler seinem Freund nicht wirklich widersprechen. Je länger sie über die dunklen Felder auf die drohend aufragenden Hügel zuliefen, umso weniger gefiel ihm sein eigener Plan.

Tyler hoffte, es war ein gutes Omen, dass sie die kleine Straße, die zu der Mine führte, ziemlich schnell fanden, als sie in die ersten Ausläufer der Hügel kamen. Geleitet von den Taschenlampen, die durch die dunkle Regenwand eine helle Schneise schnitten, stapften sie noch eine gute Meile bergauf, bis sie den Eingang der Mine erreichten, ein von alten Balken eingefasstes Loch am Fuß eines steilen Felsens. Als Sperre waren ein paar alte graue Bretter quer darübergenagelt, aber es gab kein Schild, auf dem »Betreten verboten! Vor allem für euch!« stand oder sonst etwas in der Art, das Tyler als eifriger Comicleser erwartet hätte. Es gab zwar ein Schild, auf dem wohl einst der Name der Mine gestanden hatte, aber Regen, Wind und Sonne hatten das Holz schon vor langem abgescheuert. Sie mussten nur darunter hindurchtauchen, dann waren sie drin.

In der Ferne krachte der Donner. »Das darf nicht wahr sein«, sagte Steve und beäugte den Mineneingang mit Schaudern. »Mann, sieh dir das an! Wenn da keine Zombies drin leben! D-da … wollen wir rein?«

»Zombies leben doch überhaupt nicht, die sind tot. Und ja, da wollen wir rein.« Tyler stellte seinen Rucksack ab und nahm einen Schluck aus seiner Feldflasche. »Du kannst ja hier draußen bleiben, wenn du willst. Deine Eltern haben inzwischen wahrscheinlich den Sheriff gerufen. Der bringt dich dann sicher gerne nach Hause.«

»Falls ich bis dahin noch lebe. Du bist ein Saftsack, Jenkins. Ich werde mich nicht hier draußen hinhocken und warten, dass die Wölfe und Bären mich fressen.«

Es donnerte abermals, näher diesmal. Über den fernen Bergen auf der anderen Seite von Standard Valley, hinter Gideons Farm, zuckte es leuchtend hell auf. »Tja, entweder die Polizei oder die wilden Tiere. Oder du könntest vom Blitz gebraten werden«, meinte Tyler. »Das wäre auch eine Möglichkeit.«

Steves rundes Gesicht verzerrte sich zu einer Miene äußersten Abscheus. »Du stinkst mich echt an, Alter. Du stinkst mich noch mehr an als Hausaufgaben.«

»Klaro. Ich geh vor.«

•◆•

Der Anfang war leicht, denn zunächst einmal führten Stufen nach unten. Auf morschen alten Holztritten stiegen sie vorsichtig den roh in den Fels gebrochenen Schacht hinab, bis Tyler schätzte, dass sie ungefähr vier oder fünf Stockwerke tief gekommen waren. Steves Großvater und seine Arbeiter (oder wer auch immer) hatten die Stiegen und Leitern gut gebaut; sie knarrten und wackelten, aber man fühlte sich nicht ernsthaft in Gefahr, obwohl Steve so tat, als könnten sie jeden Augenblick hilflos in den Schlund der Erde stürzen.

»Guck«, sagte Tyler und zeigte mit der Taschenlampe nach unten. »Man kann schon den Boden sehen. Es ist wie Bäumeklettern. Stell dir einfach vor, es wäre ein Vierundsechzig-Bit-Spiel.«

»Heißt das, da unten ist irgendwo ein Riesengorilla, der gleich anfängt, Fässer nach uns zu schmeißen?«

»Ho-ho.« Anscheinend war Tyler inzwischen am Eingang des Hauptstollens angekommen. Er leuchtete umher. Die letzte Leiter endete in einer natürlichen Höhle, in der man bequem stehen konnte, aber die drei davon abzweigenden Gänge sahen deutlich niedriger und schmaler aus. »Welchen sollten wir nehmen, was meinst du?«

»Klar, Mann«, sagte Steve, »ich lass eben mal schnell meinen Cyborg-Spürhund von der Leine.« Seine Finger huschten flink über A- und B-Taste einer imaginären Spielkonsole, dann sah er Tyler stirnrunzelnd an. »Im Ernst, Alter, das ist *dein* Job.«

Tyler ging am Fuß der Leiter in die Hocke und dachte nach. Er legte den Kopf schief, schnupperte sogar die warme, feuchte Luft. Wenn es ein Film gewesen wäre, hätte er jetzt etwas gespürt oder gehört und einen brillanten Schluss daraus gezogen, aber es war kein Film. Er strich mit dem Lichtstrahl die Wände ab.

»Batterien halten nicht ewig«, mahnte ihn Steve, aber mehr als die Feststellung war es der ängstliche Unterton in der

Stimme seines Freundes, der Tyler verunsicherte. Vielleicht hatte Lucinda ja recht. Vielleicht ging er die Sachen zu überstürzt an. Vielleicht hätte er Steve nicht in diese verrückte Aktion mit hineinziehen sollen …

Er bemühte sich, ruhig zu denken. Wenn diese Höhle irgendwie mit der Verwerfungsspalte auf der nahegelegenen Tinkerfarm verbunden war, dann konnte er vielleicht den Luftzug in einem der Gänge spüren. Er leckte sich die Finger und bewegte sie sachte hin und her, dann drehte er sich und wiederholte die Prozedur.

»Es muss doch einen leichteren Weg geben, auf die Farm von deinem Onkel zu kommen, Tyler, ehrlich«, sagte Steve. »Es ist ja nicht so, dass diese Engländerin ihn umbringen will oder so. Sie braucht ihn doch!« Der Gedanke gefiel Steve. »Das heißt, wir können genauso gut wieder zu mir nach Hause gehen. Vielleicht kennen meine Eltern sogar eine Stelle, wo man näher bei deinem Onkel dran in die Stollen reinkommt …«

Tyler beachtete ihn gar nicht. Er versuchte nach Kräften, sich zu erinnern, was er bei seinem ersten Kontakt mit der Verwerfungsspalte gefühlt hatte. Es war erschreckend gewesen, aber auch ein Gefühl, wie er es vorher noch nie erlebt hatte. Er stellte sich mit geschlossenen Augen und ausgestreckten Händen vor die erste Stollenöffnung, dann ging er zur zweiten und machte dort dasselbe.

»Was machst du?«, fragte Steve. »Die Geister um Hilfe bitten? Hokuspokus Fidibus, dreimal schwarzer Kater?«

»Klappe, Mann. Echt.« Der dritte Stollen fühlte sich im ersten Moment nicht anders an, doch dann hatte Tyler den Eindruck, eine schwache Luftbewegung zu spüren. Damit war die Sache entschieden. Dieser Stollen musste es sein, eine andere Alternative gab es nicht. »Hier lang«, sagte er und tauchte mit eingezogenem Kopf in den Gang ein. Er hörte, wie Steve missmutig grummelte, schließlich aber doch hinter ihm hertappte.

•◆•

»Wie lange sind wir schon hier unten?« Steve hatte versucht, sich seitlich durch eine schmale Stelle im Gang zu schieben, aber war mit dem Rucksack hängengeblieben. Tyler löste die Gurte, damit er sich herauswinden konnte. »Kommt mir wie Tage vor«, klagte Steve. »Der Gang zieht sich ewig hin!«

Tyler schaute auf die Uhr. »Es ist zehn. Wir sind seit ungefähr einer Stunde hier unten.«

»Das gibt's nicht. Nur eine Stunde?« Steve setzte an, sich den Rucksack wieder aufzuladen. Er seufzte. »An die Dunkelheit hatte ich nicht gedacht.«

»Wie, nicht gedacht?«

»So durch die totale Finsternis zu laufen ist echt unheimlich, Mann. Selbst mit Taschenlampen.«

»Stimmt. Man kommt sich vor wie in einem andern Universum.«

»Mal nicht den Teufel an die Wand.« Steve warf seinen schweren Rucksack genervt wieder hin und fluchte. »Ehrlich, ich muss mal verschnaufen. Wie wär's mit einem kleinen Happen zur Stärkung?«

Tyler nickte. »Sobald wir aus diesem Gang in die nächste offene Höhle kommen.«

Die ursprünglichen Erbauer der Mine hatten hauptsächlich einen Komplex natürlicher Höhlen verbinden wollen und dazu Stollen gebrochen, niedrige, eckige Schächte im grauen, schimmernden Fels, der ein wenig wie zerlaufenes Speiseeis aussah. Einige dieser offenen Höhlen waren größer als ein kleines Haus. Beide Jungen waren froh, dass Schlangen- und

Spinnenbegegnungen weitgehend ausblieben, aber sie entdeckten in den Höhlen viele Fledermäuse, so dass Tyler sich im nächsten großen Zwischenraum, den sie erreichten, eine Weile umschauen musste, bis er eine Sitzgelegenheit ohne allzu viel Fledermausguano fand. Immerhin schien die Umgebung Steve nicht den Appetit zu verderben: Tyler hatte erst zweimal von seinem Brot abgebissen, als Steve schon den letzten Bissen von seinem verputzte.

»Was denn?«, beschwerte er sich, als er Tylers Gesichtsausdruck sah. »Ich hab halt Hunger gehabt von der ganzen Anstrengung.« Er nahm einen großen, gurgelnden Schluck aus seiner Feldflasche. »Und Durst!«

»Mach langsam mit dem Wasser. Ich weiß nicht, wie lange wir noch bis zur Farm brauchen.« Tyler fühlte sich mittlerweile ein wenig sicherer mit seiner Stollenwahl. Die schlichte Tatsache, dass sie schon so lange gingen (oder krochen, wenn die Gänge so niedrig wurden, dass sie sogar ihre Rucksäcke abnehmen mussten), sprach dafür, dass er sich für den richtigen Weg zur Tinkerfarm entschieden hatte.

»Du hast mir noch gar nicht erzählt, was wir machen, wenn wir da sind.«

»Doch, klar hab ich das.«

»Hast du nicht. Bloß: ›Wir müssen rauskriegen, was die machen.‹ Wie im Comic. Wie bei Agent Erdferkel.« Er zog die Stirn kraus. »Wobei ich dann Erna Erdmännchen wäre. Mist.«

»Es *ist* so: Wir müssen rauskriegen, was die machen. Was Colin Needle und seine Mutter vorhaben.«

»Alter, du weißt schon, dass du ein bisschen fanatisch bist, oder?«

»Bin ich nicht! Er hat das Kontinuaskop, und das bedeutet, wenn er damit umgehen lernt, kann er in der Zeit reisen! Und seine Mutter hat Gideon voll unter Kontrolle. Hypnotisiert!

Das heißt, sie können mit der Farm alles machen, was sie wollen.«

Steve sah ihn mit einem Blick an, der deutlich sagte, dass er es für besser hielt, den Irren bei Laune zu halten. »Wir sollen uns also mit ihnen anlegen? Was ist, wenn sie uns irgendwie verhext? Was ist, wenn die beiden in die Vergangenheit reisen und unsere Großväter umbringen oder so was?«

Auf den Gedanken, was Colin Needle in der Beziehung alles anstellen konnte, war Tyler auch schon gekommen. In Sciencefiction-Filmen war das immer der Punkt, wo die Kacke so richtig am Dampfen war, und danach wurde die Zivilisation zerstört und alle in Killermutanten verwandelt. Colin Needle und seine abscheuliche Mutter konnten nicht bloß die Tinkerfarm an sich reißen, sie konnten zufällig oder sogar vorsätzlich die ganze Welt zerstören. »Na super!«, rief Tyler und schlug sich bei diesen Aussichten mit beiden Händen wütend auf die Schenkel. Das Echo hallte in der kleinen, hohen Höhle wider und dann links und rechts in den Gängen.

Doch seltsam, das Echo verklang gar nicht, sondern hielt viel länger an als normal. Das klatschende Geräusch hörte sich jetzt anders, leiser an …

»Warte«, sagte Tyler. »Was ist das?«

»Was ist was?« Steve schaute sich um, doch der sprunghafte Strahl seiner Taschenlampe fiel nur auf den Fels, der sie umschloss. »Lass das, du machst mich ganz nervös! Was ist *was?*«

Das Geräusch wurde lauter.

»Das da. Klingt wie … Schritte.« Ein langsames Tappen, schlurf-patsch, schlurf-patsch. »Pssst.« Tyler hob die Hand. »Da kommt jemand.«

»Alter!« Steve sah aus, wie kurz vor einem Herzinfarkt. Er bemühte sich krampfhaft, nicht zu schreien, seine Augen waren so weit, dass das Weiße beinahe leuchtete. »Du machst nur Spaß, oder?« Aber jetzt hörte Steve es auch. »Irgendjemand muss uns gefolgt sein – mein Papa vielleicht!«

»Nein«, sagte Tyler, »hör doch. Es kommt aus der anderen Richtung.«

»O Mann, nichts wie weg!« Steve machte einen Satz auf den Gang zu, durch den sie gekommen waren, aber Tyler packte ihn am Jackenärmel und hielt fest, obwohl der andere Junge ihn fast von den Beinen riss.

»Steve, nicht bewegen!«

Die Schritte ertönten wieder: tapp … schrapp … tapp … schrapp. Tyler richtete seine Taschenlampe auf den hinteren Gang. Etwas bewegte sich dort, ein kantiger Schatten. Ihm blieb fast das Herz stehen. Da trat der Schatten in die Höhle hinaus und in den Lichtkegel der Lampe.

Ein langhaariger alter Mann im schwarzen Anzug stand nur wenige Meter von ihnen entfernt, die Augen zusammengekniffen und die Hände erhoben, um nicht geblendet zu werden. Er hatte einen großen Schnurrbart wie Mark Twain auf dem Bild im Schulbuch und einen weißen Zweitagebart. Sein Gesicht kam den beiden irgendwie bekannt vor – außerordentlich bekannt sogar. Tyler konnte ihn nur mit offenem Mund anstarren, Steve japste, als wäre ihm ein Football im Hals stecken geblieben.

»Alter, den Typ hab ich schon mal gesehen! In der Bibliothek auf eurer Farm – auf diesem Bild!« Steve schnappte nach Luft und flüsterte in hohem Quietschton: »Aber … aber ich dachte, der wäre tot!«

»Das ist er«, sagte Tyler und wich vor der Erscheinung zurück. Ihm war, als würde ihm gleich das Herz aus dem Brustkasten springen. »Er ist voll, *voll* tot. Steve, das ist Octavio Tinker!«

## 28

## SELTSAME VERBÜNDETE

Die letzte halbe Stunde war Lucinda im Wohnzimmer der Carrillos auf und ab getigert. Sie konnte sich nicht genug konzentrieren um zu lesen, fand nichts im Fernsehen, was sie interessierte – im Grunde war sie zu nervös, um etwas anderes zu tun, als dem Donner und dem aufs Dach trommelnden Regen zu lauschen.

*Warum kommt Ragnar nicht zurück? Wir brauchen ihn! Tyler muss klatschnass sein, wenn er bei dem Regen unterwegs ist,* dachte sie bei sich, aber sie zürnte ihrem Bruder wesentlich mehr, als sie ihn bedauerte. *Wie kann er so was machen? Weiß er nicht, wie gefährlich das ist?* Dass er in ein altes Bergwerk absteigen wollte, war allein schon schlimm genug und eine ausgesprochen tylertypische Dummheit, aber selbst wenn er so tatsächlich einen Weg zur Tinkerfarm fand, was wollte er dort machen? Es war Nacht, gefährliche Tiere liefen frei herum, und Desta zufolge durchaus nicht dort, wo sie hingehörten.

Plötzlich war sie nicht mehr zornig, sondern hatte einfach nur noch Angst, große Angst. Ihr war, als ob in dieser Nacht alles auf dem Spiel stand: Tyler, die Farm, die Drachen. Und was tat sie? Sie wartete darauf, dass Ragnar zurückkam. Und wenn er jetzt nicht kam?

Lucinda warf sich wieder auf die Couch und versuchte, ihr Buch weiterzulesen, aber es war ihr so gut wie unmöglich, mit den Augen auf der Seite zu bleiben – ständig schwammen ihr die Worte davon wie verschreckte Fische.

Sie hätte es zunächst beinahe überhört, weil gerade ein Donnerschlag derart laut krachte, als wäre er direkt über ihr, doch als er verklang, war es immer noch, als ob das ganze Haus wackelte. *Bumm, bumm, bumm!* Wer es auch war, der da an der Haustür der Carrillos klopfte, er meinte es ernst: *bumm, bumm, bumm, bumm!* Lucinda sprang von der Couch, blieb aber dann vor der Tür stehen.

»Wer ist da?«

»Ich bin's«, sagte eine Männerstimme, die weder Ragnar noch sonst jemandem gehörte, den sie kannte. Ihr Herz begann zu flattern. »Wir hatten eine Verabredung, schon vergessen?«

Lucinda vergewisserte sich, dass die Kette vorhing, ehe sie die Tür aufmachte. Als sie hinauslugte, sah sie die Bäume im Wind schwanken und den Regen wie einen Vorhang vorüberziehen. Vor der Tür stand ein gepflegt aussehender älterer Mann in einer teuren Windjacke, die grauen Haare vom Sturm zerzaust.

»Wer sind Sie?«, fragte sie.

»Wer bist *du?*«, gab er scharf zurück. Lucinda fand, dass

das nicht sehr höflich war. »Ich will zu Silvia und Hector Carrillo.«

»Sie sind nicht da.« Er kam ihr irgendwie bekannt vor. »Sie müssen ein andermal wiederkommen.«

»Den Teufel werde ich tun. Ich warte hier.« Seine Augen verengten sich. »Moment mal. Dich kenne ich doch?« Seine Augen weiteten sich vor Überraschung. »Ich weiß, wer du bist. Du bist eines der Jenkins-Kinder.«

»Ich weiß nicht ... ich weiß nicht, was ...« Lucinda war auf einmal klargeworden, wer der Mann war. Sie versuchte, die Tür zu schließen, doch der Mann stellte seinen Fuß dazwischen.

»Nicht.« Sein Ton war sachlich, es war keine Bitte. »Dort im Wagen sitzen zwei kräftige Männer.« Er deutete mit einem Nicken auf das in der Auffahrt stehende schwarze Luxusfahrzeug. Selbst im gleißenden Licht eines Blitzes, der vom Himmel herabzuckte, konnte Lucinda nicht durch die Scheiben ins Wageninnere schauen. »Wenn ich sie rufe, treten sie diese Tür ein und es wird sehr schnell ungemütlich. Lässt du mich jetzt vielleicht ein, kleines Fräulein?«

»Sie sind Edward Stillman, nicht wahr? Der Mann, der Onkel Gideons Farm haben will.« Sie wusste nicht, was sie tun sollte. Es wäre Wahnsinn, ihn einzulassen, oder? Aber die Carrillos kannten ihn und hatten mit ihm geredet, das hatte Lucinda sie mehrmals sagen hören. Schließlich zog sie die Kette aus dem Schlitz und trat zurück.

»Sehr vernünftig.« Stillman trat ein und wischte sich das Wasser von Haaren und Schultern. »Das erste Mal seit langem, dass jemand von der Ordinary Farm etwas Intelligentes tut.« Er musterte sie von Kopf bis Fuß, zum Glück nicht auf die schmierige Altmännerart, aber auch nicht wie ein normaler, netter Erwachsener. »Du heißt Linda, nicht wahr?«

»Nein, Lucinda.«

»Ah ja. Und dein Bruder heißt Tyler. Wo ist er? Und warum musstest du hierbleiben, wo doch heute dein großer Abend ist, Aschenputtel? Weißt du nicht, was heute Abend im Haus deines Großonkels stattfinden soll?«

Sie hatte keine Ahnung, wovon er sprach, es sei denn, er hatte irgendwie davon Wind bekommen, dass die Mantikore frei herumliefen, aber das war unwahrscheinlich. »Mein Bruder ist nicht da. Die Carrillos auch nicht. Ich denke, Sie sollten lieber gehen. Sonst … sonst rufe ich die Polizei.«

Stillman lachte. »Was, du willst beim Sheriff von Yokuts County anrufen? An einem solchen Abend sitzt das ganze Revier bei Rosie's, nimmt ein Stück Kuchen und eine Tasse Kaffee ins Kreuzverhör und freut sich, ein Dach über dem Kopf zu haben.«

»Dann wähle ich halt den Notruf.«

Er schüttelte den Kopf. »Mach keinen Quatsch, Mädel, ich tue dir nichts. Ich bin kein … *Schurke* oder so was. Dein Großonkel Gideon, der hat *mir* die Farm gestohlen. Und jetzt will er ein für alle Mal verhindern, dass ich sie doch noch bekomme, habe ich den Verdacht. Aber das werde ich nicht zulassen, verstehst du?« Stillman zog ein schmales Telefon heraus, nicht viel größer als ein flacher Stapel Spielkarten, und drückte eine Taste. »Haben Sie schon jemand erreicht?«, fragte er die Person am anderen Ende. Auf die Antwort hin knurrte er unwirsch. »Dann versuchen Sie's weiter! Und probieren Sie's auch bei Dankle noch mal.« Er schob das Telefon in die Brusttasche zurück.

Lucinda hatte sich im Zimmer umgeschaut und überlegt, ob sie vielleicht durch die Hintertür entwischen konnte; jetzt blickte sie abrupt auf. »Dankle?«, sagte sie. »Den Namen kenne ich. Das ist doch dieser Anwalt.« Der Mann, den Kingaree am Vierten Juli im Park getroffen hatte. Stand Stillman hinter dem Komplott?

Der Milliardär warf ihr einen missmutigen Blick zu. Für einen Mann mit einem ganz netten Gesicht, dachte Lucinda, machte er keine netten Gesichter. »Natürlich kennst du ihn. Versuch nicht, mich für dumm zu verkaufen, kleines Fräulein. Er ist der Anwalt deines Großonkels, der Mann, der dich und deinen Bruder als Erben der Farm in Gideons Testament einsetzen soll. Da darf man wohl annehmen, dass du ihn kennst.«

»Onkel Gideons Anwalt ...?« Lucinda war plötzlich zumute, als ob der Boden unter ihren Füßen zu bröckeln begänne. »Dankle ist auch Onkel Gideons Anwalt? Derselbe Mann?«

»Derselbe? Worauf willst du hinaus?« Stillman bedeutete ihr, sich auf die Couch zu setzen, und nahm ihr gegenüber in einem Sessel Platz. Der Regen trommelte immer noch laut auf das Dach, aber der Donner schien sich zu entfernen. Stillmans Blick war hart und gnadenlos. »Sprich. Was weißt du über den Anwalt?«

Lucinda holte tief Luft. »Nein. Erst Sie – wenn Sie mich nicht mit Gewalt zwingen wollen. Sagen Sie mir, worum es hier geht, oder ich sage nichts mehr und warte, bis die Carrillos zurückkommen. Was jeden Moment der Fall sein muss.«

Stillman starrte sie an. Sie konnte fast sehen, wie sein Gehirn tickte, während er in wenigen Sekunden hundert verschiedene Möglichkeiten erwog und verwarf. Er war schlau, das durfte sie nicht vergessen. Er war schlau und böse und reich.

Schließlich setzte er sich aufrecht hin. »Na schön, Lucinda, du sollst deinen Willen haben. Wir lassen das Verhör und machen stattdessen ein Geschäft. Ich erzähle dir etwas, du erzählst mir etwas. Abgemacht?«

Sie versuchte, sicherer zu klingen, als sie sich fühlte. »Abgemacht.«

»Also fangen wir mit dem Anwalt an«, sagte Stillman. »Barnaby Dankle. Ein kleiner Rechtsverdreher aus Liberty. Gideon geht seit Jahren zu ihm, hauptsächlich weil sie beide billig sind, einer wie der andere, aber auch weil Dankle bereit ist, fünfe grade sein zu lassen, wenn er dafür ein paar Dollar mehr herausschlagen kann. Mit anderen Worten, er ist käuflich. Und das weiß ich genau, weil auch *ich* ihn gekauft habe.« Er lachte rauh. »Jawohl, seit mittlerweile zwei Jahren weiß ich über alles Bescheid, was Gideon rechtlich unternimmt. Dankle informiert mich über alles. Auf die Weise habe ich vor ein paar Wochen erfahren, dass Gideon vorhat, sein Testament zu ändern, und zwar sollen du und dein Bruder die Ordinary Farm erben, falls ihm etwas zustößt.«

Es stimmte also wirklich: Sie sollten die Tinkerfarm erben. Lucinda jubelte innerlich, aber gleichzeitig legte sich eine große Furcht auf sie. Wie sollten zwei Kinder es fertigbringen, diese verrückte und gefährliche Farm zu führen? Wie sollte ihnen etwas gelingen, woran selbst ihr Großonkel scheiterte?

»Aber die Testamentsänderung hat bisher nicht stattgefunden«, fuhr Stillman fort. »Bis heute Abend, besser gesagt. Dankle ist vor einer halben Stunde mit dem Taxi zu eurer Farm gefahren. Er wurde erwartet und eingelassen.« Stillmans bis dahin ruhige Stimme wurde auf einmal scharf. »Du bist dran. Wird nun das Testament heute Abend geändert? Und warum bist du nicht dabei?«

Und plötzlich fügte sich in Lucindas Kopf alles zu einem Bild zusammen – einem äußerst hässlichen Bild.

»Ich glaube, ja, das Testament wird geändert«, sagte sie langsam. »Aber nicht mehr zu unseren Gunsten. Mrs. Needle wird erben. So muss es sein!«

Stillman musterte sie skeptisch. »Was, die Haushälterin? Ich habe dir gesagt, Mädel, lüg mich nicht an. Ich weiß zu viel.«

»Sie wissen gar nichts!« Erwachsene Männer, wurde ihr klar, konnten mit ihrem selbstsicheren Gehabe genauso falsch liegen wie kleine Jungen. »Sie haben es in Wirklichkeit mit Mrs. Needle zu tun, nicht mit mir oder Tyler. *Sie* ist Ihre Feindin. Wir sind bloß Kinder!« Und es stimmte ja: Sie konnte so gut wie nichts ausrichten. Ed Stillman dagegen konnte sehr viel ausrichten.

Sie erzählte ihm, wie sie und Tyler im Stadtpark von Liberty das Gespräch zwischen Dankle und dem Sklavenhändler Kingaree belauscht hatten, wobei sie selbstverständlich Kingarees Beziehung zur Verwerfungsspalte verschwieg. »Was sie auch vorhaben mögen, es wird bestimmt heute Abend geschehen.« Lucinda konnte ihre Furcht nicht mehr zügeln. »Kingaree muss für Mrs. Needle arbeiten. Sie … sie hat Onkel Gideon irgendwas gegeben. Drogen vielleicht. Er ist seit Wochen krank. Und ich wette, jetzt lässt sie das Testament ändern, damit sie und ihr Sohn die Farm bekommen!« Lucinda wusste, dass sie recht hatte, sie spürte es. Auf einmal begriff sie, dass sie unbedingt auf die Farm musste. »Heute Abend!«

Stillmans Miene war nicht mehr so gereizt, aber nicht weniger angespannt. Er betrachtete sie wie ein Werkzeug, das er zu kaufen erwog und von dem er sich fragte, ob es für die vorgesehene Arbeit taugte. »Heute Abend, was?«, sagte er schließlich. »Na, dieser verlogene Dankle wird den Schreck seines Lebens bekommen – und diese Needle genauso, wenn sie sich tatsächlich einbildet, sie könnte sich etwas nehmen, das rechtmäßig Edward Stillman gehört.« Er stand auf und begab sich zur Tür.

»Nehmen Sie mich mit!«, rief Lucinda und lief hinter ihm

her. Sie konnte nicht hier auf der Couch sitzen und lesen, während sich draußen ihr Schicksal entschied. »Ich kann Ihnen reinkommen helfen. Ich kenne mich aus.«

Stillman lachte, als hätte sie angeboten, ihm etwas Geld zu leihen. »Ein guter Witz. Du willst mir helfen?«

Vor dem Fenster zuckte ein Blitz. »Mein Bruder ist auf dem Weg dorthin! Er will sich heimlich auf die Farm schleichen. Ich muss ihn finden.« Sie verabscheute sich dafür, aber sie gab ihre Gefühle preis. Sie bettelte den Mann an, der vielleicht der schlimmste Feind der Farm war. »Bitte helfen Sie mir! *Bitte!*«

Er überlegte kurz, dann verzog sich sein Mund zu einem kleinen, schiefen Grinsen. »Na gut. Hol dir eine Jacke. Es gießt in Strömen.«

Das klang fast nach einem normalen Menschen, fand Lucinda, doch sie ließ sich nicht täuschen. »Danke. Ich muss nur noch schnell einen Zettel schreiben.«

»Dann beeil dich!« Seine Heiterkeit war gleich wieder verflogen.

Sie kritzelte rasch »Alles okay, bin bald wieder da, Lucinda« auf einen Zettel und eilte hinter Ed Stillman zur Tür hinaus, die Regenjacke über dem Kopf und spritzende Pfützen zu den Füßen. Der Vorplatz war dabei, sich in ein Schlammloch zu verwandeln. Die hintere Tür des großen Wagens öffnete sich vor ihnen. Stillman schob sie hinein, neben einen großen schwarzen Mann.

»Rutschen Sie rüber, Deuce, wir haben Besuch.« Stillman schwang sich neben sie und rief dann dem breitschultrigen weißen Mann auf dem Fahrersitz zu: »Los. Tinkerfarm.« Er schaute zum Fenster hinaus, während der Wagen wendete und zur Hauptstraße fuhr. »Gott, das ist die reinste Höllennacht. Und es wird noch schlimmer kommen … für den einen oder anderen.«

Zu Lucindas anderer Seite lachte der bullige Deuce und freute sich sichtlich darauf, irgendjemandem die Hölle heiß zu machen. Seine Oberarme waren so dick wie Lucindas Taille. Sie kauerte sich in den weichen Ledersitz und fragte sich, ob das Ganze wirklich so eine gute Idee gewesen war.

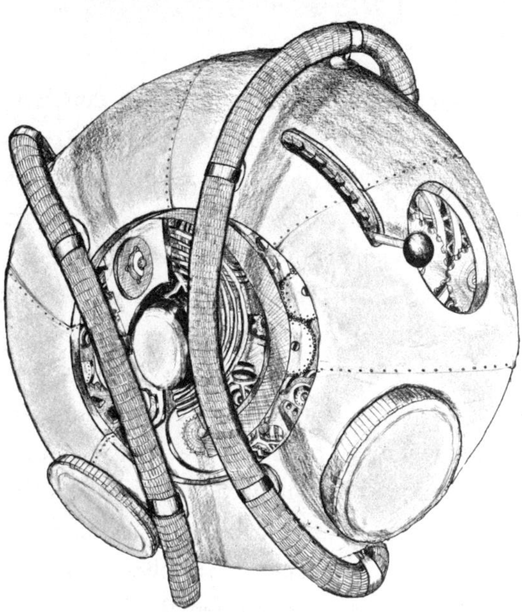

29

# DAS PHANTASTISCHE NEEDLESKOP

Colin vergewisserte sich, dass an der Vorderseite des Hauses niemand am Fenster stand, ehe er über die Auffahrt zum Silo hinüberhuschte. Seine Mutter hatte den ganzen Tag kaum ein Wort mit ihm gewechselt, und nach ihrem angespannten Gesichtsausdruck zu urteilen, war das eher ein Grund zur Freude. Doch obwohl sie praktischerweise von irgendetwas voll in Anspruch genommen war, wollte er nicht riskieren, dass jemand ihn sah und es entweder ihr oder Walkwell meldete. Zum Glück hatte das altgriechische Monstrum Tag und Nacht damit zu tun, Ragnar Lodbroks Abwesenheit wettzumachen.

Colin blieb vor der Silotür stehen, um noch ein letztes Mal das Terrain zu sondieren, dann öffnete er mit seinem Nachschlüssel das Vorhängeschloss und trat in den leeren Speicherraum. Er stellte sich seine Unternehmungen gern als militärische Operationen vor, bei denen alles genauestens geplant war; für solche Fälle hatte er sich auf einer der Fahrten nach Standard Valley einen eigenen Satz Nachschlüssel anfertigen lassen. Ein weiteres Beispiel dafür, warum er eines Tages der Herr der Farm sein sollte, und zwar lieber früher als später.

Er öffnete das Schloss der Bodenklappe und stieg dann die Leiter hinunter in die Vorhöhle der Verwerfungsspalte, wo seines Wissens niemand mehr gewesen war, seit Simos Walkwell hier vor einigen Wochen nach Gideon gesucht hatte.

Colin knipste seine extrem helle Taschenlampe aus und setzte sich auf den steinernen Höhlenboden, dann holte er vorsichtig das Kontinuaskop aus dem Rucksack. Es hatte sich ziemlich schwer angefühlt, als er es von Alamus Nest den Hügel hinuntergetragen, und auch noch, als er es in der Bibliothek in der Hand gehalten hatte, aber hier, so dicht an der Verwerfungsspalte, kam es ihm mit einem Mal viel leichter vor. Er bildete sich sogar ein, es ein wenig zittern zu fühlen wie ein Tier, das nichts dringender wollte, als abgesetzt zu werden und loszulaufen.

Er schaltete die Stirnlampe an, die er sich übers Internet bestellt hatte, und hielt das Kontinuaskop vor sich. Er hatte viele Seiten zusammengetragen, auf denen Octavio Tinker über die Konstruktion und Funktionsweise eines Geräts nachdachte, das es ihm erlaubte, sich in der Verwerfungsspalte gezielt zu bewegen – eine Zeitmaschine, wie Colin schließlich mit ehrfürchtigem Staunen begriffen hatte. Er hatte alle verfügbaren Notizen, die er im Laufe der Zeit in der Bibliothek gefunden hatte, sorgfältig studiert, war sich aber dennoch nicht sicher, ob er das Gerät wirklich bedienen konnte. Tyler Jenkins mochte es gelungen sein, durch irgendeinen glücklichen Zufall aus der Spalte wieder herauszufinden, aber Colin hatte seine Zweifel, dass er das gleiche Glück haben würde.

Das Erste, was er prüfen wollte, war, ob das Ding die Verwerfungsspalte überhaupt öffnen konnte; vorher brauchte er sich gar keine Gedanken darüber zu machen, wie er sich kontrolliert durch die zahllosen verschiedenen »Zeitschichten« (ein Ausdruck des alten Octavio) bewegen konnte. Nach den Informationen, die er gesammelt hatte, funktionierte das Kontinuaskop ein wenig wie ein altes Detektorradio: Es ließ sich auf verschiedene Energiefrequenzen einstellen. Octavio Tinkers größte Erfindung war folglich gar nicht so verschieden von einem Radioempfänger, da jede empfangene Frequenz gewissermaßen die Verbindung zu einer bestimmten Zeit und einem bestimmten Ort war. Die Verwerfungsspalte verschaffte jedem, der sich hineinbegab, Zugang zu diesen Verbindungen, von denen es jedoch unzählig viele gab. Nur mit einem Kontinuaskop konnten andere Leute, die nicht über Octavios ungewöhnliche Naturbegabung verfügten, mit einiger Präzision ein bestimmtes Ziel ansteuern oder den Weg zurück an den Ausgangsort finden.

Colin brachte alle Teile in die Ausgangsposition. Eine der faszinierendsten Eigenschaften des Kontinuaskops, hatte er entdeckt, war, dass es keine externe Stromquelle benötigte, kein Kabel, keine Batterien. Es funktionierte vielmehr aufgrund von Schwingungen und wurde durch ein Gefüge aus Federn und Zahnrädern in Gang gesetzt, das dem Innenleben einer großen und äußerst komplizierten Taschenuhr ähnelte.

Alle zitternden Spulen befanden sich nun in der Grundeinstellung, und Colin drehte ein dutzendmal kräftig die Aufzugswelle, wie in Octarios Aufzeichnungen beschrieben. Sobald er die Welle losließ, begann das Kontinuaskop ganz leicht in seinen Händen zu vibrieren und unendlich fein von einer Seite zur anderen zu schwingen wie ein kreiselndes Gyroskop. Einige der kleineren Ringe drehten sich bereits in unterschiedlichem Tempo innerhalb des runden Rahmens, andere setzten sich langsam in Bewegung. Es war ein sonderbares Gefühl: Als er sich den schimmernden Apparat etwas näher ans Ohr hielt, hörte er ihn nur ganz leise summen, sein Zittern jedoch spürte er deutlich in den Zähnen und Schädelknochen.

Colin stand auf und ging tiefer in die Höhle hinein, bis er eine Stelle erreichte, wo sich die Verwerfungsspalte seines Wissens normalerweise öffnete. Er ließ die Spulen in der lockersten Einstellung, entsprechend ungefähr der Funkstille im Radio am Ende der Einstellskala, zog dann einen kleinen Hebel am Rahmen zurück und ließ ihn los. Ein Hämmerchen schlug eine Stimmgabel an, deren Schwingungen aus einem Kreis winzigster Blüten- oder Trompetenformen am Ende der goldenen Röhre aufstiegen, die sich durch das Instrument zog. Unmittelbar darauf begann sich die Dunkelheit vor ihm zu teilen, als ob in der Luft ein Reißverschluss aufgezogen würde. Als das fahle Licht eines bewölkten Tages einfiel, schulterte Colin Needle seinen Rucksack, holte tief Luft und trat in die Verwerfungsspalte ein, das Kontinuaskop mit beiden Händen vor die Brust gehalten.

•◆•

Er schlotterte noch lange, nachdem er wieder in die heimische Zeit und Umgebung zurückgekehrt war, und selbst als er längst den Schnee von den Schuhen abgetreten hatte, fühlten sich seine Füße weiterhin wie Eisklumpen an, aber innerlich triumphierte er. Er war nicht nur erfolgreich in die Spalte eingedrungen und wieder herausgekommen, wenn er sich nicht vollkommen täuschte, war er sogar an genau demselben Zeitpunkt der Eiszeit gelandet, der seinerzeit diese Höhlentussi Oola und ihren Retter Tyler Jenkins ausgespuckt hatte. Ja, er hatte sogar mit ziemlicher Sicherheit die Fußspuren der beiden gesehen, die zu der Stelle führten, an der er eintraf, auch wenn sie rasch zuschneiten. Wenn das stimmte, dann hatte er noch etwas erfahren, nämlich dass die Verwerfungsspalte von sich aus nicht sonderlich häufig die Zeiten und Orte wechselte. Die Ordinary Farm war anscheinend seit vorigem Sommer mit diesem eiszeitlichen Gletschertal verbunden gewesen, und selbst die Zeit schien auf der anderen Seite nicht weitergegangen zu sein.

Das alles war gut, sehr gut. Damit hatte er jetzt gegenüber Tyler Jenkins die Nase vorn. Aber anders als Jenkins wollte Colin so lange mit wissenschaftlicher Gründlichkeit experimentieren, bis er so weit war, dass das Kontinuaskop – und damit auch die Verwerfungsspalte – genau das tat, was er wollte. Gut vorstellbar, dass eines Tages alle Welt nur vom »Needleskop« sprechen würde. Nein, eher vom »phantastischen Needleskop«, weil er damit Sachen anstellen würde, auf die überhaupt noch niemand gekommen war. Besser konnte man gar nicht sicherstellen, dass die Verfügungsgewalt über die Ordinary Farm dort blieb, wo sie hingehörte, nämlich bei Colin und seiner Mutter.

Vermutlich sollte er Tyler Jenkins dankbar sein, dass er ihn so tatkräftig unterstützt hatte, indem er nicht allein das Versteck des Kontinuaskops aufgespürt hatte, sondern auch dumm genug gewesen war, um sich mitsamt seiner Schwester von der Farm werfen zu lassen und damit die Bahn für Colin Needle freizumachen.

Er lachte laut, was unheimlich klang in der leeren Höhle, und spürte die Kälte in Füßen und Fingern kaum noch, so sehr glühte er vor Siegesgewissheit. Jetzt, da er frei über die Verwerfungsspalte verfügen konnte, würde er Großes vollbringen. Alle würden die Hälse recken und ihn bewundern. Mehr noch, sie würden sich alle vor ihm ducken und zugeben, dass die Farm ihm gehören sollte.

Die *Needle Farm!*

# 30

## EIN WASCHECHTER TINKER

Alter«, flüsterte Steve. »Sag's mir noch mal: Warum geben wir einem Geist Wasser?«

»Weil er in Wirklichkeit gar kein Geist ist.« Tyler sah zu, wie Octavio Tinker die Feldflasche leerte und sich mit einer runzligen Hand den Mund abwischte, einer Hand aus Fleisch und Blut. »Ich glaube, er ist aus der Verwerfungsspalte gekommen … aus der Vergangenheit.«

»Gibt's nicht«, sagte Steve. »Echt? Alter, das ist ja irre.«

»Wie war das?« Der alte Mann hob den Kopf und fixierte Tyler mit wachen, scharfen Augen. »Was hast du da gesagt?«

»Verwerfungsspalte, Mr. Tinker. Wir wissen darüber Bescheid.«

»Soso. Und meinen Namen scheint ihr auch zu kennen.«

Octavio gab ihm die leere Pfadfinderfeldflasche zurück. »Danke für das Wasser. Woher kennst du mich, mein Junge?« Der alte Mann sah aus wie mindestens achtzig, aber geistig war er voll da. Tyler mochte ihn nicht anlügen und hätte nicht einmal gewusst, wie.

»Ich kenne Sie, weil … weil Sie aus der Vergangenheit sind. Aus unserer Vergangenheit. Sie sind jetzt in der Zukunft – in Ihrer Zukunft, genauer gesagt. Glaube ich wenigstens.« Er blickte von dem Erfinder zu Steve Carrillo, der das Geschehen gebannt verfolgte. »Anders kann ich es mir jedenfalls nicht erklären. Ich vermute, Sie haben mit der Verwerfungsspalte experimentiert und sind in der Zukunft rausgekommen.«

Der alte Mann zog eine buschige Augenbraue hoch. »Tatsächlich? Das war nicht meine Absicht. Welches Jahr haben wir?« Als Tyler es ihm sagte, ging auch die andere Augenbraue in die Höhe. »Hmmm. Du hast recht, das ist mehr als zwanzig Jahre später als der Punkt, an dem ich in die Spalte hinein bin.« Er grinste und sah dabei aus wie ein kleiner Junge, der ein Geheimnis hat. »Sie öffnet sich also in beide Richtungen, in die Vergangenheit *und* in die Zukunft. Meine Theorie hat gestimmt. ›Verwerfungsspalte‹, hast du gesagt. Ist das der offizielle Name heutzutage?«

Tyler zuckte die Achseln. »Kann sein. Sie ist immer noch geheim. In Ihren Notizen haben Sie mal Spalte, mal Verwerfung, mal Verwerfungsspalte geschrieben. Der Mann Ihrer Enkelin, Gideon, sagt Verwerfungsspalte dazu.«

»Gideon!« Der alte Mann hob den Kopf. »Ha! Das hätte ich mir denken können, dass er es schafft, die Farm irgendwie zu behalten. Ich hoffe, Grace hat ihn gut im Griff und …« Er verstummte mitten im Satz und sah plötzlich betroffen aus. »O Gott, das hatte ich ganz vergessen! Habt ihr sie gesehen? Sie ist es, die ich suche, meine Enkelin Grace.«

Tyler war sich ziemlich sicher, sie gesehen zu haben, wenn auch nicht so, wie Octavio Tinker es meinte. »Nein, Sir. Nicht hier. Nicht heute.«

»Verdammt.« Der alte Mann schien sich schon wieder in Gedanken verlieren zu wollen, besann sich aber. »Könnt ihr mir sagen, ob ich sie finde, wenn ich …?«, begann er, unterbrach sich dann aber und winkte ab. »Nein! Nein, vergesst die Frage. Ich will nichts über die Zukunft erfahren. Das Risiko von Paradoxien ist zu hoch. Erzählt mir nichts mehr darüber, was vor mir liegt, hört ihr? *Nichts!*«

Tyler, der sich bereits besorgt gefragt hatte, was er dem Erfinder des Kontinuaskops erzählen sollte und was nicht, war erleichtert. Was hätte er ihm auch erzählen können? Er wusste nicht, an welchem Punkt der alte Mann in seiner eigenen Zeit war – Gideons Schwiegervater mochte noch fünf Jahre zu leben haben oder fünf Tage. Das Einzige, was Tyler mit Sicherheit wusste, war, dass er am Ende, in der Nacht von Grace' Verschwinden, tot neben seinem Wagen in der Auffahrt der Ordinary Farm liegen würde.

Da kam Tyler plötzlich ein Gedanke. *Er hat gesagt, dass er Grace sucht. Was … was ist, wenn das die Nacht ist, aus der er gerade kommt?* Die Nacht, in der seine Enkelin, Gideons Frau, spurlos verschwand? Die Nacht, in der sie irgendwie in die Spiegelwelt geriet, wo Tyler sie angetroffen hatte? »Sie suchen Ihre Enkelin, haben Sie gesagt. Was ist mit ihr?«

»Das ist es ja«, sagte der alte Mann bedrückt. »Ich weiß es nicht! Ich bin von einer Besorgung in der Stadt zurückgekommen, und sie war fort! Sie war allein hier, als ich losfuhr, aber es gibt nirgends eine Mitteilung, wo sie hin ist, und das Kontin …« Er unterbrach sich und blickte mit jähem Misstrauen von Tyler zu Steve.

»Ich schwöre, ich weiß gar nichts, Sir!«, rief Steve hastig, hielt die Hände hoch und wich zurück. »Ich setz mich einfach ganz still da drüben hin, und Sie müssen mich überhaupt nicht anfassen mit Ihren Zeithänden oder was weiß ich.«

Tyler verdrehte unwillkürlich die Augen. »Sie wollten gerade ›Kontinuaskop‹ sagen«, wandte er sich an Octavio. »Darüber wissen wir schon Bescheid. Ich verbringe immer den Sommer auf der Farm, und ... und ich weiß viel über Sie und die Verwerfungsspalte, Mr. Tinker. Keine Sorge, Ihre Geheimnisse sind weiterhin sicher.«

Octavio musterte ihn eine Weile, dann nickte er. »Gut. Aber mir war gar nicht klar, dass ich in die Spalte geraten war. Eine Fluktuation muss mich mitgenommen haben.« Er zeigte auf Tylers Taschenlampe. »Ich irre schon seit längerer Zeit im Dunkeln herum, mein Sohn. Wenn du mir hilfst, Grace zu suchen, erzähle ich dir, was ich weiß. Vielleicht können wir gemeinsam ein bisschen Klarheit in diese Sache bringen.«

Tyler wurde nicht schlau aus Octavio Tinker. Zeitweise wirkte er vollkommen klar im Kopf, aber wenn er dann an der Kreuzung zweier Bergwerksstollen stand und mit gebrochener Stimme nach seiner verschollenen Enkelin rief, war er in einem Zustand, den Tylers Mutter als »einigermaßen bekloppt« bezeichnet hätte. Stand der alte Mann unter Schock? War er traumatisiert? Oder war er einfach senil, ein Greis, dessen Blick auf die Außenwelt sich langsam trübte?

Sie gingen lange durch den Stollen. Manchmal, wenn er vorausging, spürte Tyler in einigen Gängen etwas Seltsames, einen schwachen Druck oder Widerstand. Drehte er sich in die andere Richtung, fühlte es sich beinahe angenehm an, als ob ihm plötzlich kein kalter Wind mehr ins Gesicht, sondern eine milde Brise in den Rücken blies. Mit diesen Beobachtungen beschäftigt dauerte es eine Weile, bis er merkte, dass er und Octavio Tinker sich an der Spitze abwechselten und dass beide ohne Absprache zu spüren schienen, wann der andere an der Reihe war, vorauszugehen.

»Du scheinst den Bogen rauszuhaben, junger Mann«, bemerkte der alte Octavio, als ob ihm derselbe Gedanke gekommen wäre. »Du weißt, was ich meine, nicht wahr?«

»Sie meinen ... dass ich mich hier unten orientieren kann?«

»Dass du dich in der Verwerfungsspalte bewegen kannst, ja. Ich kann das ebenfalls, wie dir aufgefallen sein dürfte, auch wenn das logisch nur sehr schwer zu fassen ist. Aber für die meisten Menschen wäre die erste Reise in diese Regionen auch die letzte. Mit dem Kontinuaskop geht das natürlich alles viel einfacher, wenigstens viel genauer, aber ich finde mich auch ohne einigermaßen zurecht. Du kannst die Verwerfungsspalte vor uns spüren, nicht wahr? Du spürst, dass du darauf zugehst?«

»Ich ... ich glaube, ja.«

Octavio Tinker betrachtete prüfend sein Gesicht. »Sind wir verwandt, mein Junge? Oder bist du jemand, den Gideon geholt hat, um mit ihm zu experimentieren?«

Er wollte diesen scharfsinnigen alten Mann nicht belügen, schon gar nicht, wenn der vielleicht bald sterben würde. *Vor über zwanzig Jahren*, erinnerte er sich. *Aus Octavios Perspektive gesehen jedoch demnächst.* »Ja. Ich bin mit Ihnen verwandt.«

Das schien dem Alten sehr zu gefallen. Er klopfte Tyler mit einer Hand auf die Schulter, die einem Bündel brüchiger Stöckchen glich. »Gut! Ah, das freut mich. Dann habe ich also doch etwas hinterlassen.«

»Oh, Sie haben viel hinterlassen, Sir.« Er fragte sich, ob es eine Möglichkeit gab, den alten Knaben auf die heutige Tinkerfarm zu bringen. Nicht einmal Mrs. Needle könnte sich gegen Octavio persönlich stellen! Andererseits würde so etwas auf lange Sicht wahrscheinlich noch größere Probleme schaffen, Probleme, die viel mehr als nur die Frage betrafen, wem eine abgelegene Farm in den Ausläufern der Sierra Nevada gehörte.

Widerwillig verabschiedete sich Tyler von dem Gedanken. Aber das Nachdenken über die ganzen Sciencefiction-Aspekte von Zeitreisen hatte ihn auf etwas anderes gebracht.

»Warum haben Sie dann das Kontinuaskop nicht bei sich?«, fragte er.

Der alte Mann guckte leicht verdutzt. »Was meinst du?«

»Das Kontinuaskop. Sie meinten, damit könnte man sich hier viel genauer zurechtfinden. Warum sind Sie ohne in die Verwerfungsspalte gegangen?«

»Weil Grace es genommen hat. Sie muss es haben, denn es war nicht da, wo ich es normalerweise aufbewahre. Deshalb musste ich ihr ja hierher folgen.«

»Tatsächlich?« Das stimmte nicht mit dem überein, was Tyler wusste. Hatte Gideon ihnen nicht im vorigen Sommer erzählt, dass das Kontinuaskop in der Nacht, in der seine Frau verschwand, neben dem Eingang zur Verwerfungsspalte gefunden worden war? »Sind Sie sicher?«

»Warum fragst du? Weißt du irgendetwas, das ich …?« Doch unvermittelt machte Octavio, der sich zu Tyler vorgebeugt hatte, eine abwehrende Handbewegung. »Warte! Nein, sag mir nichts! Ich will es nicht wissen!« Gleich darauf lächelte er, fast ein wenig verlegen. »Manchmal ist mir zumute, als verhandelte ich jeden Tag mit dem Schöpfer um die Wunder, die er mich schauen lässt. Ich will nicht zu viel verlangen und riskieren, dass er sich abwendet.«

Tyler sah sich nach Steve um, der sich nur noch im Schneckentempo fortbewegte. »Okay, Mr. Tinker, darf ich noch was fragen? Es gibt nur zwei Stellen, von denen aus man in die Verwerfungsspalte gelangen kann, stimmt's?«

Octavio wiegte den Kopf. »Das ist jedenfalls meine Arbeitshypothese. Aber da eine davon auf dem Grund des Indischen Ozeans liegt, werde ich wohl nie die Gelegenheit erhalten, sie zu überprüfen.«

»Indischer Ozean?« Tyler wusste nicht, was das jetzt wieder bedeuten sollte.

»Ja, südlich von Madagaskar. Das ist von dieser Spalte hier genau am entgegengesetzten Ende der Erde, am anderen Pol sozusagen. Die Energie der fünften Dimension wird dort gewissermaßen eingesaugt, verstehst du, und kommt hier zum Ausbruch. Natürlich kann es im Laufe der Äonen Polverschiebungen gegeben haben ...« Octavio unterbrach sich, um einen Block und einen Filzstift aus der Tasche zu holen und etwas zu kritzeln. Tyler hielt unterstützend seine Taschenlampe darauf, wurde aber aus den eigenartigen Symbolen des alten Mannes nicht schlau. »Siehst du? Polverschiebungen«, sagte Octavio mit Genugtuung und klappte seinen Block wieder zu.

Irgendwo hinter ihnen stöhnte Steve Carrillo nach Wasser.

»Ich hatte eigentlich an was anderes gedacht«, sagte Tyler. »Ich meinte die zwei Stellen, an denen man *hier* in die Verwerfungsspalte gelangt. Es gibt einmal die Spaltenöffnung selbst, versteht sich, außerdem aber noch diesen Waschkommodenspiegel in der Bibliothek.« Er fragte sich, wie viel er ungestraft verraten durfte. »Vielleicht ist Grace ja stattdessen durch den gegangen.«

Octavio sah ihn verwundert an. »Wodurch?«

»In der Bibliothek – der großen Bibliothek auf der Farm. Da gibt es ein kleines Zimmer mit einem Bett drin, und einer Waschkommode.«

Der alte Mann nickte. »Das Ruhezimmer, wie wir es nennen. Ich lege mich dort manchmal zu einem Nickerchen hin, wenn ich mitten in irgendwelchen Recherchen bin. Aber da drin gibt es keine Waschkommode und keinen Spiegel, nur ein Tischchen mit einer Schüssel drauf.« Er runzelte nachdenklich die Stirn. »Nein, kein Spiegel. Gar kein Spiegel.« Er betrachtete Tyler skeptisch. »Wie kommst du auf den Gedanken, im Ruhezimmer der Bibliothek könnte ein Zugang zur Spalte sein? Nichts für ungut, junger Mann, aber ich bin mir sicher, dass ich das gemerkt hätte.«

»Könnt ihr bitte langsamer machen?«, rief Steve aus einiger Entfernung hinter ihnen.

Tyler konnte sich nicht erklären, wie es kam, dass Octavio nichts von dem Kommodenspiegel wusste, doch als er gerade weiterfragen wollte, blieb der alte Mann in der Mitte des niedrigen Stollens abrupt stehen und hob eine knochige Hand.

»Ah, da! Spürst du es?«

Tyler fühlte ein eigenartiges Kribbeln auf der Haut, ein fast unmerkliches Streichen frischer Luft im Gesicht. »Ich glaube schon.«

»Was spüren?«, fragte der hinterhertapsende Steve. »Können wir mal eine Pause einlegen? Sind wir … sind wir bald an der Verwerfungsspalte?«

»Es fühlt sich so an«, sagte Tyler.

»Freut mich zu hören, weil ich nämlich nicht das Geringste fühle«, sagte Steve, während er nach seiner Feldflasche griff. »Außer Schmerzen in den Füßen. Und Hunger.«

Gideon klopfte Tyler abermals auf die Schulter. »Allerdings, so ist es. Du bist ein waschechter Tinker, mein Junge, gar kein Zweifel!«

»Ich für meinen Teil bin ein waschechter Normalo«, sagte Steve und wischte sich den Mund. »Und es freut mich sehr, dass ihr euch bei eurem Tinker-Familienfest so bombig amüsiert, aber ich würde gern hier *raus.*«

»Und jetzt wird mir auch klar, dass du der Enkel oder Urenkel von Ignacio sein musst«, sagte Octavio mit einem stillen Schmunzeln, »meinem Nachbarn. Du hast seine Augen. Seinen Mund auch. Ein freundlicher Zeitgenosse, wenn auch ein wenig zu gesprächig, wenn andere Leute sich zu konzentrieren versuchen.« Er streckte die Hand aus. »Sie ist jetzt ganz nahe. Folgt mir, Jungs!«

Er schritt so energisch aus wie ein jüngerer Mann, als ob ihm die Nähe der Verwerfungsspalte Kraft verliehe. Sie gelangten in eine größere natürliche Höhle, wo der Gang, dem sie gefolgt waren, auf eine Kreuzung stieß, doch anstatt sich nach rechts oder links zu wenden, deutete Octavio Tinker geradeaus auf die schroffe Steinwand. »Fühlst du es?«

Tyler nickte. Die neue Empfindung machte ihn sogar ein bisschen schwindelig, so als stünde er schwankend am Rand eines sehr hohen Steilfelsens, unter ihm nichts als Luft. »Ich fühle … etwas.«

»Ähm, ich will ja nicht stören«, meldete sich Steve, »aber was redet ihr da eigentlich? Das ist eine Felswand und weiter nichts.«

»Hier.« Octavio deutete auf eine Stelle. »Fass mal an.«

Steve trat ein paar Schritte vor und streckte die Hand aus. Sie glitt durch den Stein, als wäre er gar nicht vorhanden. »Alter! Ist ja irre!« Wieder und wieder schob er seine Hand hinein und zog sie wieder heraus. »Ist das unheimlich!«

»In der Tat.« Octavio Tinker lachte und klang dabei viel jünger, als er tatsächlich war, und Tyler wünschte, er hätte den alten Mann im richtigen Leben kennengelernt statt in dieser zeitlosen Unterwelt. Was für ein Unterschied zu Gideon mit seinen Launen und Verdächten. »Aber ich fürchte, es ist jetzt an der Zeit, dass sich unsere Wege wieder trennen … oder besser gesagt, unsere Zeiten.«

»Vielleicht könnten wir … mit Ihnen kommen«, sagte Tyler. »Ihnen helfen, Grace zu finden.«

»Kommt nicht in Frage!« Steve klang entsetzt. »Meine Eltern werden eh schon stinksauer auf mich sein. Was werden sie erst sagen, wenn sie rauskriegen, dass ich in der Vergangenheit war? Nichts Gutes, das ist sicher.«

Der alte Mann schüttelte seine weiße Mähne. »Nein, nein, nein. Dein Freund hat recht, das ist gar keine gute Idee, mein Junge. Du hast deine Zukunft und ich habe meine, auch wenn sie deine Vergangenheit ist. Ich bin mir sicher, dass wir überhaupt nur an Orten wie diesem hier wagen dürfen, sie kurzzeitig einmal zu mischen.«

»Sicher?« Tyler war enttäuscht, dabei wusste er gar nicht, warum.

»Ja, sicher. Und falls wir uns eines Tages noch einmal an irgendeinem Zwischenort begegnen, werde ich es dir erklären. Aber jetzt muss ich erst mal meine Enkelin finden, und du musst tun, was du zu tun hast.« Octavio hielt ihm die Hand hin. »Wie heißt du übrigens, junger Mann?«

»Tyler.« Er ergriff die dargebotene Hand. Diesen Moment hätte er sich in einer Million Jahren nicht vorstellen können.

Octavio drückte sie fest. »Freut mich sehr«, sagte er. »Ich wünsche dir alles Gute, was du in Zukunft auch unternehmen magst.« Ein kurzes Stutzen trat in sein Gesicht. »Ich habe dich gar nicht gefragt, was du hier unten treibst, nicht wahr? Ach, besser, ich weiß es nicht.« Der alte Mann machte eine steife kleine Verbeugung, dann trat er auf die Steinwand zu und verschwand darin.

»Alter, das gibt's nicht«, sagte Steve. »Das war ein Geist. Ein richtiger Geist.«

»Nein, er ist bloß zurück in die Verwerfungsspalte gegangen.« Tyler fühlte sich irgendwie leer. Der alte Mann fehlte ihm jetzt schon. »Und wir müssen das jetzt auch tun.«

»Aber wir wollen doch nicht in die Vergangenheit! Das sollen wir nicht, hat er gesagt!«

»Nein, werden wir auch nicht«, sagte Tyler. »Aber wir sind im Augenblick gar nicht richtig in unserer Zeit. Das kann ich fühlen.« Er fühlte es tatsächlich. Wie Octavio Tinker angedeutet hatte, befanden sie sich an einem Zwischenort in einer Zwischenzeit, in die weder Octavio noch Tyler und Steve gehörten. »Wenn du zurückwillst, dorthin, wo wir vorher waren, müssen wir auch hier durch.« Er hielt ihm die Hand hin. Steve beäugte sie misstrauisch. »Das ist nichts Schwules oder so. Du musst mich anfassen.« Wieder hatte er keine Ahnung, woher er das wusste, er wusste es einfach.

»Das ist es nicht, Mann«, sagte Steve. »Es ist nur … Keine Geistergruselsachen, versprochen?«

»Ich verspreche gar nichts. Ich weiß selber kaum, was hier läuft. Das müsstest du mittlerweile wissen.«

Steve schluckte, dann nahm er Tylers Hand und drückte sie mit seinen feuchten Fingern. »Wenn du uns umbringst, Jenkins, bring ich dich auch um, das schwöre ich.«

Tyler machte einen Schritt vorwärts und trat durch den Fels. Die Dunkelheit verschluckte sie. Sie fielen aus den kühlen Bergwerksgängen in eine heiße, knisternde Leere.

31

# MIT VOLLGAS DURCH DEN ZAUN

Lucinda wusste, dass sie schon in unangenehmeren Lagen gewesen war als auf dem Rücksitz von Edward Stillmans teurem Wagen, eingekeilt zwischen ihm und dem finster blickenden Schrank namens Deuce, aber spontan wollte ihr keine einfallen, jedenfalls keine ohne lebende Drachen.

Als sie im Wolkenbruch und Gewitter auf die Springs Road abbogen, brach Stillman das lange Schweigen. »Weißt du, ich bin gar nicht so schlimm, wie Gideon mich immer darstellt«, sagte er. »Schließlich ist *er* doch eigentlich der Eindringling. Überhaupt, wenn du mit Octavio verwandt bist, fällt mir da ein, dann bist du viel näher mit mir verwandt als mit Gideon Goldring.«

»Ja, meinetwegen.« Lucinda wollte sich nicht unterhalten.

Die angespannte Situation schlug ihr auf den Magen und sie fürchtete, sich jeden Moment zu erbrechen.

»Bitte. Ich kann es nicht leiden, wie Kinder heute mit einem reden«, fuhr er sie an. »›Meinetwegen‹ – was ist das für eine Art? Etwas mehr Respekt vor dem Alter, wenn ich bitten darf. Du könntest durchaus noch etwas lernen.«

Sie hatte ihn gebeten, sie mitzunehmen, erinnerte sich Lucinda, und jetzt war sie ihm ausgeliefert. Vielleicht war es besser, wenn sie ihn nicht gegen sich aufbrachte. »Entschuldigung, Mr. Stillman, ich mache mir bloß ziemliche Sorgen. Sind wir wirklich verwandt?«

»Dein Großvater war Octavios Neffe. Und dein Großvater war mein Cousin.«

»Okay, dann sind wir tatsächlich verwandt. Aber warum wollen Sie Gideon dann schaden?«

Stillman stieß einen gereizten Laut aus. »Hast du nicht zugehört? Er ist es, der *mir* geschadet hat! Er hat mir genommen, was mir das Wichtigste auf der ganzen Welt war: Grace Tinker. Ach, und außerdem den Zugang zu Octavios Unterlagen. Kannst du dir überhaupt vorstellen, wie schmerzhaft es für einen Wissenschaftler wie mich ist, nicht an die bahnbrechenden Erfindungen des eigenen Onkels heranzukommen?«

Lucinda wusste nicht, was sie sagen sollte. »Doch, das hört sich echt … sehr schmerzhaft an.«

»Als Junge habe ich meine Sommer hier verbracht, genau wie du und dein Bruder. Die Farm hat mir gehört … oder hätte mir gehören sollen! Dann kam Gideon Goldring daher und fing an, sich überall einzuschleichen.« Stillman war jetzt zornig, seine Augen schmal, seine Lippen blass. »Willst du mal etwas sehen?« Er wartete die Antwort nicht ab, sondern holte sein Handy heraus, tippte auf eine Taste und hielt es Lucinda hin. »Da. Schau es dir an. Weißt du, wer das ist?«

Es war ein Foto von vier Leuten, zwei im Hintergrund und zwei im Vordergrund, die über die Kiesauffahrt vor dem Haupthaus der Tinkerfarm spazierten, einem Platz, den sie selbst auf einem alten Bild gleich erkannte. Bei den zweien weiter hinten, die sich unterhielten und sehr ernst und geschäftsmäßig aussahen, konnte es sich nur um Onkel Gideon in jüngeren Jahren und um Octavio Tinker handeln, dieser allerdings älter als auf dem Porträt in der Bibliothek. »Welcher …?«, fragte sie.

Stillmans Finger tippte auf die Anzeige. »Dort vorn. Mit Grace Tinker.« Und tatsächlich, jetzt da sie das Paar im Vordergrund genauer betrachtete, erkannte Lucinda Gideons schöne brünette Frau, die sie auf den Bildern in dem Gedenkzimmer gesehen hatte. Der langhaarige Mann, der neben ihr ging und sie offenbar zum Lachen brachte, war jung und sportlich und trug Freizeithosen, Sandalen und ein Hawaiihemd.

»Sie«, sagte sie leise. »Das sind Sie neben Grace.«

»Allerdings«, sagte Stillman. »Wir waren seit ihrer Kindheit gute Freunde und wären eines Tages mehr gewesen, aber Gideon hat sie mir weggenommen.«

»Aber … war sie nicht Ihre Cousine oder so? Das ist doch eklig.«

Er sah sie mit einem extrem kalten Blick an. »Cousine zweiten Grades. Daran ist gar nichts auszusetzen. Willst du wissen, was *wirklich* eklig ist, kleines Fräulein? Dass Gideon sie erst geheiratet hat und sie sich dann, als er wusste, dass ihm die Farm sicher war, vom Hals geschafft hat.«

Lucinda musste an die Verzweiflung denken, die sie öfter in Onkel Gideons Gesicht gesehen hatte, wenn er von seiner verlorenen Frau sprach. »Ich glaube nicht, dass er ihr je was getan hätte, dass er irgendwie schlecht zu ihr gewesen wäre. Er hat sie wirklich geliebt!«

»Ha.« Stillman schüttelte den Kopf. Es war merkwürdig, von dem Gesicht auf dem Bild zu dem Gesicht neben ihr zu blicken. Ed Stillman war immer noch schlank, immer noch ansehnlich. Von den grauen Haaren abgesehen hätte er der Mann von damals sein können, aus der Vergangenheit entwichen und in die Gegenwart geraten, wie jemand aus der Verwerfungsspalte. »Gideon Goldring hat nie jemand anderen geliebt als sich selbst«, sagte er bitter. »Wenn sie ihm so viel bedeutet hat, wo ist sie dann? Und warum hat er alles Menschenmögliche getan, um zu verhindern, dass die Polizei das Anwesen gründlich durchsucht?«

Das wusste Lucinda: Weil die Polizisten vieles gefunden hätten, was vorher noch nie jemand gesehen hatte. Sie hätten ein Loch in die Vergangenheit gefunden. Sie hätten Monster gefunden. »Das weiß ich nicht«, sagte sie. Da kam ihr ein Gedanke: Wenn Ed Stillman bei dem alten Octavio und seiner Enkelin wirklich so gut angeschrieben gewesen war, warum wusste er dann nichts von der Verwerfungsspalte? Es hätte Octavio Tinker einige Mühe gekostet, sie vor einem regelmäßigen Besucher geheimzuhalten, aber offensichtlich hatte er genau das getan. War Octavio bereits vor langer Zeit zu dem Schluss gekommen, dass man Stillman nicht trauen konnte? »Onkel Gideon hatte wahrscheinlich seine Gründe, die Polizei nicht reinzulassen, denn ich weiß, dass er Grace ehrlich geliebt hat.«

Stillman sah sie abschätzig an. »Er hat euch Kindern wirklich eine Gehirnwäsche verpasst, was? Ach, der arme, alte Gideon! Alle wollen sie ihm was Böses!« Er starrte das Bild auf dem Display seines Handys an, und sein Gesicht veränderte sich, wurde weicher. »So viele Jahre ist das her – lieber Gott. Ich war hier öfter als im Haus meiner Eltern, viel öfter …«

»Wer hat eigentlich das Foto gemacht?«, fragte Lucinda, um ihn abzulenken.

»Was?«

»Wenn alle auf dem Bild sind, selbst Octavio, wer hat es dann aufgenommen?« Das Bild stammte ganz offensichtlich noch aus der Zeit vor Simos Walkwell und den ganzen anderen Leuten aus der Vergangenheit. War es damals überhaupt schon eine Farm gewesen oder bloß Octavio Tinkers verrücktes Haus?

Stillman sah sie an, als hätte sie ihn aufgefordert, ihr vom Weihnachtsmann zu erzählen. »Wer es gemacht hat? Was spielt das für eine Rolle? Dorothea wahrscheinlich, Grace' Cousine aus dem Osten. Sie hat mehrere Jahre auf der Farm gelebt. In früheren Zeiten waren immer viele Leute da. Es war ein Ort, wo Frohsinn herrschte, Musik und gute Gespräche. Bevor Gideon alles an sich riss.«

*Es sind immer noch viele Leute da*, dachte Lucinda, sprach es aber nicht aus. *Bloß dass sie aus der Eiszeit kommen und der alten Mongolei und so.*

Der Chauffeur fuhr an den Straßenrand und hielt an. Die Scheibenwischer klatschten hin und her, doch es regnete derart heftig, dass sie kaum etwas ausrichteten. Ein Blitz ließ den Himmel aufleuchten. Lucinda sah in hundert Metern Entfernung undeutlich das Eingangstor der Tinkerfarm vor sich auftauchen, doch als es endlich donnerte, war es schon wieder verschwunden.

»Wir sind da, Mr. Stillman«, sagte der Mann am Steuer. »Wollen Sie im Haus anrufen?«

»Anrufen? Was denn, bin ich vielleicht ein Fremder?« Stillman lachte. »Nein, Cater, wir kommen unangemeldet. Fahren Sie durchs Tor.«

»Es ist zu«, gab der Fahrer zu bedenken.

»Na und?«

Cater ließ den Motor aufheulen.

»Aber der Zaun steht unter Strom!«, rief Lucinda erschrocken.

Stillman lachte noch lauter. »Du liebe Güte, meinst du wirklich, so ein bisschen Strom macht uns etwas aus? *Hier drin?* Mädchen, man könnte dieses Auto aus nächster Nähe mit einer Kalaschnikow beschießen, und es würde kaum einen Kratzer abkriegen.«

Metallstangen knirschten und krachten und Drahtmaschen rissen, als der Wagen in voller Fahrt gegen das Tor donnerte. Es gab keinen Aufprall, jedenfalls keinen, den Lucinda gespürt hätte, und schon waren sie durch die äußere Sperre gebrochen. An der Stoßstange hingen ein paar Zaunstücke, die sie über den Kies schleiften, und schon sausten sie auf das zweite Tor zu, wo der Vorgang zweifellos wiederholt werden sollte.

*Aber was ist, wenn die Tiere weglaufen?*, wollte sie schreien. *Wenn die Mantikore ausbrechen?* Ihr graute bei dem Gedanken, diese Bestien mit ihren langen Klauen und ihren unheimlichen, menschenähnlichen Gesichtern könnten sich frei in der Gegend herumtreiben. Aber wie konnte sie das sagen? Sie machte einen Versuch. »Onkel Gideon hat Wachhunde, Mr. Stillman, große, gefährliche Hunde! Wenn wir …«

Ed Stillman lächelte und griff unter seine Jacke, diesmal jedoch holte er kein Mobiltelefon hervor, sondern eine hässliche eckige Pistole, kaum zu erkennen, weil sie das Schummerlicht im Auto praktisch nicht reflektierte. Trotzdem hing Lucindas Blick daran wie an einem bösen Zauberding aus einem Märchen. »Über die Wachhunde würde ich mir nicht allzu viel Gedanken machen, junges Fräulein«, meinte Stillman zu ihr, »es sei denn, du sorgst dich um *ihre* Sicherheit. Die Sprenggeschosse in diesem guten Stück würden ein Nashorn umbringen.«

»Wir haben keine Nashörner auf der Tinkerfarm«, sagte sie mit schwacher Stimme, während der Wagen mit Vollgas über den Kiesweg schlingerte, geradewegs auf das Farmhaus zu und mitten hinein in die schreckliche Katastrophe, die sie ausgelöst hatte.

»Na, da haben die Nashörner aber Glück gehabt«, sagte Edward Stillman und schob die Waffe ins Halfter zurück. »Ich bin nämlich gerade extrem schlecht gelaunt.«

32

# PARADE DER ARSCHGESICHTER

Okay, Jenkins«, sagte Steve, als sie in die große Höhle am Ende der Verwerfungsspalte hinausstolperten, »eins muss ich dir lassen: Langweilig wird es einem nicht mit dir.«

Tyler ließ den Strahl seiner Taschenlampe umherwandern, bis er die Leiter und die Klapptür darüber gefunden hatte, und die Enge in seiner Brust löste sich ein wenig. Anscheinend waren sie immerhin in der richtigen Zeit gelandet. »Entschuldige, was hast du gesagt?«

Steve redete einfach weiter, ohne auf Tylers Frage zu achten. »Wirklich, Mann, ich wünschte, ich hätte dich gekannt, als ich noch klein war. ›Mama, kann ich zu Tyler spielen gehen? Wir wollen durch den Spiegel und vielleicht ein paar Geister treffen, und dann werden wir mit den Drachen spielen …‹«

»Mist.« Wie ein Hammerschlag traf ihn die Erkenntnis, dass er einen Fehler gemacht hatte – *mehrere* Fehler. »Mist, Mist, Mist.«

»Was ist los?« Steve wurde sofort ganz ernst und leuchtete seinerseits mit der Taschenlampe in der Felskammer umher. »Was hast du?«

»Das hatte ich total vergessen: Hier ist abgeschlossen.« Tyler schlug sich wütend auf den Schenkel. »Ich bin so ein Schwachkopf! Auf der andern Seite von dieser Klappe hängt ein Schloss, so groß wie dein Kopf. Wir kommen hier nicht raus. Kacke!« Er stieg die Leiter empor und drückte an der Klappe, um Steve zu zeigen, was er meinte, aber zu seiner Verwunderung ließ sich die Klapptür nicht nur bewegen, sondern ging problemlos auf.

»Die Schlösser sind auch nicht mehr das, was sie mal waren«, bemerkte Steve. »Können wir jetzt einfach hier raus?«

»Aber … aber …« Tyler öffnete die Klappe ganz und steckte den Kopf hinaus. Das Silo war so leer und mit Spinnweben behängt wie beim letzten Mal. *Wow, ich fass es nicht*, dachte er. *Der Sommer ist fast vorbei, und das ist das erste Mal, dass ich hier bin!* Dabei hatte er das ganze Jahr von der Verwerfungsspalte geträumt: Daran sah man mal wieder, wie verrückt dieser Sommer war. Zur Bestätigung prasselte der Regen so stark auf das Silodach, als ob Februar wäre und nicht August. »Es gibt noch ein Schloss, außen vor der Silotür.«

»Na schön, dann geh nachschauen, was damit ist, bevor du mir lang und breit erzählst, dass es so groß wie ein Pferd ist oder so«, sagte Steve. »Nur für den Fall, dass es auch offen ist, nicht? Dann können wir uns endlich was zu mampfen besorgen.«

Tyler staunte diesmal nicht mehr so sehr, als er gegen

die Tür drückte und sie nicht verschlossen fand. Er lugte hinaus, wo gerade der Himmel weiß aufleuchtete, und ließ die Tür wieder zufallen, als zwei Sekunden später der Donner folgte.

»Dann los!«, sagte Steve. »Vorwärts marsch, lass uns was zu essen suchen!«

Tyler warf ihm einen finsteren Blick zu. »Dir ist klar, dass wir im Augenblick Wichtigeres zu tun haben, als dich zu verpflegen, oder?«

»Sagt der Mann, der nicht weiß, was es heißt, einen Luxuskörper wie meinen ständig mit Energie zu versorgen.« Steve klopfte auf seinen Bauch. »Einwand geprüft und abgewiesen.«

Tyler musste wider Willen grinsen. »Ich werde versuchen, dir was zu organisieren, wenn wir an der Küche vorbeikommen.«

»Überhaupt, wo wollen wir eigentlich hin, jetzt wo wir hier sind?« Steve hatte sich auf dem Fußboden niedergelassen und klopfte seine Taschen ab, als hoffte er, dort einen Schokoriegel oder sonst etwas Essbares zu finden, das er vielleicht übersehen hatte. Tyler hielt die Erfolgsaussichten für gering, da Steve das schon die ganzen letzten Stunden über alle paar Minuten gemacht hatte. »Wie willst du diesem Needle die Suppe versalzen?«

So genau hatte Tyler sich das noch nicht überlegt. Sein Ziel war vor allem gewesen, zurück auf die Tinkerfarm zu kommen, weil er Colin Needle daran hindern wollte … ach, Quatsch, hindern *musste*, mit dem Kontinuaskop irgendeine große Nummer abzuziehen, so dass alle meinten, er hätte voll den Durchblick. Andererseits, falls Lucinda mit dieser Pilzsporengeschichte recht hatte, würde er wohl auch in der Sache irgendwas unternehmen müssen.

*Onkel Gideon.* Wenn der geistig verwirrt war, was war dann

besser geeignet, ihn wieder zu sich zu bringen, als ein Wiedersehen mit seiner geliebten Grace?

»Wir gehen zum Haus«, erklärte er Steve, als er beim nächsten Donnerschlag die Tür des Silos öffnete. Unerwähnt ließ er, dass sie damit direkt in den Palast der Hexe gingen und nicht einmal einen Eimer Wasser hatten, den sie ihr über den Kopf schütten konnten.

Sie waren erst wenige Schritte gegangen, als Steve vor Schreck und Ekel aufschrie und sofort in den Schutz des Silos zurückflitzte. »Alter, ich bin gerade auf was voll Widerliches getreten!« Er richtete einen zitternden Lichtstrahl auf den matschigen Boden. »Iih, es ist ein großer Salamander. Mit zwei Köpfen!«

Tyler blickte auf die verdutzte Kreatur, bleich und im Regen glänzend, die leicht humpelnd vor dem grellen Licht davonwatschelte. Der falsche Kopf am Hinterteil schien sie anklagend zu mustern, während das Tier sich eilig verzog. »Das ist eins von den Tieren aus dem Reptilienstall«, sagte er. »Mir fällt gerade der Name nicht ein – Amphibunny oder so ähnlich. Lucinda und ich nennen sie Arschgesichter, weil sie ein zweites Gesicht am Arsch haben.«

»Amphisbänen«, sagte Steve. »Wow. Die sind ja echt.«

Tyler sah seinen Freund verwundert an. »Ja, sag mal! Woher weißt du das denn?«

Steve schnaubte. »Alter, ich bin der beste Dungeons-Spieler in meiner ganzen Schule. Ich hab schon so viele Spiele gemacht, dass alle nur sagen: ›Komm, wir spielen heute Steve.‹« Etwas wischte leicht schlenkernd an seinem Gesicht vorbei, und er zuckte zurück. »Aber ich habe keine Ahnung, was *das* grade war.«

»Eine fliegende Schlange.« Tyler sah zu, wie sie sachte am Boden aufsetzte und sich in derselben Richtung wie die zweiköpfige Eidechse davonwand, auf das hintere Ende des Farmhauses zu, wie es schien. Da erst fiel ihm auf, dass eine stattliche Anzahl von Kriech- und Krabbeltieren auf der vom Regen aufgeweichten Erde unterwegs war. »Hey, wieso sind die Schlangen und die ganzen andern Viecher draußen? Als ob sie alle aus dem Reptilienstall ausgebrochen wären.« Plötzlich kam ihm ein Gedanke. »Wir müssen uns beeilen.« Er packte Steve am Arm und schob ihn auf das ferne Haus zu.

»Was soll das?« Die Art, wie Steve über den Schlamm hüpfte und stakste, wäre urkomisch gewesen, wenn Tyler in dem Moment Sinn für Späße gehabt hätte. »Wenn du mich so stößt, trete ich ja auf das Viehzeug.«

»Macht nichts. Geh weiter.« Ihm war gerade klar geworden, dass der Reptilienstall offen sein musste, wenn diese Parade von Arschgesichtern und fliegenden Schlangen hier vorbeizog, und dass sie folglich jederzeit auf die größeren Reptilien wie die Basilisken stoßen konnten – und die Drachen.

Sie eilten über das freie Gelände zwischen Silo und Haus. Das Sommergewitter schien ihnen zu folgen, als hätte es Augen. Tyler hätte schwören können, dass es dort, wo sie waren, stärker regnete als überall sonst. Es blitzte, und diesmal sah er den herabzuckenden Zickzackkeil, durch dessen Aufflammen sich die aberwitzige Silhouette des Hauses wie eine Theaterkulisse gegen den Himmel abzeichnete. Und während er auf das schwarze Haus vor dem weißen Hintergrund starrte, sah er gleichzeitig etwas durch die Luft streichen, das von der Gestalt her den fliegenden Schlangen glich, nur hundertmal größer war. »O Mann, lauf!«, schrie er und riss Steve so heftig mit, dass sie beide beinahe gestürzt wären.

Wie Schlittschuhläufer auf holperigem Eis schlidderten sie über den glitschigen Untergrund, bis sie die Kiesauffahrt erreichten. Sie flitzten darüber hinweg zur Veranda am Küchenende des Hauses, wo Tyler Steve in die Ziersträucher zerrte.

»Pssst«, machte er und schüttelte seinen Freund, damit dieser aufhörte zu stöhnen. »Sei still! Das kann unser Tod sein.« Wieder blitzte es, doch zu Tylers großer Erleichterung war am Himmel keine Drachengestalt mehr zu sehen. Er blickte über die Schulter zum Haus. Im Esszimmer und im Küchenbereich brannten die Lichter, aber alle Vorhänge waren zugezogen, so dass Tyler nicht erkennen konnte, wer dort noch bei der Arbeit war, falls es überhaupt noch jemand gab. »Wir gehen zur anderen Tür. Komm!«

Doch als sie gerade am Haus entlangschlichen, von der Vorgartenhecke zur Auffahrt hin abgeschirmt, hörte Tyler zu seiner Überraschung Autoreifen auf dem Kies knirschen. Er streckte den Kopf über die struppige Hecke und sah einen langen schwarzen Wagen, wie man ihn vielleicht bei einer Hollywoodpremiere vorfahren sehen konnte, nur dass Tyler sich einigermaßen sicher war, dass sich an diesem Abend keine berühmten Schauspieler oder Schauspielerinnen hier einfinden würden.

Steves Kopf erschien neben seinem. »Wer ist das?«

»Keine Ahnung.« Er zögerte kurz, aber er konnte sich nicht vorstellen, dass dieses Auto etwas Positives bedeutete. Ausgerissene Tiere, fremde Besucher – was war hier los? »Egal. Wir müssen nur schnell ins Haus.« *Bevor uns irgendwas frisst,* dachte er, sprach es aber nicht aus.

Den restlichen Weg zur Küchentür am Ende des Hauses krochen sie auf Händen und Knien wie ein Zweimannkommando, das sich an eine gut gesicherte feindliche Stellung anschlich. Der Donner dröhnte wie Geschützfeuer.

»He, Jenkins«, japste Steve. Er hielt an, um sich einen Molch von der Hand zu schütteln – einen Molch, auf dessen Haut trotz des starken Regens winzige gelbe Flämmchen züngelten. »Meinst du, heute Abend geht die Welt unter? Weil anfühlen tut es sich so, das muss ich sagen.«

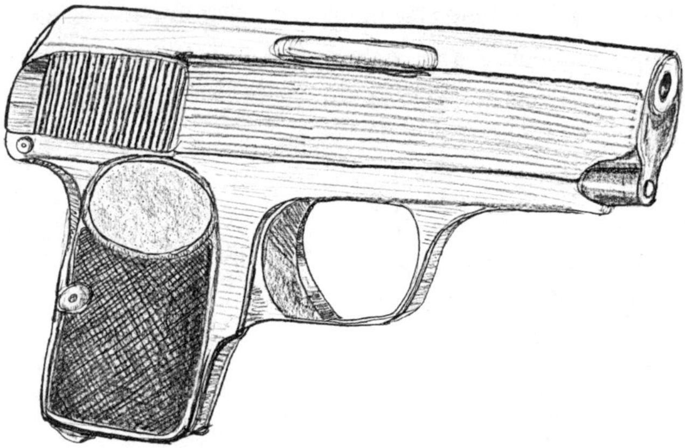

# 33

# EINE SCHLANGE AUS RAUCH

Deuce, Cater, Sie bleiben hier«, wies Edward Stillman seine Männer an, als das Auto etwa dreißig Meter vor der Tür des Farmhauses anhielt. »Ich rufe Sie, wenn ich Sie brauche – aber dazu wird es wohl kaum kommen.«

»Ähm … Handys funktionieren hier nicht so gut«, bemerkte Lucinda. Stillman verdrehte die Augen und klopfte sich auf das Schulterhalfter unter der Jacke. »Ich habe auch noch eine Pistole. *Die* funktionieren hier doch, oder?«

*Was habe ich mir bloß dabei gedacht?* Lucinda hatte auf einmal das sichere Gefühl, dass sie einen schrecklichen Fehler gemacht hatte, aber zur Umkehr war es zu spät. Was würde Onkel Gideon denken, wenn er herausfand, dass sie seinen schlimmsten Feind auf sein Grundstück geholt hatte?

*Aber Onkel Gideon ist nicht richtig bei sich*, dachte sie, *und die Farm ist in großer Gefahr, da muss ich das Risiko eingehen.* Sie stellte sich dem Milliardär in den Weg. »Nein! Keine Waffen! Sie müssen vorsichtig sein. Hier leben unschuldige Menschen. Tiere auch.«

Stillman bedachte sie mit einem kalten Lächeln. »Ich werde mich bemühen, daran zu denken, junges Fräulein.«

Sie ging in dem warmen Platzregen voraus die Auffahrt hinunter und dann um die Ecke zur Hintertür der Küche.

*So weit, so gut*, dachte Lucinda, während sie mit ihm eintrat. *Wir sind im Haus, und Stillman hat keine Tiere oder sonst etwas gesehen, was er nicht sollte.* Aber wie lange konnte das gutgehen?

Sie ließ die Küche links liegen und brachte ihn stattdessen eine Treppe höher in einen entlegenen Flur, der an Mrs. Needles Zimmern vorbeiführte, doch ein unerwartetes Geräusch erschreckte sie. Jemand auf der Treppe? Vielleicht die Hexe selbst? Sie eilte weiter zum Ende des Flurs und dann dort die Treppe hinunter in den Gang im Erdgeschoss hinter dem Schlangenzimmer. Gideon schlief vermutlich dort drinnen, was die Wahrscheinlichkeit erhöhte, auf Mrs. Needle zu stoßen. Das aber wollte Lucinda unbedingt vermeiden, jedenfalls bis sie klarer sah, wie die Lage war. Aber was sollte sie tun? Was hatte sie für einen Plan? Sie machte Tyler immer den Vorwurf, dass er loszog, ohne alles durchdacht zu haben, aber jetzt hatte sie genau dasselbe getan, und ihr ging langsam auf, wie gefährlich es war, mit dem bewaffneten Ed Stillman durch dieses weitläufige, verwinkelte Haus voller Menschen zu streifen.

Überhaupt, was war, wenn Mrs. Needle und Stillman einfach ein Geschäft miteinander machten? Warum sollte der Milliardär Gideon helfen, wo er doch nichts sehnlicher wünschte, als Gideon loszuwerden? Nein, erkannte sie, *das war eine dumme Idee, und sie wird mit jeder Sekunde dümmer!*

Sie wandte sich an Edward Stillman. »Ich glaube, ich bin falsch gegangen«, sagte sie leise. »Dieses Haus kann einen echt verwirren – Sie wissen wahrscheinlich selbst noch, wie groß es ist. Wir gehen lieber wieder nach draußen und schauen, dass wir woanders reinkommen.« Falls nötig konnte sie ihm weglaufen und sich irgendwo verstecken. Nach all der Zeit kannte sie sich vermutlich doch besser aus als er. Und danach? Ach, bestimmt würde Simos Walkwell nicht zulassen, dass Stillman und seine Leibwächter einfach auf dem Gelände herumstromerten.

»Nein.« Stillman packte sie mit überraschend starkem Griff am Arm. »Nein, das werden wir nicht. Hinter dieser Wand hier höre ich Stimmen.« Er erspähte ein breites Möbelstück, das einsam und vergessen an der Wand stand, weit von jedem Eingang entfernt, obwohl es offensichtlich eine Flurgarderobe war. »Und hinter dieser Garderobe ist eine Tür.«

»Die Tür ist zugenagelt«, flüsterte Lucinda. Das stimmte: Sie hatte sie einmal vom Schlangenzimmer aus zu öffnen versucht, und es war nicht gegangen.

»Kann gut sein, aber oben in der Tür ist ein Zierfenster. Wenn ich mich da draufstelle, kann ich drüben ins Zimmer schauen und sehen, wer da ist.«

Er kraxelte auf die Flurgarderobe, bevor ihr ein Grund einfiel, mit dem sie ihn davon hätte abhalten können. Er drückte sein Gesicht an die Scheibe, und seine Augen wurden weit. Mit rauher Stimme flüsterte er: »Ja, hol mich doch der …!«

»Was ist? Was?« Sie war so aufgeregt, dass sie ihn am liebsten angeschrien hätte, aber das traute sie sich natürlich nicht. Sie lief los, holte sich von weiter hinten im Flur einen Stuhl und stieg darauf, um ebenfalls durch das Fenster gucken zu können. Es war ihr unangenehm, so dicht neben Stillman zu stehen und sein nach Limetten riechendes Erwachsenen-Aftershave einzuatmen, aber sie wollte unbedingt wissen, was im Schlangenzimmer vor sich ging.

Eine Sekunde später hatte sie das Gefühl, es wäre besser gewesen, sie hätte es nicht erfahren.

Das Krankenbett stand immer noch in der Mitte des Zimmers und Gideon lag immer noch darin, aber ansonsten erinnerte die Szene mehr an einen Horrorfilm als an einen normalen Abend auf der Farm. Der hagere alte Mann war mit den Handgelenken ans Bett gefesselt worden wie das kleine Mädchen in dem Film *Der Exorzist*. Er sträubte sich nicht wirklich gegen die Fesseln, aber seine tief in den Höhlen liegenden Augen waren mit einem Ausdruck animalischer Wut auf Mrs. Needle gerichtet.

Oder vielleicht war es gar nicht Mrs. Needle, den er anstarrte, wurde Lucinda mit einem Mal klar. Vielleicht war es der große Mann mit dunklem Hut und Mantel, der ihn so in Rage brachte. Lucinda konnte das gut verstehen. Auch sie schnappte nach Luft und rang mit der Übelkeit, als sie dieses Gesicht wiedersah.

Jackson Kingaree war in Gideons Haus zurückgekehrt.

»Ich sollte ihn umbringen, den Verräter«, murmelte Stillman.

»Sie kennen Kingaree?« Lucinda war entsetzt. Steckten sie denn alle unter einer Decke?

»Wen?« So zornig, wie Stillman dreinschaute, hätte er sich glatt mit den Zähnen durch die Wand beißen können. »Nein, ich spreche von diesem kleinen Gauner da, diesem Dankle.« Und tatsächlich war der Anwalt gerade aus dem Schatten ins Licht getreten, wo Lucinda ihn erkennen konnte. Er war blass und schwitzte und sah fast so erschrocken aus wie sie.

Dankle ging neben Gideons Bett auf und ab. Als er etwas sagte, konnte Lucinda es durch die Scheibe kaum verstehen.

»… dass Sie damit nicht durchkommen werden«, sagte er gerade heftig gestikulierend. »Vor Gericht, meine ich. Sehen Sie sich ihn doch an! Mr. Goldring ist eindeutig nicht im Vollbesitz seiner geistigen Kräfte.«

»Aber Sie werden bezeugen, dass er das ist.« Kingarees Stimme war tief und rauh. Lucinda drückte sich näher ans Fenster. »Genau deshalb sind Sie hier. Und Sie stecken mittlerweile viel zu tief mit drin, um noch einen Rückzieher machen zu können.« Ein hässliches Grinsen erschien auf seinem Gesicht. »Oder irre ich mich da, Mr. Dankle?«

»Ich will doch … ich sage ja gar nicht …« Der Anwalt war nur noch ein Nervenbündel. Er trat näher an Mrs. Needle heran, als ob sie ihn beschützen könnte. Aus diesem Winkel konnte Lucinda das große Buntglasfenster sehen, aber dort im hinteren Teil des Zimmers war es dunkel und die Einzelheiten des Bildes schlecht zu erkennen, so dass die Schlange an der einen Seite im Dämmerlicht eher wie eine dunkle Rauchsäule wirkte.

*Eine Schlange aus Rauch*, ging es Lucinda durch den Kopf, *genau das ist Mrs. Needle. Voller Gift, aber man bekommt sie nie zu fassen, kann sie nicht festnageln!*

»Aber die Leute werden reden, nicht wahr?«, fuhr Dankle fort. »Vor allem wenn eine Zeugin durch die Testamentsänderung begünstigt wird.«

»Verdammt!«, fluchte Ed Stillman ein wenig zu laut für Lucindas schwache Nerven, schließlich trennte sie nur eine alte Glasscheibe von den Verschwörern im Schlangenzimmer. »Du hattest recht, Mädel. Sie will das Testament zu ihren Gunsten ändern.«

»Nein, nicht ich, sondern Colin«, erklärte Mrs. Needle dem Anwalt in begütigendem, vernünftigem Ton. »Ein Junge, den Gideon jahrelang wie seinen eigenen Sohn aufgezogen hat –

als seinen Erben. Und Sie sehen doch deutlich, dass Mr. Goldring nicht mehr in der Lage ist, die Farm zu leiten, Mr. Dankle. Es ist furchtbar, aber er hat völlig den Verstand verloren. Er würde nicht wollen, dass hier alles kaputtgeht, nur weil er ... nicht gesund ist.«

»Aber ...« Der Anwalt schüttelte den Kopf, konnte ihr jedoch nicht in die Augen schauen. »Das ist ja alles gut und schön, Mrs. Needle, aber falls das Testament jemals angefochten ...«

»Wer sollte denn so etwas machen, Barnaby?«, flötete sie und beugte sich zu dem nervösen Dankle vor. »Die Jenkins-Kinder? Diese weit entfernten Verwandten, die Gideon selbst verjagt hat?« Sie musterte den Anwalt scharf. »Mr. Kingaree, würden Sie mir einen Gefallen tun? Ich habe Mr. Dankles sehr großzügiges Honorar oben auf meinem Schreibtisch in einem Kuvert liegen. Wären Sie so gut, es mir zu holen, damit wir hier vorankommen? Gideon braucht bald seine Ruhe.«

Zur allgemeinen Überraschung meldete sich Gideon selbst mit einer ganz kratzigen, kehligen Stimme, die klang, als ob er den Mund voll Erde hätte. »Ich muss ... ich will ... tut weh ...!«

»Der Ärmste«, sagte Mrs. Needle und strich Gideon über den Kopf wie einem kranken Hund. »Würden Sie das für mich tun, Mr. Kingaree? Sie sehen ja, dass er schlafen muss.«

Während der lange Mann aus dem Zimmer ging, ballte Lucinda unwillkürlich die Fäuste. Diese Needle war wirklich in jeder Beziehung eine Hexe! Lucinda hatte noch nie im Leben so einen Drang verspürt, jemanden zu schlagen. Sie war so wütend, dass sie im ersten Moment gar nicht merkte, wie Ed Stillman neben ihr von der Flurgarderobe rutschte. »Was machen Sie?«, flüsterte sie.

»Was wohl?«, fauchte er zurück. »Diese Komödie augenblicklich beenden, das mache ich.«

Schon war Stillman abgestiegen und schritt viel schneller, als sie es einem Mann von annähernd Gideons Alter zugetraut hätte, den Flur hinunter in Richtung Küche. Bis sie leise und vorsichtig vom Stuhl gestiegen war, war er schon fort.

*Was hat er vor? Will er jemanden erschießen?* Sie hoffte, er würde sich im Haus verlaufen wie so viele beim ersten Besuch, doch dann fiel ihr ein, dass Stillman in jüngeren Jahren viel Zeit hier verbracht hatte.

An der Treppe angekommen, hörte Lucinda die alten Holzdielen knarren: Stillman oder jemand anderes? Kingaree? Kam er oder ging er? In ängstlicher Unentschlossenheit versteckte sie sich in letzter Sekunde in einer Besenkammer und hielt die Tür zu. Die Schritte hielten neben ihrem Versteck an, und Lucinda schlug das Herz bis zum Hals. Dann stiegen die Schritte langsam und schwerfällig die quietschenden Stufen hinauf. Als sie verklungen waren, streckte Lucinda den Kopf heraus, um sich zu vergewissern, dass der Flur leer war, und hastete dann auf die Küche zu. Als sie durch die Schwingtür trat, hätte sie beinahe Azinza umgestoßen.

»Lucinda!« Die hochgewachsene Frau trat zurück und hob wie abwehrend die Hände. »Was machst du denn hier? Du sollst doch nicht hier im Haus sein. Geh fort, bevor sie dich findet!« Ihre Stirn legte sich in Falten. »Wie bist du hergekommen?«

»Ist doch egal.« Offenbar hatte Azinza Stillman nicht gesehen. Auf den Zehenspitzen stehend schlang Lucinda die Arme um die Afrikanerin und küsste sie auf die Backe. »Ach, du hast mir so gefehlt! Und Pema und Sarah auch!«

Azinza lächelte und setzte an, etwas zu sagen, dann legte sie lauschend den Kopf schief. »Da kommt jemand. Könnte *sie* sein. Geh, beeil dich!«

Lucinda widersprach nicht. Sie winkte Azinza und lief

durch die Hintertür zur Küche hinaus. Ein Donnerschlag ließ sie erstarren. Sie blickte hinaus auf das dunkle Meer des Gartens und, auch wenn sie es nicht sehen konnte, auf die einsame Insel, die das alte Treibhaus darin bildete.

*Niemals. Ich werde nie mehr in die Nähe von diesem Ding gehen.*

Durch das Grollen des Gewitters hindurch wehte ein anderes Geräusch auf sie zu. Erst nach einer Weile erkannte sie, dass es in ihrem Kopf war.

*Angst! Möhrenmädchen, Hilfe! Angst!*

Desta! In der ganzen schrecklichen Zeit mit Stillman hatte sie beinahe die junge Drachin vergessen.

*Ich bin hier,* dachte sie, so deutlich sie konnte. *Desta, ich bin hier! Ich komme, sobald ich kann!* Aber nicht jetzt, sagte sich Lucinda. Es wäre Wahnsinn, im Dunkeln über das weitläufige Farmgelände zu gehen, ohne zu wissen, wer oder was sich dort draußen herumtrieb. Nein, auch wenn es ihr Gewissensbisse machte, Desta würde warten müssen.

Stattdessen schlich sie an der Vorderseite des Hauses entlang, wobei sie die Blumenkästen und Vorsprünge der verwinkelten Fassade als Deckung nutzte. Aus der Ferne trug der Wind unheimliche Tierstimmen heran, und zu ihren Füßen wimmelte es von Insekten, Schlangen und sogar aus der Erde gekrochenen Regenwürmern, allesamt unterwegs zum hinteren Ende des Hauses, als wollten sie unbedingt der Einladung zu einer Galaparty folgen. Die Szene war so ähnlich wie neulich am Treibhaus, aber jetzt spielte sie sich hier ab, mehrere hundert Meter entfernt!

*Halt, Lucinda!,* sagte sie sich. *Immer schön der Reihe nach. Im Augenblick hast du es mit einem bewaffneten Mann, einer gefährlichen Hexe und einem unzurechnungsfähigen Großonkel zu tun, das reicht für den Anfang.*

Wasser triefte aus der überfließenden Dachrinne herab,

während sie sich von einem Versteck zum nächsten stahl, aber das Blitzen und Donnern hatte vorübergehend aufgehört. Endlich erreichte sie das Schlangenzimmer, aus dem Stimmen drangen, und spähte durch eine hellere Stelle im unteren Teil des Buntglasfensters. Sie sah Mrs. Needle, deren blasses Gesicht starr und ausdruckslos war. Der Anwalt Dankle stand neben ihr, seine Haltung war die eines Mannes, der im Begriff war, sich in die Hose zu machen. Der Grund war der dritte stehende Anwesende: Ed Stillman mit der Pistole in der Hand und Zorn im Gesicht.

Stillman betrachtete Gideon Goldring, der aus dieser Perspektive noch schlechter aussah. Sein Gesicht mit dem offen hängenden Mund und den ins Leere blickenden tiefliegenden Augen sah aus wie das einer Wachsfigur. In Lucinda flammte wieder der Hass auf. Patience Needle hatte ihm das angetan. Sie hatte aus ihrem Großonkel dieses jämmerliche Wrack gemacht.

»Was haben Sie mit ihm angestellt?«, herrschte Stillman sie an. »Ihn vergiftet? Ist das nicht ein bisschen altmodisch?«

»Sie sind ein Einbrecher, Sir«, sagte Mrs. Needle so ruhig, dass Lucinda ihren Mut bewundert hätte, wenn es nicht diese Hexe gewesen wäre. »Und Sie bedrohen uns mit einer Waffe. Es ist mir völlig gleichgültig, wer Sie sind, Mr. Stillman, im Augenblick sind Sie ein Krimineller. Und Mr. Dankle hier ist ein Vertreter des Gesetzes.«

Der Anwalt hob die Hände wie jemand, der verhindern will, dass Freunde sich streiten. »Bitte, Mrs. Needle, wir wollen doch nicht …«

Stillman lachte. »Dann rufen Sie doch die Polizei. Na los! Dankle, Sie sollten die Nummer kennen.« Er sah sich um. »Niemand groß in Eile, was? Dachte ich mir. Offensichtlich hat Gideon hier irgendetwas laufen, das Ihrer Meinung nach viel wert ist, ist es nicht so, Gnädigste? Und das wollten Sie sich gern unter den Nagel reißen.«

»Schauen Sie, Mr. Stillman«, sagte Dankle, der vor Aufregung leicht stotterte, »wir sind hier doch alle zivilisierte Menschen. Stecken Sie doch bitte die Pistole weg, damit wir die Sache in aller Ruhe klären können.«

»Ach ja?« Stillman fuhr herum und richtete die Waffe direkt auf Barnaby Dankle. »Heißt das, Sie wollen mir die Wahrheit über Ihr heimtückisches doppeltes Spiel erzählen – oder ist es ein dreifaches Spiel? Betrügen Sie die Frau auch? Denn Ihre beiden anderen Auftraggeber, mich und den armen Gideon, haben Sie ganz schön gelinkt.«

»Das … das ist ein Missverständnis!« Der Anwalt wich vor ihm zurück. »Sehen Sie, es … es ist nur so, dass …«

Den Rest hörte Lucinda nicht mehr. In diesem Moment wurde etwas Scharfes und Eiskaltes seitlich an ihre Kehle gedrückt, und eine schwielige Hand legte sich über ihren Mund.

»Keinen Ton, sonst bist du tot«, sagte eine furchtbar bekannte Stimme leise. »Soso, wer schleicht denn da im Dunkeln herum?« Jackson Kingarees Mund war so dicht an Lucindas Ohr, dass sie seinen heißen Atem fühlte. »Hab ich dir nicht gesagt, dass wir uns wiedersehen, meine Kleine? Hab ich's nicht gesagt?«

# 34

## NUR MIT EINEM SCHNEEBALL BEWAFFNET

Colin Needle stieg die Leiter aus der Höhle in das Silo hinauf. Auf dem staubigen Boden fielen ihm Fußspuren ins Auge, die vorher nicht dagewesen waren, soweit er sich erinnerte, und im ersten Moment erschrak er. Aber da er unten am Spalteneingang niemanden gesehen hatte und das Silo selbst zweifellos leer war, kam er zu dem Schluss, dass er die Spuren beim Einstieg schlicht übersehen hatte.

Außerdem, wer hätte sich schon in einer solchen Nacht in der Nähe der Verwerfungsspalte herumgetrieben? Die Jenkins-Gören waren fort, Gideon war krank, und Walkwell war bis über beide Ohren mit Arbeit eingedeckt.

Colin machte die Bodenklappe hinter sich zu und schloss sie ab, dann streifte er seinen Rucksack ab und stellte das Kontinuaskop darauf, damit das sorgfältig polierte Messing nicht noch einen Kratzer abbekam. Aus der Tasche der Jacke, die er für sein Experiment angezogen hatte – viel zu dick für die Jahreszeit, selbst in einer solchen Gewitternacht –, zog er sein Taschentuch hervor und packte das darin eingeschlagene Mitbringsel aus.

Da lag es, das Symbol seines Triumphs, und glitzerte im Strahl seiner Taschenlampe wie eine Weihnachtskugel, aber es war zugleich viel schlichter und viel wunderbarer als so ein verziertes Glasding.

*Ein zwanzigtausend Jahre alter Schneeball*, dachte er bei sich. Aber das Besondere an dem Schneeball war, dass er nicht allein aus der Eiszeit kam, sondern von einem Zeitpunkt, der mindestens einen Tag *vor* Tyler Jenkins' Besuch in dieser verschneiten Welt lag. Colin wusste das, weil er das Kontinuaskop exakt eingestellt hatte, und als er danach an derselben Stelle wie beim ersten Experiment aus der Verwerfungsspalte gekommen war, hatte es *keine* Spuren gegeben, weder von ihm noch von Tyler.

*Ich hab's geschafft, das Kontinuaskop funktioniert!* Colin hätte vor Freude am liebsten gelacht und getanzt. *Ich habe es eingestellt, und es hat mich genau dort hingebracht, wo ich hinwollte!* Selbst der alte Octavio hätte zugeben müssen, dass Colin Needle es verdiente, der neue Besitzer des Kontinuaskops zu sein.

Doch während er die zusammengepresste weiße Kugel betrachtete, sah er, dass das Taschentuch dunkle Flecken bekam: Der Schneeball begann zu schmelzen, und das durfte nicht sein. Er hatte vor, ihn als Symbol seiner Beherrschung des Kontinuaskops in der Tiefkühltruhe aufzubewahren – sein erster Schritt auf dem Weg dahin, seinen rechtmäßigen Platz als Herr der Ordinary Farm einzunehmen.

Er schlug den Schneeball wieder in sein Taschentuch ein

und steckte ihn vorsichtig in die Jackentasche zurück, dann eilte er die Treppe hinauf.

•◆•

Der Regen fiel wie aus Eimern, als er das Silo verließ, und schlug ihm immer wieder die Kapuze vor die Augen, als er zum Haus zurückeilte, doch unter seiner Jacke schwitzte Colin bereits. Für die Eiszeit war sie prima gewesen, aber für einen Sommerabend im Standard Valley war sie selbst bei Regen viel zu warm. Aber das registrierte er kaum. Er grübelte schon darüber nach, an welchen Ort er als nächstes gehen wollte – oder eher in welche Zeit, denn er tat sich leichter damit, die zeitlichen Koordinaten einzustellen als diejenigen, die die räumliche Lokalisierung regelten. Musste er die Verschiebungen der Kontinente im Laufe der Zeit berücksichtigen? Das konnte bedeuten, dass er ein kompliziertes Computerprogramm finden oder selbst schreiben musste. Freilich, wenn das Ergebnis war, dass er ins alte Ägypten reisen konnte, um dem Bau der Pyramiden beizuwohnen, oder vor die Mauern Trojas, um Achills Kampf gegen Hektor mitzuverfolgen, dann war es das wert.

Er überlegte gerade, ob er wohl eine Videokamera mit in die Vergangenheit nehmen und ob er daraus irgendwie Geld schlagen konnte – vielleicht wenn er eine Doku über echte Dinosaurier drehte und als Animation ausgab –, als er merkte, dass etwas nicht stimmte. Das Gewitter war im Abklingen, auch wenn er um die Berge im Westen herum noch Blitze und schwarze Wolken sah, und das Gelände zwischen dem Silo und der Auffahrt war leer bis auf einen Traktor, der beim Ausbruch des Unwetters dort stehengelassen worden war. Bei näherem Hinsehen fiel ihm auf, dass eine stattliche Schar von Bodentieren durch den Matsch kroch und krabbelte, als ob der Regen sämtliches Kleingetier aus seinen Bauen gespült hätte. Es war ein sonderbarer Anblick, erklärte aber noch nicht, warum er deutlich das beunruhigende Gefühl hatte, beobachtet zu werden.

Er blieb stehen und spähte zum fernen Haus hinüber, doch obwohl er Lichter in den Fenstern und in zwei Zimmern hinter den Vorhängen Bewegungen wie von menschlichen Gestalten sah, konnte er sich nicht vorstellen, dass ihn dort jemand hier draußen im Dunkeln erkennen konnte. Er ging ein paar Schritte weiter, als plötzlich der Wind drehte und ihn ein neuer Geruch anwehte, scharf und sauer wie Essig.

Verdutzt wandte Colin sich um und blickte zum Silo zurück. Etwas kam um das hohe alte Gebäude gebogen und ging mit langsamen, bedächtigen Schritten auf allen vieren auf ihn zu. Ein Tier. Ein richtig großes Tier. Während Colin es anstarrte, hob es den Kopf, als ob es ihn jetzt erst bemerkte, und die Lichter des fernen Hauses spiegelten sich rötlich in seinen großen Augen, so dass es aussah, als wären es Fenster und als würde in dem flachen Schädel eine Flamme brennen.

Einer der Mantikore lief frei herum.

Colin wimmerte ängstlich, wirbelte herum und lief ein paar Schritte auf das Haus zu, doch behindert von seinem Rucksack und der unförmigen Jacke verlor er das Gleichgewicht. Er rutschte im Matsch aus, stürzte auf die Knie und kam trotz heftigen Strampelns nicht gleich wieder hoch. Im sicheren Glauben, das hellbraune, grauenhaft menschenähnliche Gesicht direkt über sich zu sehen, blickte er sich um, doch der Mantikor hatte sein Tempo nicht beschleunigt, als wüsste er, dass Colin ihm nicht entkommen konnte. Und das Monster hatte recht: Bis zum Haus waren es mindestens hundert Meter, und Colin wusste, dass er unmöglich schneller laufen konnte als die Bestie. Wieder wimmerte er. Das Untier kam näher, aber jetzt sah er, dass irgendetwas damit nicht stimmte. Sein Kopf wackelte leicht hin und her wie Gideons, nachdem er die Arznei von Colins Mutter genommen hatte, und seine Schritte wirkten unbeholfen, als hätte er sich verletzt. Dennoch hielt er weiter auf Colin zu, langsam, aber unerbittlich. Colin rappelte sich auf und lief erneut los, aber er trat auf etwas, das nass unter seinem Fuß zerplatzte, und fiel wieder hin. Sein Rucksack mit dem kostbaren Kontinuaskop rutschte ihm über die Arme, und hektisch versuchte er, ihn abzustreifen. Als er sich endlich befreit hatte, war das Monster nur noch wenige Meter entfernt. Noch einmal kam Colin hoch, doch er wusste, dass es zwecklos war. Selbst wenn er jetzt loslief, hatte es ihn in einer Sekunde geschnappt. Das Haus war unerreichbar weit weg.

Es blitzte, und in den Augen des Mantikors blitzte es auch. »Hilfe!«, schrie Colin. »Hilfe! Walkwell! Mutter!« Aber der Donner übertönte seine Schreie. Er griff sich eine Handvoll Schlamm und warf sie nach der Bestie, doch sie klatschte nur harmlos auf die ohnehin schlammbeschmierten Beine. Er sah die scheußlichen gelben Zähne in dem sabbernden Maul, die affenartigen Nüstern, die sich blähten, als sie seinen Geruch einsogen.

»Geh weg!«, kreischte er. »Lass mich in Ruhe!« Seine Hand ertastete den eingewickelten Schneeball, und er warf ihn mitsamt dem Taschentuch und traf den Mantikor direkt auf die Schnauze. Der Schneeball zerstob in einer weißen Wolke. Kopf und Hals der Bestie zitterten und wackelten weiter, doch ansonsten zeigte sie keinerlei Reaktion. Das Taschentuch verfing sich kurz an der borstigen Wange, dann glitt es ab und flatterte im auffrischenden Wind davon.

Das Maul zu einem Grinsen verzerrt, die Augen wie Laternen leuchtend, so schlurfte das Ungeheuer heran.

35

# DIE NASE VOLL

Lucinda konnte sich nicht erinnern, jemals im Leben so viel Angst gehabt zu haben, und dabei war sie ein Mädchen, das kopfüber an einem wütenden Drachen in der Luft gehangen hatte. Aber die Nacht, in der sie an Meserets Fesseln gebaumelt hatte, war so aberwitzig gewesen, so verrückt, dass sie es selbst währenddessen nicht hatte glauben können. Hier war es anders. Ein abgrundtief böser Mann hielt ihr ein Messer an die Kehle, ein Mann, der bestimmt nicht zögern würde, sie zu töten, wenn es ihm nutzte. Und zu allem Überfluss roch er auch noch abscheulich nach Schweiß und kaltem Tabakrauch, als ob er seit langem die Sachen nicht mehr gewechselt hätte. Ihr graute bei dem Gedanken, sich übergeben zu müssen und ihn durch das Würgen zu einer unkontrollierten Reaktion zu provozieren. »Bitte tun Sie mir nichts«, flüsterte sie. »Ich werde nicht schreien oder weglaufen.«

»Das ist gut«, erwiderte er genauso leise. »Denn ich will hören, was die kleine Patience sagt.« »Die kleine Patience« war natürlich Mrs. Needle, die drinnen über Gideon Goldrings Krankenbett hinweg Stillman mit seiner Pistole fixierte. Gideon zerrte an seinen Fesseln, aber seine Augen blickten ins Leere und er schien kaum mitzubekommen, was sich unmittelbar vor ihm abspielte. Der Anwalt Dankle, der anscheinend jeden gegen jeden vertrat, drückte sich neben der Tür an die Wand und machte sich so unsichtbar, wie es ging.

»Gott«, hörte Lucinda Stillman sagen, »ich habe beinahe Mitleid mit Gideon Goldring, und das hätte ich im Leben nicht für möglich gehalten. Wie muss es wohl sein, eine Natter wie Sie zur Hausangestellten zu haben, Mrs. Needle? Bestimmt eine echte Herausforderung.«

»Ich habe mich immer für Gideon und seine Bedürfnisse aufgeopfert.« Mrs. Needle schien sehr darauf bedacht zu sein, nicht auf Stillmans Pistole zu schauen. Lucinda fragte sich, wie viel die Hexe über moderne Waffen wusste – schließlich war sie vor fünfhundert Jahren geboren worden. Einen Moment hoffte Lucinda beinahe, sie würde eine Gegenwehr versuchen und dabei erschossen werden. »Aber die Entwicklung hier hat einen Punkt erreicht, wo Gideon die Farm einmal zu oft aufs Spiel gesetzt hat«, fuhr sie mit ihrer ruhigen, sachlichen Stimme fort. »Einige von uns … einige von uns können nirgendwo anders hin.«

»Jaja, sehr traurig. Suchen Sie sich jemand anders, dem Sie das erzählen können.« Stillman schwenkte die Pistole, als wäre diese ein Laserpointer und sie hätten lediglich eine Meinungsverschiedenheit während einer Geschäftspräsentation. »Diese Farm gehört meiner Familie – mit anderen Worten, mir. Die Geschichte, dass Gideons Frau durchgebrannt sein soll, ist ein Ammenmärchen. Ich kannte Grace Tinker von klein auf. Sie hat Gideon geliebt, so sehr einen das erstaunen mag. Sie hätte ihn nicht verlassen.«

»Unsere Ziele sind nicht so verschieden, Mr. Stillman.« Mrs. Needle schaute immer noch nicht auf die Pistole, sie schaute vielmehr Edward Stillman mit einer Intensität an, wie Lucinda sie noch nie gesehen hatte, beinahe wie ein Hypnotiseur in einem alten Film. »Sie wollen das Beste für dieses Anwesen. Das will ich auch. Vielleicht ... vielleicht könnten wir eine einvernehmliche Lösung finden.«

Draußen vor dem Fenster packte Kingaree Lucinda mit noch härterem Griff und beugte sich noch näher heran, bis seine Lippen ihr Ohr berührten und ihr Tränen der Furcht in die Augen traten. »Hör nur, wie diese kleine Schmeißfliege mich ausbooten will«, knurrte er. »O ja, eine schöne Fassade, die hat sie, aber dahinter stinkt es zum Himmel. Ich hätte wissen müssen, dass sie nicht im Traum daran denkt, ihre ganzen Versprechungen einzuhalten.«

Direkt über ihnen krachte der Donner, und Lucinda stieß einen Schreckenslaut aus. Wieder regnete es dicke Tropfen. Einer platschte ihr auf die Stirn, doch mit der scharfen Klinge am Hals wagte sie nicht, sich zu bewegen.

Stillman lachte. »Was ist mit Ihrem Cowboyfreund, wer immer das sein mag? Haben Sie aus dem schon alles rausgeholt, was er hergibt?«

»Bitte, Mr. Stillman ...«, begann Barnaby Dankle, aber niemand beachtete ihn.

»Kingaree? Der ist gar nichts«, sagte Mrs. Needle. »Ein Killer, ein gewöhnlicher Verbrecher. Ich habe ihn nur hinzugezogen, um sicherzugehen, dass weder Gideon noch Mr. Dankle auf dumme Gedanken kommen.«

»Sie ist wirklich die Königin des Betrugs!«, zischte Kingaree, und der Messerdruck verstärkte sich noch. Aber obwohl sie vor Furcht fast verging, fragte sich Lucinda, ob sie die Einzige war, der Gideons Verhalten auffiel. Ihr Großonkel, der von dem Geschehen um ihn herum immer noch nichts mitzubekommen schien, hatte einen seiner dürren Arme aus der Fesselung befreit und zupfte jetzt am anderen, den Mund aufgerissen, das Gesicht zu einer Fratze des Schmerzes oder der Wut oder beides verzerrt.

»Ähm, Mr. Stillman!« Dankle hatte jetzt Gideons Befreiungsversuche bemerkt. »Mr. Stillman, ich glaube …«

»Halt's Maul, Mann!« Aber Edward Stillmans zorniger Ausruf ging in einem erneuten, noch lauteren Donnern unter. Ein Blitz ließ den Himmel erstrahlen und es donnerte wieder, so laut, dass Lucinda jede andere Gefahr darüber vergaß.

Dann passierten mehrere Dinge hintereinander. Als erstes explodierte das Haus.

Lucinda erkannte hinterher, dass es nur ein Blitz gewesen war, der in den Blitzableiter auf dem höchsten Türmchen gefahren und durch die Erdung in den Boden geschossen war, aber der Knall war so laut und die Druckwelle der heißen Luft so stark, dass es sich mehr wie eine Bombenexplosion anfühlte.

Mit einem Schlag fiel überall der Strom aus. Die Lichter im Schlangenzimmer und im übrigen Haus und die an Kabeln zwischen den Farmgebäuden hängenden Lampen erloschen alle gleichzeitig, schwarze Nacht hüllte alles ein. Lucinda hörte, wie Stillman in dem pechschwarzen Zimmer etwas schrie und Mrs. Needle ebenfalls, aber sie konnte nichts verstehen, weil Jackson Kingaree sie vom Fenster fortschleifte und dabei Flüche ausstieß, die sie noch nie gehört hatte. Sie sah hinter dem Fenster etwas aufflammen und hörte erst einen lauten Knall und dann einen Mann vor Schmerz aufschreien.

»Wo ist Gideon?«, rief Mrs. Needle, durchaus nicht ängstlich, sondern eher empört. »Ihr Idioten! Er ist entwischt!«

Draußen in der Dunkelheit erstarrte Kingaree wie ein jagendes Raubtier, den Arm weiter um Lucindas Hals. »Keinen Laut, Kleine, oder ich schwöre, ich murkse dich ab«, flüsterte er. »Du bist der Fahrschein, mit dem ich hier rauskomme und ...«

Er brachte den Satz nicht zu Ende. Lauter Lärm und weitere Schreie erschollen vom Ende der Auffahrt, ungefähr von dort, wo Stillman seinen Wagen und seine Leibwächter zurückgelassen hatte. Das Bummern und Kratzen und die panischen Männerstimmen wurden noch lauter. Es hörte sich an, als ob eine Meute wütender Bauern das Auto mit Mistgabeln und Baseballschlägern bearbeitete. Mehrere Schüsse fielen.

*O Gott*, dachte Lucinda, *Stillmans Leibwächter schießen auf irgendwas. Ist einer der Mantikore hier? Oder Alamu?* Der nächste Schuss kam wieder aus der Richtung des Zimmerfensters. Lucinda konnte nicht sagen, ob von drinnen oder draußen, aber Kingaree fiel auf Hände und Knie. Ging er in Deckung oder war er getroffen? Sie wusste es nicht, aber sie ergriff die Gelegenheit.

Auf allen vieren krabbelte sie wie besessen vom Haus weg in die Dunkelheit, bis sie es wagte, sich aufzurichten und über eine halb unter Wasser stehende ungemähte Wiese vor den Schüssen und vor Stillmans Leibwächtern und dem Angreifer davonzurennen, so schnell sie konnte. Das hohe Gras klatschte ihr gegen die Beine.

Sie war noch nicht weit gekommen, als sie im Kies die knirschenden Schritte von Jackson Kingaree hörte, der versuchte, ihr den Weg abzuschneiden. Im offenen Gelände konnte sie ihm schwerlich entkommen, deshalb lief sie zwischen zwei wenig benutzten Trockenschuppen hindurch auf die Farmstraße zu, die zum Reptilienstall führte.

»Simos! Ragnar! Hilfe!«, schrie sie. Stillsein konnte ihr nichts mehr nutzen, denn der mörderische Kingaree war dicht hinter ihr. »Helft mir!« Doch die einzige Antwort waren Krachen, gellende Schreie und Tiergebrumm von der dunklen Auffahrt hinter ihr. Das Ungetüm, das Stillmans Leibwächter angegriffen hatte, zerlegte jetzt anscheinend sein teuer gepanzertes Fahrzeug in Einzelteile. Obgleich Lucinda panische Angst hatte, musste sie doch kurz innerlich grinsen. Da hatte Stillman, was die Unverwüstlichkeit seines Autos anging, wohl mächtig übertrieben.

Als sie zwischen den Schuppen hervorkam, erkannte Lucinda, dass sie die Entfernung falsch eingeschätzt hatte: Die Farmstraße bot ihr auf mehreren hundert Metern weder Schutz noch Deckung, und eine Hilfe war nirgends in Sicht. Von Kingaree verfolgt bog Lucinda ab und lief zu dem niedrigeren Zaun auf dem Damm, der den Kumish Creek in diesem Teil des Anwesens absperrte. Sie sprang am Maschendraht in die Höhe und kletterte mit der Kraft ihrer Verzweiflung hinauf. Kingaree kam langsam auf sie zu, denn er war sich jetzt sicher, dass sie ihm nicht entkommen konnte.

»Du weißt, dass ich mich im Nu über diesen Zaun schwingen kann, also komm wieder runter, Kleine. Ich würde dir nicht raten, mich richtig wütend zu machen.« Er blieb unmittelbar vor ihr stehen, als sie gerade ansetzte, ihr zweites Bein nachzuziehen. Seine Augen waren Schlitze, doch er bemühte sich zu lächeln. »Langsam. Wir brauchen uns gegenseitig. Du musst mir helfen, hier rauszukommen, weil ich nämlich von dieser ganzen Chose die Nase voll habe. Jack Kingaree denkt gar nicht daran, sich für dieses hinterhältige Needle-Aas abknallen zu lassen. Also komm jetzt von diesem Zaun runter, dann können wir verhandeln.«

»Nein.« Das Gewitter hatte ein wenig nachgelassen. In den Pausen zwischen dem Donner hörte Lucinda aus mehreren Richtungen unerklärliche Geräusche heranwehen, gedämpfte Schreie und das Kreischen verängstigter Tiere. Sie rutschte auf dem Zaun vorsichtig ein Stück weiter, um ihren Verfolger auf Abstand zu halten. Die Lichter auf der ganzen Farm waren immer noch aus, aber da der Mond hell genug schien, konnte sie Kingarees langes Gesicht und sein Messer erkennen, das er absichtlich so hielt, dass es gut sichtbar schimmerte. »Nein«, wiederholte sie lauter. »Ich komme nicht runter. Simos!«, schrie sie. »Ragnar! Es ist Kingaree! Er ist hier!«

Der lange Mann lachte. »Die werden nicht kommen, und Angst habe ich vor denen schon gar nicht. Walkwell ist ein zäher Bursche, aber er wird sich von mir fernhalten … weil ich *dich* habe!« Beim letzten Wort tat er einen Schritt und sprang auf den Zaun. Lucinda versuchte, auf der anderen Seite herunterzuspringen, doch ein Fuß blieb in einer Drahtmasche hängen. Ehe sie ihn losreißen konnte, war der Mann in dem langen schwarzen Mantel schon so flink wie eine Spinne zu ihr hinaufgeklettert und griff nach ihrem Fuß. Seine Finger schlossen sich um den Schuh, doch sie konnte gerade noch den Fuß herausziehen, das Bein hinüberschwingen und abspringen. Sie schleuderte sich den anderen Schuh vom Fuß und lief neben dem dunklen Fluss auf dem Damm davon. Kingaree schwang sich seinerseits über den Zaun und trabte ohne Eile hinter ihr her. »Du kannst mir nicht entkommen. Ich bin doppelt so groß wie du und schnell wie ein Windhund.«

Neben ihr der Fluss, hinter ihr Kingaree, vor ihr der lange Streifen des Dammwegs. Es war aussichtslos. Sie blieb stehen und drehte sich zu ihm um, atemlos vor Angst. *Gib lieber auf,* sagte sie sich. Er würde ihr nichts tun, er brauchte sie. Aber ihr rasendes Herz glaubte nicht ganz daran.

»Braves Mädchen«, sagte er und kam jetzt auf dem Betonweg im Spazierschritt auf sie zu, in der einen Hand das Messer, die andere Hand ausgestreckt.

»Bleiben Sie stehen!«, sagte sie. »Warum sollte ich Ihnen vertrauen?«

Er blieb tatsächlich stehen und legte den Kopf schief. Er hatte irgendwo seinen Hut verloren, und vom Regen klebten ihm die schwarzen Haare am Kopf. »Mir vertrauen? Vertrauen hat nichts damit zu tun.« Er schüttelte sich den Regen aus den Augen. »Du wirst mit mir kommen, bis ich sicher von diesem Gelände bin, und du wirst tun, was ich sage, oder du bekommst mein Messer zu spüren. Ich muss dich nicht umbringen, damit du dir wünschst, du hättest mir brav gehorcht, weißt du.«

Lucindas Aufmerksamkeit wurde von einer Bewegung im Dunkeln hinter Kingaree abgelenkt. Vor Angst und Kälte zitternd sah sie, wie etwas aus dem Fluss stieg, ein großer Schatten, der sich aus der Dunkelheit löste. Zuerst dachte Lucinda, das lange Schilfgras im Kumish Creek hätte sich vom Grund losgerissen und wäre auf den Damm gekrochen, da sah sie zwei große runde Augen im Mondschein glänzen, Augen groß wie Tennisbälle, die hinter dem ahnungslosen Kingaree in die Höhe stiegen, bis sie ihn um Haupteslänge überragten. An der dunklen, triefenden Gestalt, die einem Heuhaufen auf Beinen glich, waren sie das einzig Helle.

*Onkel Gideons Flussungeheuer,* dachte sie. *Mit dem komischen Namen.* Dann fiel er ihr wieder ein. *Bunyip.*

Kingarees nasses Gesicht legte sich irritiert in Falten. »Was glotzt du so? Das ist ein dämlicher alter Trick, Kleine. Da ist niemand hinter …« Ein Laut ließ ihn herumfahren. Jackson

Kingaree blieb nicht einmal die Zeit aufzuschreien, ehe der Schattenkoloss ihn packte und rückwärts in das hohe Schilf drängte. Da fand er endlich die Stimme wieder und stieß heisere Entsetzensschreie aus, während er immer wieder auf seinen unheimlichen Gegner einstach. Beide gingen zu Boden, der fluchende Mann und das stumme Fabelwesen, und kullerten den Damm hinunter, bis sie mit lautem Platschen in dem dunklen Fluss landeten.

Lucinda wartete den Ausgang des Kampfes nicht ab. Sie kletterte über den Zaun zurück, so schnell sie konnte, ohne auf Schnitte und Schrammen zu achten. Beim Absprung glitt sie aus und landete so hart, dass sie schon dachte, sie hätte sich das Fußgelenk gebrochen. Während sie sich mühsam aufrappelte, blitzte und donnerte es erneut. Der Kampf hinter ihr ging weiter, aber als sie dann über das dunkle, regennasse Gelände zurück zum Haus humpelte, verklangen nach und nach die fürchterlichen Geräusche, die Kingaree und sein Angreifer machten.

# 36

## EHCÜK

Steve blickte mit Schaudern die dunkle Treppe empor. »Hast du sie noch alle? Warum sollten wir da rauf? Du hast gesagt, die Zimmer der Hexe sind da oben.«

In einem anderen Teil des Hauses, näher an der Haustür, stritten unbekannte Stimmen lautstark miteinander. Tylers Herz schlug heftig: Jeden Moment konnte jemand hereinkommen und sie entdecken. »Da steht der Spiegel jetzt«, beschwor er seinen Freund leise und schob erneut, aber Steve Carrillo hatte genug Masse aufzubieten, um sich nicht bewegen zu lassen, wenn er nicht wollte. »Im Ernst! Mrs. Needle hat ihn sich genommen. Onkel Gideons Frau Grace ist darin gefangen, genauso wie du damals, und wir müssen sie retten.«

»Das ist voll was anderes, als was du vorher gesagt hast«, beschwerte sich Steve. »Da hast du gesagt, wir müssten Colin stoppen: Er hätte das Kontoskopdingsbums und würde die Weltherrschaft übernehmen oder so, wenn wir nicht herkommen und ihn stoppen. Er würde die Zeit zerstören wie so ein Superschurke.«

»Genau!«, sagte Tyler und schob ihn wieder. »Dafür müssen wir Grace aus dem Spiegel rausholen, und dann wird Onkel Gideon … keine Ahnung, er wird irgendwie aus diesem Zustand rausschnackeln, in dem er ist. Er muss wieder gesund werden, damit er Colin stoppen kann.«

»Was? Das macht doch überhaupt keinen Sinn! Vergiss es, ich werde nicht mal in die Nähe von diesem Spiegel gehen. Das ist der Wahnsinn da drin, und letztes Mal hatte ich das Gefühl, ich wäre da jahrelang gewesen.«

»Niemand zwingt dich, in den Spiegel zu gehen. Du kannst auf mich warten.«

»Na klasse. Im Zimmer der Hexe sitzen und warten, in diesem riesigen alten Gruselhaus. Toller Plan. Kommt nicht in die Tüte, Jenkins.«

»Hör zu, wenn wir hierbleiben, wird die Hexe uns definitiv erwischen.« Draußen krachte der Donner, und als er verhallte, waren wieder die lauten Stimmen zu hören. Eine klang wie die von Patience Needle. »Das ist sie. Beweg dich endlich da hoch, verdammt!«

Steve stöhnte protestierend, ließ sich aber von Tyler die Treppe hinaufbugsieren. Tyler schlüpfte durch die offene Tür ins Arbeitszimmer der Hexe und winkte Steve, ihm zu folgen. Das Zimmer war wie üblich ordentlich aufgeräumt, alles fein säuberlich auf dem Arbeitstisch abgelegt und in dem hohen Schubladenschrank eingeordnet, Topfpflanzen an beiden Rändern des Tischs in Reihen aufgestellt, jeder Topf sorgfältig beschriftet. Das Einzige, was nicht ins Bild passte, war ein Haufen Papiere, die achtlos verstreut auf dem Tisch lagen, als wäre ein starker Wind durchs Zimmer gefegt und hätte nur sie erfasst und sonst nichts. Am hinteren Ende des Zimmers stand die alte Waschkommode mit dem hohen Spiegel.

»Er ist wirklich hier«, hauchte Tyler. Er verspürte eine grimmige Freude, als wäre er für eine besonders standhafte Verteidigung der Wahrheit belohnt worden.

»Ich sage dir«, begann Steve, »ich werde nicht ...«

Alle Lichter gingen aus.

»W-was ...?«

»Schon gut«, sagte Tyler, obwohl er selbst einen Schreck gekriegt hatte. »Ich bin noch da.«

»Was ist los?« Steve hörte sich an, als wäre bei ihm ein größerer Panikanfall im Anzug. »Was ist passiert?«

»Stromausfall, weiter nichts«, sagte Tyler. »Wir haben doch Taschenlampen. Macht gar nichts.« Er knipste seine an und leuchtete damit durch den Raum. Durch die tiefe Dunkelheit überall wirkte der Donner noch lauter als vorher und das Zimmer der Hexe noch größer und unheimlicher. Tyler beugte sich über den Tisch und beleuchtete hier und da die verstreuten Papiere, doch sie sahen ganz normal aus, wie Rechnungen und anderer Geschäftskram.

*Peng!* Der gedämpfte Knall von unten ließ sie beide zusammenzucken.

»Das war eine Pistole!«, sagte Steve.

»Jemand hat bestimmt nur was umgestoßen, weiter nichts«, widersprach Tyler.

»Du lügst doch voll, Jenkins. Nichts wie raus hier!«

Tyler verspürte ebenfalls einen sehr starken Drang, die Flucht zu ergreifen, aber er wollte jetzt nicht aufgeben, nachdem er so weit gekommen war. »Ich kann nicht. Ich gehe in den Spiegel, um Grace zu holen«, erklärte er. »Hab ich dir doch gesagt.«

»Du wirst mich doch nicht hier im Dunkeln sitzenlassen!«

»Du kannst ja mitkommen.«

Ein zweiter lauter Knall, unmittelbar gefolgt von einem dritten.

Steve hatte jetzt auch seine Taschenlampe gefunden. Blankes Entsetzen stand in seinen Augen. »Du kannst mir nicht erzählen, dass das keine Schüsse waren!« Da wurden seine Augen so weit, dass Tyler befürchtete, sie würden ihm aus den Höhlen kullern. »Da kommt jemand!«

Tyler wollte erst widersprechen, aber es gab keinen Zweifel: Beide hörten sie rasche Schritte die Treppe hinaufkommen. »Mist, verdammt! Schnell, versteck dich!« Er schwenkte den Lichtstrahl durchs Zimmer, doch das einzige Versteck war unter dem Arbeitstisch, wenn sie nicht in den Spiegel wollten. Tyler wusste, dass Steve ihm ohne größere Auseinandersetzung nie dorthin folgen würde, deshalb packte er den dicken Jungen am Arm und zerrte ihn unter den Tisch. »Hier!«

Sie hatten kaum ihre Lampen ausgemacht und waren so weit wie möglich nach hinten gekrochen, behindert von den Rucksäcken, die sie immer noch trugen, als schon die Tür aufflog und mit einem dumpfen Schlag an die Wand rumste.

»Verräter!«, zischte Mrs. Needles Stimme, kalt und scharf wie eine Glasscherbe. »Ich weiß, dass du hier irgendwo bist. Du kannst dich nicht vor mir verstecken.«

Steve entfuhr ein fast unhörbar leises Wimmern. Tyler griff sich die Hand seines Freundes und drückte sie, so fest er konnte. Mrs. Needle hatte sich nicht bewegt, was bedeutete, dass sie immer noch in der Tür stand und lauschte. Schließlich schritt sie zum Tisch, und Tyler wurde am ganzen Leib eiskalt, als ob ihm auf einen Schlag sämtliches Blut in den Adern gefroren wäre. Er drückte abermals Steves Hand, ebenso um sich zu bestätigen, dass er nicht allein war, wie um seinen Freund zum Stillsein zu mahnen.

Mrs. Needle stand jetzt unmittelbar neben dem Tisch: Er hörte, wie ihr beim Umdrehen der Rock an den Beinen streifte. »Wenn du mich hören kannst, dann komm lieber heraus«, sagte sie. Nur die Tatsache, dass sie anscheinend nicht im Dunkeln sehen konnte wie eine Katze oder ein Fuchs, hielt Tyler davon ab, vor Angst loszuschreien. Er biss sich auf die Lippe, bis er Blut schmeckte. »Komm raus, sage ich.« Sie hob die Stimme. »Ich weiß, dass du hier bist. Hör auf mit dem Spiel.«

Steve zitterte auf eine Art, als ob er lautlos weinte. Tyler wusste nicht, was sein Freund machte, aber er hoffte inständig, dass er dabei wenigstens keinen Mucks von sich geben würde. Endlich bewegte sich Mrs. Needle von ihrem Versteck fort.

»Wenn du hier bist und mir nicht antwortest«, sagte sie schließlich, »dann wird es dir noch leid tun, Kingaree. Ich schwöre dir, ich werde dir eine äußerst schmerzhafte Lektion erteilen.« Sie verstummte, als wartete sie auf eine Antwort, dann rauschte sie aus dem Zimmer und zog die Tür fest hinter sich zu. Tyler hörte sie den Flur hinuntergehen und eine andere Tür öffnen.

Er knipste seine Taschenlampe an und dunkelte das Licht mit seinem Hemd ab. Zu seiner Verwunderung hielt Steve, der neben ihm kniete, einen langen Metallstift in der Hand.

»Ich hab mein Messer nicht finden können«, flüsterte er. »Ich hätte sie mit dem Zelthering erstochen.«

»Wenn der nicht aus Silber ist, wird sie dadurch erst richtig fuchtig«, klärte Tyler ihn auf. »Komm, wir müssen hier weg, bevor sie zurückkommt.«

Steve steckte den Hering ein. »Wo gehen wir hin? Nach unten?«

»Spinnst du? Hast du nicht gehört? Sie sucht nach Kingaree. Das ist dieser Sklavenjäger, von dem ich dir erzählt habe. Der rennt hier wahrscheinlich mit einer Knarre rum und schießt wild um sich.«

»Wohin dann?« Plötzlich begriff er. »O nein. Nein, nein, nein!«

»Komm schon, Mann. Willst du hier sitzen, wenn sie zurückkommt?« Tyler zog ihn unter dem Tisch hervor und stieg auf das Marmorwaschbecken.

»Nein!«, sagte Steve und riss sich von Tyler los. »Kommt gar nicht in Frage!«

»Wie du willst.« Ohne zu überlegen, ob es funktionieren würde, warf Tyler sich in den Spiegel, der sich teilte, als ob er aus Quecksilber wäre.

Er landete unsanft am Boden, den Rucksack halb über Schultern und Kopf gekippt, so dass er beim Versuch aufzustehen erst einmal kopfüber fiel. Als er ihn schließlich zurechtgerückt hatte und aufrecht sitzend die Taschenlampe anschaltete, entdeckte er zu seiner Bestürzung, dass er in einem anderen Raum war als bei seinem letzten Gang durch den Spiegel. Erschrocken fragte er sich, ob er diesmal in eine noch unheimlichere und gefährlichere Welt gestürzt war, doch dann erkannte er den Grund: Der Spiegel stand nicht mehr in der Bibliothek, folglich war auf der anderen Seite auch nicht mehr die Kehtoilbib. Stattdessen befand er sich in der Spiegelversion von Mrs. Needles Arbeitszimmer.

Er trat an den Kommodenspiegel und schwenkte seine Taschenlampe davor, damit Steve auf der anderen Seite es sah. »Alles okay, Steve«, rief er, obwohl er bezweifelte, dass sein Freund ihn hören konnte. »Komm schon!« Einige Sekunden später purzelte Steve Carrillo durch die Spiegelfläche und plumpste mit verdrehtem Rucksack und scheppernder Feldflasche und Tasse auf den Boden wie ein Heißluftballon, aus dem man die Luft rausgelassen hatte.

»Los, gehen wir Grace suchen!«, sagte Tyler. »Vielleicht finden wir sie ja so schnell, dass wir zurück sind, ehe drüben das Licht wieder angeht.«

Steve erschauerte. »Ich nicht, Alter. Ich kann gern auf einen zweiten Besuch im Spukland verzichten. Ich werde hier warten.«

Tyler schüttelte den Kopf. »Das ist keine gute Idee. Wir wissen nicht genug darüber, wie es hier zugeht. Vielleicht finden wir uns nie wieder. Du kommst lieber mit.«

»Scheißkerl.« Steve sagte es mit tiefer Inbrunst.

•◆•

Der Flur vor Mrs. Needles Spiegelzimmer war leer, aber das beruhigte Tyler nicht sehr. Die echten Bilder an der echten Wand in diesem Teil des Hauses waren schon abartig genug, doch die Bilder in dieser Spiegelversion waren noch bizarrer: Fotos von verlassenen und verfallenden Häusern und steinernen Turmruinen, verblassende Aufnahmen von seltsam gekleideten Leuten aus Zeiten und Ländern, die Tyler völlig unbekannt waren und das auch gern bleiben konnten.

»Igitt!«, sagte Steve und beäugte im Vorbeigehen ein verstaubtes Bild. »Hat die Frau da einen riesigen Grashüpfer auf dem Arm? Sie hält ihn wie ein Baby!«

»Guck gar nicht hin. Geh einfach weiter.« Tyler horchte mit äußerster Anspannung. Er hoffte sehr, dass die gespenstische Erscheinung aus der Bibliothek nicht auch in diesem Teil des Hauses ihr Unwesen trieb – das Banderschnapp, so hatte Grace es genannt, ein Name aus *Alice im Wunderland* –, aber wer konnte wissen, was sich sonst noch für Greuel in diesem hässlichen Spiegelbild der Tinkerfarm herumtrieben? Er wollte ganz gewiss keinem Spiegeldrachen und keinem Spiegelmantikor begegnen.

Durch die Fenster im Gang konnte Tyler in den Garten hinausschauen. Auch der sah nicht so aus, als ob er sich dort jemals aufhalten wollte. In der realen Welt war es eine Gewitternacht, hier aber hing über allem die triste, deprimierende Stille eines Winternachmittags, an dem der dunkelgraue Himmel noch ganz schwach von silbernem Licht behaucht war. Ganz vorn im Garten lag eine von steinernen Mauern umschlossene Rasenfläche, leer bis auf einen großen schwarzen Vogel mit langem dünnem Schnabel und langen dünnen Beinen, der langsam von einer Stelle zur anderen hopste und in dem verfilzten Gras neben einer kaputten Sonnenuhr nach etwas stöberte. Jenseits der Mauern war der übrige weitläufige Garten dermaßen verwildert, dass er eher wie ein gespenstischer Wald aussah.

*Wer sich hier anschleichen will, hat leichtes Spiel*, dachte Tyler.

»Und wo wollen wir jetzt hin?« Steve bemühte sich, ruhig zu klingen, doch es glückte ihm nicht ganz. »Hast du überhaupt eine Ahnung?«

»Ich denke gerade nach. Beim letzten Mal hielt sich Grace in der Bibliothek auf, genau wie du – aber auch wie das Banderschnapp, dieses Schreckgespenst, das uns erwischen wollte.«

Steve guckte beklommen. »O Gott. Daran kann ich mich gut erinnern.«

»Aber Grace ist ein realer Mensch. Sie muss essen, und so was wie Essen habe ich in der Bibliothek nicht gesehen, deshalb denke ich, wir sollten lieber nach der Küche schauen.«

»Klasse, Jenkins. Wir bräuchten bloß einen Lageplan.«

»Na ja, hier hängen Schilder, und da hier alles verkehrt herum ist, musst du nur nach einem suchen, auf dem ›Ehcük‹ steht.«

Steve sah ihn fragend an. »Eh-kück? Eh, kück mal oder was?«

»Das ist ›Küche‹ rückwärts, du Hohlblock. Hast du die ›Kehtoilbib‹ und den ›Rellek‹ schon vergessen?«

»Ach so. Klar.«

Sie fanden die Treppe. Der Teppich dort war so alt, dass man in der Mitte jeder Stufe das Holz durchscheinen sah. Tyler gebot mit erhobener Hand Schweigen und ging voraus, bis sie zwei Stockwerke tiefer waren und er das Gefühl hatte, dass die Küche in der Nähe sein musste. Sie folgten dem Flur bis zu einer großen Flügeltür, und Tyler schob sie vorsichtig auf und lugte hinein.

Es war die Küche, doch er brauchte einen Moment, bevor er sich sicher war, denn die Decke war um vieles höher als in Wirklichkeit. Der Raum wirkte fast wie ein Silo oder ein Turm, und an den hochragenden Wänden hingen Regale, die man weiter oben nur mit kippligen Leitern erreichte.

Tyler sah eine Bewegung und ließ die Tür ein bisschen weiter zugehen, so dass er und Steve nur noch durch einen ganz schmalen Spalt spähten. Mehrere kleine Gestalten trippelten durch den Raum, sonderbare Geschöpfe mit großen Augen, kleinem Gesicht und Armen wie langen Zweigen, so dass man meinen konnte, das Personal der Spiegelküche bestände statt aus Pema, Azinza und Sarah aus großen bleichen Käfern in altmodischen Kleidern und Hauben.

»O Mann, was sind das denn für welche?«, flüsterte Steve. Er hörte sich an, als wollte er gleich die Flucht ergreifen.

»Pssst!«, machte Tyler. »Ist doch egal. Wir warten einfach.«

Es schien bald Essenszeit zu sein. Die kleinen Arbeiterinnen sausten geschäftig hierhin und dorthin, flitzten die Leitern auf und ab, um Zutaten zu holen, bestückten einen riesigen Kochtopf, der größer zu sein schien als der mit Holz beheizte uralte Herd, auf dem er stand, und hielten nur inne, um mit Stimmen zu debattieren, die sich wie das Rascheln und Knistern geknüllten Papiers anhörten. Trotz ihrer Kleidung wirkten die Küchenwesen so fremdartig wie über den Meeresgrund krabbelnde Krebse. Nach einer Weile beschloss Tyler, dass er sie nicht länger beobachten wollte als unbedingt nötig, und ließ die Tür lautlos zugehen.

»Wir warten einfach«, sagte er noch einmal zu Steve. »Such dir einen bequemen Platz.«

•◆•

Das Kochen dauerte fast eine Stunde, doch schließlich zog das knappe Dutzend der Küchenwesen zur gegenüberliegenden Tür hinaus, um das Essen zu servieren, munter plappernd und schnatternd, obwohl sie schwer an den Schüsseln und Tellern zu tragen hatten. Einige der Gerichte, die sie schleppten, bewegten sich noch und brachten das Geschirr zum Klappern, weil sie zu fliehen versuchten. Ein Hauptgericht, ein mäuseähnliches Tier mit einem Schwanz von der zehnfachen Körperlänge, sorgte für viel Aufregung, als es vom Servierteller sprang und einer der Arbeitskäferinnen den Ärmel hinauflief. Als das Kreischen vorbei, das Essen wieder eingefangen und das Serviergeschirr aufgehoben war, marschierten die verbliebenen Köchinnen hinaus und ließen die Ehcük still und leer zurück.

»Endlich!«, sagte Steve. »Mir fallen fast die Beine ab vom Krummsitzen. Können wir jetzt reingehen?«

Tyler schüttelte den Kopf. »Noch nicht. Bleib einfach hier.«

»Warum?«

»Wirst du schon sehen.« Er legte den Finger an die Lippen. »Denk daran, alle müssen essen.«

Da trat hinter ihnen etwas in den Korridor und ließ ein Seufzen wie ein Windstoß hören. Zu Tylers unendlicher Erleichterung wandte es sich bald wieder ab und entfernte sich in der Gegenrichtung mit einem Scharren und Kratzen, das sich anhörte, als würde ein Kamingitter über den Holzboden geschleift. Steve duckte sich schlotternd, blieb aber still. Tyler war richtig stolz auf ihn – er wäre selbst beinahe fortgelaufen.

»Stimmt schon, Jenkins, alle müssen essen«, sagte Steve mit zittriger Stimme, als das Geräusch endlich verklungen war. »Aber ich wette, ein paar von diesen Biestern hätten nichts dagegen, *uns* zu essen.«

37

# GARTENARBEIT

Lucinda fühlte sich wie eine Stoffpuppe, die ihre Füllung verloren hatte. Kingaree hatte sie zu Tode erschreckt, das Ungeheuer, von dem Kingaree gepackt worden war, hatte sie ebenfalls zu Tode erschreckt, und jetzt war sie so schwach wie neulich, als sie das Treibhausfieber gehabt hatte.

Ein wenig hatte sie sogar den Eindruck, dass das Fieber zurückgekehrt war: Ihr Kopf war wie geschwollen, zu groß und zu schwer, und in manchen Momenten klangen das Donnergrollen und das Heulen des Windes wie Stimmen, die sie riefen.

Sie konzentrierte sich nur noch darauf, einen Fuß vor den anderen zu setzen, während sie zum Haus zurückging. Sie wusste nicht einmal, warum sie dort hinging. Auch wenn sie gerade nichts hörte, konnte es durchaus sein, dass Stillman und seine Männer noch drinnen herumliefen und um sich schossen. Lucinda wusste, dass sie einen Plan haben sollte, wenigstens ein Ziel, aber zu mehr, als Schritt für Schritt weiterzugehen, war sie nicht imstande.

Als sie den breiten Bogen der Auffahrt erreichte, sah sie die Gestalt eines Mannes zur Tür herauskommen. Nach kurzem Zögern und Schwanken tappte er unbeholfen über die Veranda und die Stufen hinunter, dann ging er am Haus entlang auf sie zu, vorbei am Fenster des Schlangenzimmers. Es war Gideon, der da barfuß in Schlafanzug und Bademantel durch die warme Regennacht taumelte.

»Onkel Gideon!«, schrie sie.

Er blickte nicht einmal auf. Am Ende des Hauses angekommen bog er ab und stapfte langsam in Richtung des Gartens und der Nebengebäude wie der letzte Mann in einer Sträflingskolonne.

Lucinda rannte über die Kiesfläche, aber er war schon in der Dunkelheit verschwunden. Sie eilte hinter ihm her, so schnell sie konnte, aber das Fußgelenk, das sie sich beim Sprung vom Zaun verknackst hatte, fühlte sich langsam ernsthaft verletzt an, so dass sie nur humpelnd traben konnte.

Kurz darauf hatte sie ihn wieder erspäht. Er stolperte auf die dunklen Reihen der Pflanzen zu, die im Wind wehten.

*Der Garten. Er will zum Küchengarten.* Plötzlich erfasste sie ein eiskalter Gedanke: *Nein … er will zum Treibhaus!*

Lucinda holte den alten Mann ein, als er gerade am Rand des Gartens war. Sie griff nach seinem Arm, aber er schüttelte sie hartnäckig ab und stöhnte immer wieder etwas, das sich anhörte wie: »Lammi, oh! Lammi, oh!« Erst als sie ihn endlich gepackt hatte, verstand sie, dass er »Lass mich los!« sagte, aber sein Mund die Worte nicht richtig bilden konnte.

Gideon war stärker, als sie es ihm zugetraut hätte, es war richtig schwer, seinen Arm festzuhalten, so heftig wehrte er sich. »Hilfe!«, schrie sie. »So hilf mir doch jemand! Helft Onkel Gideon!« Doch wie vorher, als sie von Kingaree verfolgt worden war, kam keine Antwort. Das Haus war immer noch dunkel, obwohl Lucinda laute Stimmen hören konnte und mehrmaliges Knallen, sei es von Schüssen oder bloß von im Sturm zuschlagenden Fensterläden.

Gideon schüttelte sie abermals ab, packte sie mit seinen knochigen Händen an den Schultern und stieß sie so fest von sich, dass sie auf dem matschigen Boden ausglitt und rückwärts in eine Reihe Maisstengel stürzte. Klatschnass und schlammbeschmiert rappelte sie sich auf, doch als sie ihn erneut fasste und anflehte, doch stehenzubleiben, und er sich zu ihr umdrehte, erkannte sie, dass sie sich ihre Worte sparen konnte. Von den nach oben gerutschten Augen ihres Großonkels war nur noch das Weiße zu sehen, und er fletschte die Zähne wie ein bissiger Hund. Während sie ihn entsetzt anstarrte, schwang Gideon die Arme, und eine seine Hände traf sie seitlich am Kopf und schlug sie abermals nieder.

Benommen lag Lucinda zwischen den abgeknickten Stengeln. So alt er war, für sie war er immer noch zu stark. Und nicht nur das, auch die innere Stimme, die zuvor nur am Rand ihres Bewusstseins gewispert hatte, wurde deutlicher. Sie konnte sie jetzt verstehen, auch wenn es keine Worte waren, nicht einmal klare Gedanken wie von Desta: Es war ein Gefühl, jenseits der Sprache, selbst jenseits des gewohnten Denkens.

*Komm. Komm her. Komm jetzt her.*

Am erschreckendsten war, wie stark es war, wie sehr Lucinda dieser einfachen, gebieterischen Forderung gehorchen wollte.

*Komm her.*

Es war das Treibhaus, erkannte sie – oder vielmehr, es war *im* Treibhaus. Doch noch während sie das begriff, merkte sie auch, dass sie schon längst dabei war, durch die Maisreihen darauf zuzukriechen. Sie wehrte sich gegen die Anziehung und wurde langsamer, aber der völlig davon gefangene Gideon war ihr bereits ein ganzes Stück voraus.

*Ich kann auf mich keine Rücksicht nehmen*, dachte sie, ganz benommen von dem Druck in ihrem Kopf, *ich muss Onkel Gideon aufhalten*. Statt gegen den Ruf anzukämpfen, stand sie auf und folgte taumelnd dem Zug, wenigstens einige Schritte weit. Als sie ihren Großonkel eingeholt hatte, schlang sie die Arme um seine Beine und brachte sie beide in dem nassen Garten zu Fall.

*Hör auf, dich zu wehren.* Wortlos, aber deutlich zog die Stimme weiter an ihr. *Komm her.*

Alles in ihr wollte dem Ruf gehorchen, alles bis auf einen winzigen bewussten Punkt, der immer noch Lucinda und nur Lucinda war. Es war, als schwämme sie im Meer gegen eine starke Rückströmung an. Der schlammige Boden ringsumher wirkte geradezu lebendig, weil so viele verschiedene Tiere, Insekten, Nager, verletzte Vögel, auf das Treibhaus und das, was sie alle rief, zukrochen und -hüpften. Unterdessen strampelte und zappelte Gideon wie ein verwundetes Tier, um irgendwie aufzustehen, und nur weil er nicht bei Verstand war, konnte Lucinda ihn daran hindern.

Das Treibhaus war jetzt nur noch einige Dutzend Meter entfernt. Sie sah es über die windgepeitschten Pflanzen aufragen wie ein Schiff auf stürmischer See. Kratzend und tretend wand sich Gideon unter ihr heraus, in dem Handgemenge wurde sie herumgewälzt und ihr Kopf auf den Boden gedrückt. Lucinda sah sich von Angesicht zu Angesicht einem Ding gegenüber, das einmal ein Kaninchen gewesen, jetzt aber nur noch ein verschrumpelter Hautsack voll kleiner weißer Höcker war, über und über durchbohrt von glatten, weißen, wurmartigen Stengeln, die aus der Erde des Küchengartens emporgesprossen waren. Erst als sie angeekelt zurückfuhr, erkannte sie, dass sie umgeben war von vielen kleinen Tierleichen, eingesponnen in weißes Geflecht.

Der Pilz. Es war tatsächlich ein Pilz, genau wie es in dem Brief aus Madagaskar gestanden hatte, ein Pilz, der auf irgendeine Weise ein Lebewesen befallen und es dann zum Mutterorganismus hinziehen konnte … dem Ding im Treibhaus.

»Hilfe!«, kreischte sie, und die Angst verlieh ihr neue Kraft. Sie klammerte sich verzweifelt an Gideon, als ob sie beide in einen Strudel geraten wären. »Hilfe! So helft mir doch! Es hat Onkel Gideon erwischt!« Der Regen wusch ihr die Tränen ab, bevor sie die Wangen erreichten. »Hört mich denn niemand?«

»Ich habe dich gehört«, sagte eine Stimme dicht an ihrem Ohr. »Du kannst ihn loslassen.« Starke braune Hände schlossen sich um Gideon und nahmen ihn ihr so mühelos ab, als pflückten sie einen Löwenzahn. Simos Walkwell trug Gideon bis ganz zurück an den Rand des Gartens und legte ihn dort auf den Boden. Er beugte sich vor und schnippte mit dem Finger an Gideon Goldrings Hinterkopf, und der alte Mann im schmutzigen Bademantel sank augenblicklich in sich zusammen.

»Ich wollte ihm das nicht antun.« Walkwells Hufe steckten tief in der schlammigen Erde. »Aber das Ding hat ihn versklavt.«

»Oh, danke, danke …!«, begann Lucinda, aber Simos Walkwell schritt bereits an ihr vorbei zum Treibhaus.

»Hol die anderen. Ich werde Hilfe brauchen«, sagte er zu ihr.

Sie war so erschöpft, dass sie sich kaum mehr auf den Beinen halten konnte. »Wo sind denn alle hin? Wo ist Ragnar?«

»Er kann nicht kommen.« Walkwell watete durch das grüne Dickicht, wie ein Märchenriese, der durch einen Wald stapfte. »Die Mantikore laufen frei herum«, rief er. »Und ein paar sind im Reptilienstall.«

»Im Reptilienstall ...?« Kein Wunder, dass Desta so verängstigt gewirkt hatte. Lucinda stellte sich auf die Beine und wollte zum Haus laufen, da sah sie, dass Gideon sich schon wieder regte und Anstalten machte, zurück in den Garten zu kriechen. »Simos! Warte!«

Der Mann mit den Ziegenhufen war bereits dicht am Treibhaus.

»Darum musst du dich kümmern!«, schrie er. Ein Blitz flammte über den Himmel und tauchte den ganzen Garten in gleißende Helligkeit. Eine große Wolke aus weißem Staub stob aus dem Treibhaus auf und hüllte Walkwell wie ein Nebelschleier ein. Abermals donnerte und blitzte es. Walkwell fuchtelte mit den Armen und versuchte, die Pulverwolke wegzuschlagen, da ringelten sich schon zahllose weiße Röhren oder Stengel aus dem Gestrüpp, umschlangen und fesselten ihn wie Gulliver am Strand von Liliput. Er wehrte sich und zerfetzte viele der schwach schimmernden Stengel, aber für jeden, den er zerriss, wickelten sich mehrere andere um ihn, flink und geschickt wie Finger. Binnen Sekunden war er eine einzige wimmelnde Masse von Pilzfäden, und seine Gegenwehr ließ schon nach.

»O Gott, so hilf doch jemand!«, kreischte Lucinda.

Gideon war dabei, in den Garten zurückzukriechen. Sie schlang die Beine um seine Taille, warf sich auf ihn und hielt sich an den dicksten, bestverwurzelten Pflanzen fest, die sie zu fassen bekam, aber sie wusste, dass ihre schwindenden

Kräfte dem Ruf des Pilzes im Treibhaus nicht lange standhalten konnten. Der Regen spritzte ihr Schmutz in die Augen. »Hilfe, bitte!«

Da sah sie zu ihrer unendlichen Erleichterung jemanden mit einer Taschenlampe auf sie zukommen. Sie betete, dass es Ragnar war oder einer der mongolischen Hirten, irgendjemand, der ihr helfen konnte, Gideon vom Treibhaus fernzuhalten. Der Lichtstrahl strich über Gideons wahnverzerrtes Gesicht.

»Liebe Güte, was macht der Idiot da?«, fragte Ed Stillman.

»Helfen Sie mir!«, bat Lucinda. »Halten Sie ihn!«

Stillman sah sich die Szene eine Weile regungslos an. »Weißt du was«, sagte er schließlich, »das werde ich, glaube ich, nicht tun. Ich habe dafür gesorgt, dass heute Nacht niemand mehr das Testament ändert. Das ist alles, was mich interessiert hat.« Er blickte über den wind- und regengepeitschten Garten auf den fast nicht mehr zu erkennenden Simos Walkwell in seinem Gespinst weißer Fasern. »Wenn da, wie es aussieht, eines von Gideons botanischen Experimenten in die Hose gegangen ist, dann werde ich das Ende lieber nicht abwarten … zumal mein alter Freund offenbar wild entschlossen ist, sich umbringen zu lassen.« Er lachte und richtete seine Lampe abermals auf Gideons Gesicht. Gideon knurrte und schnappte nach dem Strahl wie ein gefangenes Tier. »Und ich habe keinerlei Interesse daran, hierzubleiben und Polizeifragen zu beantworten. Nein, das überlasse ich lieber dir und den übrigen aus Gideons kauziger kleiner Kultgemeinde.«

»Sie … Sie Ratte! Wir werden der Polizei sagen, dass Sie hier waren.«

»Ach, ich kann mir kaum vorstellen, dass euch das jemand abkaufen wird.«

Da kam noch jemand aus der Dunkelheit herangestolpert, eine hünenhafte Gestalt, doch Lucindas Hoffnung, Ragnar wäre endlich da, zerschlug sich rasch.

»Mr. Stillman«, sagte der Mann namens Cater atemlos und aufgeregt, »irgendwas … ich weiß nicht was … hat das Auto angegriffen!«

»Tatsächlich?« Der Milliardär lächelte säuerlich. »Und ihr beide mit eurem Waffenarsenal und das Auto mit seiner Panzerung? Wo kann da ein Problem sein?«

»Keine Ahnung. Aber es hat an zwei Stellen den Stahl aufgerissen und hätte beinahe Deuce erwischt! Als im Haus der Strom ausfiel, haben wir im Wagen das Licht angestellt, und da ist es einfach … zack, auf uns drauf! Aus dem Nichts!«

Stillman verdrehte die Augen. »Prima. Ich hatte ohnehin gerade vor zu fahren, schließlich wird das alles bald mir gehören. Kommen Sie, wir müssen noch diesen Schwachkopf Dankle einsammeln und ihn zum Arzt bringen.« Stillman sah Lucinda mit einem Achselzucken an. »Ich habe ihn zufällig getroffen. Mein Gott, hat der ein Theater gemacht! Man hätte meinen können, ich hätte ihm ein Loch in die Brust geschossen und nicht bloß eine harmlose Fleischwunde in seinen dicken Arm.«

Lucinda konnte Gideon nicht länger festhalten, denn er war glitschig wie ein Otter. »Bitte, Mr. Stillman, bitte gehen Sie nicht weg!«

Er schüttelte ungerührt den Kopf. »Du verstehst das nicht, kleines Fräulein. Es ist nicht so, dass andere Leute mich benutzen, um zu bekommen, was sie wollen – *ich* bin es, der bekommt, was er will. So funktioniert das.« Er wandte sich Cater zu. »Überlassen wir diese Leute ihrer … Gartenarbeit.«

Ed Stillman und sein Leibwächter drehten sich um und gingen. Nur im sporadischen Licht der Blitze war zu erkennen, dass sie auf das dunkle Haus zuschritten.

»Nein!«, schrie Lucinda. Gideon hatte mittlerweile die Hand über ihrem Gesicht und drückte so fest, dass er ihr fast die Nase brach. »Sie dürfen uns nicht so im Stich lassen! Das dürfen Sie nicht!«

Aber nur das Gewitter gab ihr Antwort.

# 38

# COLINS SCHLAUER PLAN

Es gab auf der Welt nur noch Colin, den Mantikor und den flammenden Himmel. Mit starrem Blick tappte das Ungetüm auf ihn zu. Das menschenähnliche Gesicht zeigte keinerlei Ausdruck, eine runzlige Ledermaske mit weit aufgerissenem Rachen, in dem er jeden einzelnen Reißzahn erkennen konnte. Der Geruch aus der Nähe traf Colin wie ein Faustschlag. Statt wegzurennen brach er zusammen wie ein alter Stuhl. Schon legte sich der ungeheure Schatten auf ihn und erstickte jedes Hoffnungsfünkchen mit diesem furchtbaren sauren Geruch. Das war das Ende …

Der Mantikor trat über ihn hinweg, und wieder ergoss sich der Regen auf Colin, wieder hatte er den freien Himmel über sich. Aber wie … was … wo …?

Er lag da und wartete, leer wie ein aufgerissener Sack, und im Mittelpunkt seines wilden Gedankenwirbels tauchte die Frage auf, ob das Monster wohl vorhatte, mit ihm zu spielen, bevor es ihn tötete, wie eine Katze mit einer Maus. Als er nach einer ganzen Weile immer noch keine andere Berührung spürte als die des Regens, schlug er vorsichtig die Augen auf.

Colin drehte langsam seinen im Schlamm liegenden Kopf und sah mit ungläubigem Staunen, dass der Mantikor sich von ihm fortbewegte und schwankend auf die Kiesauffahrt trat, weniger wie ein beutemachendes Raubtier, sondern eher wie ein schlingerndes Schiff im Sturm. Er bog ab und machte ein paar Schritte auf das hintere Ende des Hauses zu, dann wurde er langsamer, blieb stehen und begann heftig zu zittern, vom Schwanz zum Kopf und wieder zurück, dass es aussah, als würden an jedem Ende unsichtbare Kräfte ziehen. Er geriet ins Taumeln, verlor das Gleichgewicht und brach am Boden zusammen, wo er zuckend und mit den Beinen stoßend liegen blieb. Colin dachte gar nicht daran, sich zu bewegen. Er blieb liegen, spähte durch die zusammengekniffenen Augen und hielt den Atem an. Wie er befürchtet hatte, stellte sich das Ungetüm wieder auf die Beine und tat ein paar wacklige Schritte, bevor es sich gefangen hatte, doch statt sich zu ihm umzudrehen, setzte es seinen trägen, leicht unsicheren Gang zur Lücke zwischen dem Hausende und den nächsten Nebengebäuden fort. Wo wollte es hin? Das Monster schien irgendeinem inneren Zwang zu gehorchen, der es vorantrieb, solange die Kräfte reichten.

Während es in der Dunkelheit verschwand und Colin tief durchatmend dalag, entdeckte er, dass das Kribbeln, das er an Füßen, Beinen und Händen fühlte, keineswegs der Schlamm war, sondern eine Heerschar von Schlangen, Fröschen, Würmern und anderen kriechenden und hüpfenden Tieren, die alle der Bahn des torkelnden Mantikors folgten.

Er sprang auf und schüttelte sich das Kleingetier von Kleidung und Rucksack. *Nichts wie weg hier,* dachte er, *und zwar so schnell wie möglich.* Sein Herzschlag hatte sich einigermaßen wieder beruhigt, und ihm wurde bewusst, dass die anderen Mantikore ebenfalls jederzeit auftauchen konnten.

Aber wie kam dieses Ungeheuer hier in diesen Teil der Farm? Konnte ein Blitzeinschlag irgendwie die Schlösser des Mantikorenkäfigs entriegelt haben, oder hatte jemand die Viecher absichtlich herausgelassen, wie Colin es selbst einmal getan hatte? Konnte es Tyler gewesen sein? Der Saftsack stellte ständig irgendwas an, aber selbst in seiner äußersten Abneigung gegen den Kerl konnte Colin nicht recht glauben, dass Tyler, so unmöglich er war, vorsätzlich eine solche mörderische Bestie freilassen würde.

Im Haus angekommen, schloss Colin die Haustür hinter sich ab. Der Strom war aus, stellte er verwundert fest, aber mit seiner Taschenlampe konnte er sich zurechtfinden. Das Haus war wie ausgestorben. Das Schlangenzimmer neben der Eingangsdiele wies Spuren eines Kampfes auf, und Gideons Bett war leer. Kleinere Möbel waren umgestoßen worden, und Flecken am Boden sahen Colin verdächtig nach Blut aus. Er bekam Angst. Was war hier geschehen? Wo war Gideon? Und vor allem, wo war seine Mutter?

Azinza, Pema und Sarah hatten sich in der Küche eingeschlossen und wollten nicht herauskommen. Sarah schrie etwas von Kampf und Schüssen, weigerte sich aber, die Tür aufzuschließen, als ob Colin nicht ebenso in Gefahr wäre wie die drei Frauen. Er eilte die Treppe hinauf zu den Zimmern seiner Mutter. Erleichtert vernahm er ihre Stimme, als er oben ankam, aber was sie sagte, war hässlicher als alles, was er je von ihr gehört hatte.

»Der treulose Hund! Wie kann er es wagen! Ich werde ihm

das Herz aus der Brust reißen und es ihm noch schlagend und dampfend vor die Nase halten!«

»Mutter?« Er trat in ihr Arbeitszimmer. Ihr Tisch und der Fußboden davor waren mit Papieren übersät. »Was ist passiert?«

Sie blickte bei seinem Eintreten scharf auf, und der Anblick ihres wutverzerrten Gesichts jagte Colin einen solchen Schreck ein, dass er unwillkürlich einen Schritt zurücktrat und die Hände hob, wie um sich vor einem Schlag zu schützen. Die Miene seiner Mutter erstarrte und nahm dann einen weniger furchterregenden Ausdruck an. »Colin Needle, wo bist du gewesen? Ich habe dich überall gesucht. Du hättest auf deinem Zimmer sein sollen.« Ihre Augen weiteten sich, als sie seinen Rucksack sah. »Bist du draußen gewesen? Obwohl ich dir klipp und klar gesagt hatte, dass du im Haus bleiben sollst?« Einen Moment lang dachte er, sie würde durchs Zimmer stürzen und ihn schlagen, doch dann schüttelte sie nur den Kopf, der Mund so dünn wie ein gespannter Faden. »Geh auf dein Zimmer.«

»Wo ist Gideon? Was ist passiert?«

»Nicht jetzt.« Sie wandte sich wieder den Papieren zu und durchwühlte sie fieberhaft, als ob der ganze Wust ein Heuhaufen wäre und sie gerade ihre letzte Nadel darin verloren hätte.

»Mutter, hör auf! Da draußen ist die Hölle los! Einer der Mantikore ist ausgebrochen, und um ein Haar hätte er …« Doch sie beachtete ihn gar nicht mehr, ganz als ob ihr einziges Kind plötzlich zu existieren aufgehört hätte. »Was hast du da geschimpft, als ich reingekommen bin, Mutter? Was suchst du?«

»Nicht jetzt, Colin«, wiederholte sie bissig.

»Du hörst mir gar nicht zu! Einer der Mantikore läuft frei herum – vielleicht sogar alle! Wir müssen Walkwell finden. Er ist der Einzige …«

Sie fuhr wütend herum. »Du bist ein sehr ungezogener Junge geworden. Geh sofort auf dein Zimmer und schließ die Tür zu! Das ist ein *Befehl!*«

So ungleich war ihre Beziehung und so groß die Gewalt, die ihre Stimme über ihn hatte, dass Colin prompt das Zimmer seiner Mutter verließ und sich in sein eigenes begab. Er ließ den Rucksack auf den Boden fallen und schob ihn mit dem Fuß unters Bett. Was auch geschah, das Kontinuaskop musste in Sicherheit sein. Kaum vorstellbar, wie aufgekratzt er vor einer halben Stunde noch gewesen war, wie optimistisch, wie siegessicher.

Da sah er, dass der Laptop auf seinem Schreibtisch aufgeklappt war.

Aber Colin Needle ließ seinen Laptop niemals aufgeklappt stehen. Die Vorstellung war ihm zuwider, der durch das alte Haus wehende Staub, der Schmutz aus den mottenzerfressenen Teppichen und den ungeputzten Zimmern könnte in seine Tastatur eindringen. Er klappte den Laptop immer zu. Aber wer war dann an seinem Computer gewesen? Und warum?

Immer noch mit seinen nassen und schmutzigen Sachen bekleidet stand er da und überlegte, ob die Jenkins-Gören die Übeltäter sein konnten oder ob vielleicht sogar der alte Caesar einen senilen Abstaubversuch unternommen und den Laptop dann so stehengelassen hatte. Aber es wollte ihm nicht aus dem Kopf gehen, dass seine Mutter ihn früher am Tag in der Tat angewiesen hatte, im Haus zu bleiben, mehrmals und sehr nachdrücklich. Sie hatte behauptet, sie mache sich Sorgen wegen des Gewitters, und natürlich hatte Colin sich nicht daran gehalten, da der Ort, den er aufsuchen wollte, unter der Erde lag und man dort selbst vor dem schlimmsten Unwetter sicher war. Aber bei näherem Nachdenken erinnerte er sich, dass sie wirklich sehr energisch darauf bestanden hatte.

Und von den festen Bewohnern der Farm wusste außer Colin (und natürlich Gideon Goldring, der aber wegen seiner Krankheit nicht einmal richtig sprechen, geschweige denn die Treppe hinaufsteigen und mit Colins Laptop spielen konnte) nur noch eine Person, wie man einen Computer bediente: seine Mutter.

Nein! Er konnte einfach nicht glauben, dass seine Mutter mit seinem eigenen Programm den Mantikorenkäfig geöffnet hatte – es musste Tyler Jenkins gewesen sein! Aber so gern er sich das eingeredet hätte, es ging nicht. Seine Mutter hatte sich den ganzen Tag fieberhaft auf etwas vorbereitet. Hatte sie diese Sache verheimlichen wollen? Hatte sie die mörderischen Bestien herausgelassen, um Walkwell und den Wikinger abzulenken und freie Hand bei ihrer eigenen Unternehmung zu haben, welcher auch immer?

Und wo war Gideon? Um Himmels willen, konnte es sein, dass er … draußen war? Hatte er sich irgendwie befreit? Vielleicht war das ja Gideons Blut unten auf dem Fußboden, und jetzt irrte er geistig verwirrt und blutend dort draußen herum, wo die Mantikore Jagd machten.

Colin zögerte kurz, dann nahm er die Taschenlampe und trat in den Flur. Er hatte seiner Mutter versprochen, die Tür abzuschließen, und das tat er. Von außen. Kurz darauf war er unten. Er nahm einen schweren eisernen Schürhaken aus dem Kamin in der Eingangsdiele als Waffe mit, aber er betete, dass er ihn nicht benutzen musste. Colin bildete sich nicht im Ernst ein, er könnte einem löwengroßen mythischen Ungeheuer mit einem Gerät etwas anhaben, das kaum mehr als ein Rückenkratzer war.

Trotz des heftigen Sturms hing das Gewitter immer noch genau über der Farm, tintenschwarze Wolken, von grellen Blitzen umrissen. Colin stand knöcheltief im Schlamm und starrte auf Lucinda Jenkins, die, wie es aussah, mit dem völlig verdreckten und völlig übergeschnappten Gideon Goldring rang. »Was machst du da?«, rief Colin.

Lucinda schaute sich nach ihm um. »Oh, Colin, hilf mir, bitte! Da ist irgendwas in diesem Treibhaus, irgendein ... Killerpilz! Er kriecht in die Tiere rein, und dann ... ich weiß nicht, dann ruft er sie. Wie wenn er sie hypnotisiert. Sie kommen an und werden eingesponnen – er hat sogar Simos erwischt!« Sie streckte den Finger aus, und als er in die angezeigte Richtung blickte, sah er neben dem Treibhaus eine zuckende Gestalt, die aussah wie ein aufrecht stehender zappelnder Schlafsack aus schwach leuchtender weißer Spitze. »Onkel Gideon ist auch in seiner Gewalt, er versucht ständig, dort hinzukommen. Der Pilz hat Simos gepackt, als er zu nahe herankam, und ich fühle es langsam auch, glaube ich. Bitte, Colin, hilf mir! Ich fühle, wie ich gezogen werde!«

Er schaute zum Treibhaus. Das ganze Ding bewegte sich – nein, das Treibhaus stand fest, aber es war von bleichen Trieben überzogen, und *die* bewegten sich, Tausende von fadenartigen Gebilden, die im Wind wehten wie die Tentakel in einem Korallenriff. War es das, was seine Mutter so dringend gesucht hatte? Eine Möglichkeit, ein solches Monstrum zu vernichten? Aber womit wäre das zu machen gewesen außer mit Millionen Litern Fungizid? So etwas hatten sie nicht auf der Farm.

Wieder ließ ein Blitz alles im Garten entweder nachtschwarz oder gleißend weiß erscheinen. Er sah auf den Schürhaken in seiner Hand. *Gewitter,* dachte er. *Blitze. Elektrische Ströme ...*

Er schleuderte den Schürhaken weg. Das Ding flog durch

den Regen und platschte in eine Pfütze, doch noch während er es fliegen sah, kam ihm plötzlich ein anderer, ein richtig irrer Gedanke. Ohne ein Wort zu sagen, kehrte er Gideon und Lucinda den Rücken und lief zum Farmhaus.

»Nein! Wo läufst du hin?«, kreischte Lucinda. »Colin, komm zurück oder ich werde dich ewig hassen! Ich kann ihn nicht länger halten!«

»Du musst, nur ganz kurz noch«, rief er hastig über die Schulter, bevor der nächste Donner seine Worte übertönen konnte. »Ich hole etwas, um ihn festzubinden. Halt ihn noch einen Moment!« Denn Colin hatte eine Idee.

*Jawohl,* sagte er sich. *Ich werde Gideon retten. Ich werde alle retten. Soll Tyler Jenkins nur mal versuchen, das zu toppen!*

•◆•

Es dauerte doch ein Weilchen, bis er die große Rolle Kabel gefunden hatte, die von der Montage der Elektrozäune übriggeblieben war; sie stand seit dem letzten Herbst tief in einem der Schuppen vergraben. Mit der schweren Rolle in der einen Hand und einem alten eisernen Zaunpfosten, Isolierband und einer Gartenschere in der anderen lief Colin, so gut es ging, zu dem Teil des Hauses mit dem höchsten Turm, auf dem der Blitzableiter installiert war. Er entdeckte das Erdungskabel, das von dort übers Dach, an der Hausseite hinunter und, um ein Wasserrohr geschlungen, in die schlammige Erde führte. Mit einem Blick nach oben vergewisserte sich Colin, dass es gerade nicht blitzte, dann schnitt er rasch das Kabel dicht über dem Boden durch, verspleißte es mit einem Ende seiner Kabelrolle und wickelte mit nassen Händen und Todesangst hastig eine dicke Schicht schwarzes Isolierband um den Spleiß. Als er fertig war, hastete er um das Haus herum in den Garten, wobei er das Kabel hinter sich abwickelte.

Er hielt die Rolle am Kunststoffgriff, doch er wusste, dass ihm das nicht viel nutzen würde, wenn jetzt ein Blitz in den Ableiter einschlug und sich durch das Kabel zu erden versuchte. *Dann werde ich gebraten wie eine Weihnachtsgans*, machte Colin sich panisch klar.

Er lief noch schneller, bis er wieder im Garten war. Lucinda schrie ihm etwas zu, doch er hielt nicht an, um ihr zu helfen. Im Notfall konnten sie Gideon mit einem Stück des kunststoffummantelten Kabels fesseln, sobald das Ding im Treibhaus tot war, doch darum konnte er sich jetzt nicht kümmern. Er warf den Zaunpfosten hin, wickelte noch einmal zwanzig, dreißig Meter Kabel ab und schnitt es durch, dann zog er die Isolierschicht vom Kabelende und schlang es oben um die Metallstange, bevor er es durch ein Loch an dem Ende schob, einen Knoten machte und das Ganze dick mit Isolierband umwickelte. Er stand auf und wog den verkabelten Pfosten in der Hand wie einen Speer. Fühlte sich gut ausgewogen an. Das Problem war nur, dass er ihn nicht einmal halb bis zum Treibhaus werfen konnte.

»Keine Sorge! Das wird funktionieren!«, rief er, fest entschlossen, sich von Lucindas verzweifelten Schreien nicht beirren zu lassen – Gideon war anscheinend kurz davor, sich von ihr loszureißen. Das Vorhaben war so vermessen, dass Colin schon daran dachte zu warten, bis Ragnar auftauchte. Der starke Wikinger konnte die Metallstange bestimmt dreimal so weit werfen wie Colin, wahrscheinlich weiter. Aber dann würde Ragnar den ganzen Ruhm einheimsen, und Colins Verdienst würde vielleicht vollkommen übersehen. Nein, es musste sofort gehandelt werden. Auf den Nordmann zu warten, kam gar nicht in Frage.

Colin ging an den Beeten vorbei auf das Treibhaus zu, wobei er aufpasste, dass sich das Kabel hinter ihm nirgends verhedderte, damit der Zaunpfosten gerade flog, wenn er ihn warf. Walkwell hatte aufgehört, sich zu wehren, und Colin war jetzt nur noch etwa zehn Meter von seiner unbewegten Gestalt entfernt. Er war beinahe dicht genug dran, beinahe, doch am Himmel schoben sich schon die nächsten Gewitterwolken heran, und er hielt das blanke Metall in der Hand – verbunden mit dem Blitzableiter am höchsten Punkt des Hauses. Jäh von Panik erfasst rannte er die letzten paar Schritte auf die Stelle zu, die er sich ausgeguckt hatte, und nahm den Arm nach hinten, doch als er schon so gut wie da war, blieb er mit den Füßen an etwas hängen und stürzte zu Boden.

Colin blickte an sich hinab. Merkwürdige weiße Fasern, ähnlich einer Drachenschnur, waren aus der nassen Erde gekommen – gewachsen? – und schon dabei, sich mit verblüffendem Tempo an seinen Beinen emporzuringeln. Vor seinen ungläubigen Augen umschlangen sie ihn und verzweigten sich in winzige Fasern, die einfach durch seine Kleidung drangen und an seinen Beinen juckten und brannten.

Wieder donnerte es. Colins Herz raste so schnell, dass er fast ohnmächtig wurde, denn er begriff, dass er auf einem Kabel lag, das im nächsten Augenblick eine der wütenden Entladungen am Himmel abbekommen und Strom führen konnte. Er wälzte sich herum und schwang den Arm zurück, um den improvisierten Speer von sich zu schleudern, aber etwas schloss sich um seinen ganzen Arm. Er wurde von Hunderten bleicher Fäden gefesselt, die so stark wie Efeusprosse waren. Er wehrte sich, doch es war zu spät: Die Pilzfäden schlangen sich fest und unwiderstehlich um seinen Arm, wie sie schon seinen restlichen Körper umschlungen hatten, und bevor er irgendetwas machen konnte, war seine Hand an die nackte Eisenstange gebunden.

Er konnte sich nicht bewegen. Er war von den Füßen bis zu

den Schultern gelähmt und hielt einen elektrischen Leiter in der Hand. »Nein!«, schrie er. »Ich bin gefangen! Hilfe! Hilf mir doch jemand! Ich will nicht sterben!«

Aber Colin Needles Schreie wurden vom Donner übertönt. Die nächste Wolkenwand rückte von den fernen Hügeln gegen die Farm an und schoss neue Blitze ab.

# 39

## SNILOCK RETTUM

In dem Punkt war sich Tyler sicher gewesen: Wenn sie die Küche fanden – oder die Ehcük, wie sie hier im Spiegelhaus ausgeschildert war –, hatten sie gewonnen, und er schien recht zu behalten.

Eine der vielen Türen des großen Raums öffnete sich einen Spalt breit, aber sonst tat sich lange nichts. Tyler stupste Steve an. Da, endlich stahl sich eine dunkle Gestalt in die Küche, geduckt und in der immer wieder stockenden Art eines Spions, der durch feindliches Gelände schleicht. In ein langes schmutziges Tuch gehüllt, das vor Zeiten vielleicht einmal eine Tischdecke gewesen war, sah die Gestalt, die jetzt an eines der Regale huschte, ein wenig wie ein buckliges Gespenst aus. Doch da schoben sich zwei recht menschlich aussehende Hände aus der Umhüllung und fingen an, in den Gläsern und Dosen zu wühlen.

»Jetzt!«, sagte Tyler und stürmte in die Küche.

Das seltsame Wesen hörte ihn kommen und fuhr erschrocken auf. Schreckensweite Augen starrten ihn aus dem Schatten an, dann floh es zur Tür, verhedderte sich aber mit den Beinen in der Decke, so dass es stolperte und beinahe hinfiel. Ein lautes »Huch!« erklang, dann eilte die Gestalt durch den Raum.

»Halt!«, rief Tyler. »Halt, wir wollen dir helfen!« Doch die verschleierte Gestalt war schon fast zur hinteren Tür hinaus. Er musste einen großen Satz machen, sie packen und dann ein paar panische, aber harmlose Schläge einstecken, bevor die Gegenwehr nachließ. Dabei fiel ihr die Decke vom Kopf, und Tyler blickte in das entsetzte Gesicht der alten Frau, die er schon einmal gesehen hatte.

»Grace!«, sagte er. »Tante Grace, ich bin's! Wir haben uns voriges Jahr schon mal gesehen, weißt du noch? Du hast mich vor dem Banderschnapp gewarnt. Hab keine Angst, Grace.«

Sie sah ihn an und schien ihm zuzuhören, versuchte aber weiterhin, sich von ihm loszumachen, als ob sie ihren Körper nicht ganz unter Kontrolle hätte. In dieser verstaubten Märchenumgebung wirkten die Sachen, die sie anhatte, für eine alte Dame eigenartig modern, so abgetragen und schmutzig sie waren. Grace war zwanzig Jahre zuvor verschwunden. Waren für sie hier in dieser Welt zwanzig Jahre vergangen oder viel mehr?

Schließlich gab sie ihr Ringen und Winden auf. »Du bist … Grace?«, fragte sie.

»Nein, nein, das bist du.« Er drehte sich Steve zu, der die Szene nervös von der Tür aus beobachtete. »Alles okay. So warst du auch damals. Hilf mir mit ihr.« Er wandte sich wieder an Grace. »Hab keine Angst. Das ist nur mein Freund Steve. Er war hier auch mal gefangen. Er ist rausgekommen. Jetzt werden wir dafür sorgen, dass du auch rauskommst.«

»Raus …?«, sagte sie langsam. »Was meinst du damit?« Sie sträubte sich nicht mehr, aber es machte den Eindruck, als könnte sie jeden Moment wieder anfangen. Was war, wenn sie schrie? Wenn die Käferwesen in diesem gespenstischen Spiegelbild der Tinkerfarm die lieben, guten Küchenhelferinnen waren, dann wollte er auf gar keinen Fall einer unangenehmeren Erscheinung begegnen wie etwa einem Spiegelmantikor.

»Raus«, sagte er in möglichst begütigendem Ton. »Wir bringen dich dorthin zurück, wo du hergekommen bist, Grace. Erinnerst du dich noch an die Tinkerfarm? Die richtige Tinkerfarm, nicht dieses Niemandsland hier? An Gideon? Octavio?« Keiner der Namen rief eine Reaktion hervor, was ihn besorgt machte. Steve hatte eine Weile gebraucht, bis sein Gedächtnis wieder funktionierte. Vielleicht war sie zu lange hier gewesen. »Kannst du dich an gar niemand mehr erinnern?« Wer konnte ihr aus ihrer Zeit auf der Farm am ehesten im Gedächtnis geblieben sein? »An Walkwell? Aus Griechenland?«

Sie stutzte, dann nickte sie bedächtig. »Er ist nett. Ja, ich erinnere mich an ihn. Er ist nett.«

Erleichterung durchströmte Tyler. »Siehst du, er ist noch da. Er freut sich darauf, dich wiederzusehen, Grace. Und dein Mann genauso, Gideon.«

Die Frau bekam plötzlich eine besorgte Miene. »Gideon. Er ist mir böse. Hat mich angeschrien. Ich erinnere mich.«

»Er ist nicht mehr böse. Er möchte, dass du zurückkommst. Ehrlich.«

Sie ließ sich zur Tür bugsieren, doch als sie die Treppe sah, scheute sie zurück. »Nein, nicht da rauf. Die weiße Frau … die mit den Augen …!«

Das klang bedenklich. »Keine Bange, wer das auch sein

mag, im Augenblick ist sie nicht da, denn von dort sind wir gekommen. Komm mit, es ist alles okay.«

Als Tyler und Steve sie schließlich sanft die letzten Stufen in den Flur hinaufschoben, der zum Zimmer mit dem Spiegel führte, hörten sie plötzlich ein Rascheln, und auf einmal lag ein kalter, scharfer Aschegeruch in der Luft wie von einem Brand vor langer, langer Zeit. Tyler, der hinter Grace und Steve ging, blickte nach unten, wo ein formloser Kopf, umgeben von zottigen grauen Fäden, vom Fuß des Treppenschachts zu ihnen aufschaute.

»Das Ding aus der Bibliothek, das Banderschnapp!«, flüsterte er ganz heiser, weil ihm der Schreck augenblicklich Mund und Kehle ausdörrte. »Lauft!«

Er legte Grace die Hand ins knochige Kreuz und schob, ja hob sie fast nach oben. Steve zog sie so fest am Arm, dass Tyler sich schon Sorgen um sie machte, doch dann dachte er: *Ach was, besser ein Arm gebrochen als von diesem Ding erwischt werden!*

Tyler wusste, dass er nicht zurückschauen sollte, aber vernünftig zu handeln war noch nie seine Stärke gewesen. *Kann ja sein, dass eine Katze neun Leben hat, Tyler Jenkins,* hatte ein Lehrer einmal zu ihm gesagt, *aber wenn sie so unverbesserlich neugierig ist wie du, dann hat sie die auch bald verloren.* Er blickte über die Schulter.

Er hatte ihren geisterhaften Verfolger schon bei seinem letzten Gang durch den Spiegel gesehen, sogar einen kurzen Blick auf sein schauriges, verschwommenes Gesicht erhascht, aber diesmal kam ihm in den toten grauen Zügen etwas bekannt vor. Was auch im Laufe der Zeit aus ihm geworden war, das Banderschnapp war einmal eine Version Gideon Goldrings gewesen, seines Großonkels.

Steve verlangsamte vor ihm das Tempo, als sie plötzlich in einen großen Saal kamen.

»Was soll das? Lauf weiter!«, sagte Tyler. Er wäre beinahe auf Grace geprallt, die ins Stolpern geriet.

»Wo sind wir?« Steve drehte sich im Kreis und hob ratlos die Arme. »Ich erkenne das überhaupt nicht wieder.«

Tyler wollte ihn schon anschreien, als er merkte, dass es ihm genauso ging.

»O Mann«, sagte er. »Du hast recht. Wo sind wir denn hier gelandet?« Der Saal war weit und hoch. In von Spinnen eingewobenen Kronleuchtern brannten Kerzen, und der Fußboden war mit wahllos übereinandergeworfenen schmutzigen Teppichen bedeckt. Am hinteren Ende führte eine Wendeltreppe in seltsamen Winkeln nach oben, und an beiden Seiten des Saals ging eine Tür nach draußen.

»Keine Ahnung, Tyler, aber ich höre was dahinten.« Steve hüpfte auf der Stelle wie ein kleiner Junge, der dringend aufs Klo musste. »Wo sollen wir hin?«

Etwas sagte ihm, dass er die linke Tür nehmen sollte, aber das stimmte nicht mit seiner Erinnerung und seinem Richtungsgefühl überein. Waren sie auf dem Weg zur Küche nicht länger nach unten gegangen? Zudem wusste er noch genau, dass dieses gideonähnliche Banderschnapp den unteren Bereich des Spiegelhauses bewohnte. Er warf einen Blick auf den bleichen Steve und die erschöpfte und verängstigte alte Frau. Lucinda sagte immer, er solle nicht so impulsive Entscheidungen treffen, und außer einem vagen Gefühl sprach nichts für die linke Tür.

»Wir gehen nach oben«, entschied er. »Zur Treppe, schnell!«

Ohne sich auf Debatten einzulassen, nahm er Grace am Arm und zog sie durch den leeren Saal. Steve stöhnte, kam aber hinterher. Im Laufen sahen sie Schatten an den hohen Fenstern vorbeistreichen, geflügelte Gestalten, die für Vögel viel zu groß waren.

Die Treppe hinaufzusteigen war viel schwieriger als gedacht, weil sie tückische Neigungen hatte. Oben führte dann ein Durchgang zum nächsten Flur, der kleiner war und wo der Staub nur ganz fein auf den Oberflächen lag und keine schneeartigen Wehen bildete. Von dort aber ging der einzige Weg weiter nach oben, eine schmale, schlecht beleuchtete Treppe hinauf.

*Nach oben*, dachte Tyler bei sich, obwohl ein undeutliches Gefühl ihn immer noch drängte, umzukehren und unten sein Glück zu versuchen. *Das ist das einzig Vernünftige. Entweder wir finden den Ausgang oder wir kommen irgendwo ans Licht.*

»Ich will hier raus, Tyler«, sagte Steve, der hinter ihm die Treppe hinaufkeuchte. »Ich will echt nach Hause, Mann. Meine Eltern müssen am Ausflippen sein.«

Tyler schüttelte den Kopf, nicht um Steve zu widersprechen, sondern weil er mit Mühe und Not Treppe steigen und Grace ziehen konnte – jetzt noch zu reden hätte ihn überfordert.

Das Zimmer, in das sie nun taumelten, war das sauberste und hellste des Hauses, wenn auch nach gängigen Maßstäben immer noch schummerig und staubig. Etwas daran kam Tyler bekannt vor, obwohl er wusste, dass er noch niemals darin gewesen war. Es war eine Art Wohnzimmer mit Sesseln, kleinen Tischen und Sideboards. Auf jeder freien Oberfläche standen gerahmte Fotografien, bestimmt über hundert, und als er in die Zimmermitte trat, erkannte er, dass sie alle ein und dieselbe Frau zeigten, das Gesicht immer verschattet, doch die schlanke, aufrechte Gestalt und die elegante Haltung in jeder Ablichtung gut zu erkennen, einerlei, wie absonderlich alles andere auf den Bildern war.

*Es ist wie dieses Zimmer, von dem mir Lucinda erzählt hat*, sagte er sich. *Das Zimmer im richtigen Haus, wo die ganzen Bilder von Grace hängen – den »Grace-Tempel« nennt es Luce.*

Er beobachtete, wie die leibhaftige Grace zwischen den Möbeln hindurchging, ohne auf die verblassten Fotos zu achten, und fragte sich, warum sie ihr so wenig bedeuteten.

Da ertönte ein Kreischen.

Der Schrei war so laut und schrill, dass Tyler im ersten Schreck dachte, einer der Schattenvögel, die er vor den Saalfenstern gesehen hatte, sei ins Haus eingedrungen und flöge hinter ihnen her. »*Rettum ust mock!*«, schrie es. »*Stasch, rettum ust mock!*«

Tyler und Steve sahen sich ratlos und betroffen an, doch am heftigsten reagierte Grace. Sie wimmerte vor Furcht und stolperte gegen einen der Tische, so dass die Bilder darauf herunterfielen.

»Das ist sie«, stöhnte sie. »Die weiße Frau! Jetzt fängt sie uns ganz bestimmt!«

Etwas Schwergewichtiges, Schwerfälliges bewegte sich schleppend und rumpelnd auf sie zu. Dann gingen im Flur vor dem Fotozimmer Lichter an, die heller waren als die flackernden Glühbirnen im Rest des Hauses.

»*Nilock!*«, schrie es, und seine Stimme wurde härter und spitzer. »*Nilock, ud zib ow?*«

»O Mann, es redet rückwärts!«, sagte Steve. »*Nilock, Nilock* – es ruft nach Colin.«

»*Ud zib ow, Nilock?*«, heulte die Stimme, und etwas krachte gegen eine Wand und zerbrach.

Jetzt wusste Tyler, wer es war, wenn auch nicht, *was* es war. Er wusste auch, dass ihnen angesichts der sekündlich lauter werdenden, grauenhaften Laute nur eine Hoffnung blieb. »Lauft!«, schrie er. »Wieder die Treppe runter!« Er gab Steve einen Stoß in den Rücken. »Schnell!«

Während sie die Treppe hinunterjagten, hielt Tyler Grace, so gut er konnte. Ihre Beine bewegten sich weiter, aber sie schien kaum bei Bewusstsein zu sein und brabbelte vor sich hin, als versuchte sie, aus einem schrecklichen Albtraum aufzuwachen.

Am Fuß der verwinkelten Treppe geriet Steve ins Stolpern und fiel hin, stand aber sofort wieder auf. »Wohin?«, schrie er.

Welche Tür war die linke gewesen? Sie blickten jetzt in die andere Richtung, also musste es die rechte sein. »Dorthin, los!« Tyler hätte sich in den Hintern beißen können: Statt seinen Instinkten zu vertrauen, hatte er getan, was jeder andere getan hätte, er, Tyler Jenkins, Erforscher der Verwerfungsspalte und Entdecker der Spiegelwelt, und die Sache war beinahe tödlich ausgegangen. *Und das*, dachte er, während er Grace hinter Steve herschleifte, *könnte sie immer noch.*

Sie hasteten durch den Saal auf die Tür zu, als eine große, gekrümmte Gestalt mit langen, fuchtelnden Armen hinter ihnen die Treppe herunterkam, in wallendes Weiß gehüllt wie eine missgebildete Braut. Wo die Augen hätten sein sollen, strahlten zwei Lichter so hell, dass das Gesicht hinter dem grellen Schein nicht zu erkennen war. Sie strichen die Wände des großen Saals ab, bis sie auf Tyler und Steve fielen.

»*Iis ehes chi!*«, rief sie. »*Nilock, laasllab mi!*«

Tyler stürzte zur Tür hinaus und hoffte inständig, dass sie nicht auch noch dem Spiegel-Colin begegnen würden.

Sie liefen und liefen. Eine Zeitlang hörten sie die Spiegel-Needle hinter sich herrumpeln, dann hörten sie nur noch das gellende Kreischen ihrer Stimme, und schließlich auch das nicht mehr. Tyler hatte inzwischen die Augen fast ganz geschlossen und verließ sich nicht mehr auf seine äußere Orientierung, sondern auf sein inneres Gefühl dafür, wo der Spiegel war, ein Gefühl wie ein warmes Leuchten am Rand seines Bewusstseins.

Es kam ihnen so vor, als wären sie eine halbe Stunde gelaufen, als sie auf einmal wieder in die Nähe der Ehcük kamen. Natürlich! Er hatte völlig vergessen, dass der Waschkommodenspiegel ja jetzt woanders stand, in der Spiegelversion von Mrs. Needles Arbeitszimmer. Hieß das, dass sie schon wieder das Revier der Spiegel-Needle betraten? Ihm schauderte, doch dann sagte er sich, dass sie sich vielleicht einen Gefallen damit getan hatten, sie von ihrem Arbeitszimmer wegzulotsen.

Schließlich kamen sie an eine Tür, die sich richtig anfühlte. Tyler schluckte beklommen, als er den Knauf drehte, doch dann seufzte er erleichtert: Es war in der Tat das Spiegelzimmer. Er zog Steve und die weißhaarige Frau hinein, dann schlug er die Tür zu und hielt den Knauf fest. Allein in einem matten Lichtkegel stand der Spiegel da und wartete.

»Los!«, sagte Tyler. »Hilf ihr beim Durchgehen, Steve. Ich halte für alle Fälle die Tür zu.«

Steve half der völlig erschöpften Grace auf die Kommode und schob sie sacht durch ihr eigenes Spiegelbild, dann kletterte er schnaufend hinterher. »Jenkins«, sagte er, »eins muss ich dir noch sagen. Ich –«

»Ich weiß«, sagte Tyler und trat neben ihn. Er hörte draußen im Flur Schritte und eine zornige Stimme verkehrt herum schimpfen. »Ich weiß: *nie wieder.* Bin ich voll mit einverstanden.«

Der Knauf an der Zimmertür drehte sich, und schleunigst warfen sie sich in das durchlässige Glas, erst Steve, dann Tyler direkt hinterher.

# 40

# MÖHRENMÄDCHEN BÖSE

Lucinda wusste nicht, warum sie Gideon eigentlich immer noch festzuhalten versuchte. Sie war mit ihren Kräften am Ende, während er sich mit unverminderter Heftigkeit wehrte, vom Ruf des Treibhausgiftes vollkommen um den Verstand gebracht. Colin Needle hatte versucht, ihr zu helfen, doch er war gescheitert und hatte sich stattdessen selbst in tödliche Gefahr gebracht. Selbst Simos Walkwell war von dem Ding besiegt worden. Der Einzige, der vielleicht noch etwas ausrichten konnte, war Ragnar, doch der war am anderen Ende der Farm. Es war aussichtslos.

*Ja, gib auf*, drängte sie eine Stimme, wenn auch nicht in Worten. Es war allein Lucinda, die die Worte bildete, wie in einem Selbstgespräch, in dem ihre eigene innere Stimme beruhigend und vernünftig auf sie einredete. *Komm her. Werde eins. Mit uns.* Eine Ahnung der Ganzheit lockte sie, eine derart starke Verheißung seligen Dazugehörens, dass es eigentlich gar kein Gefühl mehr war, eher ein wunderbarer Seinzustand, der mit Worten nicht zu beschreiben war. *Komm. Werde eins mit uns!*

*Möhrenmädchen! Hilfe! Angst!*

Die neue Stimme in ihrem Bewusstsein, die der jungen Drachin Desta, versetzte sie schlagartig zurück in sich selbst. Da erst merkte sie, dass ihr Großonkel sich ihr fast entwunden hatte, und sie fasste seinen schlammbeschmierten Bademantel fester.

*Desta? Desta, kannst du mich hören?* Aber Lucindas Gedanken schienen wie vom Wind verweht und zerstreut zu werden: Nichts kam zu ihr zurück.

Im Schein des nächsten Blitzes sah es aus, als ob der Regen still in der Luft hinge. Schimmernde weiße Fasern des Monsterpilzes sprossen zu Hunderten rings um das Treibhaus, brachen durch die Erde und streckten sich zum Himmel, als beteten sie das Gewitter an, und gleichzeitig wurde die Hauptmasse des Pilzes mit jedem Moment größer, ging auf wie ein Hefeteig, drückte gegen die schmutzigen Treibhausfenster. Einzelne Scheiben fielen aus ihrem Rahmen oder zersprangen mit derart lautem Knall, dass Lucinda es über den heulenden Sturm hinweg hörte.

*Möhrenmädchen!* Wieder die Gedanken der Drachin, schwächer diesmal. *Hilfe! Angst! Böse Tiere!*

*Der Reptilienstall! Simos hat gesagt, im Reptilienstall wären die Mantikore los!* Die Erinnerung daran war wie ein weiterer schmerzhafter Schlag. *Ach, die arme Desta!* Sie versuchte mit ganzer Kraft, alles andere aus ihren Gedanken zu verdrängen: den geistesgestörten, gewalttätigen Onkel Gideon in ihren Armen, das einem verrottenden Marshmallowhaufen gleiche

Ding, das aus dem zerbrechenden Treibhaus herausquoll, den hilflosen Walkwell, Colin Needle …

*O Gott, Colin! Er ist an diese Metallstange gefesselt, und es blitzt überall!*

… und gegen das ganze wilde Aufbegehren in ihrem Innern richtete sie ihre Gedanken wieder auf die junge Drachin.

*Desta?* Es war so furchtbar schwer, sich zu konzentrieren. *Desta, kannst du mich hören? Ich bin hier. Hier!* Sie meinte zu fühlen, wie die Drachengedanken sie flüchtig streiften, ähnlich einem kurzen Aufflackern von Musik durch die Störgeräusche im Radio. *Desta?*

*Möhrenmädchen* … Mit dem schwachen Ruf kam eine Art optischer Eindruck, sie meinte zu sehen, was die Drachin sah: Gestalten, die geduckt durch den Reptilienstall schlichen. Sie meinte, das schaurige Bellen zu hören, das die Mantikore beim Jagen machten. Aber etwas war merkwürdig. Wenn sie tatsächlich gewissermaßen durch Destas Augen schaute, dann schien diese von oben auf die Szene hinabzublicken, wie auf einem der Laufstege unter dem Dach des riesigen Gebäudes sitzend.

*Was machst du da oben?* Als Lucinda und Tyler verstoßen worden waren, waren Destas Flügel kaum stark genug gewesen, um sie vom Boden abzuheben. *Bist du dort hingeflogen?*

*Ja. Gelbmann hat mich rausgelassen.* So nannte sie Ragnar wegen seiner weißsträhnigen blonden Haare.

*Schlau,* dachte Lucinda. *So ist sie sicherer. Die Mantikore können nicht fliegen.* Da kam ihr ein Gedanke. *Ist Gelbmann noch da?*, fragte sie.

*Brüllt. Läuft mit Stock. Kämpft mit bösen Tieren.*

All seiner Stärke und Tapferkeit zum Trotz war der Nordmann neulich am Tor nicht einmal gegen einen Mantikor angekommen – was sollte er da gegen mehrere ausrichten? *Sind noch andere bei ihm?*

*Narbengesicht und Mützenmänner.*

Das mussten Haneb und die drei Amigos sein. Desta versuchte immer, die fellbesetzten Mützen der Hirten zu stehlen. Sie hoffte, dass die Farmarbeiter die Mantikore auch allein abwehren konnten, denn sie brauchte Ragnar. *Bring Gelbmann zu mir,* sagte sie der Drachin.

? Als Antwort kam nur Verwirrung zurück.

*Bring ihn mir, Desta. Du musst ihn mir bringen. Es ist wichtig!*

*Nein, böse Tiere tun Desta weh. Nein!* Das Gefühl der Furcht in dem ganzen Gedankenwirrwarr war überdeutlich. Die junge Drachin hatte eine Todesangst vor den Mantikoren.

*Du musst. Ich brauche dich. Möhrenmädchen braucht dich.*

*Nein.* Es war die trotzige, totale Weigerung eines Kindes. *Nein!*

In dem regennassen Garten am anderen Ende der Farm schlang Lucinda die Arme noch fester um Gideons hagere Brust und bemühte sich gleichzeitig, sich in den dunklen, ruhigen Punkt zu versenken, wo sie nicht nur mit der Drachin sprechen, sondern sie fühlen … und von ihr gefühlt werden konnte. *Du musst. Ich brauche dich. Wenn du es nicht tust, bekommst du nie wieder Möhren von mir.*

Doch keine Bestechung und keine Drohung konnte Desta dazu bewegen, ihren sicheren Sitz unter dem Dach des Reptilienstalls zu verlassen. Lucinda begriff, dass sie jetzt vorsätzlich tun musste, was sie vor einiger Zeit unabsichtlich getan hatte, als Desta das Armband zu stehlen versuchte.

*Desta,* warnte sie, *wenn du nicht tust, was ich dir sage, werde ich dich zwingen.*

*Nein!* Sie war für logische Argumente nicht zugänglich. Lucinda konzentrierte sich auf sie, bis sie Destas Bewusstsein empfinden konnte, Desta im Ganzen. Sie übte Druck auf dieses Bewusstsein aus und stellte sich sehr genau vor, wie es sich für Desta anfühlen würde, herunterzuspringen. Zuerst wollte sie ihr den Eindruck vermitteln, es würde sich gut anfühlen, wenn sie tat, was Lucinda wollte, aber das Jungtier war entweder zu verängstigt oder trotz seiner Jugend schon zu stark, um sich durch gutes Zureden beeinflussen zu lassen. Ein kaltes, trauriges Gefühl legte sich auf Lucinda, ein Gefühl purer Notwendigkeit.

*Es tut mir sehr leid*, dachte sie, dann sammelte sie sich und übte kräftigen Druck auf Destas Bewusstsein aus.

*Nein! Tut weh!*

Grauenhaft, es war einfach grauenhaft. Noch nie hatte Lucinda sich derart schuldig gefühlt. Es war, als bearbeitete man ein Pferd mit den Sporen, das schon sein Bestes gab, als versohlte man einem Mädchen den Hintern, das gar nicht wusste, was es getan hatte. Trotz ihrer ganzen anderen überwältigenden Empfindungen schämte sie sich unendlich für das, was sie da tat, aber es gab keine andere Möglichkeit, Gideon, Walkwell und Colin zu retten. Ihr blieb keine Zeit mehr.

*Lass los!* Es war ein lautloser Schrei des Schmerzes und des Verratenseins. *Möhrenmädchen böse!*

Hartnäckig bemüht, den Vorwurf des Verrats zu ignorieren, der über die Verbindung zwischen ihnen wie Giftgas auf sie einströmte, übte Lucinda mit größtmöglicher Konzentration empfindlichen Druck auf die Gefühle der Drachin aus und zwang sie, die Flügel auszubreiten und von ihrem Hochsitz herunterzuspringen. Sie krallte sich im Bewusstsein der Drachin fest, während diese unbeholfen flatternd eine Spirale beschrieb und äußerst unsanft auf der Galerie im Obergeschoss aufkam. Sie spürte Destas Verzweiflung in ihrem eigenen Herzen, doch sie durfte auf gar keinen Fall loslassen.

*Jetzt hol dir Ragnar! Heb ihn hoch! Bring ihn zu mir!*

Desta leistete die verzweifelte Gegenwehr eines verwundeten Tieres, aber was sie auch tat, sie konnte Lucindas Kontrolle nicht abschütteln. Sie sprang auf das Geländer und schwang sich dann in die Luft, um mit zitternden Flügeln durch den Stall zu segeln. Einer der drei Amigos blickte auf und schrie eine Warnung, aber Desta stieß jäh nach unten und erwischte Ragnar an den Schultern seines dicken weißen Schutzanzugs, dann hob sie ihn vom Boden ab und flog mit ihm zum offenen Tor des Reptilienstalls hinaus. Die junge Drachin hatte die Spannweite eines kleinen Flugzeugs, aber Ragnar hochzuheben fiel ihr trotzdem schwer. Der Hüne wehrte sich natürlich wie wild, und nach wenigen Metern musste Desta ihn draußen vor dem Stall fallen lassen.

*Hol ihn dir wieder!* Lucinda durfte sich nicht gestatten, daran zu denken, welche Schmerzen sie Ragnar zufügte und natürlich auch diesem schönen, einmaligen Tier. *Pack ihn! Bring ihn mir!*

Der Wikinger war schon im Begriff, in den Stall zurückzueilen, aber Desta schnappte ihn sich von hinten an dem verstärkten Kragen seines Schutzanzugs und schlug dann so kräftig mit den Flügeln, dass sie ihn binnen Sekunden zehn, zwanzig, dreißig Meter hoch in die Luft gehoben hatte. Ragnar sah ein, dass jeder Widerstand zwecklos war, und hielt jetzt still. Ja, er packte sogar eines der Drachenbeine und nahm etwas Gewicht von den Klauen, die sich bestimmt schmerzhaft durch das dicke Tuch in sein Fleisch bohrten.

*Entschuldige, Ragnar,* dachte Lucinda, aber natürlich konnte er ihre Gedanken nicht wie die Drachin hören. Sie wollte jetzt einfach, dass der Albtraum ein Ende nahm, so oder so. *Entschuldige, Desta, entschuldige bitte!*

Ein harter Stoß an die Stirn holte ihre Aufmerksamkeit

wieder in die Wirklichkeit des Gartens und des Gewitters zurück. Desta und Ragnar verschwanden plötzlich vor ihrem inneren Auge. Ihr Großonkel Gideon unternahm den nächsten Versuch, sie von sich zu stoßen, dabei klapperte er heftig mit den Zähnen, als wollte er etwas sagen, doch seine Augen waren so leer wie die einer Kleiderpuppe. Mit einer fuchtelnden Hand traf er sie so hart am Kinn, dass sie schon dachte, er habe ihr einen Zahn ausgeschlagen, dann schleifte er sie durch den Matsch, während es über ihnen infernalisch donnerte und blitzte.

Ein Knäuel aus Armen, Beinen und Flügeln fiel neben ihr fauchend und schimpfend vom Himmel. Ragnar rollte außer Reichweite der schlagenden Drachenklauen und sprang abwehrbereit auf, um sich zu verteidigen, falls Desta erneut angriff. Der Schlangenkopf der jungen Drachin peitschte hin und her und zischte. Als sie Lucinda erblickte, wich sie erschrocken zurück, als könnte sie das Möhrenmädchen vor ihr am Boden und die brutale Gebieterin in ihrem Kopf, die sie gezwungen hatte herzukommen, nicht zusammenbringen. Für einen Sekundenbruchteil schlug Lucinda der Zorn des Tieres so heftig entgegen wie die Hitze aus einer geöffneten Backofenklappe, so dass sie schon meinte, Desta werde einfach auf sie zuspringen und ihr den Kopf abbeißen.

*Möhrenmädchen!* Die Gedanken knallten ihr um die Ohren wie eine Schimpfkanonade. *Möhrenmädchen böse! Weh getan!*

Desta schwang sich mit lautem Flügelschlag in die Luft und flog über das Farmhaus hinweg. Noch einmal erschien sie kurz im grellen Licht eines Blitzes weiter hinten am Himmel, dann war sie wieder verschwunden.

Ragnar kam angetaumelt, fiel auf die Knie und umklammerte Gideon mit seinen starken Armen. Der Herr der Farm gab sich zwar immer noch nicht geschlagen, war aber jetzt so hilflos wie ein kleines Kind in den Armen seines Vaters. »Was war das?«, herrschte der Nordmann Lucinda mit einer Stimme an, die vom Schreien ganz heiser geworden war. »Hast *du* mir diesen Würmling auf den Hals gehetzt?«

»Wir sind in größter Not!« Kurz erzählte sie ihm, so viel sie in der Eile konnte. »Du musst Colin helfen! Und Simos!«

Der Wikinger schaute auf das Treibhaus und verzog das Gesicht. »Beim Blute Balders, das ich das Hässlichste, was ich je gesehen habe.« Er drehte sich wieder zu Lucinda um. »Das eine Mal hat Master Needle eine gute Idee gehabt: dieses verfluchte Gewächs anzuzünden.«

»Was?« Vor lauter Gerangel mit Gideon hatte sie gar nicht richtig begriffen, was Colin vorgehabt hatte. Jetzt wand sich der alte Mann wieder in Ragnars Armen, als ob die kurze Denkpause seine Entschlusskraft gestärkt hätte.

»Ich bitte um Verzeihung«, sagte der Nordmann.

»Wie?« Lucinda war so erschöpft, dass sie gar nichts mehr verstand. »Wofür?«

»Nicht dich, Lucinda.« Er hob seine riesige Faust und versetzte Gideon einen kurzen Schlag auf den Hinterkopf. Der alte Mann sackte zusammen und blieb liegen.

»Ich gehe mir schnell besorgen, was ich brauche, um diesem Dämon den Garaus zu machen«, sagte Ragnar und eilte zum Farmhaus. »Keine Angst!«, rief er über die Schulter. »Ich komme gleich wieder.« Im auffrischenden Wind drosch der Regen fast waagerecht auf sie ein.

Von Gideon befreit, kroch Lucinda über den nassen Boden zu Colin, der sich schon lange nicht mehr rührte und stumm und still in seinem Netz aus Pilzfäden lag. Sie zog an dem Metallpfosten in seiner Hand, doch obwohl sie die weißen Fädchen einzeln zerreißen konnte, wuchsen darauf sofort mehrere neue an seiner Stelle, und gebündelt bekam sie die Dinger nicht kaputt. Keinen Kilometer entfernt schoss ein Blitz vom Himmel und schlug in den Gipfel eines nahen Hügels ein, und gleichzeitig trieb der heulende Wind eine weitere schwarze Wolkenwand wie eine Dampfwalze heran.

Colins Augen waren trübe, als er sie aufschlug. »Lass mich nicht sterben«, bat er sie. »Bitte, lass mich nicht sterben. Es tut mir leid, dass ich es genommen habe. Wirklich!«

Sie hatte keine Ahnung, was ihm leid tat, und es war ihr auch egal. »Ich will dir ja helfen.« Ihre nassen Finger glitten immer wieder von den Fasern ab. »O Gott, ich versuch's doch, Colin!«

»Zurück, Mädchen!« Ragnar kam wieder angestürmt, in jeder Hand eine große, schwere Mostflasche schwingend. Er stellte die beiden Flaschen ab und wand dem vor Schmerz aufschreienden Colin mit Gewalt den Metallpfosten aus der Hand, wobei mehrere hundert Pilzfasern mit lautem Knall zerrissen.

Ragnar richtete sich auf, nahm kurz Anlauf und schleuderte den Zaunpfosten auf das Treibhaus. Flatternd flog der Pfosten mit dem angehängten Kabel durch die Luft wie eine riesige Nadel an einem ebenso riesigen Faden, doch eine kräftige Bö blies ihn zur Seite, und er fiel mehrere Meter vor dem Wall aus toten und sterbenden Tieren zu Boden, der sich am Fuß des Glashauses angehäuft hatte.

»Hol's die Götter!«, fluchte der Nordmann. »Ich muss näher heran, aber dann kann mich der Dämon genauso erwischen, wie er Simos erwischt hat, es sei denn, ich schaffe es, ihn anzustecken. Das würde mir, glaube ich, etwas Luft verschaffen.« Er entkorkte die beiden großen Flaschen. Der Geruch von Benzin wehte Lucinda an. Ohne auf Colins Schmerzensschrei zu achten, riss Ragnar ihm einen nassen Hemdsärmel ab und stopfte diesen in den Flaschenhals. Dasselbe machte er mit dem anderen Ärmel, quittiert von einem schwächeren Schrei. Colin wirkte der Ohnmacht nahe.

»Hast du Feuer?«, fragte Ragnar Lucinda. »Oder irgendwas, womit ich Feuer machen kann?«

Sie starrte ihn begriffsstutzig an, bevor sie den Kopf schüttelte. Sie suchte in Colins Taschen; er litt solche Qualen, dass er es kaum zu bemerken schien. »Er auch nicht«, erklärte sie.

Ragnar lächelte grimmig. »Dann habe ich keine Wahl. Ich muss es wagen, mich durch diese krallenden Dämonenfinger zu schlagen. Wenn Simos es nicht geschafft hat, werde ich es auch nicht schaffen, aber ich muss es versuchen.« Er tätschelte ihr mit seiner nach Benzin riechenden Hand die Wange. »Ich bitte dich um Verzeihung, Lucinda.«

Sie zuckte zusammen. »Willst du mich schlagen?«

Er schüttelte den Kopf. »Ich bitte um Verzeihung, weil ich mein Todeslied in deiner Sprache nicht gut singen kann, Lucinda Jenkins. Trotzdem muss es gesungen werden, damit die es hören, die immer lauschen, und es heißt, die Götter verstehen alle Zungen.« Er stellte die Flaschen neben ihr ab und schritt durch den Regen auf das Treibhaus zu. »Ich singe es jetzt zum zweiten Mal«, rief er ihr über die Schulter zu. »Hoffen wir, dass es sich abermals nicht erfüllt!«

Lucinda wusste nicht, was er damit meinte.

Das widernatürliche Gewächs in dem alten Treibhaus hatte schon längst alle Scheiben herausgebrochen und quoll aus jeder Öffnung seines rostigen Metallkäfigs. Seine Spitzen rankten sich zehn Meter und höher in die Luft und verästelten sich in zahllosen Formen, bizarr wie Schneeflocken. Als der Wikinger näher kam, lief ein Schauer durch das Gewucher der Sterngebilde, und die ganze Masse des Pilzes begann anzuschwellen und zu schwanken.

Jedes Wort war hart und schwer wie ein Stein, als der Nordmann die Stimme erhob:

*Frohen Herzens erkenne ich,*
*Dass Odin die Bänke zum Festschmaus bereitstellt,*

sang er oder sprach er vielmehr rhythmisch mit tiefer, dröhnender Stimme.

*Bald werden wir Bier aus Hörnern trinken.*
*Der in Odins Haus geladene Held beklagt nicht den Tod,*
*Und Ragnar Fellhose wird die Halle des einäugigen Alten*
*Nicht mit Worten der Furcht auf den Lippen betreten.*

Mehr und mehr schimmernde weiße Fasern kletterten an den Beinen des großen Wikingers empor und ringelten sich um ihn, bis er mehrere Dutzend Meter vor dem Treibhaus taumelnd stehen blieb, nicht weit von Walkwells lebloser, über und über eingesponnener Gestalt entfernt.

*In vielen Schlachten schlug ich die Feinde,*

sang er jetzt lauter, um den anschwellenden Donner zu übertönen.

*Meine Söhne sind tot, gefolgt von ihren Söhnen.*
*Vielen Männern bereitete ich das Ende*
*Und bin jetzt ein König fern seiner Zeit.*
*Nie aber dachte ich, bleiche Schlangen wie diese*
*Würden einst mein Leben beenden.*

Ragnar bückte sich und riss sich so viele der Fasern vom Leib, wie er konnte. Mit großer Mühe zwang er sich noch einmal ein Stück voran, wobei er mit jedem Schritt die fahlen wurzelartigen Schlingen zu Dutzenden aus der Erde zog und zerfetzte.

Ein Schritt. Noch ein Schritt. Mit übermenschlicher Kraft ging er weiter auf das Ding zu, aber seine Bewegungen wurden immer langsamer und qualvoller.

Colin hob den Kopf, den geschundenen Arm an den Leib gepresst, und fragte mit klappernden Zähnen: »K-kommt er … kommt er n-näher ran?«

Lucinda schaute noch einen Moment zu, dann schloss sie verzweifelt die Augen. Blutwarmer Regen lief ihr übers Gesicht. »Nein. Der Pilz hat ihn. Er … er wickelt ihn ein, genau wie Simos.«

»Es ist meine Schuld«, sagte Colin. »Ich hätte … ich hätte euch sagen sollen, dass im Treibhaus … irgendwas nicht normal ist.«

»Lucinda!« Das war eine neue Stimme. »Lucinda! Wo bist du?«

Sie machte die Augen auf. »Hier, Tyler! Hier drüben!«

Wie ein angreifender Elefant brach ihr Bruder durch das Gartengestrüpp und warf sich neben ihr auf den schlammigen Boden. »Lucinda! Was ist denn hier los? Und was ist *das?*« Er starrte das grässliche weiße Gebilde an, das aus dem Treibhaus quoll. »Das ist ja Wahnsinn!«

Bevor sie etwas zur Erklärung sagen konnte, kam Steve Carrillo hinter ihm hergestolpert. Nach Atem ringend stützte er sich auf die Knie und hob eine zitternde Hand zum Gruß. »H-Hi, Lucinda.«

»Du kommst zu spät, Jenkins«, sagte Colin bitter. »Du und dein dämlicher Freund. Wir sind erledigt.«

»Ragnar meinte, wir müssten das Ding verbrennen«, warf Lucinda rasch ein, bevor er und ihr Bruder wieder zu streiten begannen. »Da drüben liegt eine Stange mit einem Kabel dran, das mit dem Blitzableiter verbunden ist. Das war Colins Idee, aber Ragnar konnte sie nicht weit genug werfen. Dann hat

Ragnar noch zwei Benzinbomben gemacht, aber wir haben nichts, um sie anzuzünden.« Ein Fünkchen der Hoffnung sprang auf, so lachhaft es war. »Hast du irgendwas? Streichhölzer?«

Tyler dachte angestrengt nach, dann schüttelte er den Kopf. »Ich hab nichts, Luce.«

Ihr war zumute, als ob sie sich gleich auflösen würde, als ob der Regen so lange auf sie eingetrommelt hätte, dass sie im Begriff war, mit ihm zu zerfließen. »Ach, Tyler, wo warst du bloß? Wieso bist du einfach abgehauen? Hier sind Schüsse gefallen … und die Mantikore laufen frei rum … und ich glaube, das Ding da will sich vermehren!« Sie deutete auf den aus dem Treibhaus schießenden unglaublichen Pilz. Die tentakelartigen Formen entsprossen dem massigen Körper zu Hunderten und Aberhunderten wie kleine Schornsteine mit Faserköpfen, die im Wind wehten wie Algen im Meer. »Genau, es vermehrt sich! Aber wenn es bei diesem Wind und Regen Sporen ausstreut, dann wird es bald alles beherrschen!«

»He, *ich* habe ein Feuerzeug«, sagte Steve.

»Was?«, riefen Lucinda und Tyler gleichzeitig so laut, dass Steve zurückschreckte.

»Na klar«, sagte er und guckte ein wenig betreten. »Ich hab's mir von meinem Onkel gepumpt. In so einer Nacht kannst du doch ohne Feuerzeug oder Streichhölzer kein Feuer machen, und ich wollte halt Marshmallows rösten. Verdammt, ich dachte, wir machen ein Lagerfeuer oder so was.«

Er hatte es kaum aus der Jackentasche geholt, da riss Tyler es ihm schon aus der Hand, zog die beiden Mostflaschen heran und hielt die Flamme erst an den einen von Colins abgerissenen Ärmeln, dann an den anderen. Der Stoff war nass, hatte sich aber mit Benzin vollgesogen, und nach wenigen Sekunden fingen beide Feuer und brannten mit blaugelber

Flamme. Lucinda duckte sich, weil sie Angst hatte, die Flaschen könnten sofort explodieren.

»Keine Sorge, so funktionieren die Dinger nicht«, sagte Tyler. »Glaube ich jedenfalls. Steve, du nimmst die da.«

»Ich?«

»Nein, der andere Steve. Mann, meine Schwester kann kaum mehr sitzen und Needle sieht aus, als wäre sein Arm gebrochen. Komm schon, Alter. Jetzt braucht's Helden.« Doch obwohl er tapfere Töne spuckte, sah ihr Bruder blass und ängstlich aus, seine Lippen waren im schauerlichen Schein der Blitze fast blau.

»Tu es nicht«, beschwor ihn Lucinda. »Das Ding hat schon Ragnar und Simos gekriegt.«

Tyler schüttelte nur den Kopf. Er stand auf und hielt dabei die Flasche vom Gesicht weg. Steve tat es ihm nach.

»Wenn wir das überleben«, sagte Steve, »muss ich mir mal dein Telefon ausleihen und zu Hause anrufen. Meine Eltern sind wahrscheinlich stinksauer.«

Und dann liefen er und Tyler, von den schweren Flaschen behindert, mit ungelenken Sprüngen die Beete entlang.

»Hebt die Füße hoch!«, hörte Tyler Lucinda schreien. »Lasst euch nicht von diesen weißen Dingern erwischen!«

Es blitzte so grell, dass Lucinda überhaupt nichts sah, sie hörte nur den Donner, der sie erbeben ließ. Dann sah sie nahe der Stelle, wo Ragnar nicht mehr weitergekommen war, die beiden Flammen auf und ab hüpfen.

»Ihr seid zu dicht dran!«, rief sie, aber Tyler schrie auch etwas.

»Hochwerfen, Alter!«, rief ihr Bruder Steve zu. »Die Flaschen müssen zerbrechen!« Damit fasste er seine Flasche an dem Ring am Hals, drehte sich und schwang sie dabei mehrmals im Kreis wie ein olympischer Hammerwerfer, dann ließ er sie los. Sie flog in die Luft und klatschte dann in den Matsch, ohne zu zerbrechen, einen knappen halben Meter vor den am Treibhaus aufgehäuften toten Tieren. Die Flamme brannte weiter, obwohl sie im Regen bedenklich flackerte, und das ausfließende Benzin bildete eine größer werdende, aber harmlose Pfütze mit blauem Feuer obendrauf.

»Nein!«, schrie Tyler verzweifelt. »Steve, du musst es schaffen! Du musst das Treibhaus treffen!«

Steve erstarrte, als der nächste Blitz die ganze Szenerie in eine Art Theaterbühne mit gestaffelten Kulissen verwandelte: erst die Gartenpflanzen, dann das Treibhaus, die Berge, der Himmel. Er bückte sich. Lucinda dachte schon, er wollte einfach die Mostflasche abstellen und sich geschlagen geben, doch er holte nur aus. Dann drehte er sich erstaunlich behende, die Flasche in beiden Händen, und ließ sie fliegen, so dass sie sich in der Luft überschlug und mit dem flammenden Lappen wie ein Feuerrad aussah. Ihr Bogen war nicht so hoch wie bei der von Tyler, aber sie flog etwas weiter, flog so weit, dass sie – Lucinda stockte das Herz –, ja, dass sie das Treibhaus erreichte.

Sie prallte oben gegen den Rahmen, ohne zu zerbrechen, weil die daraus hervorwuchernden teigartigen Wülste den Aufschlag abpufferten. Einen Sekundenbruchteil kippelte sie, und es sah so aus, als ob sich der Grauenspilz die Flasche einfach einverleiben würde wie eine See-Anemone einen Fisch, aber sie war zu schwer. Sie fiel herunter, rollte über den Haufen toter Tiere und krachte gegen die andere Flasche, so dass beide zerbrachen. Feuer beleckte die Treibhauswände und das durchgebrochene teigige Pilzfleisch. Auch am Boden breitete es sich aus. Ein Zucken ging durch die weißen Tentakel, das nur Schock und Schmerz bedeuten konnte.

!!!!!!!!

Die Empfindungen, falls man bei so einem primitiven Organismus davon sprechen konnte, schossen durch Lucinda und warfen sie zu Boden, wo sie benommen liegenblieb, unfähig, Arme und Beine zu bewegen. Es war der schlimmste Schmerz, den sie jemals im Kopf gespürt hatte, ein feuriger Krampf, der sie packte und schüttelte wie das Maul eines großen Ungeheuers. Auch als das Schlimmste vorbei war, blieb sie noch lange liegen, vom Regen begossen, bis sie endlich die Kraft fand, sich wieder aufzurichten, obwohl die Nachwehen der Empfindungen, die den Monsterpilz durchzuckten, sie immer noch quälten.

Der Teil des weißen Gewuchers, der nicht brannte, streckte sich jetzt noch höher gen Himmel, und Öffnungen klafften plötzlich in der schwammigen Masse, als ob tausend Münder gleichzeitig schrien, doch alles, was Lucinda bei dem Gewitterlärm hören konnte, war das Pfeifen entweichender Gase. Das Ding hatte die Kontrolle über sein Fasernetz weitgehend verloren, und Ragnar war schon dabei, sich loszureißen. Als er die Beine wieder bewegen konnte, wankte er zu Walkwell hinüber und befreite ihn, aber der Verwalter der Farm rührte sich nicht, Ragnar musste ihn von dem brennenden Treibhaus forttragen. Simos Walkwell, der den Pferdewagen sonst mit einer Hand anheben konnte, sah so verkümmert und leblos aus wie verschrumpelte Rüben, aber wenigstens war er frei. Neben Lucinda fielen die Pilzfäden von Colin Needle ab und zogen sich in den Boden zurück.

Doch als es gerade den Anschein hatte, als hätten sie ihren furchtbaren Feind vernichtet, begann der Körper des Pilzes über den Stellen aufzuplatzen, wo das Feuer ihm das Fleisch schwärzte. Ein durchsichtiger schleimiger Saft floss aus diesen Rissen und löschte die Flammen, die die Oberfläche des Pilzes versengten. Der Nachhall seiner Macht pulste weiter durch Lucindas Kopf, der unbedingte Wille, sich fortzupflanzen, die rücksichtslose Entschlossenheit, sich im Wind auszustreuen. Das Ding war nicht besiegt.

Es blitzte wieder.

»Alle zurück!«, schrie Ragnar. »Schnell!« Er eilte vor und hob den Zaunpfosten auf, dann schritt er auf das Treibhaus zu wie ein Ritter in eine Drachenhöhle. Der Donner grollte so laut, und auch das kämpfende Pilz-Ding stieß ein entsetzlich lautes Pfeifen aus, so dass Lucinda ihn kaum verstehen konnte, aber sie tat wie geheißen und zog Colin an seinem heilen Arm mit, bis der Junge in der Lage war, allein weiterzukriechen. Doch als sie sich nach Tyler und Steve umschaute, die hinter ihr herkamen, sah sie etwas, das sie nie mehr vergaß, obwohl sie sich ihr ganzes späteres Leben wünschte, sie könnte es.

Die angekohlte weiße und schwarze Masse dehnte sich wieder aus, sämtliche Fasern zitterten vor Begierde, ihre Sporen auszustoßen, doch das wirklich Grauenhafte war, dass sich auf einmal aus dem schwellenden Pilzkörper etwas herausbildete, das Ähnlichkeit mit Gideons Gesicht und Gestalt hatte. Es war, als hätte das Ding ihren Großonkel so tief und so lange zu kosten bekommen, dass es sich wünschte, er zu sein.

Ein Blitz färbte den Himmel weiß. Ragnar warf den Pfostenspeer ein zweites Mal, und diesmal flatterte er mit dem funkelnden Kabel durch die Luft und traf den dicksten Teil des monströsen Pilzes. Wieder und wieder krachte der Donner, ganz nahe jetzt, dann gab es eine Explosion von einer solchen Gewalt, dass der Boden bebte und Lucinda wieder von den Beinen geworfen wurde. Blaues Feuer sprang knisternd über, und rings um das zertrümmerte Treibhaus ringelten sich die einst weißen Fasern schwarz ein.

Der Körper des Wuchergebildes, eine wackelnde groteske

Kopie Gideons, schwoll immer weiter an, so dass Lucinda schon befürchtete, er würde die Trümmer des Treibhauses von sich abschütteln und sich in Bewegung setzen, doch dann zerlief er in brennende Klumpen. Das ungeheuerliche Gideongesicht verzerrte sich vor Qual oder Wut und zerfiel dann in blubberndes Nichts. Sporen strömten hervor, fingen Feuer, zerplatzten in flammenden Funkenwolken und zerstoben wie das Feuerwerk am Vierten Juli. Pechschwarzer Rauch stieg aus den Trümmern auf und wurde vom Wind davongetragen.

Lucinda fühlte eine Hand an ihrem Arm, dann noch eine auf der anderen Seite. Es waren Tyler und Steve, die ihr aus dem Schlamm aufhalfen.

»Wir leben noch«, war alles, was sie sagen konnte. »Wir leben.«

Tyler nickte, schüttelte den Kopf, dann nickte er wieder. »Doch«, sagte er, »wir leben.«

»Kümmert euch nicht um mich«, sagte Lucinda. »Ihr müsst Onkel Gideon tragen. Ragnar hat ihn bewusstlos geschlagen, vor allem aber hat der Pilz ihn ganz schlimm in seiner Gewalt gehabt.«

Als die Jungen mit Mühe den bewusstlosen Gideon hochgehoben hatten, kehrten sie alle dem schwelenden Treibhaus den Rücken und machten sich auf den Weg zurück zum Haus. Colin konnte auf eigenen Füßen torkeln, den Arm an die Brust gezogen. Lucinda bot an, ihn zu stützen, aber er wandte sich von ihr ab und ging langsam allein weiter. Ragnar trug Walkwell. Der alte Mann hing mit geschlossenen Augen so schlaff da, dass Lucinda erschrak.

»Wie geht's ihm, Ragnar? Er ist doch nicht …?«

»Simos lebt«, entgegnete ihr der Hüne. Er sah nicht so aus, als könnte er von sich selbst viel mehr behaupten. »Aber es geht ihm sehr schlecht.«

»Wir haben gewonnen, nicht wahr?«, fragte sie, doch sie sagte es leise, eher zu sich selbst.

»Ach so, eine Sache noch, Luce«, sagte Tyler, der hinter ihr ging und unter seinem Teil der Last ihres Großonkels ächzte. »Falls du dich in deinem Zimmer ein bisschen ausruhen willst, da … da schläft jemand drin.« Sie schaute sich um. Tyler hatte einen komischen Gesichtsausdruck, ein bisschen nervös, aber auch irgendwie stolz. »Kannst du dich an Grace erinnern? Gideons Frau?«

Lucinda hatte keine Ahnung, wovon er sprach, und war so zerschlagen und ausgelaugt, dass sie sich außerstande fühlte, auch nur zwei Worte zu verknüpfen. Also entschied sie sich für eines.

»Meinetwegen.«

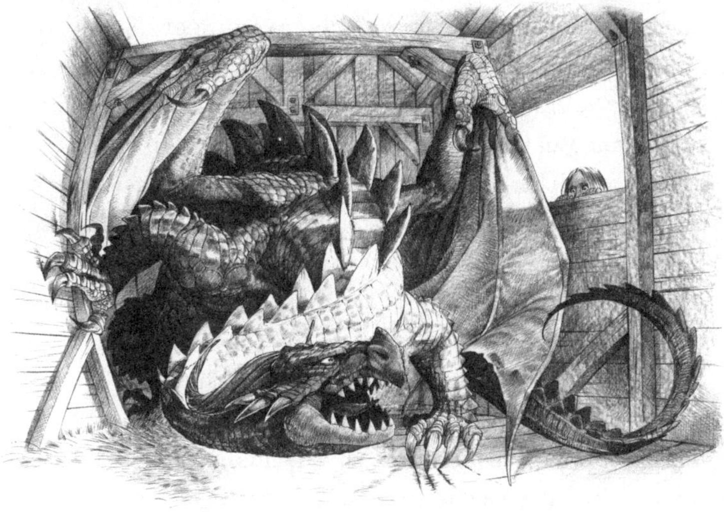

41

## SCHLANGENFANGEN

Steve wurde gegen Mittag von seinen Eltern abgeholt, und als sie in ihrem Pickup am Hoftor vorfuhren und ausstiegen, sahen sie aus, als hätten sie in der Nacht nicht mehr geschlafen als Tyler, Lucinda und die übrigen auf der Tinkerfarm.

»Wenn du deinen Hausarrest abgesessen hast«, teilte Mr. Carrillo seinem Sohn mit, »kannst du gleich ins Altersheim ziehen.«

»Es ist alles meine Schuld«, sagte Tyler. »Es war meine Idee. Steve hat mir nur geholfen.«

»Das wird ihm seine Strafe nicht ersparen«, sagte Mrs. Carrillo scharf. Hinter ihr auf dem Rücksitz schnitten Alma und Carmen, die noch nicht wussten, was passiert war, spöttische Grimassen. Tyler winkte ihnen verlegen.

Hector Carrillo wandte sich Ragnar zu, der überall, wo man die Haut sah, blaue Striemen hatte. »Und was ist bei euch sonst los?«, fragte er. »Du hast am Telefon gesagt, Gideon hätte einen Rückfall gehabt.«

Ragnar nickte. »Aber er wird wieder gesund werden, glaube ich. Die Krise ist überstanden, und diesmal endgültig. Er liegt noch im Bett.«

»Ihr habt ihn nicht ins Krankenhaus zurückgebracht?«, fragte Silvia.

Ragnar zuckte die Achseln. »Er wollte nicht.«

»Er schuldet uns immer noch ein Gespräch«, sagte Hector, und Tyler begriff, dass er und Steve nicht die einzige Ursache für den Zorn des Mannes waren.

»Diesmal wird er mit dir reden, das verspreche ich«, sagte Ragnar. »Es wird sich einiges ändern. Darauf hast du mein Wort.« Er streckte die Hand aus, und Hector Carrillo schlug ein.

Dann fragte er: »Wo ist Simos? Sonst kommt er doch immer und sagt hallo.«

»Er …« Ragnars Gesicht wurde ernst, doch er sagte lediglich: »Du musst ihm verzeihen. Er hat eine harte Nacht hinter sich.«

»He, Jenkins«, schrie Steve durch die Wagenscheibe. »Wenn du kannst, komm mich noch mal besuchen, bevor ihr fahrt. Du musst auch nicht vorher anrufen. Ich werde ganz bestimmt zu Hause sein – schönen Dank auch dafür!«

Tyler musste grinsen, als sie abfuhren. Steve war ein guter Kumpel, ein echter Freund. »Wird Onkel Gideon wirklich mit ihnen über ihr Anwesen reden? Wer soll ihn denn dazu rumkriegen?«

Der Nordmann blickte noch immer grimmig drein, als er das Tor aufmachte. Der Strom im Zaun war seit dem Gewitter abgestellt. Die übriggebliebenen beiden Mantikore waren wieder in ihrem Lehmziegelstall eingesperrt. »Wie gesagt, hier wird sich einiges ändern. Ändern müssen.«

•◆•

Nur ein Tag blieb noch, bis Tyler und Lucinda den Zug zurück nach Hause nehmen mussten, und die Tinkerfarm war gespalten wie eh und je: die meisten Bewohner auf der einen Seite und die Needles auf der anderen. Die Situation war nach wie vor schwierig: Gideon verhielt sich nicht mehr wie ferngesteuert, aber er war immer nur kurzzeitig bei Bewusstsein und viel zu müde, um auch nur zu sitzen, geschweige denn sich mit den schwerwiegenden Angelegenheiten zu befassen, die auf ihn warteten. Walkwell ging es nicht viel besser; er lag im selben Zimmer wie Gideon auf der Couch, damit Sarah und ihre Helferinnen beide Patienten gleichzeitig pflegen und im Auge behalten konnten. Tyler wusste nicht, was das Treibhausmonster mit ihm gemacht hatte, aber Simos Walkwell war am Abend zum ersten Mal aufgewacht und hatte bisher nur wenige Worte gesprochen, obwohl Sarah meinte, er sähe schon ein bisschen besser aus. Sehr interessant hatte Tyler auch die Entdeckung gefunden, dass in den Wänden des Schlangenzimmers mehrere Einschusslöcher waren. Offensichtlich war es in jener Nacht nicht nur hinter dem Spiegel und draußen beim Treibhaus hoch hergegangen.

Obwohl es keine dauerhafte Regelung geben konnte, solange Gideon nicht wieder selbständig über die Farm bestimmte, war es Ragnar und Sarah durch schlichte Sturheit und Gewaltandrohung immerhin gelungen, Mrs. Needle von Gideons Bett und überhaupt aus dem Schlangenzimmer zu vertreiben, und die Hexe hatte sich hinter die abgeschlossene Tür ihrer Zimmerflucht zurückgezogen. Colin war die meiste

Zeit mit ihr zusammen oder doch wenigstens in seinem Zimmer, wie Tyler es nicht anders erwartet hatte.

Im Sommer davor mochten die Jenkins-Kinder Dinge verheimlicht und nicht mit brauchbaren Antworten auf ihre Fragen gerechnet haben, jetzt aber hatte sich vieles geändert, nicht zuletzt die Einstellung der beiden zur Farm. Sie waren zwar nicht zu deren Erben bestimmt worden (und trotz des Aufruhrs in jener Nacht offenbar auch niemand sonst), aber Tyler wusste, dass ihr Großonkel sich immerhin mit der Absicht getragen hatte. Seiner Meinung nach hatten sie ein Recht darauf zu erfahren, was Sache war. Und er war angenehm überrascht festzustellen, dass wenigstens Ragnar Lodbrok in dem Punkt mit ihm einer Meinung war.

Tyler traf den Nordmann dabei an, wie er den schwarzen Schutt- und Scherbenhaufen im hinteren Teil des Gartens untersuchte. Es war immer noch kaum zu glauben, was sich erst zwei Tage zuvor hier abgespielt hatte, aber wie sie da standen und sich die geschmolzenen Überreste des Treibhauses ansahen und den großen schwarzen Brandkrater mit den verkohlten Tierkadavern, hatten sie den Beweis unmittelbar vor Augen. Es sah aus, als ob jemand eine Brandbombe geworfen hätte.

»Wir werden die Metallstangen fortschaffen«, sagte Ragnar. »In Liberty gibt es einen Ofen, wo sie altes Metall einschmelzen. Das wird die Samen bestimmt abtöten.« Er stieß mit dem Fuß die Reste eines am Boden liegenden Vogels an. Tyler hatte keine Ahnung, was das für ein Vogel gewesen war. »Das übrige begraben wir. Wenn ich einen Priester kennen würde, müsste er mir das Grab des Dämons besprechen.«

»Das war nicht wirklich ein Dämon, oder?«, fragte Tyler. »Eher so was wie ein großer Pilz.«

Ragnar sah ihn ungläubig an. »Wenn das Ding nur ein Pilz

war, dann ist der Fenriswolf ein Schoßhündchen und die Midgardschlange ein Aal.«

Darauf wusste Tyler nichts zu erwidern. »Was wird mit der Farm passieren?«, fragte er nach einer Weile. »Wenn Lucinda und ich wieder zu Hause sind? Ihr könnt doch Mrs. Needle ihre ganzen Untaten nicht durchgehen lassen, oder?«

»So einfach ist das nicht, Tyler Jenkins«, sagte Ragnar. »Die beiden sind für Gideon wie Verwandte. Und sollen wir vielleicht die Mutter töten und den Sohn als Waisen zurücklassen?«

»Ihr könntet ihn ja auch töten.« Tyler sah Ragnars Miene. »Das war als Witz gemeint!«

»Ich mag den Jungen nicht besonders, aber seine Vergehen können sich mit denen seiner Mutter nicht vergleichen«, sagte der Wikinger. »Es wäre schwer, sie gefangenzusetzen, aber möglich.«

»Warum werft ihr sie nicht einfach raus?«

»Damit sie außer Sicht und Reichweite ist wie dieser elende Kingaree?« Ragnar und andere hatten den Kumish Creek überall abgesucht, aber weder die Leiche noch sonst eine Spur von Jackson Kingaree gefunden. »Sollen wir sie wegschicken, nur damit sie sich mit dem Wissen um alle Geheimnisse der Ordinary Farm in der Welt herumtreibt und Anschläge gegen uns ausheckt? Gegen Gideon?«

Tyler runzelte die Stirn. So ausgedrückt war die Entscheidung in der Tat nicht so einfach. »Aber was sie getan hat, kann doch nicht ohne Folgen bleiben! Was sie tun *wollte*! Sie hätte uns alle umbringen können!«

»Ich weiß«, sagte Ragnar. »Und wenn Simos wieder gesund ist, werden wir uns sehr genau überlegen, wie wir sie von weiteren Untaten abhalten.«

»Was hast du vor?«

Der Nordmann hob abwehrend die Hand. »Ich habe noch nicht mit Simos gesprochen, deshalb werde ich meine Gedanken bis auf weiteres für mich behalten. Gideon ist immer noch der Herr dieses Hofs und mein Than – nicht du, junger Tyler. Noch nicht.« Angesichts der entrüsteten Miene, die Tyler machte, huschte ein Schatten der Belustigung über das breite bärtige Gesicht. »Was denn, verträgst du Geheimnisse so schlecht? Hast du nicht selbst das eine oder andere? Was ist mit der Frau, die du im Zimmer deiner Schwester versteckt hast?«

Tyler wurde rot. »Grace? Das ist doch was anderes, das ist ein *gutes* Geheimnis. Und ich werde es Gideon verraten, sobald er so weit wiederhergestellt ist, dass er mitkriegt, was läuft. Außerdem schläft sie selbst fast rund um die Uhr.« Sehr zu Lucindas Missvergnügen natürlich, denn das bedeutete, dass sie sich mit ihrem Bruder ein Zimmer teilen musste. Es hatte den Anschein, als wollte sich Grace nach den Strapazen ihrer jahrelangen Flüchtlingsexistenz im Spiegelhaus gesundschlafen, denn sie wachte nur auf, um eine Kleinigkeit zu sich zu nehmen und verwirrt um sich zu blicken, ehe sie wieder einnickte. Die Küchenfrauen kümmerten sich neben der Pflege von Gideon und Walkwell auch um sie, allen voran das Eiszeitmädchen Oola, vielleicht weil sie sich über eine freute, die noch nach ihr in die Jetztzeit gekommen war.

»Denke daran, du bist noch kein erwachsener Mann«, begann Ragnar, als ob Tyler das nicht selbst gewusst hätte, wurde aber vom Flügelflattern einer kleinen Gestalt unterbrochen, die von dem inzwischen wieder hellen, klaren Himmel herabgesaust kam. Eine Sekunde später war Tyler lachend damit beschäftigt, kleine Hände daran zu hindern, ihm die Augenbrauen auszuzupfen und in der Nase zu bohren.

»Zaza! Da bist du ja wieder! Ich habe dich vermisst, Mädel. Du hast dich den ganzen Sommer über kaum blicken lassen!«

Ragnar sah eine Weile zu, wie das geflügelte Äffchen auf Tylers Kopf herumturnte, dann wanderte sein Blick zu dem unförmigen verkohlten Klumpen des einstigen Treibhauses. Wieder spielte ein leises Lächeln um seine Lippen, und er strich sich den Bart. »Tiere wissen vieles, was wir nicht wissen, Tyler Jenkins. Wenn das Äffchen hier wieder herkommt, brauchen wir vielleicht gar keinen Priester.«

Mit Zaza auf der Schulter folgte Tyler Ragnar zum Reptilienstall, wo die drei Amigos und Haneb die Spuren der Verwüstung beseitigten, die das Eindringen der Mantikore hinterlassen hatte. Auch Lucinda war da und stand ein paar Meter vor Destas Gehege. Die junge Drachin ignorierte sie gezielt, und Tyler fand, dass seine Schwester kreuzunglücklich dreinschaute.

Die Mantikore hatten in dem riesigen Stallgebäude Metallschränke aufgebrochen, Säcke und Fässer mit Futter ausgeleert, einige der kleineren oder langsameren Tiere verletzt oder getötet (Tyler war froh, dass die Reste schon weggeschafft waren) und überhaupt so viel Schaden angerichtet wie eine ganze Elefantenherde. In zehn Metern Höhe hing noch eine Trittleiter an einem Dachbalken, aber wie sie dort hinaufgekommen war, konnte sich Tyler nicht vorstellen.

Nur zwei der Mantikore hatten die Schreckensnacht überlebt. Zwei hatte der Pilz angelockt und vernichtet, und ein dritter war anscheinend zu nahe an Meserets Käfig gekommen, und nur ein blutiger Schwanzstummel zeugte davon, was geschehen war. Nachdem er den Kampf zwischen Ragnar und einem der Untiere miterlebt hatte, hielt sich Tylers Mitgefühl mit den Mantikoren in Grenzen, aber er fand es doch gut, dass immerhin zwei wieder sicher in ihrem Käfig waren. Es waren seltene, phantastische Tiere, keine Frage, er wollte nur nie wieder einen sehen müssen.

Während Tyler sich den angerichteten Schaden ansah, kam Lucinda zu ihm herüber, in der offenen Hand ein Amphisbänenjunges, das sich verwirrt umschaute. Wenigstens *dachte* Tyler, dass es sich umschaute, aber es konnte auch sein, dass es den Schwanz herumschwenkte. Auch nach dem zweiten Sommer auf der Farm fiel es ihm immer noch schwer, die beiden Enden einer Amphisbäne auseinanderzuhalten.

»Wie geht's Onkel Gideon und Simos heute Morgen?«, fragte seine Schwester.

»Sarah meint, Onkel Gideon geht es besser. Er isst ein bisschen. Redet. Sogar ganz vernünftig.« Er streichelte das Tierchen auf Lucindas Hand am vorderen Ende. Es war in der Tat das vordere, erkannte er jetzt, obwohl der starre Blick es kaum verriet. »Ich denke, ich werde Grace heute Nachmittag zu ihm herunterbringen. Simos geht es auch etwas besser, hat sie gesagt.«

Lucinda setzte die Eidechse vorsichtig in den Käfig zurück. »Willst du das wirklich tun? Er ist noch nicht ganz gesund.«

»Das wird ihm helfen, es zu werden. Außerdem fahren wir bald.«

»Sehr schade, dass du nicht erst Simos um Rat fragen kannst«, sagte Ragnar aus dem Hintergrund. »Er ist sehr klug, und er ist schon länger hier als ich, länger als alle anderen, die aus dieser Spalte gekommen sind. Er ist überhaupt der Einzige von uns, der Gideons Frau gekannt hat. Vielleicht weiß er etwas über die beiden, das du nicht weißt, mein junger Tyler Jenkins.«

»Du weißt doch, wie sehr Gideon sich nach ihr sehnt«, sagte Tyler. »Was könnte es Besseres für ihn geben, als sie wiederzuhaben und …?«

Ein plötzliches Aufjuchzen von Kiwa und Jeg unterbrach

ihn. Die beiden jagten eine Ringschlange, die aus ihrem Käfig entwischt war und mit dem Schwanzende im Maul vor ihnen davonrollte. Erschrocken schwang sich Zaza von Tylers Schulter in die oberen Regionen des Stalls, wo sie empört kreischend auf der Stelle flatterte.

»Da ist sie, da drüben, unter der Spritze! Verletzt sie nicht!«, schrie Ragnar und kam ihnen lachend zu Hilfe. »Aber vergesst nicht, sie kann ordentlich zubeißen!«

Als auch der dritte Hirte und Haneb mitmachten, wurde die kuriose Jagd noch wilder. Tyler blickte Lucinda an. Sie beobachtete das ausgelassene Treiben ungefähr mit der Begeisterung einer Schülerin, die liest, wie die Hausaufgaben an die Tafel geschrieben werden. Dann drehte sie sich um und ging aus dem Stall.

»Luce!«, rief er, doch sie reagierte nicht.

Er ging ihr nicht hinterher. Es war zu lustig, dabei zuzusehen, wie alle die flink davonrollende Schlange zu fangen versuchten. Die Jagd versetzte auch viele andere Bewohner des Reptilienstalls in Unruhe: Die Wampuskatzen fauchten, die Basilisken spuckten Gift in ihren Käfigen, und schließlich hob sogar Meseret ihren mächtigen Kopf über den Rand ihres Geheges, um sich die Sache mal anzusehen. Zaza war so aufgeregt, dass sie einen der Amigos aus der Luft anpinkelte, was das Geschrei nur noch vermehrte.

*Wow*, dachte Tyler, der das Chaos genoss, *ist das nicht irre hier? Gibt es irgendwo auf der Welt einen cooleren Ort? Und ich und Lucinda haben ihn zum zweiten Mal gerettet!*

# 42

# IM FALSCHEN MOMENT

Colin Needle war zwei Tage lang mit unangenehmen Gedanken im Kopf herumgeschlichen, aber einerlei, von welcher Seite aus er die Sache betrachtete und wie er sie sich zurechtlegte, der schlimmste Gedanke ging einfach nicht weg.

Tyler Jenkins hatte recht gehabt: Colins Mutter war es, die Gideons Krankheit verursacht hatte. Und nicht nur das. Anscheinend hatte sie in der Nacht des Gewitters Gideons Testament ändern wollen und war zu dem Zweck an Colins Computer in das von ihm so sorgfältig ausgetüftelte Sicherheitssystem gegangen, um die Mantikore freizulassen. Damit hatte sie nicht nur die anderen Bewohner der Farm einer tödlichen Gefahr ausgesetzt, sondern auch ihren eigenen Sohn.

Aber wie konnte sie so etwas tun? Colin wusste schon lange, dass seine Mutter schwierig und launisch war, ja, dass sie einen grausamen Zug hatte, aber dies hier war etwas anderes. So viele Male hatte sie ihm erzählt, dass ihre Exzesse um seinetwillen geschahen, und er hatte es genauso geglaubt, wie er glaubte, dass Regen gut für Pflanzen war. Jetzt hatte sein Leben auf einmal eine vollkommen andere, hässliche Gestalt bekommen, mit der er nicht umzugehen verstand.

Am Fuß der Treppe kam ihm Caesar aus der Küche entgegen, in der Hand ein Tablett mit Suppe, Brot und einer blütenweißen eingerollten Serviette im Silberring, vermutlich Gideons Mittagessen. Colin nickte, als Caesar vorbeiging, und Caesar nickte höflich zurück, aber auf einmal war Colin sich sicher, dass in den dunkelbraunen Augen des alten Mannes noch etwas anderes als Höflichkeit lag – Verachtung? Echter Hass, nur durch geschliffene Manieren getarnt?

Die kleine Pema staubte in der Eingangsdiele die Möbel ab, und auch sie nickte, als Colin vorbeiging, doch obwohl sie taktvoll die Augen niederschlug, bildete er sich ein, wahrzunehmen, dass sie zurückschauderte, als ob sie nicht einmal von seinem Schatten gestreift werden wollte. Er wusste, dass die Küchenfrauen ihn nicht sonderlich mochten, aber er hatte immer angenommen, das liege an seiner häufigen Gereiztheit oder an den unüberlegten abfälligen Bemerkungen, die er manchmal machte, wenn er etwas als dumm empfand. Aber war mehr dahinter? War ihre Abneigung gegen seine Mutter tiefer als die der meisten Angestellten gegen ihre unfreundlichen Vorgesetzten? Hassten und fürchteten sie sie richtiggehend? Hieß das, dass sie Colin Needle ebenfalls hassten und fürchteten?

Das waren neue, sehr neue Gedanken, und Colin wusste nicht so recht, was er damit anfangen sollte. Sein Lebtag war ihm klar gewesen, dass die anderen Farmbewohner die Needles nicht mochten, aber er hatte es sich weitgehend mit der Aversion erklären können, die die Schwachen immer gegen die Starken hatten – denn stark war seine Mutter zweifellos. Manchmal wurde ihre Stärke sogar ihrem eigenen Sohn zu viel. Wie sollten andere da nicht nervös werden?

Aber in der Zeit von Gideons unerklärlicher Abwesenheit hatte Colin eines Tages in der Nähe des nicht mehr genutzten alten Treibhauses ein paar Briefumschläge gefunden, die aus der Kiste aus Madagaskar stammten, und er hatte sich gefragt, warum seine normalerweise so umsichtige Mutter diese fremdländischen Samen und Sporen in den Garten brachte, wo das Risiko unvorhersehbarer Folgen in der völlig neuen Umgebung groß war. Warum pflanzte sie sie nicht unter kontrollierten Bedingungen? Als Lucinda dann von den Sporen aus dem Treibhaus befallen worden war, war Colin erstmals misstrauisch geworden, hatte sich aber noch keinen Reim darauf machen können. Als Lucinda ihm erzählte, was das für Sporen gewesen waren, und er über Gideons mysteriöses Verschwinden und Wiederauftauchen nachdachte, fügte sich alles plötzlich zu einem furchtbaren Bild zusammen. Es waren nicht ihre Experimente mit den exotischen Pflanzen und Pilzen, die seine Mutter vor den Hausbewohnern geheim halten musste, es war die Person, an der sie diese Experimente durchführte: Gideon Goldring selbst. Sie musste den alten Mann draußen im Garten versteckt gehabt haben. Irgendwie hatte seine Mutter, Patience Needle, Gideon bewusstlos gemacht und allein in das Treibhaus geschleift. Aber am Vierten Juli war er ihr dann entkommen.

*Hexe.* Es war ein Wort, das aus Colins dunkelsten Tiefen aufstieg wie eine stinkende Gasblase vom Grund eines tiefen Teichs. Seine Mutter war eine Hexe, und zwar keine gute. Es war nicht das erste Mal, dass er das hörte, auch nicht das erste Mal, dass er das selbst dachte, aber das erste Mal, dass er wirklich empfand, was das hieß.

*Meine Mutter ist eine Hexe.*

Colin Needle hatte sich noch nie im Leben so einsam gefühlt.

•◆•

Obwohl er im Schatten der Veranda stand, lief ihm der Schweiß übers Gesicht und klebten ihm die Sachen am Leib. Es gewitterte nicht mehr, aber die Wolken am Himmel machten das Wetter ebenso schwül wie heiß. Er dachte gerade daran, vielleicht am See nach der Seeschlange Eliot Ausschau zu halten, deren silbern dahingleitende Gestalt Colin manchmal ein Freiheitsgefühl wie nur wenig anderes gab, als ihm in der Ferne eine Bewegung ins Auge fiel.

Lucinda Jenkins schritt langsam auf das Farmhaus zu. Sie schlurfte durch den Schatten des hohen Getreidesilos, das über der Verwerfungsspalte stand. Er wusste nicht, was er zu ihr sagen sollte, wusste nicht, ob ihm überhaupt etwas zu sagen einfallen würde, aber sie sah aus, als ginge es ihr nicht besser als ihm, er musste also nicht versuchen, ein munteres Geplauder vom Zaun zu brechen. Colin wusste, dass das ohnehin nicht seine Stärke war.

Er winkte verlegen, als sie die Stufen zur Veranda hochkam. »Hi.«

Sie sah ihn an und lächelte, aber bestimmt auf dieselbe Art, wie sie jeden Fremden auf der Straße angelächelt hätte. »Oh. Hi, Colin.«

Sie zögerte kurz, sah aber aus, als wollte sie doch lieber an ihm vorbei ins Haus gehen. Er wünschte sich plötzlich, nicht schon wieder allein zu sein. »Ähm«, sagte er hilflos. »Ähm.

Willst du … willst du ein Glas Limonade? Ich glaube, Sarah hat gerade welche gemacht.«

Lucinda sah ihn noch einmal an, genauer diesmal. Nach ein paar Sekunden schien sie sich zu entspannen, auch wenn sie immer noch traurig guckte. »Doch. Ja, das wäre nett.«

»Warte, ich gehe sie holen.«

Als er kurz darauf mit zwei Gläsern wieder herauskam, saß sie in einem der beiden Schaukelstühle. Er reichte ihr ein Glas und ließ sich im anderen Schaukelstuhl nieder, sehr bedacht darauf, nichts zu verschütten. Wenigstens einmal wollte er sich nicht ungeschickt anstellen und vor Peinlichkeit vergehen.

»Tja …«, sagte er, während sie trank. »Morgen geht's wieder nach Hause, was?«

Sie nickte. »Mm-hm. Ist wahrscheinlich am besten so. Desta hasst mich.«

Colin brauchte einen Moment, um zu verstehen. »Ach so, die kleine Drachin. Na, mach dir nichts draus. Mich hassen sie alle beide.«

Sie warf ihm einen kritischen Blick zu. »Du weißt doch, dass du daran selbst schuld bist, Colin, nicht wahr?«

Erst wollte er ihr vehement widersprechen. Verstand denn gar niemand, dass er für etwas wirklich Wichtiges kämpfte? Aber so schnell, wie der Impuls gekommen war, verging er auch wieder. Er atmete einmal tief durch und ließ ihn los. »Ja. Ja, vermutlich hast du recht. Ich habe mich bestimmt manchmal dumm benommen. Selbstsüchtig.«

Sie zog eine Augenbraue hoch. Lucinda Jenkins war eigentlich ganz hübsch, bemerkte er wieder einmal. Nicht so auffallend wie das älteste Carrillo-Mädchen, die daherkam wie aus einer Teenagersendung im Fernsehen, klimpernde Armbänder und ausgefallene Frisuren und so, aber trotzdem sehr ansehnlich mit ihren glänzenden, glatten Haaren, ihrem ernsten

Gesicht, das vor einigen Wochen noch blass gewesen und jetzt richtig braun war. »Meinst du das ehrlich, Colin?«, fragte sie. »Oder redest du mir bloß nach dem Mund?«

Er schüttelte den Kopf. »Ich wollte … ich weiß nicht … ich wollte schon länger mal mit dir reden. Über vieles.« Wozu auch, wie ihm mit einem Mal klar wurde, die Tatsache gehörte, dass er sie mochte, und zwar anders mochte als irgendjemanden sonst, den er kannte. Aber das Gespräch damit zu eröffnen erschien ihm so beängstigend, wie auf einem Nachtflug mit einem Fallschirm abzuspringen, von dem man nicht wusste, ob er sich öffnen würde. »Über das, was hier letztens passiert ist. Über Sachen, die du gesagt hast. Weil ein paar davon … haben gestimmt … irgendwie …«

»Was meinst du damit?« Ihre Müdigkeit war wie weggeblasen. Sie blickte interessiert, geradezu verständnisvoll, und zum ersten Mal seit der Gewitternacht hatte Colin das Gefühl, es könnte vielleicht doch nicht alles so hoffnungslos sein, wie es aussah.

»Na ja …« Er zögerte, von den vielen Gedanken in seinem Kopf plötzlich wie erschlagen. Was konnte er ihr sagen? Dass er seine Mutter ebenfalls für gefährlich hielt? Dass er anfing, sich richtig vor ihr zu fürchten, nicht nur so wie früher, sondern auf völlig neue Art? Schließlich würden Lucinda und ihr Bruder demnächst abreisen; es war Colin, der dann allein auf der Farm zurückblieb mit diesen ganzen Leuten, die ihn jetzt schon hassten. Was war, wenn seine Mutter merkte, was er dachte, wie er ihr misstraute? Wenn sie entdeckte, dass er mit Lucinda Jenkins über sie geredet hatte?

Und wenn er nun nichts sagte und das nächste Mal etwas *richtig* Schlimmes passierte, was war dann?

Aber bevor er weitersprechen konnte, tönte über das freie Gelände jenseits der Auffahrt ein Schrei: »He! He, Luce!«

Tyler Jenkins kam auf sie zugetrabt, das Hemd heraushängend, die Baseballmütze zur Seite gedreht, das perfekte Bild des doofen, kleinen amerikanischen Schuljungen. Colin fühlte, wie sich ihm vor Enttäuschung und Widerwillen der Magen herumdrehte.

Als er auf die Veranda trat, sagte Lucinda: »Hi, Tyler.« Verhörte sich Colin oder schwang in ihrer Stimme ebenfalls eine leise Enttäuschung? Wenn ja, dann wäre das die Störung beinahe wert gewesen. »Lass mich mal, ich unterhalte mich gerade mit …«

Erst nahm Tyler ihn gar nicht zur Kenntnis. »Das hättest du sehen sollen, Luce, es war total zum Schießen! Eine der Ringschlangen war ausgebüxt, und Zaza hat Angst gekriegt und sich in Hanebs Haare gehängt, und der ist schreiend herumgehüpft und hat versucht, sie irgendwie rauszukriegen …« Er hörte auf zu reden und starrte Colin an. »Was hast du, Needle? Kann ich nicht mal mit meiner Schwester reden?«

Colin schluckte eine bissige Erwiderung hinunter. »Nur zu, Jenkins, sag, was du zu sagen hast. Niemand hindert dich daran.«

»Ach ja? Du guckst jedenfalls so, als würdest du nichts lieber tun. Stör ich bei irgendwas?«

»Das geht dich gar nichts an.« Er hörte den Klang seiner Stimme, kalt und zornig, und genau so wollte er in dem Moment auch klingen.

»Tyler!«, sagte Lucinda. »Wir haben uns gerade unterhalten. Sei kein Idiot.«

»Was?« Ihr Bruder wandte sich ihr mit rotem Gesicht zu. »Wieso bin *ich* auf einmal schuld? Der sitzt doch da und guckt, als wollte er mir eine reinhauen.«

Colin stand so abrupt auf, dass die Kufen des Schaukelstuhls auf den Verandadielen quietschten. »Ach, rutsch mir doch den Buckel runter! Amüsiert euch schön, ihr zwei! Zu schade, dass ihr morgen abfahrt. Bei dem Gedanken bricht mir das Herz.«

Und ohne auch nur hinzuhören, was Lucinda Jenkins sagen wollte – war er denn wirklich so blöd gewesen zu glauben, sie würde irgendwas kapieren? –, machte Colin auf dem Absatz kehrt und stürmte ins Haus. Er hätte beinahe die kleine Pema umgerannt, als er durch die Eingangsdiele zur Treppe eilte, um sich in die Sicherheit seines Zimmers zu verziehen, aber ihm kam nicht einmal der Gedanke, sich dafür zu entschuldigen.

43

# GRACE ODER NICHT GRACE?

»Bist du immer noch sauer auf mich? Komm schon, diesmal hab ich doch gar nichts gemacht!« Das stimmte sogar halbwegs: Gemessen an den vielen Malen, die ihr Bruder sich mit Colin Needle angelegt hatte, war er diesmal eigentlich gar nicht so schlimm gewesen. Aber Lucinda ärgerte sich, weil Colin so dicht davor gewesen war, sich ihr anzuvertrauen.

»Kapierst du denn nicht? Er wollte mir gerade sagen, dass wir mit allem recht hatten, du Knallkopf!« Sie bückte sich und hob Colins stehengelassenes Limonadenglas auf.

»Na und? Hatten wir ja.«

»Wir hätten ihn auf unserer Seite haben können!«

Tyler verzog angewidert das Gesicht. »Als ob den jemand auf seiner Seite haben wollte.«

»Vergiss es. Du bist unmöglich.« Sie brachte die Gläser ins Haus. Die Tür zum Schlangenzimmer war zu, was wahrscheinlich bedeutete, dass Gideon ein Nickerchen machte. Angeblich war er auf dem Weg der Besserung. Lucinda hoffte, dass sie ihn vor der Abreise noch einmal zu Gesicht bekamen.

Während sie in der Küche die Gläser spülte, überlegte sie, warum es ihr so viel ausmachte, dass Tyler mitten in ihr Gespräch hineingerast war wie ein außer Kontrolle geratener Laster. Es lag nicht nur daran, dass sie und Tyler am nächsten Tag fahren wollten und die Situation noch konfuser war als im Jahr davor, und auch nicht daran, dass es einen Moment lang so ausgesehen hatte, als könnten sie Colin Needle zum Verbündeten gewinnen, obwohl das bestimmt vieles erleichtern würde – Lucinda hatte das Gefühl, dass der Kampf um die Tinkerfarm recht bald schon sehr, sehr hässlich werden würde. Nein, es war noch etwas anderes.

Colin war beinahe … nett gewesen. Das war es, was ihr zu denken gab. Er war verzweifelt und verwirrt und verunsichert gewesen und hatte sich hilfesuchend an Lucinda gewandt. Sie hatte in ihm etwas gesehen, das sie vorher noch nie gesehen hatte, den Colin, der nicht im Bund war mit seiner schrecklichen Mutter, den Colin, der mehr war als nur ein verhaltensgestörter Junge in uncoolen Klamotten und in einer verrückten Umgebung, wo er ohne andere Kinder aufwuchs. Einen Moment lang hatte sie gemeint, den echten Colin zu sehen – bis Tyler dazwischengebrettert und der Moment verflogen war, vielleicht für immer.

Azinza kam mit einem vollen Geschirrtablett hereingerauscht. »Gideon geht es besser, und er will mit uns reden!«, verkündete sie hochzufrieden. Pema und Sarah folgten ihr auf dem Fuße, und im Nu ging es in der Küche hoch her.

»Was? Wer?« Lucinda wurde bewusst, dass sie schon eine ganze Weile gedankenverloren am Spülbecken stand.

»Gideon, Lucinda! Caesar ist gerade dabei, ihn zu waschen und anzuziehen.« Azinza stellte das Tablett so schwungvoll ab, dass die Tassen und Schalen klapperten. »Und das heißt, dass er auch das Geheimnis deines Bruders erfährt. Ein Freudentag! Ich werde ihm Blumen ins Zimmer stellen.«

»Nur ein paar!«, sagte Sarah. »Das Zimmer wird voller Leute sein. Ich will nicht, dass die guten Vasen zu Bruch gehen.« Aber die Köchin war ebenfalls sichtlich aufgeregt. Die Frauen hatten alle die in Lucindas Zimmer einquartierte Grace mitgepflegt und platzten schier vor Neugier, was wohl geschehen würde, wenn Gideon und seine langverschollene Frau wieder zusammengeführt wurden.

»Hm.« Leise Bedenken beschlichen Lucinda. Sie konnte sich nicht recht vorstellen, dass Ragnar und Mrs. Needle still danebenstehen würden, ohne Gideon zu erzählen, was während seiner Krankheit vorgefallen war. Ragnar würde natürlich die Wahrheit sagen, aber Mrs. Needle würde lügen müssen, und dann konnte man sich auf eine heftige Auseinandersetzung gefasst machen.

»Ich muss mit meinem Bruder reden«, sagte sie abrupt und eilte zur Tür. Sarah, Pema und Azinza wechselten verwunderte Blicke.

Oben in dem Zimmer, das vor Wochen Lucindas gewesen war, spielte sich eine etwas merkwürdige Szene ab: Während Tyler auf und ab tigerte wie der Produzent einer Broadway-Aufführung unmittelbar vor der Premiere, saß Grace auf dem Bett und bekam von Oola, die hinter ihr kniete, die dünnen weißen Haare gebürstet. Nachdem sie ihr Leben lang nur Bärenfett und filzige Zotteln gewöhnt gewesen war, hatte das Eiszeitmädchen inzwischen ein Faible für saubere Haare und Bürsten entwickelt und war selig, wenn sie den anderen Frauen stundenlang bei der Haarpflege zur Hand gehen konnte. Lucinda hätte sich schieflachen können, so oft hatte Oola Tyler gebeten, doch auch seine Haare bürsten zu dürfen, und so eisern hatte dieser das immer abgeschlagen.

»Was gibt's?«, fragte er sie. »Ist Gideon schon so weit?«

Lucinda konnte nur den Kopf schütteln. »Warum machst du so ein Theater darum? Warum hast du es vor Gideon geheim gehalten?«

»Weil er die meiste Zeit nicht bei Bewusstsein war. Ist doch klar!«

Bei der Erwähnung von Gideons Namen hatte Grace aufgeschaut, einen leicht besorgten Blick in den sanften Augen. »Kenne ich dich?«, fragte sie Lucinda.

»Ja.« Es fiel schwer, dieses gebrechliche, blinzelnde Wesen mit der schönen, strahlenden jungen Frau auf den alten Fotos zusammenzubringen. »Ich bin Tylers Schwester. Das ist mein Zimmer hier. Gideon ist unser Großonkel.« Sie wandte sich wieder ihrem Bruder zu. »Wir hätten sie ins Krankenhaus bringen sollen, Tyler. Irgendwas stimmt nicht mit ihr.«

»Wenn sie Gideon wiedersieht, wird alles wieder gut«, behauptete er stur.

»Gideon.« Grace' Sorgenfalten vertieften sich. »Wird er … wird er böse sein? Dass ich wieder da bin?«

»Na, hör mal!«, sagte Tyler. »Er wird begeistert sein!«

Lucinda war sich da nicht so sicher: böse, dass sie wieder da war? Was sollte das heißen? Aber bevor sie weitere Fragen stellen konnte, erschien Azinza in der Tür. Die junge Afrikanerin hatte ihr schönstes Gewand angezogen, eine Art Stola in leuchtenden Braun-, Gelb- und Rottönen, die ihre lange, schlanke Gestalt bis zu den Knöcheln umfloss. Sie sah wirklich wie eine Königin aus.

»Er ist bereit für uns«, verkündete sie. »Kommt runter!«

Tyler wandte sich an Oola, die noch ein paar letzte Bürstenstriche an Grace' Haaren vornahm. »Du wartest mit ihr oben an der Treppe. Ich rufe euch, wenn es so weit ist. Klar?«

Oola nickte angesichts dieser großen Verantwortung mit feierlicher, fast andachtsvoller Miene. Lucinda hatte nichts gegen das Höhlenmädchen, aber sie fand, dass es ihrem Bruder nicht guttun konnte, wenn eine ihm derart fraglos gehorchte. Manchmal benahm sich Oola, als wäre Tyler mit dem erklärten Vorsatz, sie zu retten, in der Eiszeit aufgetaucht und hätte nicht nur einfach eine Tollheit begangen, die er lieber gelassen hätte.

Sie bereute diesen harten Gedanken schon, als sie die Treppe hinunterging. Klar, wenn er die Tollheit nicht begangen hätte, wäre Oola wahrscheinlich von diesem Bären gefressen worden.

»Aber mach bitte nichts, was zu dramatisch und peinlich ist«, bat sie Tyler flüsternd, als sie unten ankamen. Die übrigen Farmbewohner betraten in Grüppchen die Eingangsdiele, leise untereinander murmelnd.

Er schoss einen gereizten Blick auf sie ab. »Du wirst mir noch danken, wenn das alles vorbei ist, wart's ab. Ein Genie wirst du mich nennen, jawohl.«

»Wenn du meinst.« Sie war so besorgt, dass sie ihm nicht einmal vorhielt, was für ein Idiot er manchmal war.

Trotz seiner Größe wäre das Schlangenzimmer auch dann voll gewesen, wenn es nur die ganzen Farmbewohner hätte fassen müssen. Mit Gideons Bett in der Zimmermitte jedoch stand Lucinda mit den anderen Ellbogen an Ellbogen wie in einem überfüllten Zug, und das erinnerte sie daran, wie bald sie und Tyler die Heimreise antreten würden.

Sowohl Gideon als auch Walkwell saßen aufrecht, und ausnahmsweise einmal fand Lucinda, dass ihr Großonkel in einem Vergleich der beiden besser abschnitt: Simos Walkwell sah ungewohnt blass und schwach aus, während Gideon zwar nicht bei voller Gesundheit war, aber sichtlich gesünder als die ganzen Wochen zuvor. Wie üblich standen seine Haare in widerspenstigen Strähnen ab – Caesars Versuche, sie mit Kamm und Wasser zu zähmen, waren offenbar wieder einmal fehlgeschlagen.

»Onkel Gideon, wie schön, dich zu sehen«, sagte Lucinda, und sie meinte es ehrlich. Der Ausdruck seiner Augen und seines ganzen Gesichts machte sie ziemlich sicher, dass sie den alten Gideon wiederhatten. »Ich bin froh, dass es dir besser geht.«

Er nickte und lächelte ihr zu, war aber gerade dabei, Ragnar zuzuhören, der ihm etwas erzählte. Als er sich doch kurz von dem Hünen abwandte, war es nur, um die drei Amigos hereinzuwinken, die mit den Mützen in der Hand schüchtern in der Tür stehen geblieben waren. »Kommt doch bitte herein!«, forderte er sie auf, und dabei war seine Stimme so sanft, dass Lucinda schon befürchtete, sie könnte sich geirrt haben und ihr Großonkel wäre vielleicht immer noch nicht wieder bei sich. Doch da runzelte Gideon die Stirn und winkte noch einmal mit Nachdruck. »Donnerwetter«, sagte er unwirsch, »ihr sollt reinkommen, habe ich gesagt!« Lucinda war erleichtert.

Die nervösen Mongolen hasteten herbei und quetschten sich hinter Ragnar, Haneb und die Küchenfrauen.

Als Lucinda zu Simos Walkwell kam, blieb sie stehen.

»Wie geht's dir?«, fragte sie. »Ich habe gestern mal nach dir geschaut, aber da hast du geschlafen.«

Der alte Faun sah sie mit müden Augen an. Selbst die Stümpfe seiner Hörner wirkten matt. »Dieses Ding hatte mich lange in seiner Gewalt«, sagte er langsam. »Wie du habe auch ich seine Giftsamen eingeatmet, aber länger als du, fast eine Stunde. Ich habe … Furchtbares gesehen.« Er senkte den Kopf. »Eine Welt, in der dieser Dämon das Einzige auf der Welt war, was noch lebte. Ich träumte, dass er sich bis zum Himmel streckte, um auch den zu erobern …« Walkwell versagte die Stimme, dann hob er eine zitternde braune Hand und tätschelte ihr den Arm. Lucinda fand es ungewohnt und beunruhigend, ihn so zu erleben. »Verzeih mir, Lucinda. Ich bin schon lange nicht mehr so am Ende gewesen. Setz dich doch. Es gibt heute viel zu besprechen.«

Alle Bewohner der Farm schienen jetzt anwesend zu sein, auch Colin und seine Mutter, die als Letzte hereingekommen waren und sich mit unbewegten Trauermienen wie auf einer Beerdigung ans Fußende von Gideons Bett stellten.

»So«, sagte Gideon. »Es freut mich sehr, euch alle zu sehen, viel mehr, als ihr euch vorstellen könnt.« Er lachte, als hätte er einen Witz gemacht. »In den letzten Wochen habe ich es zeitweise nicht mehr für möglich gehalten, dass es je wieder dazu kommen würde: ihr, ich, wir alle hier zusammen auf der Farm. Selbstverständlich bin ich euch allen sehr dankbar für die Mehrarbeit, die ihr während meiner Krankheit geleistet habt, aber es ist mir auch deutlich bewusst, dass die Wirren zum großen Teil meine Schuld waren.« Er nickte nachdrücklich. »Jawohl, meine Schuld. Ich bin ein alter Mann, und in meiner Hand liegen die Sicherheit und das Glück von vielen guten Menschen. Von euch. Ich darf nicht so nachlässig sein.«

Lucinda war beeindruckt. Wollte Gideon wirklich ausnahmsweise einmal zugeben, dass er nicht für alles eine Lösung parat hatte? Aber damit waren die schlimmsten Probleme der Farm auch nicht gelöst. Sie sah heimlich zu Mrs. Needle hinüber, in ihren Augen dem gefährlichsten Problem auf der Farm, und bemerkte, dass Colin sie seinerseits mit einem schwer zu deutenden Ausdruck im Gesicht ansah. Als ihre Blicke sich begegneten, schlug er rasch die Augen nieder.

»Deshalb wollte ich euch etwas sagen«, fuhr Gideon fort, »nämlich dass ich mehr Klarheit darüber schaffen werde, was zu geschehen hat, falls ich einmal nicht da bin … nein, seien wir ehrlich: *wenn* ich eines Tages nicht mehr da bin. Denn ich werde nicht ewig leben.«

»Sag doch nicht so was!« Die Köchin Sarah bekreuzigte sich mehrmals. Sie klang ehrlich erschrocken, und die kleine Pema sah aus, als wollte sie gleich in Tränen ausbrechen.

Gideon lachte. »Na, na, meine Lieben. Wir sterben alle einmal, und wir haben alle die Pflicht, uns für sämtliche Eventualitäten zu rüsten. Schließlich würde ich heute vielleicht gar nicht mehr hier sitzen und euch diese kleine Rede halten, wenn ihr und vor allem Patience mich in diesen letzten Wochen nicht so hingebungsvoll gepflegt hättet.« Er kicherte, doch die übrigen im Raum sahen sich gegenseitig an oder warfen einen kurzen Blick auf Mrs. Needle. »Nein, ich habe in den letzten Tagen über das alles gründlich nachgedacht«, sprach Gideon weiter. »Lucinda und Tyler, würdet ihr bitte herkommen?«

Ihr Bruder sprang auf wie gestochen. »Was? Wir?«

»Geh einfach«, flüsterte Lucinda. Sie fasste ihn am Ellbogen und schob ihn zu Gideons Bett. Ihr Großonkel lächelte sie an wie ein müder Weihnachtsmann im Kaufhaus die letzten beiden Kunden des Tages.

»Caesar, bist du so gut und hilfst mir ein bisschen hoch?« Als die Kissen hinter ihm wieder aufgeschüttelt waren, nickte Gideon. »Besser. Danke. So, ihr zwei«, sagte er zu Tyler und

Lucinda. »Ihr habt diesen alten Laden ja tüchtig aufgemischt! Vor gar nicht so langer Zeit wünschte ich noch, ich hätte euch niemals hergeholt – aber heute bin ich da anderer Meinung. Ein Anwesen wie dieses braucht mehr als einen formaljuristischen Besitzer, es muss Leuten gehören, die daran hängen, die es lieben. Ich glaube, ich kenne die Antwort, aber ich möchte sie mit eigenen Ohren hören. Liebt ihr zwei die Ordinary Farm wirklich?«

»Ja!«, sagte Tyler so prompt und so laut, dass Gideon ein wenig zusammenzuckte.

»Ja, Onkel Gideon, natürlich. Von ganzem Herzen.« Lucinda dachte an die zornige Desta und daran, was sie der armen kleinen Drachin hatte antun müssen, um die Farm zu schützen. »Mehr, als du ahnst.«

»Das wollte ich hören.« Mit zittriger Hand ergriff Gideon erst Tylers, dann Lucindas Hand. Es erschreckte sie, wie zerbrechlich seine Knochen sich unter der Haut anfühlten. »Und jetzt möchte ich Folgendes sagen. Ich werde ein neues Testament aufsetzen lassen. Ich habe die Bestimmungen des alten seit dem … dem Verschwinden meiner Frau nicht mehr geändert.«

Lucinda musste unwillkürlich die Needles anschauen. Colin wich ihrem Blick weiterhin aus, aber Mrs. Needle erwiderte ihn, als wollte sie Lucinda verbieten, etwas zu verraten. Wusste Gideon denn nicht, dass die Hexe erst vor wenigen Nächten versucht hatte, sein Testament zu ändern? Warum hatte Ragnar oder sonst jemand ihm nichts davon erzählt? Erwarteten alle, dass sie und Tyler das machten?

»Es ist so«, fuhr Gideon fort. »Ich habe jetzt verstanden, dass die Farm nicht allein mein Eigentum ist. Sie gehört allen in diesem Zimmer. Die meisten von euch könnten ja nirgendwo anders hin. Keiner von euch ist aus freier Entscheidung hergekommen, strenggenommen, und ohne die Farm wäre euer Dasein hier in dieser Welt, in dieser Zeit schwierig und vielleicht sogar unmöglich. Von unseren vielen Tieren ganz zu schweigen, die nur hier überleben können, wo wir gelernt haben, wie man sie richtig pflegt.

Ich habe daher Folgendes beschlossen. Nach langem Nachdenken mache ich Lucinda und Tyler zu meinen Erben. Wenn ich nicht mehr bin, wird die Ordinary Farm euch beiden gehören – aber nur, wenn ihr euch einverstanden erklärt, euch an meine Bedingungen zu halten und die damit verbundenen Verpflichtungen einzugehen.«

So glücklich diese Erklärung sie machte, war doch etwas daran, das Lucinda aufhorchen ließ. »Verpflichtungen?«, fragte sie. »Wie die Tiere füttern? Natürlich werden wir uns genauso um sie kümmern wie du, Onkel Gideon. Damit kennen wir uns mittlerweile gut aus.«

»Das nicht allein.« Der alte Mann hob die Hand, um weitere Fragen abzuwehren. »Nein, die Ordinary Farm zu besitzen bedeutet auch, sie zu beschützen – sie und alle, die darauf leben. Wenn ihr bereit seid, meine Nachfolge anzutreten, müsst ihr mir feierlich versprechen, dass alle hier Anwesenden immer ein Heim auf der Ordinary Farm haben werden.«

»Alle?«, fragte Lucinda verwundert. »Egal, was sie tun?« Selbst wenn sie Leute einer Gehirnwäsche unterziehen oder sie töten?, ergänzte sie in Gedanken. Wie konnten sie und Tyler versprechen, Patience Needle bleiben zu lassen, wo sie doch wussten, dass dieser jedes Mittel recht war, um sich und Colin in den Besitz der Farm zu bringen?

»Ähm … ähm …« Tyler zappelte herum wie jemand, der dringend aufs Klo musste. Es war deutlich, dass er mit seinem Geheimnis nicht länger hinter dem Berg halten konnte. Lucinda hoffte, dass er das mit Grace für sich behielt, bis klar war, ob Gideon wirklich meinte, was er soeben gesagt hatte.

»Du meinst, auch wenn wir eines Tages hier bestimmen, dürfen wir unter keinen Umständen jemanden rauswerfen?« Sie vermied es, Patience Needle anzuschauen, aber alle im Raum außer Gideon wussten, an wen sie dabei dachte. »Ganz egal, was er macht? Dazu können wir nicht ja sagen, Onkel Gideon.«

»Komm, komm«, sagte er stirnrunzelnd. »Ich erwarte von euch nicht mehr, als ich selbst getan habe. Das ist keine große Sache, mein Kind. Also, versprecht ihr, euch an meine Bedingungen zu halten?« Da schlug sein Missfallen in Überraschung um. »Tyler, was machst du? Wo geht er denn hin? Komm wieder her!«

Doch ihr Bruder schlüpfte bereits zwischen den drei Amigos hindurch und eilte zum Zimmer hinaus. Wieder einmal wünschte Lucinda, Tyler würde nachdenken, bevor er handelte. Jetzt blieben ihr nur Sekunden, bis er mit Grace auftauchte, und danach war an ein echtes Gespräch vermutlich nicht mehr zu denken.

»Das unverantwortliche Verhalten deines Bruders verstimmt mich sehr«, sagte Gideon. »Und apropos unverantwortlich, was ist eigentlich in dich gefahren? Ich biete euch ein Geschenk an, wie man es weiß Gott nicht alle Tage bekommt. Warum könnt ihr nicht einfach tun, worum ich euch bitte?«

Sie räusperte sich. »Wir sind dir wirklich dankbar, Onkel Gideon. Die Sache ist nur die, dass einige hier … der Meinung sind, dass nicht alle auf der Ordinary Farm … dein Bestes … das Beste für die Farm …« Sie wandte sich Ragnar, Sarah und den Küchenfrauen zu. »Will denn sonst niemand was sagen? Hat ihm denn niemand irgendwas erzählt?«

Aber bevor jemand antworten konnte, flog die Tür auf und

Tyler kam mit seiner Überraschung herein. Sie trug ein schlichtes Kleid, das bestimmt zwanzig Jahre alt war, und ihre Haare waren tipptopp frisiert.

»Schau her, Onkel Gideon«, sagte Tyler und zerrte die Frau an das Bett des alten Mannes. »Schau mal, wen wir gefunden haben, während du krank warst! Schau, wer hier ist! Es ist Grace!«

Gideon sah sie mit schlaffem Gesicht an, in dem Verwirrung und zunehmende Ratlosigkeit standen. »Was soll das? Wer ist das?«

»Das ist Grace, Onkel Gideon!« Tyler platzte fast vor Erregung. »Deine Frau!«

Gideon starrte die Frau lange an, dann richtete er den Blick auf Tyler. »Was redest du da? Das ist nicht Grace.«

Tyler war jetzt sichtlich verunsichert. »Guck sie dir noch mal genau an, Onkel Gideon! Es ist zwanzig Jahre her, und sie war an einem echt üblen Ort gefangen. Aber sie ist es!«

Gideon betrachtete abermals die weißhaarige Frau, die so nervös war, dass sie seinen Blick kaum erwidern konnte und blinzelnd vor ihm zurückwich. Er schüttelte den Kopf. »Nein. Das ist nicht meine Grace.«

Tyler wandte sich an Ragnar und die anderen. »Vielleicht erkennt er sie nicht, weil er krank war.«

»Nein, Gideon sagt die Wahrheit«, ließ sich Walkwell von der Couch vernehmen. »Ich bin außer ihm der Einzige hier, der sie gekannt hat.« Auch er schüttelte müde den Kopf. »Das ist nicht Grace Goldring.«

# 44

## DER PREIS DES FRIEDENS

Wenn Colin Needle nicht so elend zumute gewesen wäre, hätte er es wesentlich mehr genossen, wie sich Tyler Jenkins' Gesichtsausdruck veränderte, als klar wurde, dass es ihm auch mit hartnäckigstem Drängen nicht gelingen würde, diese verwirrte Alte als Gideons langverschollene Frau Grace zu verkaufen.

Noch besser war, dass der kleine Jenkins alle völlig vom Thema abgebracht hatte, gerade als Lucinda im Begriff gewesen war, Gideon über Patience Needles Taten aufzuklären. So sehr Colin seinerseits an seiner Mutter zu zweifeln begonnen hatte, wollte er doch um keinen Preis, dass sie vor aller Welt bloßgestellt wurde. Dennoch war die Gefahr nicht ausgeräumt, nur aufgeschoben, und hinter der gefassten Miene seiner Mutter spürte Colin etwas, das er bei ihr kaum je bemerkte hatte, einen Anflug von Unsicherheit, ja Furcht.

Diese neue Erkenntnis traf Colin wie ein Hammerschlag: Seine Mutter wusste nicht, was als nächstes geschehen würde! Sie hatte diese Situation tatsächlich nicht unter Kontrolle. Er hätte nie gedacht, dass er das einmal erleben würde, und er wusste nicht, ob er sich freuen oder fürchten sollte.

»Aber wenn diese Frau hier nicht Grace ist«, warf Lucinda plötzlich ein und brachte mit der Frage ein wenig Ruhe in die allgemeine Aufregung, »wer ist sie dann?«

Während alle aufgeregt durcheinandergeredet hatten, hatte Gideon die Neue in der Runde nachdenklich angestarrt. Auf einmal kniff er die Augen zusammen und richtete sich im Bett auf. »Du meine Güte«, sagte er. »Gerade wird mir klar … das ist, glaube ich, Dorothea! Sie hat hier bei uns gewohnt. Dorothea, bist du das?«

»Dorothea?«, fragte Tyler so kleinlaut, wie Colin Needle ihn am liebsten immer gehabt hätte. »Wer um Himmels willen ist Dorothea?«

»Grace' Cousine, Dorothea Pence – aber sie ist doch schon vor Jahren zurück an die Ostküste gezogen! Was macht sie hier?« Gideon beugte sich zu der Frau vor. »Dorothea, bist du's wirklich?«

Zuerst guckte sie nur verwirrt, doch schließlich nickte sie. »Dorothea. Ja, so heiße ich. Ich … ich hatte es vergessen …«

»Aber wo kommt sie auf einmal her?«, wollte Gideon wissen. »Sie kann doch nicht einfach hier hereingeschneit sein. Dorothea, wann bist du wiedergekommen?« Er wandte sich an Walkwell. »Simos, weißt du irgendwas darüber? Ach, nein, du bist ja auch krank. Ragnar?«

Der Nordmann breitete die Hände aus. »Tyler hat sie gefunden. Er hat sie, sagt er, zurückgebracht.«

»Tyler?« Gideons Stimme bekam einen unangenehmen Ton. »Und Grace' Halsband hattest du mir doch auch gebracht, nicht wahr? Das hattest du angeblich in der Bibliothek gefunden. Wie wär's, du erzählst mir die ganze Geschichte? Und diesmal, hörst du, will ich die volle Wahrheit erfahren.«

»Ich … aber ich kann doch …« Tyler zögerte und sah dann seinen Großonkel flehend an. »Muss ich?«

Colin lief der Schweiß über den Nacken. Er hatte Magendrücken, und er musste sich zusammenreißen, um nicht zu seiner Mutter hinüberzuschauen. Wenn Tyler Jenkins erst mal zu reden anfing, wo würde er dann aufhören? Wollte irgendjemand in diesem Zimmer wirklich, dass Gideon Goldring die volle Wahrheit erfuhr?

»Der Spiegel auf der Waschkommode?« Gideon staunte. »Die antike Waschkommode, die in der Bibliothek stand, in Octavios Ruhezimmer? *Der* Spiegel?« Er blickte Walkwell an. »Was hältst du davon, Simos? Merkwürdig, nicht?«

Walkwell saß in seinem behelfsmäßigen Krankenlager und gab genau auf alles acht, was gesagt wurde, äußerte sich aber nicht.

»Und jetzt ist er oben?«, fragte Gideon mit strenger Stimme und wandte sich an Mrs. Needle. »In deinem Zimmer, Patience? Stimmt das? Was macht er da?«

Die Haushälterin sprach langsam und wohlformuliert, als hätte sie sich die Antwort schon lange vor Gideons Frage zurechtgelegt. »Ich fand, dass es ein ungewöhnliches, bemerkenswertes Möbelstück ist, das nicht im hintersten Winkel versteckt sein sollte. Ich habe es mir aufs Zimmer bringen lassen, weil … nun ja, weil es mir gefällt.« Sie nickte. »Ist es nicht so, Colin?«

Auch Colin nickte. Ihm war, als stünde alles auf Messers Schneide: als könnte sich alles wieder einigermaßen einrenken, aber als könnte es genauso gut kippen und sich in eine völlig unvorhersehbare Richtung entwickeln.

»Und von dort ist also auch das Medaillon gekommen.« Gideon hatte es abgenommen und hielt es in der Hand. »Jetzt erinnere ich mich. Grace schenkte es Dorothea, als sie nach Providence abreiste.« Dorothea saß auf einem Stuhl neben seinem Bett. »Wann bist du von der Ostküste zurückgekommen?«, fragte er sie.

Die Frau schüttelte den Kopf. »Ich bin überhaupt nie gefahren. Ich fuhr nach Los Angeles, aber ich brachte es nicht über mich, Grace zu verlassen. Sie war so niedergeschlagen. Deshalb rief ich die Leute an, bei denen ich in Providence wohnen wollte, und sagte ihnen, ich hätte mich anders entschieden. Dann nahm ich den Zug zurück nach Standard Valley. Von meiner Rückkehr sagte ich niemandem etwas, erst als ich ankam, weil ich … ach, weil ich dachte, es wäre dir nicht recht, Gideon. Onkel Octavio kam mich abholen. Ich machte mir Sorgen, weil er schon nicht mehr der Jüngste war, aber er brachte mich ohne Probleme zur Farm zurück …« Sie verstummte und starrte auf ihr Wasserglas. »Aber ich weiß nicht mehr, was danach geschah.« Sie blickte auf, und Colin und alle anderen erkannten an ihren rotgeränderten Augen und ihrem gequälten Gesichtsausdruck, wie sehr sie das innerlich aufwühlte. »Ich kann mich sonst an gar nichts erinnern … nur an Albträume!« Tränen liefen ihr über die Wangen. »Ach, was ist bloß mit mir geschehen? Warum bin ich so alt?«

Gideon machte beschwichtigende Handbewegungen; ihm war sichtlich nicht wohl. »Schon gut, meine Liebe, schon gut. Du bist jetzt in Sicherheit. Wir werden alles bald aufgeklärt haben.« Er sah sich ein wenig ratlos um. »Dorothea ist bestimmt noch müde, ihr fällt vielleicht mehr ein, wenn sie wieder bei Kräften ist. Sarah, bist du so gut und bringst sie zurück auf ihr Zimmer?«

»Ich mache das«, sagte Oola, sprang auf und geleitete Dorothea aus dem Schlangenzimmer. In der eintretenden Stille nahm Gideon wieder Tyler Jenkins ins Visier.

»Warum hast du mich belogen, Tyler? Und ausgerechnet, als es um meine Frau ging?« Er verschränkte die Arme über der Brust, und seine Augen funkelten. »Um meine Frau!«

Einerseits freute es Colin, dass sein Feind zur Schnecke gemacht wurde, andererseits graute ihm bei der Vorstellung, was Tyler sagen konnte. Und seine Befürchtungen bestätigten sich.

»Warum? Weil ich musste, Onkel Gideon. Alle belügen dich.« Die meisten Leute im Raum schnappten wie auf Kommando nach Luft. »Voriges Jahr, dieses Jahr, alle!« Tyler klatschte hilflos in die Hände. »Und wenn jemand dir zu sagen versucht, was hier läuft, willst du es nicht hören!«

»Das ist doch Unsinn!« Gideon lief dunkelrot an. »Willst du behaupten, du hättest mir sagen wollen, dass der Spiegel in der Bibliothek so etwas wie eine Verwerfungsspalte im Kleinen ist, aber ich hätte dich nicht angehört?«

»Nein, das habe ich nicht gemeint.« Tyler sah seine Schwester an. »Es geht um viel mehr als den Spiegel. Luce, hilf mir. Erzähl ihm von der Hexe, erzähl ihm, was Mrs. Needle mit ihm gemacht hat.«

Jetzt trat Lucinda Jenkins neben ihren Bruder. Colin wurde schwindlig, doch er konnte die beiden so wenig aufhalten wie in einem von diesen Träumen, wo er einfach kein Wort herausbrachte. »Er sagt die Wahrheit, Onkel Gideon«, bestätigte Lucinda. »Hast du denn gar keine Erinnerung daran, was mit dir passiert ist? Mrs. Needle hätte dich fast getötet – sie will dir die Farm wegnehmen. Und vorigen Sommer hätte sie beinahe Tyler getötet!«

Sie hatte noch nicht ganz ausgeredet, da trat Colins Mutter vor, kreidebleich im Gesicht und die Augenbrauen wie schwarze Dolche. Wutbebend deutete sie auf Lucinda, so dass diese vor der ausgestreckten Hand zurückschreckte wie vor einer Pistole. »Wie ... wie kannst du es wagen!«, fuhr sie das Mädchen an und wirbelte dann zu Gideon herum. »Diese Kinder sind von Anfang an unmöglich zu mir gewesen, aber das ist jetzt wirklich das Letzte! Ich soll versucht haben, dich zu töten! Ich, die ich dich während deiner Krankheit endlose schlaflose Nächte lang gepflegt habe – wie dir jeder im Haus bestätigen wird!«

»Aber Sie haben seine Krankheit doch verursacht!« Lucinda Jenkins hatte sichtlich Angst vor seiner Mutter, aber Colin sah, dass sie trotzdem nicht so leicht aufgeben würde. Eine Sekunde lang löschte heiße Bewunderung seine eigenen Ängste aus – aber nur eine Sekunde. »Alle wissen, was Sie tun, Mrs. Needle!«

»Sie wollte dich mit einem Pilz umbringen, Onkel Gideon!«, schrie Tyler. »Und auf mich hat sie letztes Jahr dieses ... dieses teuflische Schwarzhörnchen gehetzt!«

Lucinda wandte sich den anderen Farmbewohnern zu, aber viele wichen vor ihr zurück, als hätten sie Angst, von ihr buchstäblich am Kragen gepackt und in den Streit hineingezogen zu werden. »Was habt ihr denn alle? Will denn niemand was sagen außer Tyler und mir?«

Sarahs rundes Gesicht war gerötet und ihre Augen feucht, doch ein entschlossener Ausdruck straffte ihre Züge. Sie machte den Mund auf, wie um etwas zu sagen, aber Mrs. Needle funkelte sie so böse an, dass die Köchin den Mund sofort wieder schloss.

»Glaubst du im Ernst irgendetwas von alledem?«, beschwor Colins Mutter jetzt wieder Gideon. »Hörst du, was diese Kinder für einen Unsinn reden? Natürlich ergreift der Junge für seine Schwester Partei. Natürlich würde er schwören, dass ihre Greuelmärchen wahr sind. Hast du gehört, was er gesagt hat? Ein Giftpilz? Teuflische Schwarzhörnchen?« Sie atmete so schwer vor Zorn (und, jawohl, vor Furcht), dass Colin plötzlich ein Bild von seiner Mutter vor sich sah, an einen Pfahl gebunden, von johlenden Bauern umringt. »Willst du ruhig dort sitzen und zulassen, dass sie mich eine Hexe nennen, wo du doch weißt, dass ich immer nur nach deinen Anweisungen gehandelt habe?«

Jetzt war Gideon zwischen die feindlichen Parteien geraten. »Na, na, Patience«, sagte er, »ich bin sicher, die Kinder übertreiben. Es ist alles bloß ein Missverständnis und …«

»Nein, Gideon.« Die tiefe Stimme überraschte alle. »Die Kinder übertreiben nicht.« Ragnar kam nach vorn. »Wirst du mich anhören? Bedeutet dir mein Wort etwas?«

Gideon starrte ihn fassungslos an. »Ragnar …?«

»Und ich muss auch sprechen, Gideon«, sagte Walkwell von seiner Couch aus. »Die Kinder haben recht, die Frau ist eine Giftschlange, Gideon. Sie arbeitet gegen uns alle. Sie will alles für sich haben.«

»Lügner!« Erst als alle sich ihm zuwandten, merkte Colin, dass es seine Stimme war, die so kreischte. »Das stimmt nicht! Sie ist …!« Er brach ab und stürzte aus dem Zimmer, ohne zu wissen, wo er hinwollte. Er wusste nur, dass er wegmusste von diesen anklagenden Gesichtern, weg von seiner Mutter in dieser Situation, in der sie langsam in die Enge getrieben wurde wie eine Katze von einem Rudel kläffender Jagdhunde.

»Colin!«, erscholl ihre Stimme durchdringend. »Colin, wo willst du hin? Komm sofort wieder her!«

Aber plötzlich wusste er, was er zu tun hatte. Er eilte die Treppe hinauf in sein Zimmer.

Keine Minute später sprang Colin wieder die letzten Stufen hinunter, seinen Rucksack fest an die Brust gedrückt, und schob sich ins Schlangenzimmer zurück. Einige schrien, selbst seine Mutter, die sonst selten die Stimme erhob, auch unter den schlimmsten Umständen nicht.

»Du hast schon zu viele Chancen gehabt, du Hexe!«, brüllte Ragnar in einer Lautstärke, mit der er Nägel hätte einhämmern können.

»Halt den Mund, du Wikingerbauer!«, keifte seine Mutter.

»Bauer?« Ragnar wurde noch lauter, falls das überhaupt möglich war. »Ich war einst ein König!«

»Aufhören!«, rief jemand schallend dazwischen.

Gideon hatte die Decken zurückgeworfen und die Füße auf den Boden gestellt und war jetzt dabei, mit Caesars Hilfe aufzustehen. »Aufhören, alle miteinander! Ich dulde ein solches Verhalten nicht in meinem Haus!« Da erblickte er Colin in der Tür. Es lag wenig Freundlichkeit im Gesicht des alten Mannes. »Gut, dass du zurückkommst, Colin, denn wir haben offensichtlich alle viel zu besprechen. Viele ernste, schwerwiegende Dinge.«

Colins Herz wurde bleischwer. Der Blick in Gideons Gesicht sagte ihm unmissverständlich, dass es jetzt kein Zurück mehr gab, dass nichts mehr unter den Teppich gekehrt werden konnte. Colin nestelte an seinem Rucksackriemen, denn er wollte das Kontinuaskop herausholen. »Warte, Gideon, warte! Ich muss dir etwas zeigen.«

Der alte Mann ließ es nicht zu. »Nein! Ich habe gesagt, dass ich erst einmal über alles sprechen will. Ich will Aufklärung haben!«

»Nein, du musst das hier sehen …« Colin bekam die

Schnalle nicht auf. »Meine … meine Mutter hat herausgefunden, wo das war. Sie hat mich losgeschickt, dass ich es hole und …!«

»Das stimmt doch gar nicht!«, schrie Tyler Jenkins und stürzte vor. Er packte den Rucksack und versuchte, ihn Colin zu entreißen. »Du bist ein Lügner! Du bist mir gefolgt. Ich hab's gefunden!«

»Tyler! Colin! Liebe Güte«, sagte Gideon eher genervt als wütend, »bringt vielleicht mal jemand diese beiden Streithähne auseinander? Ich möchte jetzt endlich etwas Vernünftiges zu hören bekommen. Ragnar?«

Doch als der Nordmann gerade seine mächtige Hand nach dem Rucksack mit dem Kontinuaskop ausstreckte und Colin begriff, dass ihm nun alles Sträuben nichts mehr nutzen würde, gab Gideon ein hässliches Geräusch von sich. Ragnar ließ betroffen den Rucksack los. Alle im Raum erstarrten.

Gideon hatte den Mund aufgemacht, um weiterzusprechen, aber es kam nur ein Krächzen heraus. Er versuchte, mehr Luft einzuatmen, und riss den Mund noch weiter auf, wie um zu schreien, doch ein Würgen in der Kehle war alles, was er zustande brachte. Er wurde knallrot im Gesicht, dann immer dunkler, schließlich graublau wie ein Bluterguss, bis er urplötzlich zusammenbrach.

»O nein!«, schrie Lucinda Jenkins über die Rufe der anderen hinweg. »Er hat einen Herzinfarkt! Wir müssen ihn ins Krankenhaus bringen!«

Ragnar ließ Colins Rucksack los und kniete im Nu an Gideons Seite. Der alte Mann zappelte noch, doch seine Bewegungen wurden immer schwächer. Er zuckte mit den Beinen und krümmte und streckte sich wie ein an Land geworfener Fisch.

»Er bekommt keine Luft!«, rief Tyler. »Ruft einen Rettungswagen!«

»Das dauert ewig, bis die hier draußen sind«, sagte Lucinda, die vor Schreck ganz weiß im Gesicht war. »Gibt es einen Hubschrauber, einen Rettungshubschrauber?«

»Ragnar, fahre ihn!«, rief Simos Walkwell von seiner Couch aus. »Fahre ihn mit dieser grässlichen Maschine in die Stadt! Schnell!«

»Wenn er einen Herzinfarkt hat«, sagte Tyler, »braucht er sofort Hilfe. Wir sollten ihn rüber zu den Carrillos schaffen!«

Plötzlich stand Mrs. Needle neben Ragnar und Gideon, an dem sich nur noch die Hände und der Kopf schwach zuckend bewegten. »Es ist nicht das Herz, ihr Narren«, sagte sie mit einer Stimme, die hart und klar wie Glas war. »Und die Behandlung ist sehr einfach.«

»Was redest du da, Hexe?« Ragnar sah aus, als würde er ihr liebend gern mit den bloßen Händen den Kopf abreißen.

»Schweig, Nordmann. Tritt zurück, damit ich ihm helfen kann.« Als Ragnar sich nicht rührte, durchbohrte sie ihn mit einem Blick und sah sich dann in der Runde um. »Narren. Wollt ihr Gideon wirklich lieber sterben sehen als zulassen, dass ich ihn heile?«

In der plötzlich eingetretenen Stille ertönte die Stimme von Simos Walkwell. »Lass sie versuchen, ihn zu heilen, Ragnar. Du kannst ja schon mal den Wagen vorfahren.«

Mrs. Needle verzog geringschätzig das Gesicht. »Ein Wagen wird nicht nötig sein.« Sie fasste in die Tasche ihrer Schürze und zog eine kleine Ampulle hervor, die so schwarz war wie ihr Rock. Sie entkorkte sie und ließ zwei Tropfen in Gideons offenen röchelnden Mund fallen.

»Was machen Sie mit ihm?«, begehrte Lucinda auf, aber Colins Mutter ignorierte sie und blickte Gideon an, als ob der am Boden liegende und um Atem ringende alte Mann das Interessanteste wäre, was sie je gesehen hatte. Colin umklammerte seinen Rucksack und hatte auf einmal mehr Angst als je zuvor im Leben.

Kurz darauf begannen sich Gideon Goldrings qualvoll verkrampfte Züge zu entspannen. Die Blutergussfarbe ging genauso rasch wieder weg, wie sie gekommen war, dann hörte auch das rauhe Röcheln auf. Gideons Mund schloss sich und öffnete sich gleich wieder zu einem langen Atemzug. Bald atmete er wieder normal.

»Gepriesen sei Gott!«, murmelte Sarah auf Deutsch.

»*Sie* hatten ihn vergiftet!«, beschuldigte Lucinda Jenkins Colins Mutter, in gleichem Maße ängstlich und zornig. Diesmal sagte Colin nichts, er hatte nämlich ungefähr dasselbe gedacht. »Sie hatten ihn vergiftet, damit Sie ihm das Gegengift verabreichen konnten!«

Mrs. Needle lächelte tatsächlich, wenn auch nicht sehr freundlich. »Ach, Unsinn, Kind. Das ist ein Symptom, das bei Gideon diesen Sommer auftrat, als er von seiner Krankheit genas …«

»Sie meinen die Pilzsporen, die Sie ihm verpasst haben?«, fragte Tyler dazwischen. »*Die* Krankheit?«

Colins Mutter behielt ihr Lächeln bei, doch ihr Gesicht war ansonsten starr wie eine Maske. »Ihr solltet euch wirklich mehr Respekt vor Älteren angewöhnen, Tyler und Lucinda Jenkins. Mit euren schlechten Manieren werdet ihr euch im Leben noch mal ernste Schwierigkeiten einhandeln.« Während Ragnar Gideon ins Bett zurückhalf, drehte sie sich langsam zu Walkwell um, als sei er der Richter, dem sie ihre Sache vortrug. »Diese Kinder können Unsinn verbreiten, so viel sie wollen, aber ich bin sicher, dass du die Lage richtig einschätzt, Simos. Du bist Gideons ältester Freund hier. Du verstehst, dass er diese sehr schwere Krankheit hat und dass ich, und nur ich, das Mittel habe, das ihn heilt – oder das die Krankheit in

Schach hält. Also, wofür plädierst du, Simos? Möchtest du, dass ein sinnloser Krieg zwischen uns entbrennt, oder wollen wir mit vereinten Kräften dafür sorgen, dass Gideon gesund bleibt, und diese Farm für die lieben Jenkins-Kinder verwalten, die sie eines Tages erben werden?« Aus ihrem lächelnden Mund wurde abrupt ein dünner Strich wie ein Messerschnitt. »Vorausgesetzt natürlich, dass sie so lange leben. Selbst in dieser schönen neuen Welt ist das Leben eine unsichere Angelegenheit.«

Während Walkwell sie ansah, mischten sich Kummer, Zorn und Müdigkeit in seinem Gesicht.

»Tu's nicht!«, sagte Tyler Jenkins, als ahnte er die Entscheidung voraus. »Wir bringen Gideon ins Krankenhaus. Lass nicht zu, dass sie ihren Willen bekommt!«

»Niemand bekommt hier seinen Willen«, sagte Colins Mutter, behielt aber den Blick auf Simos Walkwell gerichtet. »Wir ... schließen einen Kompromiss. Zum Wohl aller Beteiligten. Und Gideon wird zustimmen, das verspreche ich dir.« Sie sah zu Gideon hinüber. Er war wieder bei Bewusstsein, wich aber ihrem Blick aus wie ein verängstigtes Kind. »Ja, ja, der gute Gideon hat schon immer gewusst, was zu seinem Besten ist.« Sie zog eine Augenbraue hoch. »Nun, Simos? Soll Friede zwischen uns sein?«

Ragnar verließ Gideons Seite und baute sich vor ihr auf, die mächtigen Fäuste geballt. Seine Oberarme hatten fast den Umfang ihrer schlanken Taille. »Sag mir, was du wünschst, Simos«, stieß der Nordmann zähneknirschend hervor. »Ich werde zu dir halten.«

Walkwell schüttelte langsam den Kopf. »Ich muss an Gideon denken – und an die Farm«, sagte er. »Wir werden also Frieden schließen.« Er blickte von Patience Needle zu Colin, und seine Augen waren plötzlich so dunkel, dass Colin erschrak. »Aber denke daran, wir werden nur so lange Frieden haben, wie Gideon und diese beiden Kinder wohlauf bleiben.«

Mrs. Needle lachte. »So soll es sein, Simos: Friede. Bis auf weiteres. Komm mit, Colin.«

Colin Needle war kurz davor gewesen, das Kontinuaskop zu opfern, um seine Mutter zu retten, jetzt aber wäre er am liebsten gar nicht mit ihr gegangen. Seine Trophäe war immer noch im Rucksack versteckt, immer noch sein Geheimnis, vor allen anderen verborgen. Er wollte es wieder verstecken, selbst vor seiner Mutter. Was hatte er sonst, das wahrhaft ihm gehörte?

»Colin, ich warte.«

Er wollte seiner Mutter nicht folgen, aber er tat es, weil er das immer getan hatte. Aber wie konnte nach diesem Tag noch irgendetwas so sein wie vorher? Er musste darüber nachdenken, begriff Colin, während er die Treppe hinaufstieg. Er musste sehr, sehr gründlich darüber nachdenken.

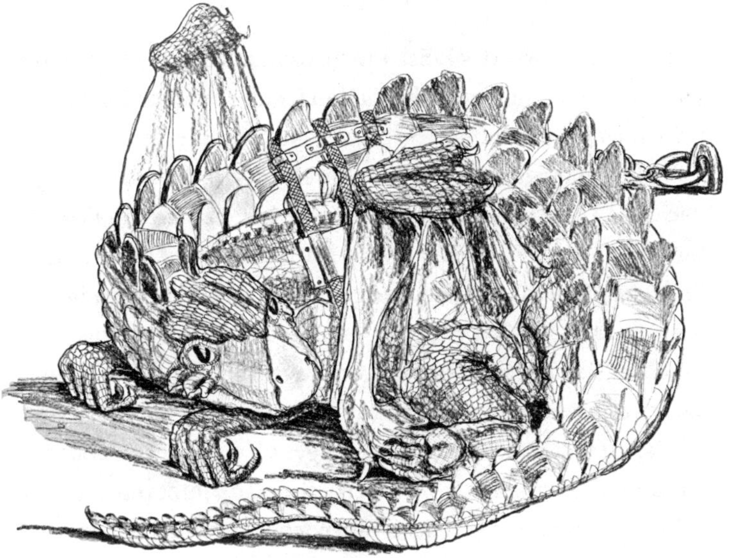

45

# HOCH WIE DER HIMMEL

»Okay, ich geb's zu«, sagte Tyler, während das Pferd den Wagen die lange Auffahrt hinauf zu den Carrillos zog. »Mir ist echt nicht klar, wie das gestern ausgegangen ist. Haben wir jetzt gewonnen oder verloren?«

Ragnar schnaubte. »Er ändert sein Testament zu euren Gunsten. Ihr könnt euch wirklich glücklich schätzen. «

»Ich weiß, ich weiß. Aber ist Mrs. Needle nicht schon wieder ungestraft davongekommen? Bin ich blöd oder was? Sie ist eine Hexe! Ich dachte, die Bösen kriegen am Ende immer ihre Strafe.«

»So einfach ist das nicht, Tyler«, warf Lucinda ein, doch auch sie machte sich Sorgen. Nach den erschreckenden Szenen gestern im Schlangenzimmer war der Abend ruhig ausgeklungen, eher wie das Beisammensein nach einer Beerdigung und nicht wie die fröhliche Tinkerfarmrunde vor ihrer Abreise im letzten Jahr.

»Aber in einer Hinsicht hat dein Bruder recht«, sagte Ragnar. Sein Gesichtsausdruck erinnerte Lucinda an die Gewitterwolken der Woche davor. »Es ist uns nicht gelungen, diese Frau von Gideons Herd zu vertreiben. In der Beziehung hat *sie* gewonnen.«

»Weil sie Gideon vergiftet hat«, sagte Lucinda bitter. »Weil sie alle erpresst.«

»Ja, aber sie ist wie eine Schlange, sie schlägt am liebsten aus dem Hinterhalt zu«, erwiderte Ragnar. »Jetzt muss sie ins Offene kommen, wo alle sie sehen können. Keine Bange, ihr zwei, Simos und ich werden nicht mehr schweigen. Wir werden dafür sorgen, dass diese Needle nicht noch einmal so mächtig wird auf der Farm oder so frei schalten und walten kann. Jawohl, von nun an wird der Kampf offen ausgetragen, und Gideon wird nicht mehr die Augen davor verschließen können.«

Das erleichterte Lucinda ein wenig, aber gerade als die Haustür der Carrillos aufflog und Steve, Alma und Carmen herausgelaufen kamen, fiel ihr noch etwas anderes ein. »Aber was ist, wenn sie euch beiden etwas tun will? Tyler und ich werden nicht da sein. Wir werden euch nicht helfen können!«

Ragnars große Hand tätschelte ihren Rücken. »Ich war einst ein König, und Simos war zu seiner Zeit der Berater mehrerer Könige.« Er grinste. »Wir riechen vielleicht wie Bauern, aber an uns beiden ist noch ein bisschen mehr dran. Keine Angst, Lucinda, wir werden uns nicht noch einmal so leicht überrumpeln lassen.«

»Zeit aufzubrechen«, sagte Ragnar nach einer Weile im Haus der Carrillos, die allen viel zu kurz vorkam.

»Nein, noch nicht!«, sagte Carmen. »Nur noch ein kurzes Weilchen!«

»Der Zug wird in einer Stunde am Bahnhof sein, und die Straße ist schlecht befahrbar nach dem vielen Regen«, sagte der Hüne. »Ihr wisst, dass ich recht habe.«

»Sind Mr. und Mrs. Carrillo Onkel Gideon noch böse?«, wollte Lucinda wissen, als sie sich schließlich von ihren Freunden verabschiedet hatten und sich in Bewegung setzten.

Ragnar zuckte die Achseln. »Gideon ist wieder er selbst und begreift, dass er sich nicht länger um diese Angelegenheit herumdrücken kann. Ich habe ihnen seine Zusage ausgerichtet, dass er in wenigen Tagen herkommen wird, wenn er wieder bei Kräften ist. Sie werden sich gemeinsam etwas überlegen. So gute Nachbarn darf Gideon nicht verlieren.« Sein Lächeln war diesmal milde. »Du hast zu viele Ängste, kleine Lucinda. Es ist nicht alles vollkommen, aber es wird besser werden.« Er schlug leicht mit den Zügeln, und Culpepper trappelte los zur Hauptstraße.

Selbst der hünenhafte Ragnar wurde kleiner und verschwand schließlich in der Ferne, als der Zug aus dem Bahnhof von Standard Valley fuhr, aber vorher stieg Lucinda noch auf den Sitz und schrie ihm aus dem Fenster eine allerletzte Bemerkung zu.

*»Wartet nicht bis nächsten Sommer, bis wir wiederkommen dürfen! Wir haben noch andere Schulferien!«*

»Boah!«, sagte Tyler, während er sich mit seinem GameBoss verstöpselte. »Alle starren dich an, Luce. Vielleicht solltest du mal ein bisschen chillaxen.«

Zu ihrer großen Verlegenheit hatte er recht. Die Hälfte der Leute im Wagen hatte sich nach ihr umgedreht. Sie sah einen Schaffner in ihre Richtung kommen und setzte sich schnell wieder hin. Der Mann in Uniform runzelte die Stirn, ging aber weiter.

Tyler war bereits in ein Spiel vertieft, das »HAMSTROMANCY« hieß. Lucinda verstand nicht, wie er das schaffte, einfach abzutauchen, als ob ihm alles auf der Welt egal wäre. Sie lehnte sich zurück, schloss die Augen und versuchte sich so weit zu beruhigen, dass sie lesen oder auf die Landschaft gucken konnte, aber Gedanken wirbelten ihr durch den Kopf wie aufgeschreckte Vögel und wollten keine Ruhe geben. Wie würde es weitergehen? Wenn sie die Tinkerfarm erbten, würde ihre Mama das nicht früher oder später erfahren müssen? Würde sie mit ihnen auf die Farm kommen? Und wenn Mama jetzt total ausflippte?

Aber was ihr am allermeisten zu schaffen machte, merkte Lucinda, war das starke Gefühl, dass so viel unerledigt geblieben war. So viele Fragen waren immer noch nicht beantwortet. Sie ließ das Buch sinken, das sie zur Hand genommen hatte.

»Du bist nicht der Einzige, der das nicht kapiert«, sagte sie zu ihrem Bruder.

Sie musste lauter gesprochen haben als beabsichtigt, weil Tyler sie sogar mit seinen Ohrknöpfen verstand. »Der was nicht kapiert?«, fragte er, ohne von seinem Hamsterspiel aufzublicken.

»Keine Ahnung?« Sie wartete. Er knurrte und stellte das Spiel ab. »Eine ganze Menge«, sagte sie. »Was hat die Hexe mit diesem Pilz eigentlich bei Onkel Gideon bezweckt? Und warum bin ich nicht auch zu einem Zombie geworden: nur weil ich nicht so viel von dem Sporenzeug abbekommen habe wie er?«

Tyler sah sie mit unschuldigster Miene an. »Ich glaube, du wolltest sagen: ›Warum bin ich nicht noch mehr zu einem Zombie geworden, als ich eh schon bin?‹«

Sie trat ihm gegens Schienbein, damit er sich zusammennahm. »Lass den Quatsch. Wir wissen aus diesem Brief, dass der Pilz aus der Nähe von Madagaskar kam. Hast du mir nicht erzählt, Octavio hätte auch irgendwas von Madagaskar gesagt?«

»Stimmt, er hat gesagt, dass es genau auf der andern Seite der Erde liegt, gegenüber der Verwerfungsspalte hier. Glaube ich jedenfalls. Dass die zwei Orte wie Nord- und Südpol sind. Aber es war ziemlich wissenschaftlich.« Er schüttelte den Kopf. »Okay, ein Riesenpilz aus einer Verwerfungsspalte bei Madagaskar. Aber mir ist noch was anderes nicht klar: Wie ist Gideon ihm entkommen? Wieso ist er am Vierten Juli in der Gegend rumgeirrt?«

»Ich habe einen Verdacht.« Lucinda klemmte ein Taschentuch als Lesezeichen in ihr Buch und schob es in ihren Rucksack zurück. »Als ich an dem Tag am Treibhaus war, habe ich vermutlich deshalb Sporen abbekommen, weil ein Teil des Treibhausgestänges geschmolzen war. Ich glaube, da muss beim ersten Gewitter damals ein Blitz eingeschlagen haben.«

»Und?«

»Und dort hatte Mrs. Needle mit ziemlicher Sicherheit Onkel Gideon versteckt. Dann ist der Blitz eingeschlagen, und deshalb«, sie nickte nachdrücklich, »deshalb ist der Pilz irgendwie ausgeflippt. Das war jedenfalls der Punkt, glaube ich, wo Onkel Gideon entkommen ist. Erst war das Gewitter, richtig? Am nächsten Tag war der Vierte Juli und wir waren bei den Carrillos, und plötzlich kam er über die Felder an.«

Tyler nickte. »Okay. Klingt halbwegs einleuchtend. Aber was ist mit den andern Sachen? Ich weiß, dass Colin das Kontinuaskop hat. Was ist, wenn er sich in der Verwerfungsspalte rumtreibt?«

Sie zuckte die Achseln. »Im Moment können wir nichts dagegen machen. Du hast Ragnar und Simos Bescheid gesagt. Sie werden die Augen offenhalten. Sie meinten, sie würden es zu finden versuchen oder ihn auf jeden Fall von der Spalte fernhalten.«

Er schnitt eine Grimasse. »Der Typ ist so ein Vollidiot.«

Lucinda hatte keine Lust, sich zu streiten. »Und der Spiegel, der Waschkommodenspiegel. Sie meinten, dass Onkel Gideon ihn aus Mrs. Needles Zimmer rausschaffen lassen will, das wäre doch gut, oder?«

»Ich nehme es an. Aber wieso wusste Octavio nichts davon? Wie konnte das Ding da in seinem Haus stehen, und der Mann, der *alles* wusste, wusste davon gar nichts?«

Lucinda fand die Vorstellung, dass Tyler den schon lange gestorbenen Octavio Tinker in einem Gang unter der Erde getroffen hatte, immer noch so gruselig, dass sie nicht näher darüber nachdenken wollte. »He«, sagte sie. »Ich habe Onkel Gideons ärgsten Feind auf die Farm gebracht, und ich hab's überlebt. Alles an der Tinkerfarm ist verrückt.«

Tyler lachte. »Ich fass es nicht, dass du das gemacht hast, Schwesterherz. Du bist eine Wucht.«

Wenn sie jetzt daran zurückdachte, jagte ihr die ganze Geschichte mit Stillman immer noch Schauer über den Rücken. Was hatte sie sich dabei gedacht? Aber was geschehen war, war geschehen. Es war gut ausgegangen. Sinnlos, sich im Nachhinein groß darüber aufzuregen.

*Wow,* dachte sie. *Der Spruch hätte fast von Tyler sein können.* Plötzlich war sie froh, einen Bruder zu haben. »Ich hoffe sehr, dass alles gut wird. Und ich möchte wirklich bald wieder hinfahren – vielleicht zu Thanksgiving.«

Tyler lachte abermals. »Das Mädchen, das den ganzen letzten Sommer über ständig gesagt hat: ›Ich will nach Hause!‹, warst du das nicht?«

»Genau, und der Junge, der immer gesagt hat: ›Oh je, Lucinda, tut mir leid, dass ich dich schon wieder in Schwierigkeiten gebracht habe‹, warst das nicht du? Nein, stimmt gar nicht, weil du so was nie sagst.«

Ein Jahr früher hätte Tyler sie angemotzt oder einfach seinen GameBoss wieder angestellt und sie ignoriert. »Na ja«, sagte er jetzt, »irgendjemand muss dafür sorgen, dass was passiert. Das ist mein Job.«

»Oh, und das kannst du wirklich gut, Tyler Jenkins«, entgegnete sie und musste wider Willen grinsen. »Viel zu gut.«

•◆•

Nach einer Weile hörten sie auf zu reden, und Tyler machte damit weiter, seinen Hamster-Zauberer durch sein gefährliches Abenteuer zu lotsen, aber Lucinda konnte sich nicht auf ihr Buch konzentrieren, und aus dem Fenster zu schauen munterte sie auch nicht auf. Sie war immer noch unglücklich darüber, welches Ende ihre Beziehung zu den Drachen genommen hatte. All ihre Mühen im Laufe des Sommers, ihre ganzen freundlichen, langsamen, vorsichtigen Versuche, eine Verbindung zu den Drachen aufzubauen, vor allem zur kleinen Desta, waren auf einen Schlag zunichte gemacht worden.

*Aber ich wollte es doch nicht tun! Ich wollte sie nicht quälen! Ich musste es tun, um die Farm zu retten … um Onkel Gideon zu retten und alle andern … auch die Drachen!*

Es tat so schneidend weh, dass sie einen Moment lang beinahe fühlte, was sie in jener Nacht gefühlt hatte, den Aufruhr von Destas zornigen, erschrockenen Gedanken und die Härte, mit der sie sich gezwungen hatte, darüber hinwegzugehen. Bei der Erinnerung war Lucinda zumute, als hätte sie einen Eisklotz in der Brust, dort wo ihr Herz sein sollte. *Es tut mir so leid*, dachte sie, *so furchtbar leid, Desta!*

*Möhrenmädchen traurig?*

Es kam so plötzlich, dass sie nach Luft schnappte. *Desta? Bist du das?* Die Drachengedanken waren schwach, wie eine Stimme, die man nur hören konnte, wenn der Wind aus der richtigen Richtung kam, aber in dem Moment kam er genau aus dieser Richtung. *Desta?*

*Traurig warum?*

Wie konnte sie so etwas einem Drachen erklären, zumal einem jungen Drachen? Zumal wenn sie vielleicht nur Sekunden Zeit hatte. *Möhrenmädchen ist traurig, weil … weil sie Desta traurig gemacht hat. Wollte sie nicht. Musste sie. Aber immer noch traurig. Tut dem Möhrenmädchen leid. Sehr, sehr leid!*

Es gab eine lange Pause, und Lucinda war sich schon sicher, dass sie den flüchtigen Kontakt verloren hatte. Dann:

*Möhrenmädchen macht wieder gut.*

*Was? Wie kann ich das wiedergutmachen? Ich bin jetzt viele Monate weg.* Lucinda bemühte sich, das Gefühl der verfließenden Zeit zu vermitteln: zu- und abnehmende Monde, einer nach dem anderen. *Lange weg. Was kann ich tun?*

*Komm bald wieder.* Ein Kitzeln drachenhafter Heiterkeit begleitete den Gedanken. *Nächstes Mal bring mehr Möhren mit. Millionen Möhren!* Der Gedanke stellte ein Haufen so hoch wie der Himmel dar.

Gelächter trieb durch sie hin wie ein Strom warmer, rauchiger Blasen. Dann war die Berührung vorbei, und Lucinda Jenkins war wieder allein in ihrem Kopf.